Celtika

Cetika

ROBERT HOLDSTOCK

Celtika

O Primeiro Livro de Merlin

Tradução
Fal Azevedo

PRUMO
leia

Título original: *Celtika - Book I of the Merlin Codex*
Copyright © 2001 by Robert Holdstock

Todos os direitos reservados. Nenhuma parte desta obra pode ser reproduzida ou transmitida por qualquer forma ou meio eletrônico ou mecânico, inclusive fotocópia, gravação ou sistema de armazenagem e recuperação de informação, sem a permissão escrita do editor.

Direção editorial
Soraia Luana Reis

Editora
Luciana Paixão

Editora assistente
Deborah Quintal

Assistente editorial
Elisa Martins

Preparação de texto
Denise Katchuian Dognini

Revisão
Danielle Mendes Sales

Capa, criação e produção gráfica
Thiago Sousa

Assistentes de criação
Marcos Gubiotti
Juliana Ida

Imagem de capa: KENJI HAYASHI/amanaimages/Corbis/Latinstock

CIP-Brasil. Catalogação-na-fonte
Sindicato Nacional dos Editores de Livros, RJ

H674c   Holdstock, Robert
            Celtika / Robert Holdstock ; tradução Fal Azevedo. - São Paulo :
            Prumo, 2010. - (O código de Merlin ; 1)

                Tradução de: Celtika
                ISBN 978-85-7927-070-3

                1. Ficção inglesa. I. Azevedo, Fal, 1974-. II. Título. III. Série.

                                                              CDD: 823
10-0389   CDU: 821.111-3

Direitos de edição para o Brasil: Editora Prumo Ltda.
Rua Júlio Diniz, 56 – 5º andar – São Paulo/SP – CEP: 04547-090
Tel: (11) 3729-0244 – Fax: (11) 3045-4100
E-mail: contato@editoraprumo.com.br
Site: www.editoraprumo.com.br

Agradecimentos

Meus agradecimentos a Yvonner Aburrow e a minha tradutora de finlandês, Leena Peltonen, por nossas conversas sobre assuntos referentes ao *Northsong*. Trechos de *A Flower*, de R. Andrew Heidel, de sua coletânea de poemas *Beyond the Wall of Sleep* (Mortco), e *Invocation*, de Philip Kane, de *The Wildwood King* (Capall Bann), aparecem em meu texto com a gentil permissão de seus autores.

Agradecimentos especiais a Sarah, Howard, John Jarrold e Mary Bruton por sua paciência e encorajamento.

Aos meus irmãos celtas de Kent:

Pete, Chris e James.

"Era um antigo navio — quem saberia, quem saberia?
— E, ainda assim, tão bonito, eu olhei em vão.
Para ver o mastro explodir com uma rosa
E todo o deque mostrou sua folhas novamente."

The Old Ships, de James Elroy Flecker

"Embora muito se perca, muito permanece; e ainda que
Não sejamos mais tão fortes quanto em tempos passados
Movemos a Terra e o Céu; o que somos, somos
Uma só têmpera de corações heroicos,
Enfraquecidos pelo tempo e pelo destino, mas fortes no ímpeto
Para lutar, buscar, encontrar e não hesitar."

Trecho de *Ulysses*, de Alfred Lord Tennyson

Sumário

Introdução 11

Parte Um: Ressurreição 19

Parte Dois: O espírito do navio 103

Parte Três: Na Terra dos Fantasmas 155

Parte Quatro: Vigilância de falcões 263

Parte Cinco: Os portões de fogo 361

Posfácio 471

Introdução

Iolkos, Grécia, 978 da Era Antiga.

Apesar de eu não estar lá naquela época, isto foi o que ouvi:

Apenas um membro da antiga tripulação havia permanecido em Iolkos, vivendo nos limites da cidade, perto das docas de Pagasae. Enfrentando a poeira todos os dias, Tisaminas caminhou ao longo dos paredões do porto que se desintegravam, passando pelas fileiras de navios de guerra com velas negras içadas, barcos de pesca oscilando ao sabor das águas e embarcações comerciais coloridas, até chegar às águas de trás do porto onde uma nau apodrecida estava atracada. Um homem envelhecido e mal-humorado estava acomodado na popa, usando um manto grosso de lã para se proteger da noite fria.

— Boa noite, velho amigo! — Tisaminas gritou lá para baixo, no convés. — Há algo que eu possa fazer por você?

O olhar que prendeu o seu era furioso e brilhava, e a voz era um rugido:

— Meus filhos! Ajudem-me a encontrar os corpos de meus filhos, Tisaminas!

— Eu não posso. Isso é algo que nenhum de nós pode fazer. Antiokus, talvez, o jovem mago; mas ele se foi há muito tempo.

Nós nunca conseguiríamos fazer isso. E você sabe disso. Mas há alguma outra coisa que você queira? Peça qualquer coisa. Eu seria capaz de dar a volta na Lua por você, se quisesse.

O homem estreitou o manto em torno de si, encarando a proa do barco por um momento.

— Meus dois filhos em um esquife, Tisaminas. E uma tocha em minha mão. A chance de me despedir deles. Nada mais... Salvo pela cabeça daquela feiticeira, mãe deles, enfiada em minha lança! É isso o que quero.

O ritual nunca se alterava, um ritual de raiva e desespero, as mesmas palavras, a mesma falta de perspectiva, a mesma falta de esperança, semana após semana, através dos anos.

Tisaminas respondeu como sempre fazia:

— Eles estão mortos. Eles se foram. Medeia os matou vinte anos atrás e nós não fomos capazes de impedi-la. Ela fugiu para seu próprio país, para um submundo com o qual pessoas como você e eu só podem sonhar. O que você pede *só é possível* em sonhos, meu amigo. Eu ainda andarei ao redor da Lua por você. Ou posso trazer comida e bebida... Uma tarefa bem mais simples.

O homem no convés suspirou. Depois de um tempo, ele disse:

— Não quero que você dê a volta na Lua. É muito longe. E comerei e beberei apenas o que cair do céu.

— Bem, então, boa noite, Jasão.

— Boa noite. Obrigado por cuidar de mim.

— Eu sempre cuidarei de você. Você sabe disso.

— E eu quero tanto que isso tudo acabe, Tisaminas — Jasão gritou. — Eu realmente quero. E Argo também quer. O navio fala comigo em meus sonhos. — Seus olhos estavam em chamas novamente. — Mas não antes que os corvos sejam alimentados com aquela feiticeira!

Tisaminas desembrulhou pão, queijo e azeitonas e jogou a comida lá para baixo, no convés do que antes fora um grande navio e que agora Jasão percorria arrastando seu manto, antes de se esconder novamente nas profundezas das entranhas de carvalho de Argo, para cismar e sonhar com seus filhos assassinados.

Por que Tisaminas ficou por perto naquela noite? Algum pressentimento sobre o destino de seu velho amigo, talvez, sussurrado pela deusa cujos olhos tudo observavam da proa de Argo. Ele se deixou ficar fora do alcance da visão daquele herói infeliz, que vagava pelas tábuas empenadas e fendidas.

— O final se aproxima. Eu não deveria ter dito essas palavras. Isso pode tê-las feito virar realidade! O que eu farei sem você, Jasão? O que qualquer um de nós fará?

A lua estava cheia e baixa, entre as pontas de terra elevada que avançavam para o mar. Ela estivera ali por horas, imóvel, como se suspensa no tempo. O único sinal de mudança no porto era a maré, que não parava de baixar; e o mar escuro, investindo contra os diques e as cordas que prendiam os navios ao porto. Tisaminas não entendeu o que estava acontecendo.

— Se ao menos Antiokus estivesse aqui... — murmurou para a noite. — Ele poderia explicar isso. O tempo diminuiu o ritmo...

Então ele notou que havia tochas queimando nos promontórios e homens em pé nos penhascos, olhando para trás, na direção do porto.

— Este é o momento — Tisaminas arfou, e as lágrimas tomaram seus olhos, enquanto procurava por Jasão no escuro, abaixo dele.

Como se suas palavras tivessem quebrado um encanto, um suporte de vela de Argo, cuja madeira estava podre, caiu sobre o mastro, que desabou sobre o convés do velho navio, atingindo o herói sentado ali, em devaneios. Os ferimentos foram mortais, a julgar pelo som dos ossos quebrados, pelo sangue que correu subitamente e pelo grito de dor de Jasão.

Tisaminas virou-se para correr e chamar ajuda, mas uma voz sussurrou:

— Fique onde está. Lembre-se do que viu.

Ele olhou para trás. Uma garota de olhos escuros, usando uma capa verde, estava lá. Ela sorriu e depois voltou sua atenção para Argo.

O velho navio começou a oscilar nas águas. Suas amarras se desfizeram e o navio se voltou para o mar aberto, seguindo calmamente por entre os navios de guerra de Iolkos, sem que remos ou marinheiros o conduzissem. Em cada promontório, mais tochas queimavam, vagos vultos de fogo em cada rochedo, marcando a passagem de Jasão rumo à lua, tão acolhedora.

— Todos eles sabiam. — O homem sobre o quebra-mar elevou a voz. — A antiga tripulação, e seus filhos e filhas, todos eles sabiam. O navio nos chamou!

Ele acenou com sua tocha. Os pontos de fogo nos promontórios acenaram de volta.

— O navio nos contou! — Tisaminas gritou enquanto o navio passava pelos rochedos. — Ele nos chamou! — e acrescentou em voz baixa: — Agradeço por isso pelo menos, Argo. Adeus, velho amigo!

Do alto dos cumes as tochas foram arremessadas no mar, riscos em chamas desenhados no ar, assinalando a partida de um grande homem e do navio que o carregava, orgulhoso. A lua subitamente se elevou no céu, saltando por entre as estrelas, alcançando o tempo, indo se alojar abaixo das colinas de Iolkos, no oeste. De repente, tudo ficou escuro novamente, o navio-funeral engolido pela noite e pelo oceano.

Tisaminas virou-se para a garota, apreensivo. Sabia estar na presença não de uma mortal, mas da deusa que havia protegido Jasão a maior parte de sua vida.

— Bem, tudo terminou. Acabaram, finalmente, todos esses anos de agonia.

— Sim. Tudo se acabou. Jasão está em boas mãos.

Tisaminas disse:

— Argo é frágil. Ele sepultará Jasão em um lugar seguro? Fora de nossas vistas e de nossas mentes?

— Sim — a garota disse. — O navio sepultará Jasão em um lugar seguro.

Depois ela riu, virou as costas, o manto dançando atrás dela.

— Mas um de vocês sempre saberá onde encontrá-lo.

Pohjola, um país ao norte, 700 anos depois.

Recordando-se apenas parcialmente desta terra gelada, ele havia lutado para abrir caminho através da neve pelo que pareceu o tempo de uma vida, algumas vezes puxando seus animais de carga pelas rédeas, sempre relutando em enfeitiçá-los a fim de facilitar a própria vida. Seus ossos "coçavam", como dizendo: "O poder está aqui, você pode usar mágica para acabar com essa penúria!".

Mas ele queria poupar suas forças para quando alcançasse o misterioso Lago dos Gritos, que, congelado, prendia os navios. Então, aguentou firme sob as agruras do inverno e da noite sem fim. E os cavalos sofreram com ele. Onde a neve estava mais baixa, ele corria, e onde havia rastros profundos de animais nos montes de neve, seguia a trilha. Dessa forma, lua após lua, cruzou a vastidão gelada sob a luz pálida da noite, aproximando-se da terra de Pohjola e do estranho lugar pelo qual procurava.

Conhecendo bem o lugar, ele já usava ossos de lobo e dentes de urso em volta do pescoço e tinha atado as peles de marta e de raposa às mantas rotas e malcheirosas nas quais se enrolava havia um ano e meio, desde que deixara as campinas e os pântanos de Carélia e cruzara a ponte de gelo, rumo às montanhas no norte.

Não havia alvorada ou crepúsculo no inverno dessa terra estranha, apenas nuvens banhadas pela luz da lua, breves visões de estrelas e o brilho da aurora boreal. Seu corpo e as breves aparições da lua indicavam quando o sono era necessário. Os cavalos não gostavam disso.

— Meus ossos coçam — disse o jovem homem através de sua barba congelada, enquanto espanava a neve das narinas abertas de seus dois orgulhosos companheiros, aproximando sua tocha para inspecionar seus olhos e pescoço em busca de ferimentos.

— Eles coçam porque foram esculpidos e entalhados com toda a mágica de que sempre precisei e continuarei a precisar na longa vida que tenho pela frente. Nasci assim, há centenas e centenas de bons cavalos como vocês! E, sim, creio que um pouquinho dessa mágica poderia me ser útil para tornar a vida mais tolerável. De todos os cavalos que conheci, você dois são, sem sombra de dúvida, os melhores. E é por isso que não lhes dei nome. Já sofrerei demais por vocês, quando se forem. Os cavalos se tornam melhores conforme os séculos passam. Eu *poderia* conjurar um pouquinho de calor... Mas *não* farei isso. Prefiro guardar a mágica para quando precisarmos dela de verdade. Vamos lá, cavalos... Não é tão ruim assim. Em breve, estaremos no lago. Por hora, vamos tentar só mais uma hora de viagem? Então, pararemos para comer. Eu prometo!

Vento gelado no rosto e o olhar desolado dos dois animais foi tudo o que ele recebeu como resposta à sua súplica. Era como se eles soubessem que a leveza da carga que levavam significasse que a comida estava quase acabando. Seus ossos pontudos já começavam a aparecer por baixo da pele, ali onde o racionamento começava a ficar mais difícil de suportar, abaixo das cobertas que os protegiam.

Não havia dia, apenas uma noite que não mais acabava. A última vez em que ele estivera lá — já há cinco gerações — fora um dia sem fim, e chegara a pensar que jamais veria as estrelas novamente. Agora, ansiava pelo sol. E o alvorecer chegado. Aurora boreal, colorida e em grande quantidade, dançava lá no alto, o hálito ardente de uma deusa que acabava de acordar sendo derramada nos céus sombrios e estrelados.

— O dia está chegando, cavalos. E, apesar de ficar feliz com isso, preciso estar no Lago dos Gritos antes que amanheça. Muitas coisas despertam com a alvorada nesta terra fria e desolada. Então, vamos lá... Uma última tentativa? Uma última hora? Por mim? Por seu jovem e velho mestre, Merlin?

Olhares desanimados em meio ao silêncio, interrompido só pelas respirações congeladas.

— Não vou desperdiçar meus preciosos ossos na última etapa do caminho — disse o jovem. Estava impaciente agora, e bravo. — Eu tenho que poupar minha mágica!

Ele largou os arreios, virou-se e andou só pela neve espessa, seguindo a trilha quase apagada deixada por uma matilha de lobos. Ele uivou e rosnou enquanto farejava, procurando o cheiro do grupo, enquanto batiam-se uns contra os outros os ossos de lobo do talismã que trazia no pescoço. Provocando.

Depois de um momento, os cavalos começaram a segui-lo, rapidamente.

Bem, o que posso fazer? Eu sempre tive jeito com animais!

Parte um

Ressurreição

1
Niiv

Eu não era um estranho naquele território, mas também não o conhecia profundamente. Na última vez em que o cruzara — a rota para a região erma, repleta de florestas e neve, que formava o norte de Pohjola — havia passado por um vale estreito, guardado por nada mais sinistro que raposas brancas, martas brincalhonas e aves carniceiras.

Conforme eu me afastava da floresta de bétulas em direção à entrada estreita do vale, deparei com uma barreira de estátuas de cara brava, entalhadas em madeira, com a altura de cinco homens, cada uma delas circundada por tochas que iluminavam suas feições desconfiadas.

Contei dez das figuras grotescas. Elas circundavam a entrada do vale. Entre elas, uma cerca de espinhos larga impedia a passagem de até mesmo um rato-da-neve e, se havia qualquer espécie de portão em algum ponto do paredão sinistro, eu não conseguia enxergá-lo.

Usei os espinheiros como estacas e ergui um abrigo tosco usando as peles de animais que tinha na bagagem. Alimentei os cavalos e depois fui estudar cada um dos rostos esculpidos na madeira. Uma daquelas imagens, com cabelos feitos de folhas, e máscara escura e severa no lugar dos olhos, prendeu minha atenção por algum tempo até que eu me desse conta de quem representava. O reconhecimento me deixou chocado. Era uma imagem de Skogen, um velho amigo golpista; e seu nome queria dizer "sombra de florestas do além". E era precisamente isso que ele havia sido. Em um passado remoto, quando ele ainda estava em sua forma humana, nós havíamos corrido o mundo juntos. Agora ele estava ali, em uma noite eterna, um deus entalhado em madeira, o rosto fendido no gelo. Ele não precisava estar ali. Quando chamei seu nome, as tochas que circundavam seu pescoço pareceram tremeluzir com animação. Eu não estava me divertindo nem um pouco, e memórias desagradáveis voltavam.

Agora, um segundo rosto de súbito tornou-se familiar para mim, uma vez que eu havia prestado atenção em suas feições rudemente esculpidas. Outra velha "amiga" de meus anos de juventude, desta vez uma pessoa gentil.

— Bem, bem, Sinisalo. Você costumava escalar árvores. Agora você *é* uma delas. Você costumava pregar peças em mim e depois sair correndo. Agora você tem raízes.

Sinisalo era a "eterna criança". Eu mesmo, certa vez, já havia sido um Sinisalo. Todas as criaturas do mundo são Sinisalos em algum momento. O poder das crianças geralmente é deixado para trás no processo de crescimento. Mas, para alguns de nós, aquela qualidade de graça, diversão e traquinagens sempre permanece ao alcance de nossa visão, para ser invocada quando desejarmos. A eterna criança. Ali estava ela, há cinco mil anos, uma memória esculpida em bétula.

— Sinisalo — sussurrei com afeição, e soprei um beijo.

A expressão do rosto no tronco enrugado não se alterou, mas pássaros grandes e escuros começaram a erguer voo de seus ninhos de inverno e a empoleirar-se sobre as bordas irregulares das estátuas.

Fazia muito tempo desde que eu encontrara essas entidades pela última vez e já havia esquecido a maioria delas. O que eu me lembrava era que toda vez que eu as encontrava em pedra, madeira, osso, máscaras ou desenhos coloridos em paredes de cavernas, sempre que nossos caminhos se cruzavam, minha vida mudava. Para pior. Sempre me parecera que aqueles dez velhos rostos em meu mundo estavam me observando e surgiam como presságios indesejados de alguma mudança nessa vida de viagens, segurança e prazer no caminho que eu trilhava. Nenhuma dessas vastidões congeladas de pedras, gelo e florestas eram prazerosas de se atravessar, mas eu estava ali por motivos pessoais e antecipara uma mudança para *melhor*.

Não, esses totens repulsivos, de dentes arreganhados, não eram mesmo um sinal bem-vindo. Meus ossos coçavam. Seus nomes — todos, menos os de Skogen e Sinisalo — me escapavam. Eu não tinha dúvidas de que havia vida naquela madeira, que eles haviam me atraído até ali por suas próprias razões. Eu me perguntava, porém, se eles poderiam perceber minha confusão e minha relutância em me lembrar de tudo com mais clareza.

— Ouçam! — gritei. — Eu conheço dois de vocês. É provável que eu chegue à conclusão de que conheço todos, se conseguir reconhecê-los. Sou amigo. Eu sigo o Caminho. Esta é a minha centésima caminhada. No mínimo! Quem é que está contando? Já estive aqui cem vezes antes. E vocês sabem que preciso continuar. Por favor, chamem as pessoas que erigiram vocês. Eu gostaria de falar com elas. Eu preciso que o portão se abra!

Depois de um longo descanso — eu estava exausto; os corvos me acordaram para a sempre presente escuridão boreal —, parei diante do muro, olhando para as tochas dos cavaleiros que montavam renas, um dos quais havia desmontado e estava ali, em pé, encarando-me de alguma estrutura que ficava no centro da barreira de espinhos. Eu podia ver que havia cinco cavaleiros, todos eles fortemente agasalhados por mantos de pele tingida e chapéus que os faziam parecerem enormes, sentados em suas montarias. As criaturas haviam tido suas galhadas adornadas com cores do inverno e estavam protegidas por cobertores coloridos e capuzes, através dos quais suas respirações surgiam como formas de vida elementares.

O homem que me encarava perguntou quem eu era. Eu só conseguia ver seus olhos. Respondi em um dialeto de seu idioma que eu era o jovem guerreiro que passara por ali havia cinco gerações e lutara ao lado de seu antepassado heroico, Lemkainon, contra Kullaavo Pele-de-Urso, o espírito mau daquela terra.

— Você lutou ao lado de Lemkainon? Contra o monstro?
— Sim.
— Não foram muito eficientes. Kullaavo ainda está na floresta.
— Nós tentamos.

Contei-lhe o nome que usava durante aquele conflito. Lembrei-lhe de que meu retorno havia sido previsto, exatamente para essa época. Senti o hálito gelado da respiração do homem, que depois disse:

— Se isso é verdade, então, você é um feiticeiro. Alguns deles vivem até que a carne abandone seus ossos. E, ainda assim, algumas vezes, seus ossos continuam se sacudindo por aí. Você é um feiticeiro?

— Sim. Deixe-me passar.

Ele me observou atentamente. Talvez não conseguisse me ver muito bem na escuridão.

— Quantos pássaros você é capaz de invocar?

Eu tinha certeza de que ele estava me perguntando qual era minha idade; os *pohjolan* contavam a idade de seus xamãs pelo

número de pássaros que invocam durante seus períodos de transe — geralmente um pássaro para cada dez anos de vida.
— Dois — respondi.
— Só dois? Mas você disse que estava aqui cinco gerações atrás.
— Mantenho o número baixo porque viajo mais rápido desse jeito. — *Quanto mais jovem, melhor.*
— Mais pássaros, mais habilidades, claro. — *Quanto mais velho, mais sábio.*
— Bem, sim. Mas, com poucos pássaros, mais apetite. — *E mais energia. É claro.*
Vivo desde antes da terra de *pohjolan* ter-se erguido da grande geleira. Mas eu ainda tinha só dois pássaros, um falcão e um corvo — e, falando nisso, ainda que eu não os visse há algum tempo, eles não eram minhas companhias prediletas —, porque era mais importante manter a juventude ao meu lado. Pelo menos, naquele momento.

Meu inquisidor pensou por um momento na minha resposta e depois me perguntou o que eu fazia em Pohjola.
— Vou nadar no Lago dos Gritos — respondi.
Ele pareceu atônito.
— É um lugar terrível. Há mais homens mortos naquelas águas do que vivos em toda a terra de Kalevala. Por que você se importaria com um lugar como aquele?
— Estou procurando por um navio naufragado.
— Há cem navios naufragados no fundo daquele lago — disse o guardião. — O velho da água construiu seu palácio com a madeira e os ossos dos naufrágios. É um lugar pavoroso de se visitar.
— Nenhum homem da água jamais chegou perto do navio que *eu* estou procurando.

O homem no paredão franziu o nariz, enquanto pensava em minhas palavras.

— Isso parece improvável. Enaaki é muito voraz. E, de qualquer forma, o gelo tem a espessura de um homem em pé. Nem mesmo os *voyazi* podem atravessá-lo.

Os *voytazi*, eu sabia, eram os demônios da água que capturavam os homens nas margens e os arrastavam para uma morte terrível nas profundezas. O povo *pohjolan* vivia atemorizado por eles.

— Eu conheço uma forma de passar pela neve.

O homem que montava renas riu.

— Qualquer um pode passar por ela indo *por baixo*. Cavar não é problema. O lago é cheio de menestréis, falastrões e malandros que fizeram isso. Mas o gelo se fechará sobre a sua cabeça. E como é que você se livrará dele então?

— Pode ser que eu tenha uma forma de fazer isso — eu me gabei.

— Então, você tem um segredo — o meu anfitrião replicou mordaz —, que você deve revelar antes de nós deixarmos que passe.

Pensei que ele tivesse feito uma piada e ri, para depois perceber que falava sério. As pessoas do Norte têm fome de "feitiços", eu me lembrei, e eles os comercializavam de forma tão natural quanto os gregos comercializam azeitonas e queijos frescos.

Aquele homem estava me irritando. Era bem óbvio que ele não permitiria a passagem a um estranho de aparência jovem, cabelos oleosos, barba longa, aspecto bárbaro, burro de carga e fedorento; não sem alguma espécie de troca. E, apesar de acreditar que ele tivesse pouco tempo para feiticeiros — ou menestréis, falastrões e malandros, como ele os chamava —, eu podia adivinhar que vivia ávido por aqueles truques ou encantamentos, que em seu país eram chamados de *sedjas*.

— Não revelarei nada sobre esse segredo, você sabe disso. Mas eu tenho talismãs para troca e uma cura para o Mal do

Inverno, que mostrarei mais tarde. Deixe-me passar. Eu *tenho* que chegar ao lago.

— Você tem uma cura para o Mal do Inverno?

Todo homem, mulher, criança e lobo naquela vastidão escura sonhava com uma solução para o mal que os afetava — como um calafrio, que passava dos galhos das árvores para seus próprios corações. Eu descobrira, muito tempo atrás, que a melhor cura para aquele mal era acreditar que *havia* uma cura para ele.

O homem das renas espanou o gelo de seu nariz novamente.

— O que é que você quer com o tal navio?

— Eu acho que sei o nome dele. Certa vez, naveguei com o seu capitão. Ele ainda está no navio. Espero poder colocar flores em sua sepultura.

O homem das renas emitiu um som gutural e depois olhou para os totens de madeira.

— Não entendo. Mas me parece que os *rajathuks* aceitaram você. — Pensou seriamente por um momento e depois deu de ombros. — Então, você pode passar.

Demorei um tempo para ir de guardião em guardião — os *rajathuks* — e agradecer.

O portão foi aberto. Entrei com rapidez no território de Pohjola, puxando os arreios de meus cavalos relutantes para depois observar como o emaranhado de espinheiros e vime havia voltado para seu lugar entre os enormes ídolos de madeira.

Fui apresentado a cada um dos cavaleiros, que estavam esperando, e apenas um homem grande e rude chamado Jouhkan demonstrou um leve interesse por mim.

Lutápio, o líder dos cavaleiros, o homem que havia me feito tantas perguntas no paredão, estava inspecionando meus cavalos. Ele se ofereceu para trocá-los comigo por renas, mas recusei a oferta. Eu gostava de meus animais. Bons cavalos, mesmo cavalos de carga, eram difíceis de conseguir e eu já tinha esse par havia cinco anos. Eles haviam se tornado bons amigos. Perder cavalos para o Tempo, a Morte e perder cães de caça ou gatos selvagens, outros bons amigos, é uma das coisas mais difíceis nesse caminho tão longo. Minha trilha está repleta de sepulturas de velhos amigos ou de monumentos pela memória deles.

Eu supunha que Lutápio esperasse algum pagamento pela hospitalidade que me oferecia, mas ele fez um gesto recusando minha sugestão. Eu era bem-vindo para viajar com eles até o lago, assim que tivessem acabado de cuidar de seus assuntos ali na floresta, o que demoraria um pouco.

As coisas que precisavam resolver estavam no espírito da montanha de Louhi, a Mestra do Norte, um lugar muito sagrado, uma caverna estreita que levava ao paredão inclinado de uma montanha, protegida por um emaranhado formado por muitas árvores de inverno. Chamas azuis e vermelhas agitavam-se em dois suportes de pedra dispostos em cada lado da entrada, e a brancura brilhante dos crânios de ursos captava os raios agitados da luz fugidia.

Os homens montados em renas armaram as barracas ali perto e duas fogueiras grandes ardiam, mantidas acessas pelo resto do grupo, que, impaciente, vasculhava as árvores em busca de alimentos. As renas bufavam e resfolegavam em seus arreios.

Curioso, cheguei a me aproximar da caverna, mas Lutápio insistiu para que eu permanecesse ao lado de fora. Eu podia ouvir música, o som de três vozes femininas, e pareceu-me que uma delas cantava e que as outras a acompanhavam. A canção se transformou em um lamento de dor, depois houve silêncio, seguido pelo som de choro e de madeira sendo quebrada com raiva.

O ciclo tornou a se repetir. Lutápio me arrastou de volta para perto do calor e me ofereceu uma bebida.

— O nome dela é Niiv. Ela pode ou não falar com você, isso depende — ele não explicou do que dependia conversar com ela. — O pai dela morreu no lago, há pouco tempo. Ele era o maior dos viajantes dos sonhos, e vários animais diferentes pegaram seu espírito, embora ele se manifeste de maneira mais forte no urso. Niiv é sua filha mais velha. O filho mais velho dela foi morto por um lobo-louco-de-lua. Jouhkan, o filho mais novo, não tem nenhum interesse em viagens de sonho. Então Niiv está aqui, com suas irmãs, para pedir a Louhi se lhe é permitido levar os sonhos do pai adiante. Para fazer isso, ela precisa se tornar o próprio pai por um instante, e viver através da dor dele, da vida dele e, finalmente, da morte dele. E tudo está quase acabando, como você pode ouvir. Ela deve estar apavorada.

— E se a Mestra do Norte negar?

— Ela não voltará atrás. — Lutápio disse aquilo como um fato consumado, apontando para uma vala que havia sido cavada na neve, na terra congelada abaixo. Ela estava marcada com uma estaca, na qual um colar de âmbar estava pendurado.

— Espero que a Mestra a aprove — desejei.

Muitos dos homens riram, inclusive Lutápio, que disse:

— Conhecendo Niiv, Louhi vai acabar comendo na mão dela.

— Quão distantes estamos do lago? — perguntei depois.

— Cinco paradas, talvez seis, se você for lento. Jouhkan e Niiv o levarão. A margem do lago está cheia de estranhos, muitos deles feiticeiros. O lugar fede a poções mágicas, feitiços e merda. Será sábio de sua parte manter a cabeça no lugar. De alguma forma, creio que você conseguirá.

Agradeci a Lutápio e assegurei-lhe de que estava preparado para o circo que poderia encontrar. Seis paradas, ele dissera, e eu supus que ele estivesse se referindo a períodos de descanso, de aproximadamente uma noite cada. Quando a noite dura cerca de meio ano, os dias deixam de ter tanta importância, mas agora eu fazia alguma ideia de quão longe precisava ir, e a jornada era menor do que eu esperava.

Um vento gelado começou a soprar da entrada do santuário da Mestra do Norte. A luz do fogo oscilou, e fagulhas voaram até as coberturas de nossas barracas, apagando-se rapidamente na camada malcheirosa de sebo que cobria as peles. Pouco depois, as três mulheres apareceram correndo, curvadas de tanto rir; a alegria podia ser ouvida abafada pelos cachecóis de cores vivas que envolviam seu rosto, exceto os olhos, que brilhavam à luz das fogueiras. Elas se precipitaram para a tenda e abaixaram-se para passar pela abertura, que fecharam atrás delas. As risadas ficaram mais altas e elas cantaram novamente, mas dessa vez eram risos de alegria, puros e verdadeiros, três vozes que borbulhavam entusiasmadas, agudas e melodiosas, tagarelando.

Quem quer que fosse Niiv, ela agora tinha um pouco de mágica, a mágica de seu pai, e estava encantada com isso.

Lutápio e os outros se enfiaram na tenda para dormir. Eu me estirei junto ao fogo por um momento, imaginando se deveria tentar conhecer melhor a Senhora do Norte. Naturalmente, eu já ouvira falar de Louhi; seus atos e sua influência estavam em todo lugar. Mas nunca havia me encontrado com ela. Meus pensamentos vagos foram interrompidos quando uma das mulheres saiu de sua tenda, olhou para mim e então veio até onde eu estava, ajoelhando-se na neve, o que fez a saia volumosa que vestia espalhar-se à sua volta. Ela usava um gorro de lã que quase cobria os olhos e uma echarpe que escondia o rosto. Olhos azuis-claro me investigavam daquela abertura em sua máscara de inverno. Eu estava perturbado pela intensidade daquele olhar, quase enfeitiçado por ele, preso como um peixe fisgado em um anzol. Eu não conseguia deixar de pensar: *Essa mulher me conhece.*

Ficamos sentados daquela forma pelo que pareceram eras. Eu brinquei com os gravetos em minhas mãos de forma nervosa e ela bateu suas mãos uma na outra, devagar, à medida que me observava, inabalável.

De repente, ela disse:

— Você é um daqueles que fazem o Caminho em volta do mundo, não é?

Pego de surpresa por essa súbita inspiração, respondi:

— Sim, eu sou. Como você soube?

— Louhi dos cabelos gelados me mostrou como ver. Ela parece perturbada por sua causa. Eu não consigo enxergar seu rosto debaixo de toda essa barba. E me pergunto quem é você. Eu vou descobrir. Você está indo para o lago.

Isso era uma declaração, mas, mesmo assim, respondi:

— Sim. Para procurar um navio.

— Vou descobrir quem você é — ela repetiu, de forma quase ameaçadora, ficando em pé. Limpou a neve da saia e retornou para sua tenda.

— Eu contaria a você, caso perguntasse — resmunguei pelas costas, conforme ela desaparecia por entre as peles.

Depois do sono, uma rena descansada foi preparada para mim, e Jouhkan me ajudou a montar. Achei aquilo muito desconfortável, pois eu tinha de abrir as pernas demais e as rédeas bamboleavam pesadas e difíceis de controlar entre a galhada do animal.

As três irmãs riam por trás de suas máscaras de lã e se referiam a mim de forma levemente zombeteira — era mais uma provocação que um insulto — antes de dispararem em sua rena para longe do santuário e trotar ao longo de um buraco de neve. Minha montaria deu um solavanco e saiu em perseguição à outra rena. Como eu também estava puxando os arreios de meus cavalos de carga, quase fui arrastado da sela, mas consegui me segurar e sacolejei desconfortável atrás das jovens que estavam se divertindo muito.

Jouhkan cutucou meus cavalos com sua lança e os ajudou a se apressarem. E foi assim que começamos a avançar para o Sul, afastando-nos cada vez mais da aurora boreal, entrando na floresta novamente e seguindo trilhas e rastros usados em incursões anteriores.

A jornada era cansativa, mas eu poderia continuar alegremente. Eu quase podia farejar a alvorada de tão próxima.

Entretanto, meus guias gostavam de parar com regularidade, para se sentarem, trocar conversa e restos de comida, gerando atrasos que eu achava irritantes.

— Você não chegará lá mais rápido só porque deseja — Niiv me provocava.

Ela comia o último pedaço de peixe salgado. Havia sido proibida de comer carne vermelha, segundo me contou, desde que a filha de um xamã havia morrido enquanto ela crescia. Ela ainda não estava "pronta" de fato, mas me confidenciou que já trazia em si uma criança. Isso não era assunto meu. Em breve, faria uma oferenda na tumba da Senhora de Pohjola, que faria os arranjos apropriados se ela realmente parecesse ser adequada a esta vida. Tudo se encaminhando muito bem, ela acreditava.

Jouhkan era seu irmão mais velho e também seu guardião, mas tinha total consciência de que Niiv cuidava da própria vida.

— Estou aqui para protegê-la de lobos e ursos — disse ele, sorrindo. — Ela quereria dançar com eles... E, provavelmente, poderia.

Sem peixe para nós, Jouhkan e eu nos contentamos com tiras de carne de rena tão podres que eu quase perguntei ao meu anfitrião se não estávamos comendo excrementos humanos secos. Mas, como não havia outra coisa para comer, eu me calei. Para esquecer o gosto, fiquei olhando para a bela jovem. Havia cristais de neve e de sal em volta de sua boca enquanto mastigava, ávida e ruidosamente. Ela olhava para mim com tanta curiosidade que senti minha testa se contrair, um sinal de nervosismo que ela notou no mesmo momento. Havia sempre um sorriso de compreensão em seu rosto.

— O lugar para onde você vai é o mais perigoso dos lagos de Pohjola; e de qualquer outro lugar. Excetuando Tuonela, o lago negro. Você sabia?

Concordei que era perigoso, mas eu não ouvira nada além de ser esse o lago em cujas profundezas jazia um navio que gritava. Intuindo profundamente que aquele era meu antigo barco que havia afundado, com meu velho amigo a bordo, não me envolvi na discussão. Eu sabia sobre o velho do lago, mas algo no tom grave de Niiv me fez pensar. Eu suspeitei que precisasse estar preparado para usar um pouco de minha habilidade.

Ela continuou falando.

— Os menestréis passam uma semana na margem do lago durante o longo verão, cantando para as águas, tentando persuadir Enaaki, o velho das águas, a deixá-los nadar até o fundo. Às vezes, ele os agarra nos bancos de areia e os desmembra. Mas geralmente ele concorda com uma visita quando chega o inverno. Ele come vísceras e você precisará abastecê-lo com o equivalente a uma rena, no mínimo — um cavalo deve servir —, se estiver querendo persuadi-lo a deixá-lo nadar até seu esconderijo. Você sabia?

Eu não sabia. Se achasse essa oferenda essencial — e duvidava que viesse a ser —, eu precisaria encontrar uma forma de trocar algo por uma rena. Meus cavalos não estavam disponíveis.

Niiv estava saboreando os efeitos que suas informações tiveram sobre mim.

— Há mais de cem *voytazi*, espíritos com dentes perfurantes, guardando os navios naufragados. O palácio de Enaaki é como um labirinto, com paredes de tábua amarradas com algas e um telhado feito de ossos humanos. Ele se estende por quilômetros na escuridão. O lago não tem fundo, apenas o teto do palácio de Enaaki, cheio de orifícios, por onde ele pode espiar, e de armadilhas. Se ele vier até a superfície, você será arrastado lá para baixo tão rápida e profundamente que sua alma ainda ficará um tempo acima de você, nadando, sem entender o que aconteceu.

— Vou me certificar de oferecer a ele uma boa refeição de vísceras.

— Você *precisa* fazer isso. — Ela me observou por um momento, depois franziu a testa. — Enaaki deve ter comido seu amigo há muito tempo. É apenas o fantasma dele que grita.

— Bem, se isso for verdade, terei perdido meu tempo.

Então, as palavras dela ficaram claras para mim. Ela adivinhara facilmente que eu não viera aqui para honrar o falecido, mas na esperança de que ele ainda estivesse vivo e, também, que eu acreditava ser dele a presença atormentada nas profundezas das águas, que lançava seu grito terrível, dando nome ao lago.

— Mas não acredito que seja verdade — continuei, com precaução.

— Por que não?

— Por causa do navio que o protege. Nem mesmo Enaaki pode comer esse navio em particular.
— Se é que é esse navio — ela debochou.
— Sim.
— Quantos anos tem, Merlin? Conte-me.

Ela havia se inclinado em minha direção, quase faminta. Seu hálito era incrivelmente doce, apesar da sua refeição de peixe salgado. Antes que eu pudesse me conter, já havia me inclinado em sua direção também, quase nariz com nariz, atraído por ela, como um amante pelo outro, sem pensar em mais nada.

Cheguei bem perto de contar-lhe a verdade. A única coisa que me impediu, enquanto ela irradiava aquele feitiço e beleza quase irresistíveis, foi que eu não conseguia encontrar as palavras certas para explicar os milhares de anos durante os quais estivera andando em círculos naquele caminho que envolvia o mundo real e os mundos inferiores que se abriam a partir dele.

— Mais velho do que pareço — resmunguei, pouco convincente.

— Bem, sim. Sei disso. De vez em quando uma caveira toma o lugar de seu rosto. Você deveria estar morto há muito tempo. Mil vezes morto. Conte-me. Como você conseguiu manter essa aparência jovem?

— Você faria melhor perguntando à Juventude... Mas ela já se foi há muito, muito tempo.

Ela pensou, depois tocou em meu nariz, não com um dedo longo e elegante, mas com o último bocado de peixe salgado.

— Eu não acho que ela partiu — sussurrou.

Ela virou a cabeça, sorriu através da neve e do sal que o peixe espalhara em sua boca, depois puxou de volta seu cachecol, pronta a voltar à sua cabana para dormir, mas ainda se deteve um pouco junto ao fogo. Jouhkan me encarou, sua mandíbula trabalhando lentamente, enquanto amaciava a carne seca com os dentes manchados. Ele não havia entendido muito da conversa.

— Se encontrar seu amigo são e salvo, e não despedaçado na cozinha de Enaaki, você o trará de volta para terra firme? Como Lutápio lhe disse, o gelo tem a profundidade da altura de um homem. Ele pode se fechar acima de sua cabeça em segundos.

Novamente aquela curiosidade hesitante. A pergunta parecia inocente, mas mesmo Jouhkan tateava por segredos com os quais pudesse lucrar.

Tudo que eu disse foi:

— Pergunte-me daqui a algumas paradas de descanso. Preciso chegar lá primeiro. Preciso aprender algumas das regras. — Eu ainda estava esfomeado. — Posso comer mais um pouco de carne de rena?

Jouhkan pareceu confuso com o pedido.

— Carne de rena?

Apontei para a espécie de tendão marrom que ele segurava na mão enluvada.

Ele riu, sacudindo a cabeça:

— Isto não é rena... Você pensou que era rena? Quem me dera! — ele rosnou na direção da comida.

— Meu estômago fica revirado só de pensar de onde isso veio.

— Oh, desculpe, eu me enganei! — disse ele, rapidamente. — Por favor, não continue.

Ele me deu uma tira da carne repulsiva. Notei que Niiv ria em silêncio por trás de seu cachecol.

2
Urtha de Alba

— Você responderia uma pergunta minha? — disse eu a Niiv durante a terceira etapa de nossa jornada rumo ao lago. Ela estivera emburrada por dois dias e vomitara duas vezes. Suas irmãs viajavam longe dela, apesar de não ter ocorrido nenhuma briga entre as meninas. Nós não havíamos conversado muito, não surgiram oportunidades. Um vento cortante estivera varrendo a floresta. Ele nos gelava até os ossos. Atingia a todos, exceto aos que se mantinham abrigados e aquecidos. Tudo estava mais quieto agora, havia apenas o som dos cascos e os ruídos dos animais. Niiv cavalgava à minha frente.

— Sim. Se você responder a uma das minhas.

Minha curiosidade sobre a mulher estava aumentando, apesar de eu estar empenhado em esconder o fato. Ela me era familiar de uma forma que me desconcertava, não porque eu pudesse sentir os poderes dos feitiços que sua cabeça protegida pelo cachecol irradiava, mas, estranhamente, pela forma como ela ria.

— Quem é o pai da criança que você espera?

Ela me olhou por cima do ombro e depois trotou em silêncio por alguns instantes antes de dizer:

— Eu não sei.

— Você não sabe quem é o pai? Estava dormindo?

— Isso ainda não foi decidido! — acrescentou ela, brava — Ainda.

Senti uma excitação pelo entendimento... E um arrepio ao mesmo tempo. Palavras conhecidas ecoaram através de gerações. Observei seu corpo oscilando sobre a montaria. Era a personificação da energia. Olhava com desprezo para a esquerda, ciente de meu olhar sobre ela. Esperou. Permaneceu em silêncio. Ela sabia que eu estava muito curioso.

— Entendo — disse eu. — Não existe uma criança propriamente dita, apenas a esperança em sua mente. Só um sonho. Nada dentro de você ainda.

— *Existe* uma criança — disse ela, bruscamente, e depois acrescentou: — A criança, por enquanto, é Niiv e apenas Niiv. Espera por um pai. Continuo dizendo a ela para ser paciente, mas as crianças são tão exigentes. — Olhou para trás novamente quando disse isso, e eu vi que ela estava me provocando e se divertindo com isso. — Esta aqui quer nascer. Mas, sem um pai, como ela poderá crescer da forma apropriada?

— Como, não é mesmo?

Cavalgamos em silêncio por um longo, longo período. Passei a maior parte do tempo tentando decidir se Niiv me assustava ou me apavorava. Enquanto ela falava, eu sentia minha pele formigar. Meus ossos quase cantavam! Durante toda a minha vida, eu havia confiado em minhas habilidades mágicas — elas estavam esculpidas em meus ossos e, apesar de eu não utilizar meus feitiços naquela época (era oneroso demais), apenas os ossos já eram amuletos bem eficientes, sempre me avisando para ser cuidadoso.

Na verdade, havia sinais de aviso por toda parte, em particular no clarão e no redemoinho do fogo no céu noturno, silencioso e sinistro. O horizonte ao norte estava desperto e jorrava luz, uma trêmula cascata colorida que queimava e criava constantes reflexos nas contas polidas e ossos do penteado elaborado de Niiv.

Minha preocupação tinha duas naturezas. Estava claro para mim que Niiv jogava com as habilidades de encantamento que haviam sido dadas a ela pela Senhora do Norte. Ela estava chapinhando no território da magia de forma atabalhoada, sem cuidado. Havia começado a formar uma criança em seu útero, sentindo que isso era concebível, imaginável, que o recipiente mundano poderia ser útil em absorver outra vida e outras habilidades. Eu conhecia esse truque desde que começara o Caminho e sabia como me esquivar na maioria das situações. Era uma estratégia perigosa e Niiv ainda era muito jovem para controlar tanta magia, o que a transformava, também, em um perigo. Era certo que ela havia aprendido alguma mágica mais simples com o pai, apesar de eu duvidar que ele tivesse intenção de ensiná-la. Tudo sugeria que ela havia roubado as habilidades limitadas do pai. E, agora, seu pai estava morto, afogado de uma forma horrível. E ela havia usado aquela morte para reivindicar para si a permissão dele para praticar mágica. O irmão dela parecia estar em um mundo etéreo e particular, cavalgando satisfeito atrás de nós. Niiv não tinha ninguém que a aconselhasse, que lhe fizesse recomendações, ninguém preparado para controlar seus excessos. E eu estava ciente de que nem a própria Niiv entendia quão perigosa era.

Perigosa! E, apesar disso, apesar de eu quase ter admitido para ela, como poderia admitir para qualquer um, que eu era um simples xamã e que eles sempre mentiam sobre idade e talentos —, ela havia, de alguma forma, visto além da mentira.

Ela sabia que eu não era um homem comum. Ela havia visto uma caveira emergindo de meu rosto. Ela havia me reconhecido como "um daqueles que trilham o Caminho", ela tinha um talento bruto. Dali por diante eu precisaria ser cuidadoso com o que dizia e fazia na frente dela.

Minha segunda preocupação dizia respeito à sensação familiar que aquela mulher me despertava, e eu suspeitava que isso pudesse ser, também, algo que provocasse ainda mais o interesse dela a meu respeito.

Depois de um momento, perguntei:

— Qual era o nome de sua mãe?

— Minha mãe? Ela recebeu nome por causa do azul do lago durante a época mais quente do verão. Por que a pergunta?

— Qual era o nome de sua avó?

— Minha avó recebeu seu nome por causa do gelo que brilha nos galhos no final do inverno. Por que a pergunta?

— E sua bisavó?

Niiv hesitou antes de responder, sem olhar para mim. Os animais abriam caminho com esforço e resfolegavam, como se arrastassem um arado pela neve.

— O mesmo de minha mãe. Por que a pergunta?

— E a avó de sua bisavó?

— A avó de minha bisavó? Como você é curioso, Merlin. Estranhamente curioso. A avó de minha bisavó recebeu seu nome pelas brumas que circundam as árvores no outono.

— A pequena Meerga — sussurrei. Porém, falei em voz alta: — Você tem uma boa memória.

— Nós não esquecemos — Niiv concordou. — Todas as minhas ancestrais me observam no seio da Mestra do Norte. Por que você me pergunta tudo isso?

— Você me lembra alguém.

Niiv riu.
— Não a pequena Meerga. Ela morreu há duzentos invernos.
— Eu sei.
A pequena Meerga. A Senhora das Brumas. Observei Niiv cavalgando e me lembrei de sua ancestral. Era tão óbvio para mim, agora que eu havia feito a conexão. Os olhos eram os mesmos, a risada era a mesma, o jeito provocativo de cavalgar era o mesmo.

Fiquei triste por um instante, apesar de não poder controlar o riso quando lembrei meu primeiro encontro com a mulher cuja descendente — minha própria descendente, minha própria tatara-alguma-coisa-neta — agora trotava na minha frente.

Meerga era frágil e inteligente e dormiu em minha tenda, acompanhada de sua irmã. Eu estava agitado com a proposta de encontro — apesar de não olhar nos olhos dela na primeira vez em que ela me olhou de relance. A irmã dela, que estava ainda mais intimidada ao me ver, perguntou-lhe inúmeras vezes se ela tinha certeza do que fazia. Meerga acalmou e dispensou a irmã, e depois ela mesma pareceu ter dúvidas.

Eu tomei uma bebida e comi alguns pedaços de peixe, sentado do outro lado da fogueira cujas chamas emprestavam à sua pele pálida uma luminosidade agradável. Algo deve tê-la aquecido, mesmo que, provavelmente, não fora minha conversa, porque subitamente ela se levantou, pediu-me que ficasse em pé e começou a se despir.

Por baixo do manto de lã, ela usava um vestido com estampas azuis e vermelhas, de linho fino; e o tecido exalava um aroma de mirtilo. Ela baixou os prendedores dos ombros e deixou que o vestido escorregasse, para revelar a roupa íntima branca, feita de tecido fino, que fora costurada com vestígios de flores da primavera. As pétalas foram cerzidas nas costuras, para formar um padrão que envolvia seu corpo. Ela estava muito bonita e me olhava com olhos azuis arregalados, enquanto desfazia com habilidade os laços das alças do vestido. A túnica que trazia por baixo caiu, revelando uma peça levíssima, que exalava um perfume de água de rosas misturada àquela fragrância que excita, o aroma que não tem nada em comum com o cheiro das flores.

Ela começou a tirar sua última peça de roupa pelos ombros e depois me provocou:

— Você não se livrará dessas cobertas?

— Bem, se você quer...

Tirei com facilidade o manto de pele de lobo de meus ombros, jogando-o longe, ficando de calças e camisa. Apesar de a calça estar desamarrada na virilha, por razões óbvias, a camisa havia grudado completamente na roupa de baixo que eu usava e cuja natureza, naquele momento, não me recordo. Baixei a calça e notei que Meerga se surpreendeu ao olhar, mas depois baixou os olhos, escondendo o espanto.

Eu havia lavado minhas roupas nas águas sagradas do rio Aeduii, um afluente do grande rio Danúbio. Eu dei mesmo uma boa lavada nelas! E depois, novamente — isso havia sido no verão —, mas não tinha muita certeza de qual verão exatamente — e em um país bem mais quente que aquele.

Pedi desculpas, depois usei minha mão espalmada como uma lâmina para separar a camisa da outra peça; e o aroma pungente dos esporos de fungos e suor se misturou às rosas de Meerga. Achei uma combinação muito agradável. Mas ela cobriu a boca com a mão, dizendo:

— Você tem alguma pele por baixo disso?

— Tenho certeza que sim...

A vestimenta acabou se soltando, apesar de estar rasgada nos lugares onde insetos haviam se alojado. Eu não havia notado, até aquele instante, mas as áreas onde eles ficavam estavam doloridas e sangrando. Nu, olhei para meu corpo, que havia sido conquistado e pilhado por um mundo que nada tinha em comum com reis, exércitos e a voracidade de meus iguais.

— Estou certo de que posso fazer algo a respeito... — comecei a dizer, mas uma rajada de ar gelado anunciou a partida atemorizada de Meerga, com os ombros cobertos de qualquer jeito por uma capa.

Mas ela voltou, mais ou menos uma hora depois, com vários unguentos e musgos, e começou a me limpar. E em algum momento, durante a noite, sua filha foi concebida, apesar de eu já haver deixado o lago havia muito tempo quando a menina veio ao mundo. A linhagem que levaria a Niiv havia sido iniciada.

O riso e o olhar; isso havia permanecido por mais de duzentos invernos...

Eu decidi não revelar nada daquilo para a garota, então disse, simplesmente:

— Mas você queria me fazer uma pergunta pessoal em contrapartida? Pode fazer.

— Obrigada — disse Niiv, enquanto trotávamos a passos lentos através da floresta de bétulas. Ela parecia desapontada pelo fato de que a permuta anterior terminara. — Mas esta não é a hora. Farei a pergunta depois. Quando chegarmos ao lago. Espero que você esteja preparado para ela.

— Durante toda minha vida, eu me senti preparado para tudo, menos montar renas. Por isso, caso sua pergunta seja se eu gosto de renas, a resposta é não. E se eu gosto de vê-la montar? Sim, eu gosto de vê-la cavalgar.

Ela riu em silêncio, eu pude notar.

— Se eu gostaria de estar de volta ao clima mais ameno, junto dos mares azuis como os que ficam ao sul deste lugar? Definitivamente. Se eu gostaria de me tornar o pai do seu bebê que ainda não nasceu? *Esta* é uma boa pergunta.

— Mas não é a pergunta que quero lhe fazer — disse Niiv, imediatamente, sem hesitar ou demonstrar raiva por minha presunção, enquanto guiava sua rena macho pela neve.

— Mas será que eu poderia, apesar de... — meditei.

— Mas será que você poderia, apesar de... — ela provocou.

— Eu não sei a resposta.

— Nem eu. Como eu disse: esta não é a pergunta.

Ela olhou para trás, com o que eu imaginei ser um sorriso travesso no rosto, embora a noite e a proteção de lã formassem uma máscara que não revelava nada além do brilho cintilante de seus olhos.

Porque eu estivera ansioso para prosseguir, e porque meus companheiros de viagem eram também jovens, alcançamos o lago depois de apenas cinco períodos de descanso. Eu estava faminto, assim como Niiv, cuja excitação e audácia se avolumavam conforme nos aproximávamos de seu lar e o vento do sul que nos alcançava trazia consigo o cheiro quase irresistível de comida sendo preparada.

Entretanto, a mulher deu instruções para Jouhkan e para mim de que ficássemos onde estávamos, em meio às árvores esparsas, enquanto ela ia rapidamente em direção à claridade das fogueiras que podíamos ver à nossa frente.

Jouhkan coçava sua barba densa e loura.

— Há algo acontecendo — ele resmungou. — Provavelmente, um nascimento. Ela tem faro para essas coisas, mesmo antes de a Senhora do Norte lhe dar um novo par de narinas!

Se era verdade, então, ela tinha um nariz melhor que o meu. Eu só conseguia perceber na brisa o cheiro de comida, urina, suor e renas. E o aroma penetrante de uma fruta, uma baga amarela que crescia por toda parte durante a longa noite de Pohjola, uma delicada nota mágica na escuridão. Jouhkan parecia compartilhar comigo a certeza de que Niiv já havia nascido com pendores mágicos. Apesar de estar em um nível muito básico, ela era como um arbusto de roseira brava, crescendo sem controle. Eu estava bem precavido em relação a ela.

Niiv voltou galopando, a cabeça à mostra, o cabelo esvoaçando, as saias cobertas de neve. Estava sem fôlego e infeliz, e, no momento em que se aproximou, olhou para mim e tocou meu rosto com suas mãos nuas.

— São gálicos — disse ela. — Aparentemente, muito perigosos. Não os conheço, mas há outros visitantes que sabem quem são. São apelidados de "cabeças de ouriço" pela forma como arrumam os cabelos, espetados. Você os conhece?

Gálicos? Cabeças de ouriço? Eu os conhecia o suficiente. Cabelos com mechas caiadas, endurecidas na batalha como madeira congelada ou penas arrancadas, corpos pintados com as faces, olhos e membros de seus ancestrais, vozes treinadas para gritar acima do som das quedas d'água, braços fortalecidos para que fossem capazes de suportar todo o peso de seus corpos com uma das mãos, enquanto se lançavam para fora de suas carroças, agarrados aos nós da crina de seus cavalos em disparada. Sim, eu os conhecia o suficiente. Os gregos os chamavam de *keltoi*.

Gálicos, *keltoi*, *bolgae*, celtas, eles eram conhecidos por tantos nomes, e todos tinham nomes para suas tribos e seus grandes clãs baseados em suas façanhas ou criaturas, ancestrais ou visões. Eles eram um povo disperso e desconcertante, geralmente hospitaleiro, muito honrado. Quão perigoso este grupo em particular podia se tornar dependia de que parte das terras do oeste tinha vindo.

— Quando foi que eles chegaram?

— Há algum tempo, enquanto eu cantava com Louhi. Eles parecem bem insatisfeitos.

— O que eles procuram?

— O que *você* procura? O que qualquer um busca? A mesma coisa de formas diferentes. Este lugar atrai loucura e esperança como um corpo quente atrai um mosquito. Por favor, tenha cuidado com eles. Eles já fizeram ameaças a um acampamento vizinho. E armaram seu próprio acampamento ao lado da minha aldeia.

Então, ela me deu aquele olhar novamente, o olhar que dizia: *eu sei quem você é!* Ela sabia que eu era mais velho do que meu rosto aparentava e sorriu, acrescentando:

— Creio que você deveria pedir abrigo temporário para aqueles brutos. Se você pode persuadir os *rajathuks* a deixá-lo entrar em Pohjola, você deve ser capaz de persuadir os gálicos a manterem suas armas limpas de nosso sangue.

Claro que pediria abrigo a eles — poderiam, inclusive, ser-me úteis e eu estava familiarizado com a maioria de seus dialetos. Mas antes, entretanto, eu deveria ter com um velho amigo.

O lago congelado era bem maior do que eu me lembrava. Sua margem arborizada estava cheia de fogueiras, cinquenta acampamentos ou mais, centenas de fogueiras acesas, preparando comida e aquecendo a escuridão da noite ao longe. O gelo se estendia à minha frente, repleto de desenhos e marcas feitos durante um longo inverno por xamãs que tentavam descobrir seus segredos. Mesmo agora, ao ar livre, sob o brilho da meia-noite refletido no gelo, eu podia ver figuras nuas se movendo e dançando, deslizando e chapinhando, algumas delas batendo na cobertura de água congelada que os separava do mundo dos fantasmas, navios e antigas oferendas nas profundezas do velho lago. Várias dessas figuras cinzentas e indistintas formavam um círculo inerte no meio do lago.

As árvores ao redor eram fantasmas lúgubres sob a luz das estrelas, suas silhuetas se tornando cada vez mais prateadas à medida que a lua se elevava, brilhando algumas vezes, quando os véus da aurora boreal que dançavam no horizonte jorravam o máximo de sua luz. As raízes dessas árvores absorviam os espíritos do lago. Elas se nutriam do passado, sussurravam com vozes perdidas e esquecidas. Esse lago era um dos muitos lugares que alcançavam o Tempo na distância. O que eu buscava poderia facilmente estar em uma dessas bétulas ou em um espinheiro, ou no navio preso na lama do fundo do lago, muito longe do gelo.

Fiquei atento por horas, esperando ouvir o grito de desespero, o urro de lamento pelo que fora perdido. Mas o lago, pelo menos por hora, estava silencioso.

Somente o tempo diria, apesar de estar cada vez mais escasso. Com a primavera viria o perigo.

Mais tarde, eu me aproximei das duas tendas baixas erguidas pelos *keltoi*. Um só homem, encolhido em seu abrigo de peles, guardava a entrada do abrigo tosco. Ele me deu uma boa olhada, perguntou meu nome e meus interesses, e, por conta de seu dialeto, vi que ele vinha dos limites do mundo, da Ilha do Diabo que eu conhecia como Terra dos Fantasmas, apesar de seu nome mais familiar ser Alba.

A ilha ficava perto da terra onde nasci. Seus lugares mais altos estavam marcados com as mesmas pedras e espirais. Suas cavernas exalavam o cheiro da mesma terra, dos mesmos sonhos.

Por razões que eu mal começara a compreender, os mortos se acumulavam ali, ocultando-se nas florestas e nas nascentes dos rios, em toda a vastidão da Terra dos Fantasmas, no coração da ilha. Muitas tribos viviam na fronteira de seus domínios, protegidas por velhas e poderosas defesas contra os espíritos que andaram, cavalgaram e lutaram naquele lugar. Alba era uma ilha estranha, um lugar no qual eu não me sentia confortável e que raramente visitava.

Um braço de água separava os rochedos brancos de giz da ilha dos rochedos brancos na fronteira da vasta terra onde eu trilhava meu caminho, mas os homens rondavam aquelas bordas esculpidas pelo mar e sempre sinalizavam uns para os outros refletindo a luz do sol em seus escudos. Com bom tempo e águas calmas, pequenas embarcações cruzavam os estreitos e algumas delas conseguiam até mesmo retornar.

Foi permitido que eu me aproximasse da fogueira dentro da tenda e me desse a conhecer o chefe da tribo, quatro dos guerreiros de sua comitiva e dois druidas, os padres ou feiticeiros dos *keltoi*.

Esses homens da ilha eram rudes em sua fala, muito toscos para se expressarem e muito generosos em sua hospitalidade — fui imediatamente convidado a dividir espaço e comida com eles, o pagamento seria discutido depois —, mas cada um deles carregava um crânio envelhecido em um saco de couro, e todos fizeram questão de me mostrar seus troféus. O cheiro de óleo de cedro era estimulante. O chefe da tribo afirmou que o crânio sorridente que carregava algumas vezes cantava para eles sobre os triunfos que ainda viriam.

Os homens se referiam aos crânios como se fossem velhos amigos, pedindo perdão por encerrá-los novamente nos sacos ao final da conversa, mas o alimento precisava ser comido.

Eu havia visto isso muitas vezes, e não apenas em meio aos estranhos nativos da ilha de Alba.

Fui informado de que os druidas haviam caído em desgraça. Eles tentaram penetrar o gelo diversas vezes para encontrar algum objeto perdido de grande valor da ilha do chefe da tribo, mas falharam. Agora estavam ali sentados, taciturnos e pensativos, afastados de seu senhor. Eram bem barbeados e usavam o cabelo cortado, apesar de cada um deles ter uma única longa trança pendurada de sua têmpora esquerda.

Eles vestiam calças novas de couro de veado e casacos grossos de lã. O homem mais velho usava uma peça esplêndida, dourada e chata, em formato de meia-lua, em volta do pescoço, uma *lunula*. Os dois druidas estavam mais bem-vestidos que os guerreiros, que estavam amontoados em um canto usando mantos de tons brilhantes e calças de lã cobertas em parte por botas de cano alto de couro, que exalavam um cheiro podre.

O nome do chefe da tribo era Urtha. Ele era um homem brilhante e irascível, de aparência ainda vigorosa, apesar das cicatrizes de combate, inclinado a dar grandes gargalhadas e a ter incríveis ataques de fúria. Como muitos homens com quem eu havia me encontrado em minha longa jornada, seu modo de falar muitas vezes era ofensivo e cheio de obscenidades. Percebi que ele não queria, de fato, ofender. Aquela era, simplesmente, a forma como se expressava.

Ele apresentou seus companheiros. Dois deles foram recrutados em uma tribo vizinha, entre os *coritani*, com quem o clã de Urtha, o clã dos *comovidi*, estava em paz no momento. Um deles se chamava Borovos, um rapaz de temperamento forte e cabelos cor de fogo — que era, sozinho, responsável pela reputação agressiva do grupo, como acabei por descobrir —, e o outro, seu primo, Cucallos, que se escondia debaixo do capuz de uma capa negra e que sonhava com outros dias de ataques selvagens a cavalo. Os outros dois eram membros da elite de cavaleiros da tribo de Urtha e eles os chamavam de seus *uthiin*. Vários chefes de tribos encorajavam esse tipo de bando a cavalgar com eles e usavam um nome que refletisse seu líder. Eles estavam ligados ao seu senhor por códigos de honra e rituais sagrados e gozavam de *status* mais elevado que os cavaleiros comuns. Esses dois homens mal-encarados, cheios de cicatrizes de guerra, beberrões, mas gentis, eram chamados de Manandoum e Cathabach.

Os demais *uthiin* tomavam conta de suas fortalezas e de sua família em sua ilha natal, temporariamente, sob as ordens de seu grande amigo e irmão de criação, Cunomaglos.

— Senhor dos Cães! — riu Urtha. — Um ótimo nome para aquele perdigueiro dos campos de batalha. O lugar, meu excelente forte, estará a salvo em suas mãos.

— O que você procura? — perguntei a ele.

Ele me olhou, carrancudo.

— Se eu lhe contar, você procurará também.

— Ah, eu já tenho muito com o que me ocupar — respondi. — Meu único interesse reside em um navio que está no fundo do lago.

— O navio que grita como um homem à beira da morte?

— Sim. Você também está atrás desse navio?

— Não. Não mesmo. Não há navios envolvidos.

— Então, por que não me dá uma ideia do que procura? Talvez possamos nos ajudar.

— Não. — Urtha foi enfático. — Mas lhe contarei que é algo antigo e valioso. Um de cinco tesouros perdidos. Os outros estão espalhados pelo sul, em algum lugar. Mas esse é importante para mim. Muito importante. Por causa de um sonho que tive com meus filhos e o destino de minha terra. Preciso saber um pouco mais. É por isso que estou aqui. Não posso contar nada além, a não ser para esses homens de trança — ele fez um gesto em direção aos druidas —, que são oráculos e leem a sorte em pássaros negros mortos, se bem me lembro... — Os guerreiros, que escutavam, suspiraram para o homem — e me disseram para navegar para o norte. Para *este* lixo de lugar. Tentamos chegar aqui por mais ou menos uma estação. Bem, mas eu creio que é verdade. Como posso dizer? Ninguém me disse que era sempre noite aqui no norte — ele abaixou sua voz irritada. — Vou me assegurar de encontrar novos oráculos quando voltar para casa. Mas não deixe que saibam disso. E eu sinto falta de minha mulher, Aylamunda. E sinto falta de minha filha, a pequena Munda, um pequeno terror, ela tem cerca de quatro anos agora. Gosto muito dela. Mesmo aos quatro, ela me provoca... E eu caio todas as vezes! Ela já sabe mais sobre caça do que eu. Ela traz a deusa na palma de sua mão, se você entende o que eu quero dizer. Ela será forte um dia destes. Tenho pena do pobre coitado que precisará se casar com ela. Ela é muito divertida. Já consegue lidar com meus três cães de caça favoritos: Maglerd, Gelard e Ulgerd. Criaturas maravilhosas! Sinto falta deles também. Deveria tê-los trazido comigo.

— E seus filhos? Você tem filhos?

— Lamento que os tenha mencionado — ele rosnou. — Demônios. Diabinhos gêmeos. Cinco anos... Foi preciso um encantamento de proporções heroicas para persuadir o pai adotivo deles, um chefe dos coritani, a ficar com eles pelo tempo que ficou. Borovos e Cucallos aqui estão entre meus cavaleiros, e eles sabem do que eu falo. Eu não quero aqueles desastres ambulantes de volta, mas os mandei de volta quando fizeram cinco anos, junto com um excelente touro preto e uma novilha, como um pedido de desculpas por mandá-los mais cedo. Quando eu for para casa, precisarei começar a cuidar deles eu mesmo. Posso imaginá-los infernizando o nobre Cunomaglos, o novo guardião deles, apenas para terem o que fazer! Sim, espero ter mais uns dois anos de paz. Aquelas carinhas horríveis. — Ele continuou falando, mais para si do que para mim. — Não são preguiçosos. Não são estúpidos. Mas ficam bravos com tudo rápido demais, de acordo com o pai adotivo. Haverá problema quando eu morrer. Aqueles dois lutarão um contra o outro com muita ganância, dividindo nossa terra ao meio, a não ser que eu encontre um meio de mudar as coisas...

Ele continuou a resmungar inaudivelmente, por mais algum tempo.

Todos os filhos homens dos chefes dos *keltoi* eram criados em lares adotivos nos primeiros sete anos de vida, eu me lembrei, antes de serem devolvidos aos seus pais naturais. Isso era chamado de "a separação", e, em geral, era um período sofrido de afastamento, apesar de, no caso de Urtha, não parecer ser assim. A volta para casa era chamada de "a saudação", e era uma época de provas de valor e criação de novos laços, que poderia ser também dolorosa, pela hostilidade. Um em cada três príncipes devolvidos a seus lares acabaria sacrificado em algum pântano quando se tornasse rapaz, boiando na água rasa, estrangulado, a garganta aberta por uma faca.

Mas eu queria fazer amizade com Urtha, pelo menos naquele momento.

— Entendi bem? Foram seus sacerdotes que lhe disseram que haveria problemas em seu território?

— Sim... Foram eles que leram os sinais, depois que lhes contei meu sonho.

— Então, eu suponho que deva ser verdade.

Urtha me lançou um olhar irônico e depois olhou para seus feiticeiros cabisbaixos.

— Entendo o que quer dizer — concordou, sussurrando. — Eles são uns imprestáveis agora, talvez tenham errado nessa previsão sobre os meninos. E talvez, só talvez, tudo termine bem.

— Bem, estou cansado — disse eu. — E tenho minha própria tarefa para executar.

— O navio que grita — disse ele.

— O navio que grita.

— Eu não sei muito sobre isso, mas boa sorte. Você precisará se está indo congelar suas bolas tentando arrancar o navio daquele gelo.

— Obrigado. Mas em poucos dias e, por falar nisso, agradeço muito a sua cortesia, eu verei o que posso *enxergar* por lá, se você entende o que quero dizer... Se for da sua vontade.

Ele coçou a barba preta e espessa, considerando o que eu havia dito.

— Você é um feiticeiro?

Não há por que esconder o fato, eu pensei. De qualquer forma, ele descobriria isso em breve; ou quando se desse conta de que eu iria até o navio em vez de içá-lo para a superfície, ou através de Niiv, que, eu suspeitava, não acalentava a discrição como uma de suas virtudes.

— Sim. — E acrescentei, com um sorriso: — O melhor.

Ele riu.

— Todos dizem isso. E, seja lá como for, você é jovem demais. Você não é mais velho que eu.

Não consigo mais me lembrar por que eu disse o que disse a seguir, por que confiei em Urtha dando uma resposta que, embora fosse vaga, eu havia escondido de Niiv.

— Sou muito mais velho que você. Mas sou um homem velho que permanece jovem. — Ele me olhou, sem reação. — Quando nasci — continuei —, sua terra estava repleta de tudo, menos florestas. Os animais mais velhos ainda espreitavam às margens dos rios...

— Há quanto tempo foi isso?

— Há muito tempo. Centenas de bons cavalos atrás.

— Você é um maluco mentiroso — disse Urtha, passado um momento, com um sorriso gentil e cauteloso em seus lábios. — E isso não é uma reclamação, entenda, de jeito nenhum. Você pode ser um mentiroso, e um pouco maluco, mas suspeito que você mente bem, e já que tudo o que podemos ver são as estrelas e a lua... Vou esperar com ansiedade por suas histórias. — Ele deu uma olhada desanimada em volta. — Não há mais nada a fazer aqui, além de beber e mijar *neste lugar* esquecido pelos deuses.

— Não sou um mentiroso — disse eu, com calma. — Mas suas dúvidas sobre mim não me ofendem.

— Então, não há mais nada a ser dito. — Ele sorriu. — Só a ser *bebido*! — apanhou um cantil de couro e o estendeu para mim.

— Eu concordo.

Um fato desagradável, desconfortável, aconteceu um pouco mais tarde, algo que me deixou alerta. Na "noite" seguinte, depois da refeição formal e antes de dormirmos, um dos acompanhantes de Urtha — Cathabach, eu acho — levou-me até o bosque cercado de neve. Urtha e o resto de seus homens estavam lá, olhando para as peças de roupas de seus dois sacerdotes, dependuradas em troncos de madeira com formas humanas. Conforme me aproximei, notei que certos comentários jocosos foram sendo interrompidos abruptamente. Apenas respirações condensadas no ar frio da noite me saudavam, enquanto eu me aproximava do chefe.

— É isso o que acontece se você não faz as coisas da forma certa — disse Urtha. — Que pena! Apesar de todas as falhas, eles tinham qualidades.

— O que aconteceu com eles? — perguntei, percebendo que alguma brincadeira de mau gosto acontecera.

Mas Urtha apenas apontou para os rastros na neve, que seguiam para dentro da floresta.

— Eles se transformaram em lobos — disse ele. — É algo que homens desse tipo fazem quando precisam fugir.

— Eles estão mortos?

Urtha riu.

— Ainda não. Só estão voltando para casa da forma mais difícil.

Eu sabia que homens como os druidas de Urtha eram muito estimados por várias das tribos *keltoi*, ocupando altas posições. Mas, pelo que pude notar, não sob o comando de Urtha. Correr nu pela neve, no meio da noite, é o que podemos chamar de cometer um erro.

Ele deu um passo adiante e me estendeu a calça de couro de veado de um dos troncos. Arrancou o casaco de lã dos ombros e desatou a *lunula* dourada do "pescoço" de outro tronco. Para minha surpresa, ele me ofereceu as calças.

— Servem para você? Elas estão sujas de merda, mas acho que você pode limpá-las, elas são bem feitas. Melhores que os trapos malcheirosos que você usa agora.

— Obrigado.

— Quer o casaco também? É bom para este clima.

— Não vou recusar. Obrigado novamente.

— Não me agradeça — disse ele, enquanto me observava atentamente. — Não estou dando essas coisas para você.

Faremos uma troca quando chegar a hora. — Ele me deu o grosso casaco, depois segurou a *lunula* dourada nas mãos. — Estou feliz de ter isto de volta por hora. É muito antigo. Muito antigo mesmo. Traz... lembranças.

Percebi que Urtha queria uma resposta minha, mas eu não disse nada. Depois de um tempo ele me olhou, seus olhos estavam tristes.

— Isso pertence à minha família. Aquele homem tinha o direito de usar. Mas agora posso guardar até encontrar um homem melhor para exibi-la. Estou feliz que você apareceu no meio da noite, Merlin.

Ele enfiou a *lunula* no braço dobrado, depois ficou olhando para o nada. E, então, suspirou:

— Bem, está feito. Eles se foram. Ah, bem...

Olhou para mim mais uma vez e depois se afastou.

Agarrei minhas roupas novas e saí atrás dele, perguntando-me quantos anos mais eu teria de acrescentar à minha carne e aos meus ossos para melhorar minha capacidade de discernimento.

Urtha estava curioso sobre mim, e isso me fez ficar curioso sobre ele. O desaparecimento dos druidas e a retomada da joia tribal, em formato de meia-lua, sugeriam que ventos de mudança sopravam na vida daquele senhor da guerra.

Tudo porque eu havia "aparecido no meio da noite".

3
Argo

Niiv estava como um passarinho de cores vivas, metida em suas peles e xales, correndo em volta de mim enquanto andávamos pela neve, falando sem parar.

— Como é que você fará isso? Como é que você fará isso? Conte-me, Merlin, conte-me!

Nos dias que passamos sobre a cobertura de gelo do lago, a filha do xamã dispensou as formalidades e os rituais que havia herdado depois de sua visita à Mestra do Norte. Em vez de assumir uma postura recolhida de meditação, aprendendo como controlar a si mesma, sua pele e seus ossos — como seu pai, na maior parte da vida dele —, deixando que seu espírito tomasse asas, singrasse pelas águas ou corresse pela floresta, ela havia declarado:

— Há muito mais a ser aprendido com os estranhos! Os *sedja* cuidarão de mim, mas, se eu me isolar, inalando fumaça e batendo tambores de pele de animais, longe da vista de todos, como poderei aprender sobre o mundo que fica mais ao sul?

Sua negação impetuosa e brava das tradições não foi bem vista dentro dos muros altos e dos pesados portões de sua aldeia, mas foi permitida, e a tenda malcheirosa de couro, que continha todos os venenos, fungos, extratos de cascas de árvores, óleos de peixe e poções mágicas, muitas delas nauseabundas e fermentadas, permaneceu fechada, as abas da entrada atadas por presilhas feitas de ossos de pássaros e outros pequenos animais.

A pequena saltitou, riu e provocou nos últimos dias daquela longa noite de inverno, farejando e questionando tudo o que eu fazia, ignorando seu tio, Lemanku, que a alertara a respeito da curiosidade exagerada; quebrando todas as regras, usando suas recém-adquiridas habilidades de feitiçaria para tentar me interrogar, sem se dar conta de que, depois de tantos milhares de anos, o Caminho e eu conseguiríamos ouvir cada questão não formulada na mente dela (se eu quisesse) e que poderíamos mantê-la em seu devido lugar com grande facilidade.

Niiv não era o meu problema. Meu problema era dominar o velho e estúpido Enaaki em seu lago. Poderes antigos exigem mais entendimento. Nós nos tornamos sábios demais para compreender a desolação que vem do princípio do Tempo.

— *Como* você fará isso? — a pequena harpia insistiu mais uma vez.

— Eu já lhe disse. Abrirei um buraco no gelo e nadarei até o fundo do lago.

— Você morrerá na mesma hora. Há milhares de cadáveres na água, todos de tolos como você que pensaram poder simplesmente esfregar gordura em seus corpos, mergulhar e descobrir todos os segredos do lago. Não, tenho certeza de que você tem algum truque. Você deve ter algum feitiço especial de proteção. Um *sedja*.

Eu disse a verdade quando falei:

— Não há nenhum feitiço especial. Se o que espero encontrar *estiver* lá embaixo, aí sim, precisarei ser protegido nas profundezas.

Bem... Possivelmente.

Fiz uma bola de neve e joguei nela, acertando-a em cheio no nariz, fazendo-a parar de me seguir. Ela ficou indignada. Pedi desculpas.

— Pensei que você fosse se abaixar.

Ela sacudiu a cabeça com fúria, espalhando cristais de neve.

— E eu pensei que só crianças brincassem de atirar bolas de neve nas outras pessoas — ela me repreendeu.

— Eu ainda sou uma criança em meu coração. Desculpe.

— Você não é uma criança, você é um maluco — ela prosseguiu —, e um mentiroso. Você *precisa* saber muito mais do que o que está me contando.

Ah, se aquilo ao menos fosse verdade. Eu podia sentir seu hálito congelado. Por debaixo de suas roupas vinha um odor de almíscar que me fazia recordar sua ancestral, Meerga, cujo odor almiscarado ainda me assombrava. Seus olhos claros eram como joias. Apesar do frio, eu estava desperto e encantado por essa avezinha envolvida em peles tingidas de azul, branco e vermelho.

Ela sabia que eu gostava dela. Eu podia ver faíscas nos olhares que me dirigia. Mas ela não parava de me interrogar, certa de que eu tinha conhecimento de algum feitiço secreto.

— Muito bem. Se você quer mesmo saber, eu comi uma galhada de rena, na qual, antes disso, esculpi os Sete Encantamentos e Hinos que abrem os portões das Profundezas Congeladas e, debaixo destas roupas novas, meu corpo está coberto por entranhas e fígado de peixe, para que Ennaki não possa sentir meu odor humano.

— Isso é ridículo — ela resmungou, irritada. — Enaaki sentirá seu cheiro assim que você cair na água. Você está zombando de mim.

Eu não tinha nenhuma destreza especialmente indicada para lagos congelados; sobreviver submerso na água gelada por aproximadamente uma hora era uma questão de pequenos encantamentos — e eu esperava que esse tempo fosse suficiente para encontrar o que quer que estivesse no fundo do lago. Meu problema era o tempo — eu tinha de atravessar o gelo da superfície antes que o brilho da manhã ficasse intenso demais, era isso que meu instinto me dizia. O navio gritava no inverno, jamais no verão. A luz do alvorecer estava bem perto agora e tudo o que eu precisava fazer devia ser feito antes que o sol derretesse as formações brancas de neve nas árvores.

— Eu não estava zombando de você.

— Não faz mal. Se você não se preparar, se afogará. Mais um barriga-branca içado para fora e entregue aos pedaços para Ennaki. Brinque o quanto quiser, mas você precisa de um guia. Eu posso ajudá-lo a encontrar um. Mas só se você quiser.

Ela me deu as costas e se afastou, e eu fiquei ali imaginando onde, entre os acampamentos que circundavam o lago, eu poderia encontrar um animal cujas entranhas servissem para alimentar o sinistro guardião do lago.

A melhor forma de se locomover através do lago, eu descobri nos dias que se seguiram, era usando lâminas finas feitas com ossos do quarto dianteiro de rena. Estes ossos eram entalhados com perícia por um nativo que ganhava um bom dinheiro com essa ocupação, e ele ainda encaixava essas lâminas com grande habilidade em qualquer tipo calçado. Um empurrão e um impulso, e até mesmo o mais desajeitado dos velhos xamãs podia deslizar sobre a superfície congelada. Inclinando o corpo para frente e cruzando as mãos nas costas, era possível alcançar maior velocidade e controlar melhor os movimentos.

Eu pratiquei um pouco, chegando a fazer círculos elaborados, sempre próximo da borda do lago, evitando atravessar as marcações que delimitavam os diferentes territórios dos vários acampamentos da área, permanecendo junto dos outros visitantes que pareciam usar essa incrível forma de locomoção mais como diversão do que para assuntos importantes.

Niiv flutuava em minha direção. Era uma nativa e sabia tudo sobre dançar sobre o gelo. Ela me levou a um lugar mais afastado, onde vários xamãs, todos grisalhos e nus, exceto por seus sapatos encravados com lâminas feitas de ossos de rena, faziam uma dança elaborada em volta de determinado lugar na superfície do lago para, segundo ela, tentar conjurar poderes para escavar um enorme buraco no gelo. Eles derrapavam e escorregavam, corpos brancos e magros na noite iluminada por tochas, rios de gelo em cascata, transformando cada parada abrupta em uma primorosa dança de encantamento.

Mesmo os cães usavam as tais lâminas sob as patas, enormes cães de caça brancos uivando e correndo quando seus donos jogavam chifres para que eles fossem apanhá-los.

Tudo isso acontecia próximo às bordas do lago. O centro era guardado por estátuas de gelo, dez ao todo, um círculo de enormes figuras congeladas ("*sedjas* da noite-fria", Niiv sussurrou, talismãs de inverno) cujos olhos de suas feições, que já começavam a derreter, estavam voltados na direção da floresta que nos cercava. E era dentro daquele círculo amplo e bem guardado que a atividade importante acontecia. Ali, buracos que alcançassem a água abaixo do gelo haviam sido cavados, raspados, abertos com água fervendo e com fogo, mas eles se fechavam antes que se pudesse usá-los, e era bem fácil ver que abaixo da superfície havia peixes de barriga branca nadando em meio aos mortos nus, a maior parte deles gente vinda de fora, que havia se afogado mais pela lenda do que praticando as feitiçarias locais. Os homens de Pohjola enfiavam varas longas naqueles buracos estreitos para alcançar os corpos e puxá-los para a superfície. Em menor número que os mortos, porém, estavam aqueles que haviam conseguido controlar seus corpos. Eles flutuavam em estado de suspensão no lago, braços cruzados no peito, virando-se devagar, pairando nas águas geladas como se tentassem conjurar os espíritos das profundezas, quaisquer que fosses seus propósitos.

Eu precisaria estar entre eles.

E depois de três "dias" de aprendizagem e preparação, finalmente me senti pronto para realizar minha tarefa. Com a ajuda de Jouhkan, abri um buraco no gelo, depois tirei toda minha roupa, engolindo o pequeno *sedja* que eu havia feito com um osso de peixe, e escorreguei para dentro do lago, os pés primeiro.

Preparado para os espíritos que viviam dentro da água, mas não para a água propriamente dita; e o frio não era apenas cortante, era quase mortal. Eu gritei ao mergulhar, desperdiçando meu fôlego, convencido de que milhares de dentes rasgavam minha carne. Eu vi formações de gelo tomarem meu corpo. Isso era tudo o que eu podia fazer para me lembrar de meu propósito enquanto jazia ali, suspenso no lago, entre os contornos dos corpos mortos de xamãs e sacerdotes que eram levados lentamente pelas águas. Seus corpos pareciam lúgubres à luz que vinha de cima, onde o gelo era iluminado com tochas. Abaixo havia um brilho estranho, mas mesmo meu corpo de homem jovem era derrotado pela sensação de frio absoluto.

Assim sendo, conjurei alguma mágica, que me fez envelhecer um pouco, mas que ao mesmo tempo me aqueceu, e nadei o mais fundo que pude, abaixo do nível onde se encontravam os xamãs. Conjurei também algum poder de visão e perscrutei as profundezas. Havia ruínas abaixo de mim, ou o que pareciam ser ruínas, provavelmente o esconderijo de Enaaki, e rostos que me observavam, recuando para as sombras quando viam que eu estava olhando. Vi certo resplendor dourado, raios do bronze e o brilho do ferro, porto final de troféus, oferendas e segredos lançados nas águas ao longo das eras. E os mastros e proas dos navios que haviam naufragado ali jaziam espalhados por todos os cantos, cobertos de limo e destroçados, e dilapidados por sua madeira.

Um súbito turbilhão me envolveu, fazendo meu corpo oscilar. Rostos translúcidos lançavam-me olhares severos, seres elementares, guardiães da água que emergiam de onde costumavam espreitar os mortos que afundavam. Eles pareciam aflitos com minha presença lá nas profundezas, mas não tentavam lutar comigo. Eu havia me preparado para essa descida por três dias, oferecendo mais do que apenas uma refeição de entranhas para as entidades do fundo do lago. Eu havia cantado e entoado preces nas sepulturas e seguido à risca as indicações de um jovem xamã que havia ficado com pena de mim e feito um tambor para meu uso, desbastando a casca de uma bétula e gravando meu nome em pedras, que depois eram jogadas no lago.

Eu sentia certa confiança naquele momento e, por fim, dei nome à minha busca.

Com bolhas de ar deixando meus pulmões, invoquei a velha nau, o navio-sepultura, o navio que gritava.

— Argo! — chamei, e o som se propagou pelas águas, através dos redemoinhos e vórtices das profundezas. — Argo! Responda!

Procurei muito por sinais do navio lá embaixo. Chamei novamente, nadando ainda mais fundo, e chamando mais duas vezes. Comecei a perder a noção do tempo. Os *voytazi* me seguiam, pude perceber. Um turbilhão de olhos, bocas e dedos ossudos mantinha certa distância.

Gelado demais para entrar em pânico, comecei a me distrair com o pensamento sombrio de que, talvez, eu estivesse errado. Talvez o navio não viesse para cá afinal, mas repousasse em algum lugar ainda mais profundo, em outro lago ou mar obscuro, guardando os restos de seu capitão.

Mas, então, ouvi aquela voz sussurrante com a qual eu me acostumara no tempo em que passei ao lado de Jasão, durante a longa jornada através do coração do mundo, antes de retornarmos para Iolkos: a voz do senso que era, ela mesma, o navio.

— Deixe-nos em paz. Vá embora. Deixe-nos dormir.

— Argo?

A água abaixo de mim pulsou. O lago parecia bravo. Eu podia ver o destroço de uma embarcação, escura e indistinta, com seu casco recoberto de galhos retorcidos que se espalhavam como mechas.

As tábuas de carvalho sagrado que a compunham formavam seu genuflexório, eu percebi — ela havia se mantido em crescimento constante!

— Argo! Jasão está vivo?

Antes que eu pudesse falar qualquer outra coisa, fui agarrado por mãos invisíveis. Fui puxado para cima, na direção do gelo, sendo arremessado com vigor contra a cobertura e ficando tonto com a pancada. Ouvi uma risada. Meus atormentadores voltaram para baixo, nadando rápido, como enguias. Fiquei ali algum tempo, batendo gentilmente contra os corpos inchados. Então, meus pulmões começaram a se romper. Meu controle havia desaparecido e eu estava prestes a me afogar. Tentei conjurar algum feitiço que me aquecesse, mas falhei. Arrastei-me pelo lado de dentro do gelo, cada vez mais desesperado, até que vi um anzol sondando a água, tentando pescar, próximo a um cadáver. Empurrei o homem morto para o lado e me agarrei àquele bem-vindo osso encurvado. As bordas do buraco no gelo estavam quase estreitas demais para meus ombros, mas alguém ali em cima sabia que eu era uma pessoa viva e me puxou novamente e novamente até que, por fim, minha cabeça ofegante despontou para fora. Niiv correu até mim com um manto pesado nas mãos. À luz fraca do amanhecer, e sob a luz das tochas, pude ver lágrimas em seus olhos.

— Pensei que havia perdido você — disse ela, brava. — Eu *disse* a você que se preparasse melhor!

Eu não tinha resposta para aquilo. Minhas habilidades haviam falhado no Reino de Enaaki — ou talvez por causa dos poderes de Argo — e a lição era muito séria.

Um pouco depois, aquecido e de volta de minha arrogante e mal preparada incursão às profundezas do lago, eu estava caído no chão, perto do buraco de gelo, chamando novamente por Argo, implorando que respondesse.

— É Antiokus. Você tem que se lembrar de mim. Eu estava com você quando navegou em busca do velo de ouro. Jasão, por favor, escute-me. Seus filhos não estão mortos! Ouça-me. Seus filhos estão vivos! Argo, diga a ele o que eu falei.

Continuei tentando. Não tenho ideia de quanto tempo fiquei deitado ali, olhando pela abertura do buraco, cujas bordas começavam a derreter, conforme o sol surgia lentamente, serpenteando, raiando no horizonte ao sul. *Voytazi* com cara de peixe me insultavam, arreganhando os dentes, depois desaparecendo, provocando-me para tentar me arrastar para baixo.

— Argo! — perseverei. — Você precisa acreditar em mim! O mundo mudou de uma forma muito estranha. Mas as novidades são boas para Jasão. Argo! Responda!

E, então, ouvi novamente, por fim, aquela voz sussurrando para mim das profundezas geladas.

— Ele não deseja retornar. A vida dele acabou quando Medeia matou seus garotos.

— Eu sei — disse ao navio. — Eu estava lá. Eu vi o que ela fez. Mas isso foi apenas fingimento. O que ela fez foi uma ilusão. O sangue em seus corpos era uma ilusão.

Senti o gelo agitar-se sob meu corpo, como se todo o gelo pulsasse em choque.

Houve apenas silêncio da parte de Argo, mas eu intuí que o navio estava confuso e que minhas palavras haviam se infiltrado através da madeira de seu casco, alcançando Jasão.

Eu disse novamente:

— Jasão, seus filhos ainda estão vivos. Eles se tornaram homens. Você pode encontrá-los. Volte para nós!

Logo o gelo sob meu corpo começou a dar trancos. Depois rompeu-se, com um estalo parecido com um chicote, e uma grande fenda mostrou a água abaixo de nós.

Lutei, tentando rastejar e deslizar de volta para a margem do lago, onde o círculo de tochas brilhava, intenso, nas mãos dos visitantes.

O navio subia para a superfície. Naquele momento em que o gelo se abriu, antes de estar a salvo, eu vi a sombra de Argo tentando se erguer e as copas com galhos desiguais que brotavam do casco despedaçado.

Ao norte, as luzes no céu tremulavam quase tão longe quanto o zênite. A noite de inverno passava rápido agora. As árvores congeladas começavam a mostrar suas cores. A subida de Argo coincidia com a primeira manifestação da chegada definitiva da alvorada. Mesmo onde estávamos, o brilho luminoso tornava-se mais forte sobre as desoladas florestas ao sul, o fogo da aurora se levantando num arco bem-feito.

E, então, o navio rompeu o gelo. A superfície do gelo explodiu, uma chuva de fragmentos caiu em volta do casco escuro da velha nau, o mastro despedaçado, destruído, apontando das profundezas, a proa longa drenando água, erguendo-se solene, quase com dignidade, galhos rompendo o casco como carvalho, até que o navio saísse pela metade da água... para depois afundar novamente, a popa apontando, erguendo a figura humilhada da deusa, envolta em pétalas de água, o barco inteiro estremecendo como uma besta que despertasse na água gelada e depois, lentamente, ficando imóvel.

Pendurada no mastro havia uma espécie de casulo, feito de cordas e algas, com o formato de um homem, sua cabeça inclinada para trás como se ele houvesse morrido gritando aos céus. Saia água de sua boca aberta. A luz do amanhecer fazia rebrilhar a chama de vida em seus olhos. Mesmo nas profundezas do lago, senti que ele me observava.

— Eu sabia que você sobreviveria... — sussurrei para ele. Ele não podia me ouvir, claro. Não estava morto, mas estava congelado.

Mas algo estava errado com Argo. O navio ainda estava sem reação, parado demais para um navio tão vibrante e tão cheio de urgências. Quando o navio fora lançado ao mar, ele lutara com as cordas. Mais de sessenta homens tiveram de contê-lo na rampa que o levaria de seu lugar de construção para as águas.

Ele havia se retorcido e lutado para livrar-se, para alcançar o oceano e, quando finalmente foi lançado, atingiu as águas do porto com tanta velocidade e energia que afundou por um momento assim que tocou a superfície e se voltou para o mar aberto. Os argonautas tiveram de se apressar para pular a bordo do navio, nadando e usando as cordas para escalar o casco, encontrar seus bancos e remos, diminuir um pouco o ritmo do navio impaciente e fazê-lo retornar às docas.

Aquele havia sido um navio forte. Tivera tanta vida! Mas agora...

Andei pelo gelo novamente, Niiv e Urtha comigo, carregando tochas. O navio de carvalho rangeu como se aquecesse. O corpo de Jasão balançava gentilmente onde estava pendurado. Toquei as bordas escorregadias do navio, andei pela proa e encarei os olhos azuis.

— O que é isso? — Niiv perguntou com calma.

— Morto. O navio está morto.

Pobre Argo. Havia navegado para tão longe com sua carga preciosa. Havia levado Jasão para a sepultura mais profunda que pudera encontrar, um lugar cheio de lembranças e mágica. Ele não esperava voltar à superfície, mas minha voz, meu recado, fez seu coração sob o carvalho bater mais uma vez e ele se empenhou em voltar. O esforço, ao que parece, foi demasiado, e ele pereceu enquanto devolvia a vida ao seu capitão.

— Sinto muito — sussurrei. — Eu não sabia que seria tão difícil para você.

Urtha alertou:

— O homem morto está gemendo. Parece que ele não está morto, afinal. Já vi isso acontecer antes...

A cabeça de Jasão estava caída e ele estava começando a se debater nas cordas enlaçadas. Urtha estava fascinado.

— Quando um homem se afoga num lago durante o inverno, ele para de respirar, mas, algumas vezes, o espírito permanece junto dele. Aconteceu com um inimigo meu. Uma coisa extraordinária. Ele já havia se afogado fazia uma noite e um dia depois de uma briga nossa, à beira de um lago, e, de repente, ele flutuou de volta à superfície e abriu os olhos.

— Vocês se tornaram amigos depois disso? — Niiv perguntou a ele.

Urtha olhou para ela, confuso.

— Amigos?

— Mas isso foi um presságio. Um presságio de amizade.

— Foi? Eu não fazia ideia. Cortei a cabeça dele fora. E ainda a carrego comigo.

— Ajudem-me com ele — eu pedi, impaciente, interrompendo as reminiscências de Urtha. Nós nos arrastamos pelo deque, escorregando no chão coberto por limo, alcançando a trama de cordas que envolvia meu velho amigo. Urtha usou sua faca de bronze para cortar as algas e as plantas marinhas, e Jasão escorregou para os meus braços com uma precipitação de água saindo de seus pulmões e com o grito de um recém-nascido.

Um trenó fora arrastado para perto de Argo, e Urtha e eu instalamos Jasão ali com delicadeza e o baixamos para que fosse apanhado pelos *pohjolan*, que o embrulhou em peles e o arrastou até a praia, para o calor restaurador de uma tenda onde uma fogueira de bétula ardia furiosamente.

4

Jasão

O gelo derretia. A manhã havia chegado e as tochas só eram necessárias nas jornadas para dentro das profundezas da floresta. Em volta do lago, as cenas de atividade estavam cada vez mais animadas. Conforme o mundo começava a acordar, também pareciam despertar as paixões e o humor dos visitantes deste lugar ao norte. Argo permaneceu em silêncio e só em sua doca no gelo.

Jasão alternou períodos de consciência e inconsciência por vários dias, falando coisas desconexas e incoerentes, por vezes um pouco violento. A ferida em seu peito começara a sangrar novamente, e os *pohjolan* a limparam e fizeram curativos, pois aparentemente tinham linimentos, plantas e extratos de cascas de árvores para toda a sorte de ferimentos.

Esperei pacientemente e, depois de cinco descansos, disseram-me que Jasão queria me ver.

Ele havia aparado a barba, e seu cabelo comprido, grisalho escuro, estava bem penteado. As cicatrizes em seu rosto pareciam pálidas, mas, por outro lado, ele estava tão arrumado quanto da última vez em que eu o vi com vida, em Iolkos. E aqueles olhos escuros, aqueles olhos perspicazes e excêntricos, estavam mais brilhantes do que nunca. Suas mãos tremiam quando ele apertou as minhas, seus dedos ainda estavam fracos. Seu sorriso ainda era sedutor e indefinido, mas ele pareceu genuinamente feliz que eu estivesse lá.

— Antiokus. Jovem Antiokus.

— Agora sou conhecido como Merlin.

— Antiokus, Merlin... Que importa? É *você*. E como é possível que não tenha envelhecido nos vinte anos que se passaram desde que você desertou?

— Eu envelheci. É que, em mim, os anos caem bem.

— Sem dúvida nenhuma. Mas não em mim, não há o que fazer. Por que você me deixou? Fiquei tão bravo! Eu precisava muito de você.

— Eu sempre lhe disse — falei, ainda segurando suas mãos enlaçadas nas minhas — que eu estou destinado a cumprir um caminho que dá a volta no mundo.

— Sim, sim, já sei disso — disse ele, com impaciência. — E em toda caverna e vale que leva ao mundo subterrâneo...

— Fiquei mais tempo com você do que deveria. Mas quando a companhia é boa, a aventura é boa, a comida é boa e... — dei uma olhada para o outro lado da tenda. Uma mulher jovem estava sentada ali, embrulhada em peles escuras, quieta e sonolenta, observando nossa conversa. — Quando tudo é bom, e tudo sempre foi tão bom ao seu lado, Jasão...

— Foi, não foi?

— Sim. E quando tudo é tão bom... Eu me permito algum desvio de rota. Mas, no fim, sou sempre chamado de volta.

Ele sorriu novamente, seu hálito ainda frio, como se ainda houvesse gelo em seus pulmões, mas seus olhos ardiam com vida nova enquanto ele me observava.

— Foi uma grande viagem aquela jornada pelo rio, depois que roubamos o Velo de Ouro, não foi?

— Sim. Uma jornada incrível.

— Quão estranhos e maravilhosos foram os encontros que tivemos! Os reinos exóticos pelos quais passamos! Você chegou a ver Hércules novamente?

— Não, apesar de ouvir grandes coisas sobre ele. Sempre metido em problemas.

— Espero que você fique mais tempo conosco desta vez. Você deveria *ter ficado*! Eu realmente senti muito a sua falta depois que aquela bruxa matou meus filhos...

Ele parou de falar, de repente, franzindo o rosto e sentando-se pesadamente no banco de madeira.

— Eu sonhava com algo estranho — disse ele.

— Conte-me.

Com o rosto nas mãos e balançando a cabeça, ele sussurrou:

— Foi apenas um sonho. Um sonho que tenho acordado. Um sonho sobre o Portão de Mármore, Antiokus... Um sonho mentiroso e indesejado.

— Descreva-o.

— Por quê? Era apenas uma voz... Uma voz que sussurrava para mim que meus filhos estavam vivos. Uma loucura!

— A que loucura você se refere?

Ele ergueu os olhos para mim e depois deu um sorriso cansado.

— A loucura de um homem velho e desesperado que se agarra ao seu passado, suponho.

— Você não é velho — eu disse. — Você não sabe o que é ser velho. Quando Argo o levou do porto de Iolkos e o trouxe até aqui para morrer, você vira menos de cinquenta verões.

— Sinto como se dez milhões de verões houvessem passado.

— *Isso* é bastante — concordei, sorrindo. Provavelmente, mais do que eu mesmo havia vivido, pensei.

Perdi a conta de meus anos, apesar de haver uma forma de saber quantos são, caso eu escolhesse desperdiçar meu tempo nas florestas do oeste onde nasci e onde o registro de minha vida está guardado.

— E, devo acrescentar — completei —, não foi um sonho.

— O que não foi um sonho?

— A voz. Era a minha voz. Eu chamei por você. Argo trouxe você de volta à vida... — fiquei triste ao pensar no navio ainda imóvel no lago. — Argo morreu ao trazê-lo de volta. O corpo da nau estava em péssimas condições. Mas podemos reconstruí-la, podemos encontrar um novo espírito para ela.

Jasão tinha os olhos fixos em mim, seu rosto quase sem expressão, como uma criança que tentava assimilar uma nova ideia. Toda a sabedoria, toda a concordância haviam abandonado seu rosto cheio de marcas conforme seu sonho e minha realidade começaram a forçar a entrada de sua mente.

— Meus filhos estão mortos. Medeia cortou suas cabeças diante de meus olhos...

— Eu sei. Eu estava lá, lembra-se? Foi meu último dia com você. Eu pensava em minha próxima jornada e meu discernimento, de alguma forma, me foi tomado assim que entrei no palácio. Eu não estava realmente atento ao que acontecia...

— O que você diz?

— Será mais eficaz se eu lhe mostrar, Jasão.

— Mostrar o quê?

— Como nós todos fomos enganados.

Esperei que fosse capaz de conjurar a visão. Eu passara um longo período me preparando para aquilo. E teria um preço — eu envelheceria um pouco —, mas este era um homem que fora meu amigo e salvara a minha vida quando as minhas habilidades me deixaram. O que ele e Medeia haviam feito um com o outro era imperdoável, e talvez tivesse sido por isso que eu finalmente o deixara entregue ao seu destino tanto tempo atrás. Mas, agora que eu conhecia a verdade, acreditava de todo coração que devia contar a Jasão o que havia descoberto. Convencer Jasão de que ele havia chorado em vão por seus meninos custaria apenas alguns dias de envelhecimento à minha carne. Bem, era nisso que eu acreditava.

Eu era jovem demais na época para pensar nas consequências que aquele tipo de ato e aquele conhecimento poderiam trazer a um homem.

— Aonde estamos indo? — ele perguntou.
— Vista-se. Roupas quentes. Seque seus olhos. E, depois, siga-me até o bosque.

Niiv estava intrigada com o que eu fazia e insistiu em nos acompanhar na longa jornada pela mata fechada. Jouhkan veio conosco e o jovem xamã, que havia me ajudado em minhas primeiras preparações, iria, agora, supervisionar minhas oferendas e o ritual assim que entrássemos na clareira. Ele não tinha certeza de que eu conseguiria cumprir o que havia me proposto a fazer, mas, caso conseguisse, então ele também teria aumentado seus poderes.

Durante o tempo em que passei no lago, aprendi muito sobre os *rajathuks*, os totens de madeira dessa terra. Em uma ou outra ocasião, eu havia encontrado todos eles, apesar de apenas quatro deles terem sido meus amigos. O problema é que aquelas amizades estavam em um passado tão distante! Eu havia mantido a aparência e a mente de um homem jovem, e minha memória era muito boa. Mas o Tempo é inimigo terrível dos detalhes e da precisão.

Aqueles amigos, agora ídolos, eram fontes muito poderosas de encantamentos e de visão, cada um deles especializado em um aspecto diferente da magia. Aquele que poderia ajudar no momento era Skogen, a sombra das florestas esquecidas. Ele poderia ser persuadido a mergulhar por trás de nossos olhos, na memória da tragédia que tivera lugar em Iolkos, e, assim, reviver aquele embuste sangrento.

Um arco de neblina marcava nossa aproximação do santuário de Skogen. No fim da caminhada, nós deparamos com uma parede de pedras coberta de nichos, dentro dos quais ossos esculpidos e caveiras de animais eram postos ao longo dos anos. Nosso guia colocou algo que estava dentro de um saco em um dos nichos como uma oferenda de nosso grupo. Circundamos a parede e o bosque onde quatro círculos de pilares de madeira cercavam a efígie de pedra. A luz de quatro tochas lançava uma teia de sombras que tremulavam. Fumaça acre escapava das pequenas fogueiras em torno do bosque.

A pedra tinha duas vezes minha altura, uma laje cinzenta com profundas e complexas gravações, que mostravam cenas do passado. O rosto que nos observava era frondoso e cheio de nós de madeira, os olhos oblíquos. Estes eram olhos que poderiam enxergar as sombras do passado, e eu já sentia a curiosidade deles sobre Jasão.

Fomos mantidos no círculo mais afastado por um longo período, repetindo um encantamento curto, como havíamos sido instruídos a fazer, e inalando a fumaça das fogueiras. O sacerdote entoou um dos rituais de feitiços, que são tão comuns nas terras do norte, e arranhou a própria pele. Depois, voltou até nós, sorrindo através dos dentes quebrados e da barba escura. Ele apanhou seu tambor de pele e começou a bater nele repetidas vezes com um pedaço de osso.

— Ele está muito curioso sobre você. Peça para ver o que você deseja.

Jasão e eu demos um passo na direção do segundo círculo e erguemos os olhos para o rosto que nos vigiava. À nossa volta, a batida no tambor assumiu um ritmo sincopado e frenético, exageradamente alto, que parecia fazer vibrar todo o bosque. Eu estava tonto pela fumaça. As árvores pareciam se mover em torno de nós, só Skogen permanecia imóvel. Esse era o estado de transe, a forma rudimentar de magia praticada pelos xamãs. Por sugestão minha, Jasão gritou com voz ansiosa e pastosa:

— A morte de meus filhos. Mostre-me a morte de meus filhos.

Vi que o pedido marcou seu rosto de dor.

Por um momento, o bosque continuou a ressoar. E, então, de forma abrupta, ficou imóvel e silencioso.

Olhei para Skogen, para seus olhos enormes e verdes.

Ouvi o som de homens correndo, senti o cheiro de madeira queimando, escutei os gritos de crianças e o som de lâminas de metal umas contra as outras...

Jasão gritou.

— Oh, deuses! Eu me lembro do fedor do sangue e das folhas queimando! A feiticeira está aqui!

O bosque pareceu afundar em si e um fogo estranho ofuscou minha visão...

Encontramos nosso caminho no terreno do palácio e sete de nós sobreviveram para entrar no prédio, correndo por seus corredores e salões, finalmente alcançando as chamas contrárias às leis da natureza em seu coração. Reconheci a natureza sobrenatural daquele fogo e hesitei, mas, antes que eu pudesse dizer uma palavra sequer, Jasão já o havia saltado. Sempre em seus calcanhares, eu o segui, derrapando e escorregando no chão de mármore polido que se estendia até os aposentos privados de Medeia. Os outros argonautas, aqueles que haviam sobrevivido à batalha que ocorrera mais cedo naquele dia, atravessavam as chamas atrás de mim, carregando escudos em seus braços erguidos na altura de seus rostos, espadas em punho.

Depois disso, as coisas aconteceram tão rápido que eu retive apenas um fragmento de memória dos momentos anteriores ao pavoroso acontecimento que iríamos testemunhar.

— Antiokus! — Jasão gritou, em uma advertência. — Olhe para a sua esquerda.

Eu me voltei a tempo de aparar o golpe de espada de um dos guardas de Medeia. A lâmina larga chegou a desferir um golpe em meu braço, mas minha espada varou o corpo do homem. Conforme ele caía, o capacete, que também cobria parte de seu rosto, arranhou minha face, o que não foi um bom presságio. Jasão e os outros já corriam pelo corredor estreito, de paredes azuis, perseguindo a fugitiva e os dois garotos que ela carregava consigo. Corri atrás deles, observado pelos olhos escuros e sinistros dos carneiros dourados, pintados por toda a extensão da passagem. Os meninos gritavam, alarmados e confusos com o que acontececia.

Uma fileira de guerreiros portando armas leves, capacetes e escudos largos interrompeu nosso caminho, e Jasão se lançou à briga com ímpeto, lutando em meio a um frenesi que eu normalmente teria associado às tribos *keltoi* no oeste. Atravessamos a barreira, dispensando os guerreiros de cenhos carregados, deixando Tisaminas e Castor para terminar a carnificina.

Medeia havia fugido para o Santuário do Touro, e Jasão nos liderou até o portão de barras de bronze, fechado e trancado pela mulher desesperada. Então, nós nos demos conta de nosso engano.

Atrás de nós, do outro lado da passagem estreita, uma laje de pedra caiu, e ficamos presos em uma armadilha. À nossa frente, a enorme efígie do touro, na frente da qual Medeia se colocou triunfante. A efígie dividiu-se em duas, revelando ser uma passagem. Lá, do lado de fora, estava a estrada para o norte. Uma carruagem e seis cavaleiros esperavam, os animais impacientes e assustados, enquanto os cavaleiros lutavam para controlá-los. Reconheci o condutor da carruagem, mesmo vestindo uma armadura. Era Cretantes, o confidente e conselheiro de Medeia, seu conterrâneo.

Os pobres meninos contorciam-se nos braços que os prendiam, subitamente alertas de que estavam destinados a enfrentar grande terror ao lado de sua mãe, embora ela lhes tivesse dito que era do pai que eles deveriam esperar o pior.

Jasão se arremessou contra as barras do portão do santuário, implorando à mulher coberta de negro que libertasse os meninos.

— Tarde demais. Tarde demais! — ela gritou por trás do véu preto. — Meu sangue não pode salvá-los da desolação do seu sangue. Você traiu aqueles a quem amava, Jasão. Você nos traiu brutalmente com aquela mulher.

— Você a queimou viva!

— Sim. E agora você queimará no inferno! Você não mudará em nada, Jasão. Nada pode mudá-lo. Se eu pudesse separá-lo dos meninos, e ainda assim deixá-los viver, faria isso. Mas eu não posso. Então, diga adeus aos seus filhos!

O urro de Jasão foi o de um animal:

— Antiokus! Use sua mágica!

— Não posso! — gritei. — Não está comigo!

Ele jogou sua espada na direção da mulher, mas ela passou longe. E, naquele momento, Medeia executou seu plano horroroso, movendo-se tão rápido que vi apenas o reflexo brilhante da luz na lâmina com a qual ela cortou a garganta dos gêmeos. Ela se virou de costas para nós, cobrindo seus corpos com suas vestes, curvada sobre eles, enquanto Jasão urrava. Ela embrulhou e amarrou as cabeças nas tiras de seu véu, jogando-as para Cretantes, que as colocou em sacos amarrados na cintura.

Um momento depois, o bando havia ido embora, deixando para trás um redemoinho de pó no santuário, o cheiro e a visão de sangue inocente derramado e duas Fúrias cruéis insultando os argonautas presos no covil de Medeia.

Jasão desabou, os dedos ainda presos nas barras do portão. Ele havia se debatido inconsciente contra as barras do tempo; seus olhos e seu rosto estavam esfolados, sua boca estava em carne viva. Orgominos empurrava a pedra atrás de nós, tentando encontrar uma alavanca que nos livrasse daquela armadilha. Eu me sentia um inútil: toda a minha mágica havia sido drenada de meu corpo no instante em que entrei naquele palácio, e essa impotência me deixava atônito e confuso. Então, entendi que isso havia acontecido porque Medeia usara seus próprios feitiços para me entorpecer no momento das mortes. Agora eu sentia aquele formigamento familiar em minha pele novamente, meus poderes voltavam. Vi como a porta poderia ser aberta e fiz que se abrisse. Arrastamos o corpo de Jasão para fora, através das fogueiras, para o ar fresco.

Os guardas de Cólquida, sobreviventes de Medeia, não podiam ser vistos em lugar nenhum. Era certo que haviam fugido para encontrá-la em algum lugar.

— Traga os cavalos — eu disse a Orgominos. — Reúna os outros, feridos ou não.

Tisaminas agachou-se atrás de mim e ergueu a cabeça ferida de Jasão. Jasão abriu os olhos e depois estendeu o braço para me agarrar pelo ombro.

— Por que você não a impediu? — ele sussurrou.

— Perdão — eu disse. — Eu o alertei de que ela era mais poderosa que eu. Eu tentei, Jasão. Com todo meu coração, eu tentei.

O olhar de Jasão foi duro, os olhos cheios de lágrimas, mas ele apreciou minhas palavras.

— Eu sei que você tentou. Tenho certeza disso. Você é um bom amigo. — Ele gemeu quando tentou se mover. — Vamos, ajudem-me a levantar! Tisaminas, ajude-me. E mande vir os cavalos! Precisamos seguir...

— Os cavalos estão a caminho — eu lhe disse.

— Ela vai fugir para o norte, Antiokus. Eu sei qual é o caminho que pensa em fazer. Ela irá pela praia, até o porto escondido. Nós podemos apanhá-la!

— Certamente podemos tentar — eu disse, apesar de saber, em meu coração, que Medeia havia escapado para todo o sempre. Ela sempre superava Jasão.

Enquanto observava o homem lutar para recuperar sua dignidade e organizar seus pensamentos, de repente senti grande tristeza. A melancolia subitamente se tornou esmagadora e eu posso até mesmo ter murmurado em voz alta: "Oh, não...".

Jasão sentiu que algo estava errado. Seus olhos escuros e úmidos me observaram através de sua dor.

— Antiokus — disse ele com doçura —, se pensa que é a vingança que me move, você está errado. E não é atrás de Medeia que eu estou. Não ainda, pelo menos. São meus meninos. — Ele tremia violentamente quando me abraçou. — Preciso chorar por eles antes de fazer qualquer outra coisa. Mas ela levou *os corpos deles*! Antiokus, mesmo sendo um estrangeiro nesta terra, você não é tão estranho aos nossos costumes a ponto de não entender isto: como é que eu posso chorar por eles se tudo que possuo são suas memórias? Eu *preciso* ter meus filhos de volta. Em meus braços! Eles pertencem a *mim*, não a *ela*! — A forma como apertou meus ombros esmagava minha carne, seu rosto próximo ao meu. — Meu bom amigo... Antiokus. Não fique triste. Ajude-me!

Eu não podia falar. Não podia contar-lhe o que pensava. Como dizer que se aproximava a hora de minha partida, que eu iria deixá-lo em breve? Ele sabia que algo estava me chateando e, sendo Jasão quem era, tentava me insuflar coragem. Mas ele não havia entendido a causa pela qual eu lamentava, pensando que eu estava bravo por ele querer perseguir Medeia tão imediatamente após a morte de quem mais amava.

Orgominos chegou, puxando cinco cavalos pelos arreios.

Machucado, exausto, desnorteado e preso à razão por um fio tênue, Jasão se afastou de mim, juntando-se aos outros com energia, chamando nossos nomes, chamando meu nome em particular com um olhar longo e duro, e depois liderando a perseguição em busca de sua esposa fugitiva, através dos portões do palácio.

Cavalguei com ele, mas apenas por algumas horas.

Naquele tempo, em Iolkos, nós mal podíamos acreditar no que havíamos visto. Um assassinato tão abominável! E, ainda assim, tínhamos de acreditar naquilo. Acontecera bem diante de nossos olhos.

Mas agora, no bosque de Skogen, os atos de Medeia ficaram mais claros, e ao menos eu entendi a forma como havíamos sido enganados. Enquanto a tragédia se desenrolava, não pude ver o rosto de Jasão no momento em que ele assistia à conjuração de Medeia, mas ouvi seu coração descompassado e sua respiração se acelerar quando a verdade, enfim, o alcançou.

Um corte na garganta de cada menino, o sangue minando enquanto eles recebiam uma droga poderosa. Os garotos desfaleceram em segundos. O sangue de porco entorpeceu nossos sentidos de tal maneira que ele pareceu mesmo jorrar do pescoço das crianças. Então, Medeia curvou-se sobre seus corpos e puxou de dentro de suas vestes cabeças feitas de cera e crina de cavalo, embrulhando-as em tiras feitas com seu véu. Ela as jogou para Cretantes e depois, reunindo forças, arrastou seus filhos, que dormiam, até os cavalos, deixando-nos apenas com a visão de suas pernas que se afastavam.

Tão rápido, tão bem planejado, tão convincente!

As batidas do coração de Jasão, conforme a verdade se revelava, eram como a artilharia de um navio de guerra em pleno ataque.

Perseguimos Medeia durante todo o dia. Sua carruagem feita de carvalho e vime disparou pelas colinas, suas rodas obedecendo mais ao seu desejo que à força dos cavalos. À certa altura, ela escapou da perseguição. Descobrimos que perseguíamos apenas seus guardas e sua carruagem, e que o condutor da carruagem usava roupas de mulher. Medeia havia escapado, com Cretantes e os meninos, e se escondido em um covil na praia, de onde uma pequena embarcação a havia levado para o oceano mais a leste, para um território que estava em guerra com Iolkos.

De alguma forma estranha, devo ter tido um vislumbre desse evento das colinas acima do mar, apesar de não ter entendido o que estava vendo. Mas o Skogen pinçou o fato de minha confusão metal e amplificou a cena, naquele bosque em seu transe cheio de cânticos.

A embarcação contava com oito remadores, que trabalhavam com vigor. A vela do navio era negra e dourada, as cores de Medeia exibidas com arrogância, como se ela soubesse, então, que estava a salvo. Estreito, bastante afundado na água, o barco rumava rapidamente para o mar aberto, para o leste, em direção a Rhodes, talvez, ou para as ruínas de Troia. Medeia estava sentada ali, chorando amargamente, abraçando os filhos, que agora estavam acordados. Eles estavam agitados, esfregando os cortes em seus pescoços, sem entender que a mãe observava o promontório e dizia adeus à vida que vivera com tanto amor — antes que Jasão traísse aquele amor. Ela era uma viúva em seu coração, deixando para trás um homem quase morto de desespero por causa de sua atuação sinistra. Jasão pagara o preço de sua traição: Medeia havia condenado a si mesma e aos seus filhos a uma vida no exílio.

O bosque estava saturado do som de um homem que chorava, tomado pela fúria.

— Isso é verdade? — Jasão suplicou que eu respondesse. — Isso é verdade? Ou é apenas um truque?

— Tudo o que você viu é verdade — sussurrei, e o homem atirou a cabeça para trás e uivou para as estrelas que se desvaneciam.

— Todos esses anos perdidos! Todo aquele tempo de luto e lamentação! Eu deveria caçar essa mulher agora! Eu desisti da caçada rápido demais. Eu deveria caçar essa mulher agora!

Suas lágrimas eram de ódio e de frustração. Seu olhar para mim foi amargo, como se, de alguma forma, ele me culpasse.

— Todos os anos perdidos, Antiokus! Eu poderia ter meus filhos ao meu lado! Seja a deusa amaldiçoada por não ter me contado o que aconteceria — ele gritou.

E, com essa última blasfêmia furiosa, Jasão deixou o santuário da floresta.

Permaneci no bosque até que o ritual de cânticos de partida estivesse completo e depois cavalguei de volta ao lago, na companhia de Jouhkan e da estranhamente silenciosa Niiv.

— Onde ele está? — perguntei a Urtha quando chegamos ao acampamento. Ele apontou para o outro lado do lago e eu vi Jasão em pé sobre o gelo quebrado, na proa de Argo, seus braços erguidos como se chamasse a nau de volta. O gelo derretia rápido. Não demoraria até o navio afundar. O silêncio do gelo agora dava lugar ao som de água corrente. O gelo rangia e rangia como se "desistisse de sustentar o fantasma".

Mais tarde, Jasão veio até a tenda de Urtha. Eu estava comendo, Niiv sentada, quieta e pensativa ao meu lado, olhando para o fogo. Ele pediu permissão para entrar e Urtha acenou para ele. Jasão havia se barbeado e prendido seus cabelos compridos em uma longa trança que descia por suas costas, quase alcançando a cintura. Ele havia encontrado um par de calças vermelhas romanas, justas na cintura e curtas acima dos joelhos, e um par de botas cinzentas de pele. Ele ainda vestia o manto de pele de carneiro com o qual havia passado os últimos anos de sua vida em Iolkos.

Seus olhos estavam tristes quando me encarou. Ele se abaixou junto do fogo e aqueceu suas mãos.

— O navio está morto. Argo morreu. A deusa levou sua alma.

— Eu sei. O esforço da ressurreição foi grande demais.

— Retiro o que eu disse no bosque, Antiokus. Tudo. Talvez Medeia haja cegado a deusa tanto quanto ela nos cegou.

— É bem provável.

— Mas o navio ainda é útil. Quando o gelo derreter, rebocaremos Argo para a praia e reconstruí-lo. E, se pudermos encontrar um tronco de carvalho decente nesta terra de poucos recursos para fazer uma nova quilha para a nau, talvez consigamos chamar a deusa de volta.

— Essa é uma ótima ideia — eu disse.

— Sim. Mas, se não conseguirmos, precisaremos navegar sem ela.

Já havia me ocorrido que Argo poderia ser reconstruído sob a proteção de uma das deusas locais, mesmo rudes e imprevisíveis como eram. Não contei a ninguém essa ideia até aquele momento porque Jasão ainda estava me observando, a ruga entre os olhos cada vez mais profunda.

— Como você sabia? — ele me perguntou, por fim. — Como você sabia sobre Kinos e Thesokorus?

Eu disse a ele que havia encontrado apenas Thesokorus, o "Pequeno Toureiro", como Jasão o chamara por causa de seu espírito temerário. Sobre o "Pequeno Sonhador", Kinos, eu havia ouvido apenas murmúrios.

— Thesokorus. Ele deve estar tão crescido agora — disse Jasão, pensativo.

— Agora ele é conhecido por outro nome.

— Nomes não importam. Você o viu? Ele se parece comigo?

Eu havia esperado por esse momento com certa apreensão. Não tanto pela verdade, o que havia acontecido aos seus amados meninos, mas pelo que, agora, Jasão precisaria aprender sobre si.

Eu sabia sobre Thesokorus porque havia ido a um oráculo e ouvido uma série de perguntas de um filho sobre seu pai.

5
Na Macedônia

Daqui, de onde estou sentado, à sombra de um carvalho, no limite da praça da cidade, posso ver as colinas enevoadas e a luz do sol que cintila nos portões de mármore que marcavam a entrada do santuário do oráculo.

Faz oito dias que estou aqui, esperando que soe a trompa de bronze das elevações que circundam este vilarejo macedônio de muros brancos. O oráculo estava sob a proteção do deus Poseidon, era caprichoso e pouco confiável. Havia um rumor dizendo que ele era a sombra de Perséfone, que andava pelos corredores escuros de Hades. Nenhum médium humano era usado para transmitir a voz desse deus, que vinha diretamente da caverna, onde nascia da escuridão — como era condizente com ele. Ele não tinha nome, não nos referíamos diretamente a ele. Era conhecida apenas como "Murmúrio do Tempo", e aparecia e desaparecia de suas cavernas como uma brisa em um dia sossegado de verão.

Eu havia ouvido histórias de visitantes que esperavam um ano ou mais pelo chamado para poder consultá-lo, e eu já decidira seguir em meu caminho dali mais ou menos um dia, já que eu estava na cidade mais por curiosidade do que para fazer uma consulta propriamente dita. Eu dispunha de tempo suficiente para visitar os lugares mais estranhos no mundo sobre os quais já houvesse ouvido.

O vilarejo era pequeno e estava lotado com grupos de romanos, macedônios, etruscos, cartaginenses, citos e ilírios, a maioria dos quais havia erguido seus acampamentos fora dos muros da cidade e agora vagava sem ocupação pelas ruas estreitas do lugar, em busca de vinho, azeitonas e do carneiro suculento que era produzido nos fornos de barro ao longo do dia. Os visitantes estavam aborrecidos, desanimados, irritadiços e ofendiam-se mutuamente com facilidade. Mas, ao menos, pareciam gentis com a população local.

Nisso eles diferiam do pequeno grupo que se sentara à beira das oliveiras retorcidas, do outro lado da praça, onde eu passava minhas horas perdido em pensamentos.

Havia seis deles. Estavam nervosos, desconfiados, receosos e na defensiva. Eu os havia reconhecido como parte de um bando guerreiro chamado *keltoi*, que vinha de regiões mais ao norte que as terras gregas: Hercínia, Hiperbórea, A Terra da Gália e seu entorno. Para os nativos, especialmente para os romanos, eles eram bárbaros. Mas eu os conhecia melhor do que isso. Havia encontrado muitas de suas tribos e estava ciente de sua reputação de homens íntegros, honrados, bons no combate homem a homem e seguidores das leis e dos códigos, o que os tornava os mais bem-vindos dos hóspedes e os mais intransigentes dos inimigos.

Observando-os, eu não poderia dizer de que parte dos charcos, florestas ou montanhas despovoadas ao norte eles haviam vindo. Não vinham de nenhum dos clãs de Alba e nem da Gália ao oeste, disso eu estava certo. Seus *kilts*, calças e mantos curtos eram tingidos de azul e vermelho, seus cabelos presos numa espécie de coque no alto da cabeça com fios de contas coloridas quando não estavam em guerra. Tinham bigodes longos que cobriam a boca e formavam arcos endurecidos com gordura animal, cujas pontas chegavam abaixo do queixo. Eles andavam com porte arrogante, encarando de forma demorada e ameaçadora qualquer um que passasse.

Havia sempre algum deles mantendo guarda, segurando um escudo oval em frente ao corpo, a lança descansando, apoiada no ombro. Os outros permaneciam sentados à sombra das oliveiras, bebendo vinho de jarros de argila e consumindo quantidades copiosas de frutas, carne e azeitonas. Essa dieta tinha efeito devastador em sua digestão. Seus cavalos estavam amarrados ali perto, principalmente para aborrecer os nativos, que achavam que esses homens do norte deveriam armar seus acampamentos fora dos limites da cidade, como todos os outros.

Eu estava muito curioso a respeito deles. Todos tinham cabelo muito liso, exceto o líder. A pele deles tinha cor de azeitona, em contraste com seu cabelo cinza-azulado e endurecido com água de cal, mas os olhos, ao contrário dos olhos azuis de seus companheiros, eram escuros e meditativos, e o bigode era negro. Ele certamente não pertencia àquele clã. Quando chegou seu turno de montar guarda, segurando um escudo com a imagem de Medusa, ele pareceu particularmente cauteloso em relação a um jovem, mas de aparência selvagem, que o espreitava do outro lado da praça.

Eu me sentia desconfortável com aquela avaliação.

O templo de Atena, um prédio rústico de pedra branca, com dois incensórios em sua escadaria tosca, supervisionava as atividades da praça e era ocasionalmente visitado por sacerdotes, que pediam à deusa que lhes enviasse o oráculo. A cada dia, no crepúsculo, eles vinham até os degraus e proclamavam:

— Ela ainda está no mundo subterrâneo, caminhando por entre suas cavernas para nos alcançar.

Isso fazia romanos e gregos suspirarem, desapontados, mas os *keltoi* simplesmente riam cinicamente e, juntos, cuspiam caroços de azeitona do outro lado da praça.

Eles pareciam muito relaxados, apesar da postura que assumiam, provavelmente porque aproveitavam o clima agradável.

No oitavo dia, pouco depois do amanhecer, ecoou pelas colinas chamado grave de uma trompa de bronze. Por cinco vezes a trompa soou e o lugarejo ganhou nova vida. Os homens acampados selaram seus cavalos, reuniram seus cães e saíram em disparada para o sopé das colinas. Os cânticos reverberavam no templo de Atena, saudando o despertar do oráculo. Galinhas corriam, porcos davam guinchos agudos e cães latiam. Houve muita reclamação dos moradores locais quando seus hóspedes romanos partiram para as montanhas sem pagar por nada.

Os *keltoi* assistiam a isso tudo com cuidado e, quando as coisas se acalmaram na praça, selaram seus cavalos tranquilamente, acabaram com o vinho de seus jarros, arrotaram, riram, fizeram gestos e comentários rudes e cavalgaram para fora da aldeia. Enquanto deixavam o lugar, eles me observavam, olhares sinistros fixados em mim até que desaparecessem.

Esperei o momento oportuno, mandei vir um de meus cavalos e segui pelo caminho que levava ao oráculo.

Eu já estivera lá antes, em mais de uma ocasião, apesar de ser gerações atrás, e sabia onde me esconder para escutar enquanto o oráculo atendia seus devotos.

Uma série de crentes, cada um deles com um arco de mármore na boca, embrenhou-se no sopé da montanha, ladeando os penhascos montanhosos e arbustos que cresciam muito juntos, até que da terra surgiu o reluzente templo de Poseidon. Essa construção solitária ficava na frente de uma floresta densa de carvalhos e cedros perfumados que cresciam sobre pilhas maciças de pedra cinzenta fazendo barricada até o fundo da garganta e do sistema de cavernas onde o oráculo residia. Um chifre de carneiro de bronze gigante pendia de dois varões, a boca aberta na direção da planície. Ele balançava suavemente nas cordas que o seguravam.

Ali, alguns abrigos foram construídos para os visitantes e havia muita atividade enquanto os cavalos eram escovados e alimentados, e as fogueiras eram acesas para o preparo de alimentos. Amarrei meu cavalo na sombra, coloquei comida e água em seus cochos e me afastei, circundando a floresta. Logo cheguei aos nichos na rocha que alcançavam a caverna onde o oráculo falaria. O som ali ecoava muito. O mais suave sussurro soava tão próximo a esta distância quanto soaria ao consulente do oráculo próximo da fenda da caverna.

O ar cheirava a enxofre e carne queimada. Eu podia ouvir o barulho dos passos e a organização dos servos do oráculo. Um lamento baixo era soprado das entranhas da terra. A orla da mata estava viva.

Os visitantes vinham e faziam suas perguntas. A voz do oráculo era gentil, a voz de uma mulher velha, bondosa, por vezes divertida. Do lugar de onde falava, permanecia escondida da visão dos outros. Era um dia quente e o ar estava pesado. Eu caí no sono em meu nicho, com o cheiro de enxofre e tomilho em minhas narinas.

Quando finalmente acordei, a tarde já começava a cair, e os corvos ainda estavam empoleirados aos milhares, quietos e inertes sob a cobertura das árvores. O oráculo estava sendo consultado no idioma dos gregos, mas com um sotaque do norte.

Dei uma olhada em volta. Como havia pensado, era o *keltoi* de aparência estranha.

— Ouço sobre um exército sendo reunido no norte — ele dizia. — Fala-se sobre uma Grande Busca, liderada por um homem chamado Brennos. É sábio de minha parte pensar em aderir a esse exército?

O oráculo permaneceu em silêncio por um longo tempo e o jovem ficou agitado. Apenas o sopro de ar, quase a respiração da caverna, sugeria que a questão era avaliada.

E, então, a resposta veio.

— Não há mal, Orgetorix, mas os danos da espada e da lança o alcançarão se você se juntar a essa busca. Ela, porém, o levará de volta ao lugar onde nasceu e, lá, você precisará tomar uma grande decisão.

— Que decisão?

— Isso não está claro. Isso não está claro. Cem vezes o que o atormenta em seus sonhos.

Quem ficou em silêncio, então, foram os *keltoi*. Eu podia vê-los em pé, no círculo de rochas que marcava a entrada para o mundo abaixo de nós. Suas armas estavam depostas, e suas cabeças, baixas; eles estavam imersos em pensamentos.

Orgetorix? Um nome forte. O Rei dos Assassinos!

Subitamente, ele pareceu voltar à vida.

— Tenho mais perguntas.

— Então, pergunte — o Oráculo sussurrou, e eu estava surpreso. Aquele era um oráculo indulgente. Ou, pelo menos, era indulgente com esse visitante em particular.

A pergunta veio:

— Eu sei o que meu pai fez. Um fantasma me mostrou quando eu era um menino. Estou ciente de sua traição. Mas nunca soube o nome dele. Assim, pergunto-lhe: qual é o nome de meu pai?

— Ossos Podres!

Orgetorix hesitou. A palavra fora sussurrada pelo oráculo de forma impassível e áspera. A irritação transparecia até mesmo na forma como respirava, mas ele controlou a emoção, dizendo apenas:

— Um nome terrível. Esse é um nome terrível. Agora, responda-me com a verdade.

— Seu pai era um homem terrível. Não pergunte mais sobre ele.

— Exijo saber o nome dele.

— Sua exigência não passa de um pouco de fumaça durante uma tempestade.

— Então, diga-me: como era o nome de minha mãe?

— Sua mãe era Medeia. Filha de Aeëtes, Rei de Cólquida. Ela escondeu vocês de seu pai, longe, muito longe. O esforço foi grande demais. A perda foi enorme. Ela morreu em grande sofrimento.

Por um momento, as palavras ficaram suspensas em minha mente, como se fossem um estranho dialeto, familiar, mas, ainda assim, não familiar, quase reconhecível, mas indefinível, como se eu não conseguisse me concentrar. Depois, elas me atingiram com a velocidade de uma lança bem no meio da minha testa. As palavras davam voltas em minha mente.

Medeia? De Cólquida?

Como consegui controlar minha surpresa não sei dizer. Tenho certeza de que ofeguei. O nome soou como um grito de angústia. Medeia? Não era possível.

Havia algo mais estranho acontecendo ali do que eu conseguia compreender. Eu não saberia dizer se era jogo ou coincidência; mas, subitamente, fiquei com medo, e era um medo sem fundamento, exceto pelo fato de ter vindo de meu reconhecimento de que algo na voz do jovem *keltoi* — aquela doçura no timbre que facilmente podia se tornar imperativa. De fato, ele falava bem parecido com seu pai. Jasão! Filho de Esão e da sábia Alcimede.

Seria possível que aquele fosse um dos filhos de Jasão?

Já se passara muito tempo desde que ele fora para o túmulo.

Pedras soltas rolaram da borda conforme eu me arrastava para trás, na tentativa de refletir sobre o que acabara de testemunhar. A conversa na caverna foi interrompida por um instante, mas depois continuou.

O *keltoi*, então, perguntou:

— Quão longe estou... Quão longe estou de meu lar?

— Muito longe. Você nunca conseguirá voltar para lá. Não há volta. Você perdeu seu mundo.

Se era este um filho de Jasão, qual deles seria? *E onde estava o outro?*

— Meu pai está morto? — o jovem perguntou, calmo, e havia um tom de ameaça em sua pergunta.

— Há muito tempo. Você não pode voltar, Orgetorix. Deve apenas seguir em frente. E este é o fim de sua consulta.

O oráculo fez um gesto nervoso, ouviu-se som de metal se chocando.

— Não. Mais uma pergunta.

— Sem mais perguntas. Seu tempo aqui terminou.

— Apenas mais uma! Ofereço meu escudo em troca de mais uma pergunta! — disse, em tom desafiador.

Ouvi o som de uma espada sendo desembainhada. Procurando com o olhar, eu vi Orgetorix ameaçando cortar o pulso.

— O que em sua vida vale uma de suas mãos? — o oráculo perguntou, de forma franca.

— Um irmão vale a minha mão.

Então, o oráculo respondeu, com doçura:
— Bem, bem. Salve sua mão.
Ele embainhou a espada.
— Eu me lembro de meu irmão, mas apenas como um sonho. Seu apelido era "Pequeno Sonhador". Nós fomos levados juntos de nosso lar, com sangue em nossos corpos. Fomos adotados. Crescemos em uma terra indômita, numa sólida fortaleza. Fomos treinados juntos nas armas. E, depois, eu o perdi. Ele desapareceu, como uma sombra na noite. Onde está meu irmão?

O oráculo fez um longo silêncio. Depois disse, tranquilamente:
— Ele vive, agora, entre paredes açoitadas pelo mar. Seu nome pode ser ouvido onde a serpente vive. Porém, ele não conhece as regras de seu próprio mundo. E isso é tudo...
— Isso é tudo? Isso não é nada!

Frustrado, o oráculo sibilou:
— Por estar você perdido, eu lhe dei mais do que deveria. Porque você mostrou diligência em encontrar este lugar, fiquei com você por mais tempo do que deveria. Mas meu tempo aqui está terminado. E há alguém nos ouvindo. E estou com medo de você.

O jovem guerreiro retrocedeu pela fenda da caverna, correndo os olhos pelo santuário, sua mão no punho da espada. Ainda assim, ele não conseguiu ver quem o observava dentro da caverna. Deixou o oráculo de forma relutante, mas alerta quanto a qualquer ataque. Embrenhou-se na floresta novamente, para retornar aos seus companheiros.

Medeia! Eu nunca suspeitara da extensão dos poderes daquela mulher. Não havia dúvida: o que eu acabara de testemunhar era verdade. Vivendo em uma época que não era a sua, este *era* o filho mais velho de Jasão, Thesokorus, que agora chamava a si de Orgetorix, irmão do "Pequeno Sonhador". A feitiçaria dela beirava a perfeição!

Por certo, precisar esconder seus filhos em um mundo tão distante foi o que a matou.

Eu mal a conhecera, apesar de ela estar no centro de minha vida pelos poucos anos que passei com Jasão. Um véu negro, a cobertura resplandecente de bronze e ouro, as contas titilantes, a correria, os encantamentos sobrenaturais, o cheiro do sangue de sacrifício e as ervas que queimavam... Eu havia preferido ficar afastado daquilo tudo. Eu não havia interferido no relacionamento entre meu amigo ousado e vigoroso e seu amor roubado. Apesar disso, fiquei de coração partido por ele quando ela matou seus meninos.

Depois do encontro no oráculo, ainda permaneci no vilarejo macedônico por sete dias, pensando. Orgetorix e seus homens a cavalo partiram. Eu fiquei surpreso por desaparecerem de forma tão definitiva, mas nem usando um pouco de magia pude encontrá-los. Isso era estranho, mas não era um problema. Eles rumavam para o norte, para se juntar a um exército e participar de uma grande aventura.

Pela manhã, eu havia decidido uma questão de natureza íntima: seguir também para o norte, mas para o lugar onde eu acreditava que Argo havia levado Jasão, a fim de sepultar a ambos. Eu havia feito várias jornadas por aquele lago tantas vezes. Ouvi as lendas locais sobre o navio do "sul quente" e do homem a bordo que gritava por seus filhos. Mas nunca havia examinado a questão mais de perto. Não havia razão. Agora, eu iria lá para ver aquela nau que havia amado tanto um homem que havia escolhido permanecer com ele e talvez tivesse até mesmo mantido esse homem aquecido.

E eu o encontrei! E, agora, tinha uma verdade assustadora para lhe transmitir.

— Nem buscas por todas a parte, nem caçadas furiosas — eu lhe disse — teriam sido suficientes para encontrar seus filhos. Medeia não os escondeu no mundo que você conhecia. Nem em nenhuma ilha, ainda que remota; ou nas montanhas, ainda que altíssimas; ou em uma caverna abaixo do solo e muito, muito funda. Ela não os levou para casa em Cólquida ou para o norte dos bárbaros...

O olhar de Jasão estava melancólico, mas interessado.

— Onde, então?

— Ela os escondeu no Tempo. No futuro. Ela os escondeu no *agora*.

— Ela conjurou Cronos?

— Eu não sei o que ela conjurou. Mal me atrevo a pensar nisso.

Jasão me encarou como se as palavras não significassem nada, a testa levemente enrugada. Depois, moveu a cabeça de forma quase imperceptível.

Continuei:

— Ela não poderia prever que Argo iria protegê-lo através dos tempos. Você está no fundo deste lago por tanto tempo que o mundo como conhecia mudou para além de seu reconhecimento. Talvez eu devesse deixá-lo aqui... Estou com medo agora... — *De que eu tenha feito a coisa errada,* acrescentei para mim mesmo.

Ainda o olhar silencioso.

— Desculpe, Jasão.

Tudo o que ele já havia conhecido, cada lugar, cada cidade, ou estava em ruínas ou jazia enterrada abaixo de novos muros. Eu havia observado sua decadência. Eu havia visto o mundo mudar. Tudo de que Jasão certa vez havia dependido fora varrido da face da terra, pelos anos ou pelas invasões.

Contei a ele o que pude; respondi suas perguntas da melhor forma que me foi possível. Se ele estava curioso sobre as circunstâncias da morte de Medeia, manteve isso encerrado em seu coração. Quando terminei de inventariar os anos que ele havia perdido, murmurei:

— Tudo o que você amou está em uma sepultura...

As marcas em seu rosto se aprofundaram. Ele se inclinou em minha direção e sussurrou:

— Exceto meus filhos.

— Sim. Se o oráculo for de confiança. Exceto seus filhos.

— E você — ele acrescentou, com a voz rouca. — Não se esqueça de si. — Seu olhar cansado me fitava. — Você veio me procurar. Você atravessou metade do mundo para me encontrar. Por quê?

Balancei a cabeça, alarmado pela pergunta. Por quê? Tudo no que eu consegui pensar foi:

— Porque eu era feliz naquela época. Em Argo. E eu sabia onde encontrá-lo. Conhecia este lago. Havia ouvido o homem chorando. Não saberia com certeza, mas estava convencido de que poderia ser você. E, acima de tudo, eu tinha tempo para procurá-lo, estivesse ou não certo desta vez.

Ele pensou, depois me deu as costas e mirou o fogo, afundando devagar no lugar onde estava sentado, o rosto nas mãos, isolando-se do olhar preocupado do mundo que o cercava.

Depois de um tempo, ele se levantou e deixou a tenda. Eu estive tão preocupado com Jasão que não percebi que Niiv e Urtha haviam escutado nossa conversa, apesar de nenhum deles tê-la compreendido. Niiv, contudo, estava evidentemente muito curiosa, e um bocado satisfeita. Teria eu feito alguma revelação a ela, não com palavras, mas em linguagem silenciosa? Eu precisaria ser mais cuidadoso.

Urtha me olhava com curiosidade:

— Ele parece aborrecido, o seu amigo.

— Acabo de contar-lhe o quanto está longe de casa.

— Isso é o suficiente para chatear qualquer um — Urtha rosnou baixinho. — A que distância de casa ele está, exatamente?

— Pense desta forma: ele não pode voltar para lá.

— Você não teve muito tato, eu acho.

— Não, de fato. Ele esteve naquele lago por muito tempo, Urtha. E tempo houve em que ele foi um grande amigo. Certa vez, ele me tirou de uma situação difícil. Você não acreditaria nem que eu lhe contasse como se fosse uma fábula...

— Já ouvi isso antes — disse Urtha, com um sorriso malicioso. — Isso costuma significar que não há muito que contar.

— Bem, talvez não. Sei quanto vocês, *keltoi*, gostam que suas fábulas sejam *grotescas*. Mas ele me ajudou. Jasão e eu estamos unidos pelo tipo de laço que eu sei que você entenderia bem. Ele foi um monstro com a família e a mulher dele o castigou de uma forma terrível.

Urtha estremeceu diante desse pensamento.

— Mas isso tudo está no passado. E o fato é que, durante o último ano, eu arrastei meus pobres cavalos através de meio mundo para reencontrar Jasão e para lhe dar notícias estranhas...

Urtha riu, tranquilo, olhando para mim.

— Sim. Você tem amigos estranhos: submersos no fundo de lagos...

— Apenas um amigo no fundo do lago. E, agora que o encontrei, começo a me perguntar de onde veio tal ímpeto.

— De tirá-lo do mundo dos mortos?

— De tirá-lo do mundo dos mortos.
— Uma dívida de honra. Laços, você disse.
— Ou alguém se aproveitando disso para me usar...
Urtha riu e bebeu de seu jarro.
— Agora você me confundiu. Espero que suas fábulas sejam mais coerentes. Com o grotesco não tenho problemas. Mas nós certamente gostamos de coerência. Vou perguntar novamente: a que distância ele está da casa dele?

Niiv estava irritada porque não conseguia entender, mas eu continuei falando no idioma de Urtha. E decidi contar-lhe o que havia dito a Jasão, fazendo-o jurar segredo, ainda que ele não acreditasse em uma só palavra do que eu dissera.

Ele ouviu, impassível, depois bebeu mais de sua aguardente enquanto refletia sobre minhas palavras.

— Setecentos anos? Conheço um vale onde há uma árvore com essa idade. Coberta de entalhes. Um lugar muito sagrado. As árvores, porém, estão em péssimo estado. Você está em situação muito melhor que elas, se está mesmo me dizendo a verdade.

— Eu lhe disse, eu não minto.

— E eu estou começando a acreditar em você. Então, meu conselho é: não saia por aí contando a sua idade. Nem fale sobre seus poderes. Enaaki e seus demônios da água podem estar no fundo do lago, no palácio de madeira e ossos, interessados apenas em entranhas, mas há pessoas nos acampamentos ao nosso redor a quem um homem como você seria extremamente útil.

— Tomarei esse conselho como um gesto de amizade.

— Sim. Amizade é algo importante. E eu estou ansioso para saber o que farei comigo! — ele sorriu, abertamente.

Um ar gelado nos alcançou vindo da abertura da tenda quando Jasão abriu a aba e se inclinou para entrar naquele lugar aquecido. Ele veio até o fogo e se abaixou, encarando Urtha, Niiv e depois a mim.

— Eles sabem?

— Contei a Urtha. Pode ser que eu conte a Niiv, mas ela está se iniciando na magia. Quero falar com ela antes.

— Conte a ela — Jasão disse. — Não faz diferença. E talvez precisemos dela. Certamente, precisamos fazer amigos por aqui.

— Seja cuidadoso, Jasão — eu o aconselhei. — Você está longe demais de seu tempo. Longe demais de seu mundo.

Ele se levantou, virou-se para mim, os olhos flamejando, mas de desafio e esperança, não de raiva. E tudo o que disse foi:

— Eu não me importo com isso! Por que deveria? Quando nos aventuramos em busca do velo, em nossa juventude, quando roubamos os tesouros do oráculo de Cólquida, quando fugimos de nossos perseguidores através do mar e dos charcos, e por rios desconhecidos, cruzando desfiladeiros e florestas escuras, atravessando terras assombradas pelos piores *pesadelos*, não vivíamos então em mundos que nada significavam para nós? E, então, não vivíamos? Responda-me!

— Sim.

Ele se referia a Medeia como "o oráculo". Eu me perguntei se ele estaria louco para saber sobre o destino dela ou se havia bloqueado de sua mente tudo o que dizia respeito a ela.

— Sim! — ele continuou:

— Vivemos segundo nosso próprio entendimento, Antiokus, você se lembra? E por nossas espadas e por nossa nau... E pelo desejo da deusa!

Ele estava *vivo* novamente! Andou pela tenda, rápido e vibrante em ação e pensamentos.

— Nós não fazíamos ideia de onde estávamos, ou para onde nos dirigíamos. Apenas instigávamos Argo contra as correntezas escuras da água ou a carregávamos nos ombros quando tínhamos de atravessar por terra, rezando para que estivéssemos rumando para casa.

— Eu me lembro.

— Fico feliz que você se lembre. Então, acredite em mim quando digo isso! — ele se inclinou para perto de mim, falando como um homem renascido na fé. — Por toda minha vida, aceitei que meu mundo é o mundo no qual *vivo*. Eu não me importo com o tempo. Eu não me importo com o lugar. Estou aqui! Este é o meu mundo, agora, Antiokus. Novo, estranho, todo a ser descoberto. E, espero, à luz do dia! Se o que você diz é verdade, pelo menos um de meus filhos vive neste mundo também! Posso encontrá-lo novamente. Foi para este tipo de desafio que nasci. Que melhor razão, meu amigo feiticeiro, para sacudir o gelo, reconstruir nosso navio e navegar para o sul, em direção ao sol? Hum?

— Eu não posso pensar em razão melhor que essa, Jasão.

— Bom! Muito bom!

Fiquei em pé e ele me abraçou, sorrindo.

— E nós podemos recrutar remadores que vivam em torno do lago e também durante a jornada. Vá dormir e sonhe, Merlin. Sonhe muito. Farei o mesmo. Quando acordarmos, faremos um novo casco para Argo em terra firme. E trazer nossa nau à vida novamente!

Parte dois

O espírito do navio

6
O espírito do navio

Eu jamais esquecera a beleza de Argo. Mesmo agora, enquanto ele repousava inerte às margens do lago, apodrecido, devastado por ervas daninhas, com seu casco esguio riscado de cores vivas, imagens dos deuses e elementos da Grécia de Jasão, ele era incrível de se ver. Havia uma brandura nele, apesar dos restos de galhos quebrados que lhe haviam brotado na forma fluida do casco, da proa afilada até a curva elegante da popa, erguendo-se para a imagem de madeira rachada e sem olhos de Hera. O navio quase estremeceu ao ser tocado — uma lembrança de vida — e pareceu sussurrar ali, deitado no chão duro, escorado e amarrado.

— Reconstrua-me. Refaça-me melhor. Construa-me para a expedição. Morro há tempo demais.

Eu pensava que o navio morrera ao emergir do Reino de Enaaki , mas, ao circundá-lo com a tocha levantada, senti a última centelha de vida ainda acesa, o último guardião à espera, como ele próprio havia esperado por quase mil anos.

Agora que o sol aparecia, ainda que brevemente, eu podia contar os dias novamente. E, durante dois curtos dias e suas longas noites, Jasão ajoelhou-se diante da proa de Argo e falou com ele no silêncio de sua alma. No terceiro dia, cavou um buraco profundo, encheu-o de gravetos e troncos, depois chamou o tio de Niiv, Lemanku, carpinteiro e construtor de barcos. Ele oferecera suas habilidades a Jasão; Jouhkan também se oferecera para ajudar. Lemanku removeu a efígie desgastada de Hera e trouxe a divindade cega para o buraco. Jasão colocou a cabeça sobre a lenha e depois matou um filhote de rena com as próprias mãos, estrangulando a criatura diante dos *pohjolan* reunidos com seus mantos vermelhos, que assistiam com grande interesse. Eles brandiram suas tochas e entoaram breves explosões de trinados agudos para mostrar sua aprovação enquanto o sacrifício prosseguia.

Cortando a cabeça do animal, Jasão jogou-a nos troncos e então ateou fogo aos gravetos.

Logo, uma grande fogueira rugia no buraco.

Trabalhando em um estranho frenesi, Jasão esquartejou o animal morto e atravessou os pedaços em estacas sobre o fogo. Niiv o ajudou a manter o fogo aceso.

Quando a cabeça estava carbonizada até os ossos, ele derramou um frasco da inebriante bebida local sobre ela. As chamas se ergueram e ficaram azuis, tremeluzindo assustadoramente por vários minutos.

Quando tudo acabou e as brasas arderam, o doce odor da carne assada estava no ar, Jasão parou diante de Argo.

— Adeus, Velho Navio. Adeus, Velho Cisne. Mas agora o verei florescer novamente. Verei folhas brotarem de seu convés. Eu o amei uma vez, Argo, quando você era guiado por Hera, a generosa Hera. Eu o amarei novamente com um novo espírito guardião. Juro pela minha vida!

Depois, virou-se para Lemanku e Jouhkan e disse:

— Agora, falemos sobre como vocês podem ajudar. Desmontem-no até o esqueleto e a nave interna. Mas parem por aí. Vamos recomeçar daí. Não toquem em nada do velho barco interior.

Suas palavras me surpreenderam. Esta era a primeira vez que Jasão se referia ao "velho barco interior". Eu navegara com ele em uma aventura que durara anos, custara vidas e nos levara às terras mais estranhas; causara a morte de seus filhos (ou assim pensava ele) e o condenara a vinte anos de sofrimento. Sequer uma vez ele mencionara também saber o que eu intuíra quando subi a bordo de Argo pela primeira vez, em Iolkos, eras atrás, pouco antes de ele partir para Cólquida e o velo...

Eu não vira nada da construção de Argo, séculos atrás, na Grécia, quando Jasão o encomendara e o construtor de barcos Argos emergira da noite e do nada e oferecera seus serviços. Na época em que minha jornada no Caminho me levou a Pagasea, norte de Iolkos, o navio já estava na carreira, pronto para partir. O calado construtor de barcos terminara seu trabalho; o casco antigo e apodrecido que sempre repousara no coração de Argo havia sido envolvido em madeira nova e pintura brilhante, decorado com símbolos do mar, do céu e dos deuses protetores. O próprio Jasão fora ao oráculo de Zeus, em Dondona, e cortara um galho do carvalho sagrado para a nova quilha de Argo.

Eu segui a multidão — a maioria havia se juntado para ver o grupo de heróis que Jasão reunira como marujos — e, por impulso, perguntei ao homem de olhos brilhantes que fazia sua dedicação a Hera (o próprio Jasão) se ele precisava de um mago na embarcação.

— Nem um pouco — respondeu ele, sem tirar as mãos abertas da fumaça que saía da oferenda. Nem mesmo olhou em minha direção.

— Venho de Orkades, passando por Hiperbórea e oeste de Ilíria. O país está arruinado. O dia tornou-se noite, o vento virou fogo e os ancestrais mortos saem de suas tumbas. Novos amigos me interessam. Também sei contar boas histórias.

Porém, não nesta ocasião; as terras no norte e do oeste estavam mesmo arruinadas, e eu fugira do terror, sem querer ficar para entender sua causa.

— Um contador de histórias? — agora ele olhara para mim, pensara por um momento e depois sorrira. — Por que não? Isso contrabalancearia Hércules falando de si mesmo o tempo todo. Sabe usar um remo?

— Para remar e lutar, sim. Para qualquer outro uso, posso aprender. Também sei lidar com cordas, com o leme e com homens vomitando nas tempestades...

— Teremos alguns desses!

— E sei também que não se deve urinar contra a ventania...

— Um homem culto! Poderia tentar ensinar o hábito a Hércules?

— E como navegar em um nevoeiro. Também falo mais línguas do que ninguém jamais conheceu e consigo entender as novas em metade de um dia.

— Não nos faltam tagarelas. — Será que ele quis dizer tradutores? — E não precisaremos de mais de três línguas nesta viagem: minhas ordens, suas respostas e canções na língua que preferirem. Mas, desde que saiba remar, e se conseguir mesmo navegar em um nevoeiro... Consegue navegar em *nevoeiros*?

— Existe um truque para isso.

— Tenho um leitor de ondas e um de ventos, mas um leitor de nevoeiros? Esse truque eu permito. E, desde que consiga guardar todas as demais bruxarias para si, você é bem-vindo. E falo sério. Não quero *nenhum* outro truque a bordo. Ficou claro?

— Muito claro.

Concordei, mas sua resistência em permitir o uso de magias e encantamentos me intrigou; a maioria dos marinheiros encarecidamente se sacrificaria por tais talentos em seus conveses. Jasão, é claro, não era um mero marinheiro, e tinha um guardião exigente e irascível observando-o do Olimpo.

— Partiremos na próxima maré — acrescentou ele. — Suba a bordo quando estiver pronto. Mas sem cavalos. Pelo menos, não vivos. E, nesse caso, apenas as ancas.

Então, vendi meus dois cavalos — ao menos eu não saberia seu destino — e assumi o posto de argonauta. À guisa de saudação foi me dado um longo bastão de freixo e me ensinaram como usar meu remo.

Um jovem pálido e irritadiço, porém agradável, chamado Hilas, me ajudou. Trabalhar com madeira não era um de meus fortes. Hilas era servo de Hércules e seu amante de longa data. Sendo um jovem de ótimo humor e refinamento intelectual, estava claramente exasperado com tal relacionamento. Hércules era fiel ao rapaz, uma cortesia que ele não estendia a suas consortes femininas. Mas Hilas, apesar de reconhecer a gentileza do grande homem, estava em seu limite, não apenas quanto às exigências em relação a seu corpo, mas com o monstruoso egocentrismo de seu mestre.

— Ele faz qualquer coisa, vai a qualquer lugar, pela fama. Aceita qualquer desafio em troca de notoriedade. Ignora os deuses em seus caprichos e discute com eles o tempo todo. Ele se intitula "o semeador de canções e sementes futuras". Pode acreditar nisso? Ele tem quarenta filhos, assim como filhas, todos bastardos, e deixou a cada um deles um relato de seus feitos e heroísmos, com instruções para que espalhem as histórias pelos quatro cantos do mundo tão logo aprendam a andar e falar! Ele só está aqui para ajudar Jasão a encontrar o sagrado velo de ouro porque algum deus lhe sussurrou que esta missão em especial pode ser a mais lembrada para além de seus dias. Portanto, seria inimaginável não fazer parte dela. Afinal, quem se lembrará do resto da tripulação?

Ele ficou em silêncio. Ressentido.

— Ego... *Ergo*, não? — sugeri, com um sorriso.

Hilas riu, a atmosfera de desesperança rompida. Fiquei surpreso, impressionado, de fato, que ele houvesse compreendido a dialética ocidental daquela piada simples.

— Mais ou menos isso — concordou ele. — Mais ou menos isso. Mas eu lhe juro, Antiokus, pela minha vida: na primeira oportunidade, no primeiro desembarque, fugirei. Se eu parecer ter desertado Jasão, não será por falta de coragem pela missão. Você se lembrará disso? Sinto que posso confiar em você. Isso que levo não é vida... Meus sonhos são cheios de mistérios, visões e umas falas estranhas — e eu chego quase a entender tudo! Preciso encontrá-los sozinho. Sou conduzido. Mas como posso explorar o mundo que os deuses me concederam se estou atado a um homem-javali com bolas de touro, que não veste nada além de um manto de pele de gatos selvagens e evacua enquanto anda porque diz economizar tempo para suas jornadas?

— É uma pergunta muito boa — afirmei a Hilas. — E fica melhor quanto mais se pensa nela.

Os sonhos de Hilas eram seu portão para um mundo mais vasto e profundo do que aquele das montanhas e vales de seu próprio lar. Ele tinha o talento inato de digerir a estranheza e torná-la familiar. E, apesar de não estar absolutamente sozinho nessa habilidade — Jasão me apontara antes —, ele era incomum por estar ligado pelo coração a um homem, um aventureiro, um "favorecido dos deuses" — Hércules — cujos feitos estavam começando a ficar conhecidos até mesmo na distante Hiperbórea.

— Eu o ajudarei — acrescentei. — Peça minha ajuda quando precisar. Mas deve prometer jamais revelar a ninguém o que fiz por você, ou como o fiz. Se eu fizer.

— Tem a minha palavra! — sussurrou o jovem com ardente gratidão, e alguma curiosidade, logo desaparecendo por trás de um sorriso de alívio. — Deu-me um pouco de esperança, Antiokus. De coragem, também. Algo para se cultivar. Bom para o coração. Obrigado! Está aplainando a madeira muito superficialmente, a propósito. Nesse ritmo, demorará até o inverno. Vamos, passe o remo para mim. Farei isso para você.

Ele fugiu do navio quando aportamos na costa de Cianian, próximo ao Monte Arganthon, um mês inteiro depois, quando a viagem estava em andamento, e eu fiz que Hércules pensasse que seu jovem acompanhante fora apanhado e afogado pelas ninfas de um lago na floresta. O lago era pequeno e doce, e as ninfas, sedutoras, mas totalmente inocentes de qualquer assassinato.

Elas fugiram para o lodo quando Hércules golpeou o lago mil vezes com sua lança, gritando insultos. Ele bebeu um jarro de vinagre e urinou e vomitou nas águas violadas. Deixou Argo imediatamente depois disso, para vagar sem rumo por um tempo, ignorando os deuses como sempre, de coração partido.

Quando ele se foi, Hilas se arrastou de volta de seu esconderijo para o navio, e nós o deixamos em terra firme alguns dias depois, na boca do rio Aqueronte, segundo seu próprio pedido. Depois disso, não sei o que lhe aconteceu. Mas senti falta de seu espírito brilhante e de seu ótimo humor.

Isso foi mais tarde, quando Argo começara sua missão. Mas no estaleiro em Pegasae, com meu novo remo terminado pelo mesmo jovem talentoso, marcado com meu nome e adicionado à pilha de madeira pronta para embarcar, eu subi a rampa para inspecionar o barco em si. E logo percebi que não era uma embarcação comum. Não era nada que eu pudesse identificar, e eu não estava pronto para abrir minha alma para uma compreensão mais profunda, mas sob o convés, em algum lugar da proa, havia um velho coração além da imensa viga de carvalho que fora talhada para formar a quilha.

Eu me abaixei para poder me locomover no porão do navio, comecei a avançar e fui *advertido para sair!* Não poderia pensar em nenhum outro termo a não ser este. Não foi uma voz, não foi uma visão, só o sentimento mais intenso de que eu estava entrando em um lugar que era não apenas privado ou fora dos limites, mas *proibido.*

Assombrado e trêmulo, decidi voltar para a terra, planejando encontrar Argos, o construtor que fizera a galé, e perguntar-lhe sobre sua criação. Mas, como se pressentisse minha curiosidade e se houvesse enfurecido com a minha presença, Argo começou a esticar as amarras. O navio girou e deslizou na rampa de barro, como um porco de garganta cortada se debatendo no próprio sangue. Agarrei o abrigo do mastro com toda a força, esperando ser arremessado por sobre a lateral a qualquer momento. Argo lutava e protestava sob meus pés.

Solte-me, ele parecia dizer, *teste-me na água. Vamos!*

Um som semelhante ao grito das Fúrias preenchia o ar.

Jasão agarrou um machado de duas lâminas de um de nossos colegas, mandou que Hércules fizesse o mesmo, adiantando-se agilmente, e berrou:

— O resto de vocês, para a água. Você! Navegador de nevoeiros! Jogue as redes de escalada!

Enquanto os argonautas ficavam nus em pelo e corriam para o mar, Hércules e Jasão golpearam as cordas de contenção, cortando-as simultaneamente.

Liberto, Argo disparou rampa abaixo, batendo com a popa na água do cais, afundando sob a superfície e quase me afogando. Quando subiu, estremeceu como um animal se refrescando depois de um banho frio. Eu me atirei às escadas enroladas, duas de cada lado, e fui para a proa, fitando os homens aos gritos que nadavam vigorosamente em nossa direção. Quem eles eram, de onde vinham, que habilidades possuíam, tudo isso me era estranho na época, mas eles circundaram Argo, rindo, como se capturassem um touro, e, apesar de o barco virar segundo seu próprio controle, permaneceu no círculo, acalmou-se e permitiu que os homens subissem a bordo.

Hércules os seguiu, arrastando uma dúzia de remos pelas águas do cais, erguendo dois de cada vez para as mãos da tripulação à espera. Com seis remos de cada lado — o barco seria remado por vinte homens em mar aberto —, levamos a embarcação gentilmente de volta ao cais, onde o amarramos novamente e começamos a embarcar as provisões.

— Mas que barco! — gritou um Jasão feliz e cheio de lama, saltando do cais para bordo. — Com tanto vigor na quilha, vamos chegar ao porto de Cólquida em uma noite! Três meses, que nada! O velo está mais perto do que pensamos.

Os acontecimentos provariam o contrário, é claro, como escrevi em outro lugar.

Argo não era um barco, mas muitos; e um fragmento de cada um deles, até mesmo o mais antigo, estava encerrado na proa: o coração do navio, escondido num esguio casco duplo. Hera era apenas a última de uma longa linhagem de guardiãs dessa embarcação sobrenatural. Agachar sobre sua proa era sentir a corrente dos rios e mares que persistiram ao tempo, madeira antiga, couro antigo, cordas antigas, modelados e esticados em embarcações que haviam flutuado, navegado, remado e arado além dos mundos de seus construtores.

Agora, eras depois, a pele fora arrancada dos restos apodrecidos do imponente e vigoroso navio. Na aurora rosada e gélida, sob a supervisão de Jasão, Lemanku despedaçou as pranchas do casco para expor parte do coração secreto de Argo. Observei fascinado enquanto uma gaiola de galhos em forma de navio era revelada, uma rede emaranhada crescendo do velho carvalho colocado por Argos, preenchendo o casco como veias. A vegetação havia rachado o madeiramento, mas também o mantivera unido, num abraço protetor.

Lemanku estava estupefato com o que seu trabalho revelava. Ele me mostrou que a madeira não era apenas de carvalho, mas de vários tipos de árvores — olmo, bétula e faia —, porém esses elementos estavam confinados na proa.

As instruções de Jasão eram claras:

— Deixe o bloco de madeira que se ergue da proa da altura de um homem.

Ele podava *Argo*!

— Coloque a quilha nova e construa a partir dela; feche a área da proa no fim.

Lemanku disse:

— Este barco foi construído de um jeito que eu nunca vi. É muito primitivo.

Jasão perguntou o que ele queria dizer, e Lemanku mostrou como cada tábua havia sido posicionada de ponta a ponta ao longo do casco, grosseiramente amarrada com corda e depois selada com breu ou coisa parecida.

— Estou surpreso que este navio não se desfizera na primeira tempestade.

— Mas ele não se desfez na primeira tempestade. Nem em nenhuma outra. Eu o naveguei ao longo de quarenta rios, através de águas de espumas brancas, por vezes de águas tão geladas que os blocos de gelo lhe batiam à esquerda e à direita. Conduzi Argo à sombra das montanhas que se movem, no limite de florestas abatidas, e ele jamais me falhou. Como pode construí-lo mais forte?

— Eu não disse que poderia construí-lo mais forte — disse Lemanku, firmemente —, apenas melhor. Posso construí-lo para carregar mais carga e navegar mais rápido.

Sem pausa e sem agradecimentos, Jasão disse:

— Isso me agradou. De quantos homens precisa?

— Construtores de barco experientes: dez. Ferreiros: vinte. Carvoeiros: cinco... — A lista prosseguiu. — Posso reunir a maioria deles.

— Conseguirei o resto para você — disse Jasão, me olhando de relance. — Nós dois juntos, Antiokus? Vamos fazer um recrutamento?

— É melhor começarmos logo. À medida que as auroras ficarem mais claras, este lago será abandonado por metade do ano. Todos vão embora.

Lemanku demonstrou como as pranchas podiam ser sobrepostas e depois pregadas com ferro para criar um casco mais forte e flexível. Este foi o primeiro encontro de Jasão com o metal. Ele assistiu ao processo de forja e têmpera com fascinação. Os pregos eram feitos longos, grossos e brutos, prontos para serem martelados e achatados do lado de dentro do casco.

Mesmo assim, ele queria amarração com cordas. Lemanku ficou intrigado, mas Jasão foi insistente.

— Ensinaram-me que, para ser segura no mar, a corda que amarra um barco deve pesar mais que os homens que o navegam.

— Então, precisarão de mais lastro — respondeu Lemanku.

— A corda se encharcará de água e tornar o barco pesado.

— Então, suas cordas são feitas de esponja? Terei de confiar em você. O cascalho estará em sacos de pele. Podemos jogá-lo fora e recolhê-lo sempre que passarmos por praias pedregosas! Mas precisamos das cordas. Elas segurarão Argo não apenas numa tempestade, mas quando o puxarmos para a terra. Para rebocar um barco como este ladeira acima, pela floresta, é preciso envolvê-lo em um berço. Um berço de cordas. Se o rebocarmos pela quilha, ela se desmanchará!

— Sei disso — respondeu Lemanku, com orgulho. — Construí barcos a vida toda. Já os reboquei sobre gelo e sobre rocha. Sei como envolver a quilha, e alargá-la, e besuntar os troncos de rolagem com vísceras de peixe, gordura e fígado. Esse foi meu ramo a vida inteira. Você pretende rebocar o navio? Onde?

— Não sei onde. Mas todo rio tem suas partes rasas, e todo mar é bloqueado pela terra. É uma precaução. Vísceras de peixe nos troncos?

— Facilita a passagem.

— Acredito em você. Juntos construiremos uma embarcação formidável. Mas não abro mão de minhas cordas!

Lemanku riu alto. Os dois homens acertaram seu plano para construir a nova carne sobre os ossos de Argo, e depois Jasão deixou o carpinteiro trabalhar.

Enquanto Lemanku continuava a podar o navio, Jasão, Jouhkan e eu pegamos emprestados seu pequeno esquife e navegamos resolutamente ao redor da borda do lago, à procura de uma nova tripulação para remar o novo Argo quando ele estivesse pronto. Já havíamos recrutado Urtha e seus quatro companheiros, mas haveria um pequeno preço a pagar: primeiro, remaríamos para a terra natal de Urtha, para que ele visse sua família mais uma vez, e Borovos e Cucallos pudessem visitar seu próprio clã. Era apenas um pequeno desvio de nossa rota de volta à Grécia. Em troca, Urtha emprestaria a Jasão cinco de seus guerreiros *uthiin*, todos os quais, ele tinha certeza, estariam ansiosos pela aventura, a busca por Orgetorix. Lutadores, atiradores e especialistas em tudo — como todo *keltoi*, ajuntou Urhta —, eles seriam inestimáveis.

Jasão concordou. Naquele momento, entretanto, precisávamos de mais gente.

A maioria dos ocupantes dos assentamentos de inverno construíra cais rústicos, ancoradouros ao longo dos juncos ou se estendendo da praia lamacenta que agora estava exposta conforme o gelo derretia. Cercas altas ou bancos de terra protegiam as tendas e abrigos rústicos dos visitantes indesejados. Tochas queimavam por toda parte. Cães de várias raças uivavam e esticavam suas correias.

Jasão emprestara de Urtha uma urna de bronze e usou-a para anunciar não apenas nossa chegada, mas o fato de que desejávamos negociar. Duas vezes fomos recebidos com tanta hostilidade e desconfiança que nos retiramos ressabiados, mas cinco vezes aportamos e compartilhamos da comida e bebida dos diversos visitantes do lago do Navio que Grita.

Nossa tarefa era recrutar pelo menos vinte homens ou mulheres capazes de usar ou aprender a usar um remo. Vinte argonautas dispostos a abandonar seus assuntos no norte e navegar às cegas para o sul novamente.

Jasão agora demonstrava seu cuidado com as palavras, seu jeito provocativo com histórias. Ele bebeu, fez piadas, bajulou e zombou. Era muito mais velho do que a maioria dos homens ao redor de cujas fogueiras se sentou, mas era tão ágil, tão hábil com uma lâmina, que nos desafios falsos que ele frequentemente impunha a si, ou vencia com uma trapaça, ou perdia em meio a uma confusão de membros e uma explosão de riso.

Sua narrativa da primeira viagem de Argos de ida e volta a Cólquida era irreconhecível para alguém que estivesse lá. Rochas haviam desmoronado a um palmo de nossa proa; o velo, uma vez arrancado de seu santuário sagrado, fora perseguido por guerreiros que cresciam em segundos de dentes de cobras espalhados; florestas inteiras nos haviam perseguido, espalhando suas raízes ao longo do grande rio que fluía de montanhas de topo nevado, numa terra povoada por mulheres canibais e onde símios trepadores de árvores se vestiam com a pele e os ossos das esposas de suas vítimas.

Creio que ele se referia ao rio Danúbio; e o povo de sua cabeceira havia sido hospitaleiro e amigável, ajudando-nos a arrastar Argo pela ponte de terra entre dois rios, para que pudéssemos ir para o sul novamente, para os cálidos mares da Ligúria e suas ilhas assombradas.

— A cada dois dos mais valentes a bordo de Argo, um morrerá. Tenham isso em mente enquanto decidem se juntar a mim. Não decidam sem antes refletir. Se fizerem isso, eu mesmo os matarei! Vou repetir: a cada dois dos mais fortes, um fracassará a certa altura. A cada dois dos mais ágeis, um será derrotado por criaturas saídas de nossos pesadelos. A cada dois dos mais sábios, um será enredado em um nó de logro e sedução que o aprisionará para sempre. Este é o tamanho do risco! Eu sei disso! Já corri esse risco antes e sobrevivi daquela vez... Desta vez, será igual! Creiam-me! Mas a recompensa será maior para aqueles que sobreviverem.

E, quando interpelado sobre o que estaríamos procurando, ele dizia:

— Meu filho mais velho.

— E como a busca por seu filho mais velho nos recompensará?

— As recompensas virão com as oportunidades que encontraremos no caminho. Não entenderão até que vejam o casco brilhante de Argo, e ele está sendo construído neste momento, logo ali, onde podem ver o fogo da forja na noite. Argo é como eu e você, sempre procurando problemas. Ele tem um faro — se é que um barco pode ter faro — para mistérios que permanecem ocultos do mundo que nos parece tão familiar e comum. Ele já foi e voltou do outro mundo... E eu também...

Quando lhe perguntavam: "Quando perdeu seus filhos?", ele dizia:

— Há muito tempo. Eles me foram tirados por uma mulher que foi vomitada da boca da própria deusa Hel. Nenhuma outra mulher a reconheceria como uma de sua própria espécie. Nenhum homem poderia tocar sua pele sem perceber que ela morrera havia muito tempo e fora mantida viva apenas pelo ódio e pela malícia. Medeia. Diga o nome e estremeça. Medeia. Assassina de irmãos. Assassina de reis. Rainha dos trapaceiros. Mas jaz em sua tumba já há muito tempo, e vocês devem ser gratos por isso.

7

Recrutamento

A luz de uma tocha piscando no lago negro sinalizava a chegada dos primeiros novos argonautas. Dois pequenos barcos remavam em nossa direção através do gelo quebrado, o toque de uma trompa anunciando nossos primeiros recrutas vindos do acampamento dos germânicos, homens robustos, com cabelos e barbas louros, que vestiam pesados casacos de pele de urso e de lobo contra o frio. Eles estavam desconfiados de Jasão, quando ele contara das aventuras que os esperavam. Não pareceram impressionados pela história dele; de fato, pareceram indiferentes à ideia de riquezas e tesouros que seriam tomados ao longo do caminho.

O que os intrigava, ao que parece, era que ouviram falar em "cavernas falantes", que poderiam predizer o futuro das pessoas. Viajariam em busca desse oráculo, então (e não teriam dificuldade nenhuma em encontrar ao menos um: as "cavernas falantes" estavam espalhadas pelas montanhas secas e de vegetação esparsa da terra natal de Jasão).

Eles eram fortes. Nossos três recrutas eram Gutthas, Erdzuwulf e Gebrinagoth.

Pela noite afora, outros argonautas chegaram, a maioria de barco, alguns a pé, um a cavalo.

Um par de aventureiros jovens, Conan e Gwyrion da Cúmbria, cruzou o lago perigoso em uma canoa rasa. Eles eram calados, magros e estavam famintos, vestidos com roupas inadequadas para o clima. De fato, suas vestimentas xadrez coloridas consistiam de calças, casaco e camisa de lã, muito mais apropriadas a um ataque no verão das terras do sul. Cada um tinha uma faca de cabo dourado e um pequeno escudo redondo com a figura barbada, com cabelos soltos de Llew aplicada em ouro sobre ele. Jasão os saudou, pediu que engordassem, que ganhassem força (até suas barbas estavam ralas!) e perguntou-lhes por que tinham se aventurado tão ao norte.

Eles não tinham essa intenção, explicaram. Por pura maldade, fizeram um desafio durante um banquete no salão de seu pai. Haviam roubado o famoso escudo de bronze e a carruagem de vime de Llew, puxada por duas belas éguas negras e equipadas com lanças que sempre retornavam à mão de quem as atirava. Quando roubaram a carruagem do abrigo, bateram nos cavalos para saírem a galope e correram sob o luar em volta do famoso forte de muros altos de Llew.

Mas as éguas não se cansavam nunca. Eles continuavam a galopar e nada que os rapazes fizessem as fazia parar a louca corrida. Montanha acima, por florestas, sobre o mar nebuloso e o rio congelado, a carruagem foi levada em direção ao norte, finalmente jogando os jovens ladrões para fora, atravessando o gelo e caindo no lago. Por muito tempo, eles foram deixados com o próprio equipamento. Ter sobrevivido e ainda roubado uma canoa sugeria que eles podiam fazer o equipamento funcionar.

Eles haviam aprendido a lição. Agora, queriam ir para o sul. E para casa. Jasão os aceitou com gosto.

Os cimbros sabiam de Jasão e seu novo navio, Argo, por seus vizinhos perto do lago, os volcas, guerreiros de cabelos negros, que usavam finas chapas de ferro sobre seus peitos e coxas, e tamborilavam facas de osso sobre elas, como sinal de prazer ou irritação. Os volcas também ficaram intrigados com a busca de Jasão. Eram liderados por um homem chamado Michovar. Eles vieram a pé, correndo, malas nas costas, lanças carregadas por mãos calejadas, proteção de ferro reluzente. Os volcas concordaram em remar conosco até o fim da terra natal deles, por qualquer rota que tomássemos. Essa era a razão de virem conosco; estavam longe de casa havia muito tempo e aqueles entre eles que entendiam de barcos haviam morrido durante o inverno.

Nosso número de recrutas perdidos e solitários parecia aumentar. Com Cathabach e Manandoun, da cavalaria *uthiin*, de Urtha, e seus vizinhos Borovos e Cucallos, contávamos pelo menos doze homens, talvez treze, posto que Lemanku queria se juntar a nós. A idade dele preocupava Jasão. Argumentei que Jasão era mais velho que o construtor de barcos. Jasão sugeriu que alguns homens envelheciam melhor que outros, e o gosto de Lemanku por vinho de frutas vermelhas não ajudava em nada. Mas um construtor de barcos a bordo de um barco em uma jornada que prometia ser bastante longa seria uma útil incorporação.

O remo de Lemanku estava garantido.

Logo depois, o som de miados desesperados, como se fossem gatos agonizando, anunciou a chegada de Elkavar, da Irlanda. Ele viera pelo bosque e parou, em silêncio, enquanto o zumbido de baixo de seus braços terminava. Urtha estava encantado de vê-lo.

— Até que enfim, música! Você será convidado à minha mesa. Ou, pelo menos, o que passa por mesa neste lugar esquecido pelos deuses...

Urtha andava impaciente com os ganidos vocais e gemidos esquisitos da música produzida pelos *pohjolan*. O saco de couro com três saídas de ar, um instrumento musical que produzia música quando bombeado pelos cotovelos do músico, também soava esquisito para mim, mas, evidentemente, não para Urtha e outros *keltoi*.

— Desculpe-me por assustá-lo — disse o recém-chegado, em um dialeto suave e esquisito da língua de Urtha. — Mas da terra de onde eu venho você logo aprende a se colocar em seu devido lugar. Quando eu vejo homens da Terra dos Fantasmas e lembro meu papel no ataque ao Forte Eimros, há pouco tempo, quando venci um combate contra o campeão do rei Keinodunos, um jogo duro, foi uma cabeça difícil de roubar, bem, quando vejo pessoas como vocês, não consigo ter certeza de ser bem-vindo.

A Terra dos Fantasmas ficava próxima ao território de Urtha, e para hibernos, como Elkavar, pareceria encampar todo o território, embora de fato fosse inacessível, exceto para os mortos. Nem o grupo de Urtha nem eu sabíamos da escaramuça do referido rei, mas nenhum de nós era novo em ataques, e esse homem claramente lembrava um ataque na costa e seu rápido e sangrento desfecho.

— Se esse fole com canos consegue elevar nossos ânimos quando você o toca — Jasão disse para Urtha —, então, você é mais que bem-vindo.

Acho que ele pensou em Orfeu e sua maravilhosa harpa.

— O modo como eu a toco provavelmente levantará os mortos — o jovem respondeu, com um sorriso. — Mas, de qualquer forma, parece que você poderia usá-los também. Os mortos, quero dizer. É um barco grande para tão poucas mãos.

— Você é bem-vindo se quiser juntar as suas — Jasão respondeu.

— Então, hei de fazer isso. Eu sou Elkavar. Sei como usar um remo e posso atirar uma lança do topo de uma montanha até o outro, usando apenas o pé direito. Por alguma razão, nós somos treinados para fazer esse tipo de coisa em meu país, embora eu fique feliz em dizer que nunca precisei usá-lo.

Ele não era alto e nem pesado na constituição e parecia faminto, seu rosto bem afilado. Seu cabelo acastanhado estava cortado curto. Tinha um sorriso franco, mas um olhar rápido e cuidadoso; os olhos, amedrontados e curiosos.

Quando se acomodou perto do fogo e comeu um pouco de carne, fez uma pergunta estranha.

— Há alguém aqui que possa me dizer onde estou? Eu sei que estou no norte, reconheço os padrões brilhantes de algumas estrelas, o Elk, ali, e o peito de Deirdre. Mas algumas desapareceram. Viajei mais longe abaixo do céu do que achei que fosse possível. E, ademais, esta terra fria só pode ser ao norte. Quando fazemos ataques no norte é sempre frio e úmido. Eu não sei por que temos esse trabalho. O sul é quente e nebuloso e sempre há bom vinho e bom queijo. Mas esta noite sem fim... — ele olhou para Jasão. — Então, vou perguntar novamente. Onde estou?

Jasão riu.

— Eu não sou o mais apropriado para responder essa questão. Seria melhor perguntar para Merlin. Ele consegue fazer mágica, mas é muito preguiçoso para fazê-la. Mas, só por curiosidade, como você chegou até aqui?

— Bem, eu não sou o mais apropriado para responder *isso* — Elkavar respondeu com um sorriso cansado. Mas nos deu uma amostra do que sabia.

Ele fugia de um ataque malsucedido em sua terra. Correndo para o sul, em direção ao seu próprio território, perseguido por cinco homens rápidos, conseguira ficar à frente deles, escondido nos bosques densos e rios rasos. Cinco dias depois de a caçada ter começado, passou pela fronteira demarcada pelo seu clã e descansou nas montanhas dos mortos cobertas de árvores, que escondiam as estradas e trilhas que levavam ao submundo.

Animado com a sua fuga, havia se presenteado com uma música.

— Apenas aquela e nem mesmo era uma música de vitória! Apenas de alegria por estar em casa. Às vezes, eu me pergunto se tenho o juízo de um ganso na cabeça, que ainda grasna no começo do inverno, quando as facas já são amoladas.

O barulho de gatos sendo torturados que sua gaita de fole produzia denunciou seu esconderijo.

— Todas as montanhas têm pequenas passagens para as estradas escondidas — ele continuou. — Quando aqueles bastardos vieram atrás de mim à noite, eu não tive escolha a não ser entrar em uma das passagens e me arrastar para salvar minha vida. Passei muito tempo me locomovendo de barriga no chão, antes que pudesse me levantar. Depois, levantei-me e andei, e continuei andando, pensando que isso precisava sair em *algum lugar* do país! Continuei caminhando, sempre no escuro, sem estrelas, sem sinal de vida, nada além do túnel e das raízes dependuradas da floresta acima — e, então, saí perto do lago congelado. Quando tentei voltar para a caverna — em algum lugar por lá —, era apenas uma caverna. E eu reconheci algumas das estrelas, mas estou no norte! Algumas das minhas estrelas faltam.

— Nós navegamos para o sul — Jasão disse. — Recuperaremos suas estrelas para você.

— Bem, agradeço. E eu soube que você navega em busca do seu filho. Fico com você até encontrá-lo. Enfrento qualquer aventura, contanto que eu esteja no sul novamente.

Jasão me puxou para o lado.

— Esta caverna poderia ser útil? Deveríamos explorá-la?

— Nós não conseguimos passar com o navio. E se o próprio Elkavar não conseguiu retornar, então, duvido que qualquer um de nós possa.

— Você, talvez.

Eu lhe contei que conhecia vários desses atalhos subterrâneos ao longo do caminho que trilhei, estradas escuras que ligavam terras muito, muito distantes. Mas, como muitas outras coisas no meu mundo e no dele, essas estradas silenciosas me davam medo e eu as evitava propositadamente.

Nossos pares de mãos aumentaram quando o acabamento suntuoso da pintura e os escudos foram postos em Argo.

À pé veio Tairon, de Creta, morto de frio e sem nada, seus companheiros de viagem enterrados em tumbas de gelo havia muito tempo. Ele partilhava o entusiasmo de Elkavar de retornar para o cálido sul. Como remador era passável, mas um grande arqueiro; seu arco era pequeno e feito de chifre. Quando demonstrou como usá-lo, eu me lembrei de Ulisses, que havia atirado sua flecha através de doze *anéis* encarreirados, antes de matar o homem que aprisionara sua mulher.

Tairon era o filho mais velho de uma das famílias mais antigas de sua ilha. Ele viera para o norte em busca das tábuas de argila feitas por Dédalo, que continham o desenho verdadeiro e as chaves do labirinto construído para aprisionar o Minotauro. O mundo ao qual Tairon pertencia era mais velho ainda do que o de Jasão.

Entretanto, se Tairon era imortal, não deu nenhum sinal, e, quando usei um pouco de encantamento para ver dentro de seu coração, havia apenas juventude e aquela desajeitada curiosidade que condena os homens a buscar coisas além de suas habilidades.

Tairon seria um homem a ser observado; tão confuso quanto intrigante, mas no momento apenas ansiando por navegar para o sul.

O último a chegar nesse momento foi um jovem cito, aparentemente mais novo do que fingia ser, de voz suave e mãos pequenas. O nome dele era Ullan. Eu não conseguia me lembrar de nenhum Ullan em nosso circuito de seleção do lago, e algo me intrigava naquele momento. Ele nos disse que seu rosto estava pintado de preto pela perda de seu companheiro durante o inverno impiedoso e severo, e ele estava vestido e com a cabeça coberta com uma capa pesada, também preta. Ele preferiu não declarar a razão pela qual tinha vindo para o Lago do Navio que Grita.

Jasão não tinha certeza sobre ele.

— Um antepassado meu velejou com você para Cólquida em busca do velo, muitas centenas de anos atrás — o jovem disse.

— Quem?

— Você a conheceu como Atalanta. Ela escondeu sua verdadeira identidade de você, naquela época, e de onde viera. Teria sido perigoso para ela ter-lhe contado. Você estava em guerra com o país dela.

— Eu me lembro dela — Jasão falou. — Ela desceu em terra firme com Hilas, na foz do rio Aqueronte, e pouco depois Hércules nos abandonou, procurando por ele. Ela não voltou. Não viu o velo. Não tomou parte na luta final.

— Ela ia para casa. Estava pegando carona. Como muitos de seus argonautas farão, simplesmente entrou em sua vida e depois foi embora. Mas nunca deixou de falar sobre o tempo que passou a bordo de Argo. Eu gostaria de entrar a bordo por um momento.

— E sua família se lembra disso por mais gerações do que eu posso imaginar? — Jasão estava desconfiado.

— De onde eu venho — Ullan disse imediatamente —, não há nada mais interessante para se falar. Uma boa história dura séculos. Posso velejar com vocês?

— Você é muito magro.

— Nós todos não podemos ser fortes como Hércules, e Hilas, que era magro, foi de grande ajuda para ele, não? E Tisaminas não era exatamente o melhor dos remadores, ele mal sabia o que fazer com o remo. E mesmo assim esse homem serviu a você e à nau.

— Sim — Jasão falou, nitidamente impressionado com a recordação tão detalhada. — Sim, é verdade. Ele era um bom amigo, mas um remador inútil. Você tem alguma habilidade em especial?

Ullan sorriu.

— Eu consigo caminhar sem ser visto nem ouvido pelos bosques mais perigosos e ainda voltar com o jantar.

— Um caçador.

— Sou bem-vindo a bordo?

— Sim.

— Você tem certeza?

— Tenho.

— Então é "caçadora". Meu nome é Ullanna. — Ela tirou seu capuz e beijou Jasão no rosto. — Apenas me leve para o sul.

Jasão riu.

— Com prazer. Não existe mesmo nenhuma outra direção a seguir!

A única chegada a cavalo foi a de um dácio de grande estatura, um homem tão velho quanto Jasão. Sua barba era um ninho cinza, emoldurado de preto. Ele desmontou, levando seu cavalo para onde Argo estava apoiado, iluminado por tochas e meio construído. Bateu no casco inacabado.

— Há espaço no navio para um cavalo? — ele questionou na língua de Jasão.

— O que o cavalo faz? — Jasão perguntou.

O dácio riu com desdém.

— O que ele faz? Ele pode galopar, rodar no lugar, parecer destemido na batalha. É leal ao seu mestre, pode carregar muito peso... sem reclamar. Come o que a terra dá, não se mete na vida de ninguém e produz estrume, produz um monte de estrume... o que é útil. Não é? Alguns pensam que sim, pelo menos. Em resumo, eu amo este cavalo. — Ele deu um tapa no enorme traseiro do animal. — Certamente, não irei sem ele.

— O que mais ele pode fazer?

O dácio pareceu irritado. Depois de uma longa pausa, perguntou baixinho:

— O que mais você tinha em mente?

— Ele cozinha? Ele rema? Ele consegue cantar para alegrar nossos espíritos como galopa? Ele faz mágica?

O cavaleiro olhou impassível para Jasão por um instante, depois disse secamente.

— Eu não faço a menor ideia. Nunca me ocorreu perguntar a ele. Eu esperava que força, calor e muito esterco fossem suficientes.

— Ele consegue acalmar Poseidon?

— Poseidon? Quem é Poseidon?

— O deus do mar. Não é boa coisa quando ele está de mau humor. Grandes ondas. Navios arrebentados.

— Agora que você falou — o homem alto disse, pensativo —, ele é um ótimo nadador.

— Nós não precisamos de nadadores, precisamos de remadores.

O dácio encarou Jasão com ódio.

— Ele é um cavalo. Ele não tem dedos. Mas aquilo que vejo é um rolo de corda? Posso usá-lo?

O dácio foi até onde os fardos de cordas estavam empilhados, prontos para amarrar as novas tábuas de Argo. Ele deu duas voltas com uma corda em uma árvore de tronco grosso e raiz profunda na margem do bosque, depois correu para o seu cavalo, amarrando a corda de modo desajeitado em volta do dorso do animal. Ao virar o cavalo para o lago, deu um tapa em suas ancas.

— Nade!

O animal margeou a beira do lago, depois pisou cuidadosamente na parte rasa congelada, logo chegando à parte mais profunda. E, então, começou a nadar. Ele esticou toda a corda e, no momento em que eu esperava ver o animal parar e se esforçar de volta à margem, ele continuou nadando e, atrás de nós, a grande árvore dobrou-se, rangeu, então suas raízes se levantaram e ela caiu, sendo arrastada pelo chão, seus galhos nos atingindo e nos fazendo correr, chicoteando a lateral de Argo ao passar.

O dácio chamou seu cavalo, que se virou e nadou em direção à praia.

Jasão olhou para a árvore caída, depois acenou para o outro homem.

— Nós abriremos espaço para o cavalo.

— Bom. Ele se chama Ruvio. Meu nome é Rubobostes. Eu sou muito útil também.

O rubor da madrugada e as luzes que cruzavam o céu eram coisa do passado; com o Fogo das Árvores, o lago havia rachado e começado a descongelar.

Agora o sol se levantava, *"o olho que se abria"*, metade visível, meio cíclope e parecendo sonolento, via-nos com uma névoa por um longo tempo, todos os dias.

— Kainohooki chutou a porta de sua tumba de inverno — as mães disseram às suas crianças. — Ele dormiu por tanto tempo, digerindo sua última refeição, agora ele está acendendo seus puns para clarear o dia. Ele tem urso para caçar, rena para domar, peixe para pescar e *voytazis* para pôr no espeto, pendurar e secar, para que as bruxas possam usar. Kainohooki é nosso amigo.

Eu já ouvira tudo isso antes. Era verdade, as praias do lago e os laguinhos derretidos começaram a cheirar podre, a primeira emanação do fedor que havia sido temporariamente abafado pelo longo inverno.

Eu já vira as emanações de tal odor dos pântanos pegarem fogo com resultados trágicos, apavorantes — barcos queimados até as cinzas enquanto ainda eram construídos em terrenos enlameados; caçadores de garça queimados vivos ao andarem nos juncos enquanto esperavam por suas presas. Esse fenômeno tendia a acontecer com maior frequência no alto verão nas planícies dos rios — então experimentei algum alívio por saber que apenas Kainohooki, e não os próprios *pohjolan*, gostavam de incendiar suas emissões invernais.

A vida retornou ao navio de repente e de modo inesperado, quando o novo sol estava o mais brilhante possível.

Lemanku e dois outros homens trabalhavam dentro do casco. A nova quilha fora assentada, um ótimo pedaço de bétula *pohjolan*, lindamente entalhado e aparado, parte dele esvaziado para acomodar a ponta do antigo carvalho da Dodonia, cuja força levara Jasão em sua primeira viagem. Lemanku fora ao bosque do espírito de Mielikki, a Senhora da Floresta e, depois de uma longa cerimônia, e de muitos toques de tambor e cantorias, havia cortado uma das bétulas ancestrais. Mielikki seria nossa nova protetora.

Jasão estava em algum lugar distante, ainda recrutando tripulantes, e eu estava ajudando o dácio a entalhar um remo. Havia fogueiras ao nosso redor, quatro cães brincavam de perseguir uns aos outros de modo barulhento, e o tilintar de metal sendo forjado era uma agressão constante e impiedosa aos ouvidos.

Tudo parou, todos os movimentos, todos os sons, quando o gemido de dor e medo de Lemanku cortou o ar frio. Pasmo, eu olhei para a metade do casco do barco. Lemanku cambaleou pela lateral, ainda gemendo. Seus olhos eram dois buracos inflamados e ensanguentados. Ele se arrastou rampa abaixo e, então, foi em direção ao lago.

Atrás dele, um dos trabalhadores *pohjolan* gritou.

— Ele estava na proa. Algo o cortou!

Lemanku, em sua ânsia de terminar a quilha, desobedecera à severa instrução de Jasão: que apenas ele trabalharia nessa parte velha e perigosa da embarcação.

Eu corri em direção ao homem ferido. Lemanku caiu no lago, molhando seu rosto com as mãos. A água ao redor dele *ferveu*! Ainda gritando de terror, ele se esforçou para ajoelhar. Uma aura irradiava dele, como serpentes se atirando longe através da superfície do lago, linhas de movimento que se esvaíam dele, fluindo em direção ao bosque.

Algo mais fez a água borbulhar, o surgimento da cabeça enorme de um *voytazi*. Corri para Lemanku, bem na hora que a boca fria do peixe se abria para atacar. Eu estava pronto para sacrificar um pouco de idade para proteger o construtor de barcos, mas o demônio recuou, talvez se lembrando de mim naquele mergulho, há muitos dias.

Na medida do possível, ajudei o homem pesado a se levantar. Ele estava passando mal ao se levantar, mas em silêncio agora, com água e sangue escorrendo de seus olhos perfurados. Os dias de visão de Lemanku haviam acabado.

— Venha para perto do fogo — pedi-lhe, e ele me deixou guiá-lo de volta ao calor e à relativa segurança de nossa tenda.

— A luz simplesmente se foi — ele sussurrou, estremecendo ao beber uma tigela de caldo. — Tão rápida. Surgiu do nada. Madeira tão reluzente e brilhante. Surgiu do nada e levou a luz embora. Apenas noite. Apenas escuridão. Ele me matará se eu voltar a bordo...

Ele? Ele quis dizer Argo? A gentil e protetora nau Argo fizera essa coisa terrível? Eu não podia acreditar, mas Lemanku acrescentou.

— Eu preciso ir ao seu bosque. Eu preciso implorar pela minha vida...

— Bosque de quem?

— Mielikki. Mielikki está no barco agora. Jasão queria essa madeira tão boa, e a bétula do bosque é a melhor. Eu acreditei que ela ia guardar a árvore perfeita. Tão boa bétula. Eu acreditei que fizera tudo certo. Pagarei por esse erro com minha vida, e com essa escuridão. Todos vocês irão. Vocês precisarão de deuses gentis para ajudá-los se navegarem naquele barco agora.

A esposa de Lemanku e duas filhas chegaram, a mais nova chorando incontrolavelmente ao ver o rosto machucado de seu pai. Sua esposa cuidou dos ferimentos com rápida e metódica eficiência, mas seus olhos, para mim, estavam frios.

— Você deveria saber. Você podia tê-lo impedido, seu amigo, aquele fantasma.

Ela se referia a Jasão.

— Impedi-lo?

— Ele queria demais a árvore. Ele enganou esse homem com encantamento. Mas você... você vê mais adiante do que todos nós. Eu consigo farejar isso em você. Você poderia tê-lo impedido. Aquele barco matará a todos agora.

Quão rápido ela entendera a situação. Talvez, sem que eu e Jasão soubéssemos, houvera discussão sobre discussão na cabana desse construtor de barco, tentativas desesperadas de persuadi-lo a não pegar madeira do bosque sagrado de Melikki, com Lemanku respondendo que a Senhora da Floresta *sempre* ofereceu seus galhos e troncos para barcos. Era o modo como era feito.

Barcos, sim. Barcos para o povo dela. Barcos para aqueles que caçavam em suas florestas e velejavam os lagos e rios de seus similares. Mas não navios que tinham navegado para além do olho-que-vê, para além do sol. Barcos de estranhos, com espíritos estrangeiros em sua quilha.

Mielikki era caprichosa. E ela estava em Argo agora, e não estava feliz.

Eu esperava que Jasão fosse reagir do seu jeito típico ao ouvir o que acontecera, ou seja, com uma fúria estúpida e recriminações ferozes. Mas ele reagiu de seu outro jeito típico: com grande preocupação com Lemanku, mesclada com uma observação prática:

— Ele ainda sabe o que faz quando o assunto é barco, não sabe? Consegue sentir o caminho em volta do mastro, não consegue? Se ele me disser onde martelar um prego, eu martelo o danado do prego! Faça-o melhorar e o mande de volta ao trabalho.

E ele era completamente indiferente quando se tratava do perigo representado pela nova guardiã de Argo.

— Caprichosa? Elas são todas caprichosas! Conte algo que eu não saiba. Você não acha que não teríamos conseguido velejar para Cólquida, roubado o velo e voltado para Iolkos em

menos de uma estação *e* não sofrer nenhuma perda? Nós poderíamos ter feito isso facilmente se a deusa estivesse inclinada a nos deixar fazer isso. Mas ela queria se divertir. Controlava um jogo elaborado com outros deuses, outros espectros, outras sombras na montanha! Aprendi sobre esses jogos antes mesmo de ter barba. É um risco que corremos em toda viagem e a razão pela qual tão poucos entre nós nascem capazes de encarar esse desafio. Quantos anos você disse que tinha, Antiokus?
— Muitos.
— Então, não finja que você não sabe do que ele falava.
Eu sabia muito bem do que ele estava falando. Murmurei.
— Ulisses contou sua visão.
— Ulisses era arrogante — disse ele rapidamente, um olhar endurecido em seus olhos enquanto pegava a vela e a virava ao contrário. — Ulisses desafiou os poderes de Poseidon e foi punido; ora, e eu não estou desafiando... Apenas digo que sei. Eu sei e aceito. Eu não desafiei nada em minha vida a não ser o direito de Medeia aos meus filhos. E Medeia era uma bruxa, não deusa. E ela está morta, agora, podre, comida para arbustos e ervas. Eu não finjo ser melhor que os deuses, Antiokus. Você não pode me comparar ao tolo do Ulisses.
— Ele não era tolo.
— Ele era astuto, concordo. Mas se gabava muito. Isso o tornava... tolo. Mereceu o destino que teve.
— Ele provocou seu destino.
— Mereceu, provocou, que diferença isso faz? A estratégia dele, aquele barco de cabeça para baixo, com o seu mastro oco, arrastado por cavalos pela praia, sim, era um truque, e dos bons, e ele rompeu as barreiras dos muros de Troia, e foi assim que a cidade foi tomada e sucumbiu. Era um homem inteligente. Não tenho dúvidas de que inventou isso sozinho — como

esconder homens em um navio destroçado, naquele mundo brilhante dentro de sua cabeça inteligente. Reconheço seu valor completamente. Mas, em vez de fazer sacrifício aos deuses, em vez de dar a eles seu crédito indevido, ele os ignorou. E esse não é o comportamento de um homem inteligente... eu nunca cometerei o mesmo erro. Você está me ouvindo, Mielikki? Nos ajude em nossa viagem e eu cortarei qualquer garganta que você queira em cima de uma fogueira num prato de brasa! Ponho minha vida nisso.

Homem temerário. Eu o vi me observando, seu rosto cheio de força, determinação e desafio. Ele era jovem quando buscara pelo velo; e Ulisses era velho, sábio e arrogante. Agora, Jasão era ainda mais velho e tinha raiva dentro do peito. Ele envelhecera, mas como vinho, em um leito num naufrágio no fundo do mar, sem provar da vida, sem que a vida provasse dele. Ele era um homem com dois lados: ainda jovem para a batalha, embora velho com pensamento e astúcia. Seus anos intermediários eram vazios como aquele barco quebrado, mas meticulosamente entalhado, amarrado a cavalos, que os troianos haviam arrastado para dentro de seus muros, apenas para vê-lo cuspir assassinos gregos de dentro de sua anca dupla; oco, talvez, como Argo, com seu espaço secreto que até agora fora negado a nós, embora contivesse um espectro em um mundo fantasmagórico de florestas maravilhosas que poderiam atingir e cegar qualquer homem ou mulher que chegassem muito perto.

8
Partida

A reconstrução de Argo estava terminada, embora ainda não fosse dedicado à sua nova deusa protetora. E, como se tivesse consciência desse momento de transição de madeira morta a barco novo, as primeiras revoadas de cisnes chegaram, surgindo do brilho do próprio sol, que lentamente se levanta, em silêncio, a não ser pelo murmurar de suas asas. Eles passaram sobre nós, ondas e mais ondas deles, de garganta negra, bico vermelho, circulando a floresta sarapintada de gelo e depois deslizando em formações de volta ao lago. Centenas deles, espíritos dos ares sinalizando a chegada da primavera. Eles continuaram a descer na água por uma ou mais vezes, brigando, grasnando, barulhentos, esperando os peixes e o peixe-espírito subirem, para então poderem se alimentar.

Fiquei em pé na lateral do lago, com Urtha e Jasão, admirando o espetáculo. Niiv corria para lá e para cá, uma criança com o peito prestes a explodir de alegria. Os argonautas saíram de suas camas e cambalearam, desarrumados e cansados em volta do estaleiro, olhando para os cisnes enquanto eles circulavam e pousavam no lago, conversando sobre como seria o gosto dessas aves grandes e selvagens.

Os *pohjolan* dançaram e cantaram; eles dançaram pelo deleite de Niiv e pelos movimentos dos cisnes; cantaram como os mortos se levantam, um murmúrio, uma celebração de uivos, a maioria das vozes de mulheres tão contagiante que até os nossos mal-humorados volcas tentaram dançar, fazendo engraçados movimentos de dança uns com os outros, em parte para fazer graça com os *pohjolan* e suas tradições, mas, de qualquer forma, como um sinal de que eles também sentiam a chegada da nova estação e a finalização de uma tarefa que começara havia eras: nosso navio! Nosso Argo!

Ele era mais estreito do que o outro barco, mas ainda assim possuía aquela graciosidade das embarcações gregas, proa empinada, mastro único, adornado da proa à popa com desenhos em forma de escudos, com cores gloriosas, que representavam os novos argonautas que pegariam nos remos. Seus olhos, um em cada lado do casco, eram zelosos; ele tomaria conta do rio e do mar com cuidado.

Niiv trouxe seu tio, Lemanku, de olhos vazios, para terminar o navio. Seus filhos arrastaram a figura de carvalho de Mielikki, Senhora da Floresta, para a popa de Argo, até o local para a cabeça entalhada. Lemanku trabalhara fervorosamente na figura, seus dedos tateando o caminho pela madeira áspera. Ele havia insistido que a tarefa deveria ser dele e somente dele.

O rosto que nos olhava, quando a figura foi erguida, era sinistro, olhos semicerrados, nariz afilado, boca parcialmente retorcida em um sorriso que poderia significar felicidade ou pena. O cabelo havia sido entalhado caindo sobre os pequenos seios; dentes de urso foram arranjados em torno do pescoço em uma cinta protetora; crânios de pequenos pássaros foram atados com trança de couro, um colar sorridente. Mas penas e flores secas rodeavam a coroa, aplacando o aspecto malévolo do rosto.

Gutthas, dos germânicos, e Urtha, de Alba, ergueram a cabeça de madeira para a posição correta e Jasão martelou no lugar os prendedores de madeira para segurá-la firme. Porque eram necessárias, cordas foram atadas em volta da estátua, amarradas firmemente, e depois cobertas com piche.

No momento que Mielikki ficou em posição, Argo tremeu na rampa, mas não como em Iolkos. Ele se manteve calmo, não forçou as amarras. O cavalo do dácio estava selado e pronto para segurar a amarra se o navio se mexesse antes de Jasão estar pronto.

Enquanto vários argonautas cavavam o barranco para que servisse de rampa, assentando roletes de bétula nas margens do lago, Jasão e Lemanku prepararam um altar para dedicar o sacrifício, uma armação simples de madeira seca empilhada para fazer uma plataforma da altura da cintura, larga o suficiente para acomodar a oferenda. Lemanku fez um rascunho de uma imagem de Enaaki em bétula e o apoiou; Jasão entalhou uma efígie de Apollo e a pintou de preto. Ele fez um buquê de penas de cisne para Atena, a protetora anterior. Uma oferenda maior seria necessária para Mielikki.

Para consegui-la, Urtha remou para fora do lago num barco pequeno, movendo-se com cuidado por entre os cines. Jasão usou um laço de corda para pegar e trazer um pássaro grande para o barco, depois quebrou suas asas com um remo. Perseguido pelos pássaros bravos, Urtha dirigiu-se para o barranco, e o cisne machucado que se arrastava na água foi levado ao altar vivo, amarrado e preparado para o fogo.

Lemanku e sua sobrinha, Niiv, agora vestida com uma capa branca e um chapéu colorido, vieram oficiar a cerimônia.

— Espere! Isso não funcionará! Isso não funcionará!

Rubobostes, o dácio, cambaleava pelo círculo e agora soltara sua espada, obediente e indefeso no altar.

— Penas de cisne? Cascas de árvores entalhadas? Cisnes? Jasão, isso não é suficiente. Se velejarei com meu cavalo, eu preciso saber que Istarta foi agradada. Você precisa fazer um sacrifício para Istarta, senão os rios se voltarão contra nós e lobos de duas pernas irão nos caçar pelas florestas. Não teremos chance. Penas de cisnes? Não é bom o suficiente.

O pedido de Rubobostes foi traduzido para o resto da tripulação.

Gebrinagoth, dos germânicos, deu um passo à frente e pôs sua espada no altar.

— Eu concordo. Embora Istarta não me preocupe. Mas nós precisamos da proteção de Belinus, e Belinus é um deus bravo. Se o fogo em homenagem a ele não receber o coração de uma égua ainda batendo, essa viagem não será segura.

Um dos cimbros pálidos começou a levantar a voz e Michovar, dos volcas, também tentou ser ouvido. Jasão levantou-se, braços dobrados, observando a assembleia.

Eu me afastei da reunião quando a discussão ficou acalorada. Depois de algum tempo, Jasão veio até mim e sentou numa pedra.

— Isso levará muito tempo — disse ele. — Eu preciso desses homens, preciso da força e da astúcia deles, mas não tenho a menor ideia de como satisfazer os deuses deles.

— Pique alguma coisa e queime as melhores partes. Isso acontece em toda parte.

— Todos querem diferentes animais.

Eu o entendi.

— Desde que não haja questionamentos de que você seja o líder e o capitão, por que não mostra quem é que manda e faz apenas sacrifício para Apollo e para a Senhora da Floresta? Ela será nossa deusa protetora, afinal.

— Cada um deles precisa de seu guardião encantado — Jasão suspirou. — Rubobostes quer fazer sacrifício para alguém que é quem traz o fogo, guardião dos viajantes e curandeiro de ferimentos de batalha. Ele precisa de um morcego vivo e das patas dianteiras de um lobo! Os cimbros querem fazer sacrifício para Indirabus, guerreiro observador dos viajantes e da eloquência. Eles não velejarão a não ser que encontremos um leitão. Os germânicos querem uma lebre da neve para seu protetor e deus do fogo. O cretense, Tairon, propõe que sacrifiquemos uma criança tostando-a viva dentro de uma urna de metal! Que loucura!

— Que comum vindo de você, Jasão — eu o lembrei —, e tantos anos depois de sua época! Nojento, sim, mas nem de longe loucura.

— Mesmo? E onde você imagina que eles acharão uma urna de tamanho adequado neste fim de mundo? Loucura!

Eu o deixei tomar fôlego. Ele ajoelhou e ofegou, olhando para as fogueiras ao redor de Argo e da aglomeração de marinheiros.

— Eu precisarei navegar sem eles. Talvez a Senhora da Floresta tenha pena de mim e deixe Argo ter velocidade com apenas seis de nós nos remos.

— Eles estão com muita vontade de ir para o sul para discutir por muito tempo — ponderei. — Além disso, viajei muitas vezes ao redor do mundo e vi desolação e morte, mudança e inovação. O que mais me impressiona sobre seus argonautas é que todos querem muito a mesma proteção e todos têm um Senhor ou uma Senhora que irão provê-los. Mas a *mesma* proteção. Todos os deuses deles são os mesmos deuses sob diferentes nomes. Então, levante um novo símbolo, um para todos vocês, um que concentrará a proteção de Belinus e Istarta e todo o resto, e leve-o para os argonautas.

— Que boa ideia — Jasão disse, coçando sua barba, que estava ficando grisalha. Ele sorriu e deu um tapinha no meu joelho. — O próprio Argo, é claro. Ele tem fragmentos nele que são tão atemporais que eu mal posso imaginar esses tempos há muito passados. Se o mundo começou com fogo, há ainda uma fagulha na sua proa. Se começou em inundação, há lama e umidade abaixo do deque. Se começou em inverno, nós acharemos uma lasca de gelo bem no fundo do coração dele! Esteve lá o tempo todo e eu não vi. Você vê bem adiante, meu amigo. Mas qual imagem eu devo erigir para representá-la? Qualquer coisa que entalhe, deve ter os atributos do fogo, da cura, da navegação, da eloquência... e lebres, porcos, lobos... morcegos!...

— Um remo — eu sugeri.

Ele franziu o cenho.

— Um remo? Por quê?

— O remo sussurra de modo eloquente pela água...

— Ahá! Não com esse bando de comedores de coelhos...

— Mas, em mãos hábeis, ele sussurra. Não sussurra?

— Eu acho que sim.

— E pode ser usado como arma?

— Seria estranho na mão de qualquer um, menos Hércules — talvez Rubobostes — mas sim, pode.

— E pode manter um homem vivo se ele estiver se afogando e achar a madeira flutuando? Sim, um remo. Precisa ser um remo!

De repente, Jasão ficou animado.

— Um remo entalhado por todo homem e mulher que irá navegar conosco! Sim. Isso é bom, assim está certo! Um remo cujo feitio envolveu o suor, o trabalho, os pensamentos, as esperanças e um pouco de sangue de cada argonauta. O que inclui você também, Antiokus.

— Merlin — eu o lembrei.

— Merlin. Que seja. Você também participará. É maravilhoso! Meus olhos estiveram abertos para as sutilezas de um mundo além deste. Os deuses aparecem para nós de muitas formas; mas toda tribo precisa fazer a própria imagem de seu protetor. Isso é um aprendizado!
— Estou feliz por ter sido útil.
— Será que devo entalhar um rosto nele?
— O rosto de quem você entalharia? — eu perguntei, prontamente. — Você fará os olhos abertos ou fechados? Estará sorrindo ou de cenho franzido? Você entalhará o rosto de uma mulher ou de um homem? Ambos? Nenhum dos dois? Pintado ou não?

Jasão me silenciou com a mão erguida.

— Eu entendi a questão. Aconselhe-me, Merlin... amigo, sábio conselheiro.

— Não é necessário entalhar um rosto.

Jasão estava inseguro, mexendo em sua barba novamente.

— Mas nós deveríamos entalhar alguma coisa. Todas as estátuas têm algo *entalhado* nelas. Eu não fico tranquilo sem um entalhe.

— Realmente, não é necessário. A ideia e seu encantamento serão suficientes...

— E símbolos? Nós precisamos do sol quando velejamos, precisamos dos ventos para termos tempo bom e mares calmos, precisamos aplacar os rios e evitar atracar em santuários desconhecidos, pois isso, com frequência, leva a mal-entendidos. Eu poderia entalhar os símbolos para todos. Eu ainda me lembro como fazer, depois dos anos de aprendizado em Iolkos.

— Nós encontraremos todos os encantamentos ao longo do caminho e dos remadores. Você tem alguns remadores muito talentosos entre os argonautas.

Ele hesitou.

— Então... nada entalhado em nosso remo. Apenas um remo. Um remo liso, feito de carvalho. Cada argonauta fará sua parte. Cortar o galho, limpar a casca, entalhar o cabo, moldar a pá, polir a pá. É isso. Nada mais.

— E cada argonauta deve entalhar seu próprio nome nele, com o nome de seu próprio protetor.

O olhar rápido de Jasão para mim era uma mistura de alívio e diversão.

— Bem, finalmente. Finalmente! Excelente sugestão! Um remo entalhado, entalhado com nomes! Está vendo? Eu sabia que estava certo em insistir no assunto do entalhe.

— Tudo que você disser, Jasão.

— Tudo que eu disser — ele concordou, com um sorriso.

E ele voltou ao barco e convenceu a tripulação, como eu sabia que faria. Ele tinha muito jeito com as palavras.

O altar estava pronto e um remo com o triplo do tamanho de um homem alto estava entalhado, aparado, marcado e, então, erguido sobre a fogueira pelo barco. Primeiro, uma oferenda foi feita a Mielikki, o cisne do lago, uma oferenda do lago para a floresta, depois uma oferenda para Enaaki, uma rena de um ano para apaziguar o guardião do lago ao cruzarmos os seus domínios. Quando todas essas homenagens foram feitas, Jasão acendeu o fogo. As chamas levaram tempo para pegar no remo, mas logo passaram ao longo do cabo, alcançando as alturas, assobiando, penetrantes, rasgando a madeira nova, liberando a chama, o calor, a seiva e a vitalidade que ajudariam a guiar nossa jornada de volta aos mares quentes do sul e para o filho roubado de Jasão.

E, então, nossa preocupação passou a ser "armazenar roupas e armas". Suprimentos de carne e de vinho de frutas que sustentavam os *pohjolan* durante o inverno foram carregados a bordo, e também peles para fazer uma cobertura para o deque contra chuva forte. O cavalo do dácio teria de subir a bordo na parte rasa; Rubobostes já fizera uma couraça para manter o animal confortável e imóvel, caso as correntezas do rio arrastassem o barco ou o mar ficasse perigosamente turbulento. A criatura precisaria ser alimentada com o que nós achássemos pelo caminho, embora o povo de Lemanku colhesse forragem seca suficiente para pelo menos alguns dias.

Os *pohjolan*, com seus chapéus vermelhos e capas volumosas, se reuniram e cantaram para nós canções melancólicas que ocasionalmente viravam grunhidos agudos, risadas e provocação. Presentes foram trocados, e Niiv me deu um pequeno dente pintado. Um pequeno *sedja* para acalmar, ela explicou. O dente era humano, um dos dentes molares, e estava oco e com cicatrizes. Eu não tive dúvida que era um dos dentes do seu falecido pai. Ela mantinha todos esses dentes em uma pequena bolsa, que ficava guardada em seu peito, embaixo das roupas. Esse era um presente valioso que me fora dado.

— Jasão não me deixará ir com você — disse ela, franzindo o cenho. — Eu discuti e discuti, e meu tio queria me ver pelas costas. Bem, me ouvir pelas costas, agora. Mas eu não creio que seu amigo descongelado confie em mim.

Os olhos da menina estavam úmidos de lágrimas, embora sua boca demonstrasse raiva. Ela me observou por um instante, depois debruçou-se em mim para beijar minha bochecha.

— É do seu pai? — eu perguntei, segurando o amuleto.

Ela sorriu de um jeito provocador.

— Que esperto!

— O que ele pode fazer por mim?

— Você não levará um segundo para descobrir. Não lhe fará mal, apenas o bem.

— Hum. — Eu me perguntei o que ela teria feito ao pedaço de dente podre, mas achei que usaria um feitiço simples para permitir que ela me visse, de vez e quando, em seus sonhos. Um pouquinho de conforto.

— Eu vou sentir sua falta, Merlin.

— Eu vou sentir sua falta também — disse a ela, imaginando que de fato iria, já que ela me intrigava; pensando que eu estava feliz de estar longe daqueles olhos, aqueles lábios, aquele olhar inquisitivo, aquele dom de iludir.

Ela tentou mais uma vez e pediu-me para convencer Jasão a levá-la a bordo, mas eu o conhecia: ele também decidira que havia malandros suficientes em seu novo Argo e, embora ele não fizesse nenhuma objeção a ter uma mulher no remo, certamente não queria uma criança tão tentadora quanto Niiv.

Eu me recusei a ajudar e ela deu de ombros.

— Bem, não se incomode. Veleje bem e tome banho de vez em quando.

E foi embora, correndo pelas tochas afixadas, de volta à fortaleza.

Enquanto ela conversou comigo, o mastro foi erguido e a trave levada a bordo. As músicas entoadas eram febris, Jasão bebera, em homenagem à jornada, um fermentado tão forte que tossia violentamente no deque superior de Argo, abaixo do olhar sinistro de Mielikki. Quando o ataque passou, transferiu o jarro para os germânicos, que brindaram e circularam a bebida entre eles. Jasão e eu trocamos um olhar distante, lembrando da impaciência de Argo quando sente seu momento de libertação, mas o navio estava calmo. O lançamento seria quieto, então...

Eu havia abraçado essa certeza de calma e tranquilidade cedo demais. De repente, os cisnes levantaram voo todos juntos do lago iluminado pelo alvorecer, uma enorme nuvem de asas que encheu o céu. Uma névoa começava a se formar na água, vinda do centro do lago em direção à praia. O ar ficou frio, um frio invernal; geada se formou no chão, em minhas roupas e nas árvores na beira da floresta.

Rapidamente, formou-se gelo no lago, crescendo diante de nossos olhos, se aprofundando e engrossando a cada respiração.

— Lance o navio! — gritei para Jasão. — Lance imediatamente!

— Foi o que eu pensei, Antiokus! Cortem as amarras!

As cordas foram cortadas. Em cada lado de Argo, oito homens arrastaram o navio para baixo pelos roletes até o lago. A proa cortou o gelo e o navio entrou na água, mas o gelo, como dedos fantasmas, escalou seu casco.

— A bordo! A bordo! — Jasão gritou. — Ponham a rampa!

Rampa posta, os argonautas entraram e se encaminharam aos seus remos. Rubobostes arrastou seu cavalo para as entranhas do navio, amarrando o animal. Remos foram usados para quebrar o gelo, que subia como uma besta viva no meio do lago, bloqueando nosso caminho para o rio ao sul.

Niiv, eu pensei. Isso é coisa dela; sua ação ciumenta para nos manter aqui. Ela era mais jovem do que imaginei e eu a procurei entre os silenciosos *pohjolan*, depois chamei-a quando alcancei a corda que me puxaria a bordo.

— Isso é coisa da danada da menina? — Jasão gritou, bravo.

— Eu acho que sim.

— Então dê um jeito nisso!

Eu conseguiria dar um jeito nisso de forma mais eficiente se desse um jeito na menina. Chamei Niiv e ela apareceu na multidão, segurando uma tocha em sua mão, uma pequena mala nos ombros. Ela respondeu, perguntando o que eu queria.

— Isso é coisa sua? Nós nunca navegaremos por esse gelo.

Ela ficou em silêncio, seu olhar estático e brilhante.

— Posso ir a bordo, Merlin?

Eu passei a pergunta para Jasão, que estava furioso.

— Sim! Sim! Tudo bem, traga-a a bordo.

Niiv estava no deque antes que eu pudesse jogar uma corda para ela, jogando sua mala para baixo e derrapando sobre o gelo para um lugar em que pudesse se abaixar. Os remos se esforçavam, quebrando o gelo e nos empurrando da praia, mas o morro branco monstruoso continuou a se levantar diante de nós.

— Faça alguma coisa — eu sugeri a ela. — Não fui eu quem fez isso — disse ela, quase nervosa, um meio sorriso em seus lábios.

— Então, quem fez?

— *Voytazi*. Você está tirando Mielikki deles. Eles não deixarão você ir.

— *Voytazi*. Eu pensei que eles fossem do lago. Não da floresta.

— As raízes da floresta crescem dentro do lago. Elas formam parte do teto do castelo de Enaaki.

Eu levei um momento para absorver essa informação, depois fui para a proa e contei a artimanha de Niiv para Jasão.

— Então, é *você quem decide* — disse ele, dando-me uma tapinha no ombro e depois, um passo atrás, para pegar um remo para ele.

O gelo se partia à nossa frente, a proa cortando a brancura, Argo indo em frente, aos trancos. Eu usei a magia de meus ossos para derreter uma passagem no gelo para nós, sentindo dor e náusea quando vi o coração do gelo quebrando-o, despedaçando-o, fazendo-o se dividir o bastante para Argo passar no meio da água gelada para o canal adiante que ia para o sul, para o mar. Eu me lembro de ouvir contos de um homem que havia dividido um mar inteiro para escapar de um exército que o perseguia. Isso deve requerer uma força de um tamanho que eu não teria, mas esse gelo era coisa dos seres elementais e eu aprendera como lidar com eles em muitas etapas do Caminho. E tudo seria tranquilo, se não fosse por Jasão.

Atrás de mim, Niiv gritou. Eu perdi a concentração, virei para ver Jasão levantá-la pelo corpo e jogá-la dentro do lago, entre as paredes de gelo.

Ele me viu e gritou.

— Não olhe para mim, Merlin. Concentre-se em nos fazer passar por esse truque do inverno!

Mas eu corri pelo deque, capa tecida e jaqueta de pele de carneiro. Jasão me deu um golpe muito forte.

— Deixe-a! Você não a queria, eu não a queria; ela nos enganou para entrar a bordo.

Niiv gritou, depois afundou. O gelo fechou-se à nossa volta.

— Rápido, Merlin, de volta à proa!

— Eu não vou deixá-la afogar-se. Quebre o gelo você mesmo, Jasão. Veja como é fácil!

— Não me traia uma segunda vez!

— Eu não traí uma primeira! Mas agora pode ser que eu faça! Por sua crueldade...

O que quer que Jasão gritou para mim depois eu não ouvi, pois invoquei o calor dentro do meu corpo e pulei da borda, nadei para baixo entre os *voytazi*, em direção à forma imóvel da garota que afundava. Suas saias pesadas estavam levantadas como algas negras sobre as pernas brancas e nuas, uma moldura de esqueleto, uma menina tão magra que poderia ser um cadáver. Quando eu a alcancei, ela estava à beira de dar o último suspiro de vida. Eu dei a ela um pouco da minha própria vida e então, voltei para superfície do lago. Ela gritou e engasgou quando alcançamos o ar, depois entrou em pânico. Eu a segurei contra meu corpo, mantendo sua boca acima da água. O gelo se fechara em torno de Argo, contornando-o, prendendo o navio em uma tumba congelada. Eu pude ver Jasão na popa, debruçando-se nela em direção a mim, atemporal e estático, estendendo uma mão como a me chamar de volta.

— Deixe que eu vá, deixe que eu afunde, deixe-me ir — Niiv murmurou, lutando novamente em meus braços. — Salve Argo. Salve seus amigos. Eu consigo nadar até a praia.

Ela tentou se desvencilhar de mim. Eu perdera a concentração, o frio era paralisante. Cada vez que eu soltava um pouco de Niiv, sua roupa encharcada a arrastava para baixo do lago.

Eu olhei para Jasão quando ele começou a desfalecer, por um instante furioso com ele e, ao mesmo tempo, apavorado de perdê-lo.

Segurei Niiv em meus braços, determinado a não deixá-la sair. Minha vida mudara, embora eu estivesse com muito frio, muito confuso para me dar conta daquilo naquele momento.

Eu comecei a afundar.

Dedos me puxaram para cima. O lago girou em torno de mim, mãos nos seguraram, seres elementais com caras compridas aliviaram a pressão de meus braços e pernas e me seguraram para flutuar como se estivesse apoiado em um tronco.

O gelo em torno de Argo derreteu, Jasão gritava:

— Peguem cordas! Peguem cordas! Merlin, segure a água, nós estamos remando de volta para pegar você.

As cordas nos alcançaram e eu amarrei uma em torno da cintura de Niiv e uma em torno da minha cintura, e Urtha e os outros nos ergueram, machucados e doloridos, por cima da amurada de Argo, e nos cobriram com peles quentes.

Os remos foram erguidos, abaixados, e o navio encaminhou-se para o sul novamente, em direção àquele olho brilhante e observador.

Urtha estava todo sorridente e provocador ao ajudar a me recompor da aventura no lago, sua atenção metade em mim, metade na enorme figura de Jasão, agora no remo de manobra.

— Há algo a mais entre você e a menina, não há?

— Não.

— Mentiroso. Mas eu estou contente que isso aconteceu, seu amigo Jasão é mais perigoso do que imaginava, eu digo isso a você, Merlin — ele encostou um dedo nos meus lábios ao falar e fixou o olhar —, porque, embora vocês sejam amigos e estejam juntos nessa aventura, eu não gostaria que você pensasse que seus remadores são dispensáveis de acordo com a vontade dele. Nós estamos nisso juntos, nessa jornada, por diferentes razões, sim, mas *juntos*, e, se ele tentasse novamente jogar fora os indesejáveis, apenas porque lhe é conveniente, Jasão será chamado pelas ostras no mar enquanto ele se afoga na água que deixamos para trás. Espero que tenha deixado isso claro.

Urtha falou mansinho, um homem jovem com uma voz jovem, mas sua raiva falava claramente por si e eu balancei a cabeça como dizendo que entendia seus sentimentos.

Se não tinha sido Niiv nem os *voytazi* que fizeram desse lançamento algo tão complicado, então quem? Ou o quê? A resposta era tão fácil quanto acordar de um sono leve. Eu desci até o deque inferior, tomei o caminho que ia pelas cordas, sacos e pacotes de couro, passando pelo cavalo de respiração suave, e entrei na parte proibida do navio, abaixo da cabeça entalhada, abaixo de Jasão, que ainda segurava o remo-leme.

— Não chegue mais perto — Mielikki sussurrou.

— Você cegou o tio dela, tentou matar a menina, tentou nos matar. É isso que podemos esperar de Mielikki, a nova protetora de Argo?

— A visão do homem foi tirada porque ele chegou muito perto de mim. — ela sussurrou, numa voz que ecoava. — A menina pertence a mim. Sim, eu tentei matar todos vocês; por que eu quereria deixar a minha terra? O que são todos vocês senão espíritos frios de terras frias? Sim, eu tentei matar todos vocês. Mas você salvou a menina. E a menina pertence a mim. Então, eu tenho de deixá-lo ir. E contarei duas coisas para você. Eu vou tê-la de volta no meu próprio pomar, não importa o que ela queira, embora você possa tê-la por enquanto. E ela é perigosa. Você resgatou sua nêmesis. E mais uma coisa: eu estou limitada no mundo mágico que esse navio encerra, mas não com ele, e alguém mais poderoso sabe de você e o quer morto. Isso foi pela vida da menina; o resto decido enquanto velejamos.

Eu perguntei mais a ela, àquela Senhora da Floresta, mas ela estava silenciosa por trás de seus olhos semicerrados. Fora a própria Mielikki quem levantara o gelo, não Niiv, nem os espíritos do lago, mas a deusa, relutante por ser levada de sua terra. Apenas para salvar sua serva, a caprichosa Niiv, Mielikki havia desistido de seu intento, libertando Jasão para sua busca rumo ao sul. Nós estávamos no caminho, mas estava claro para mim, agora, que estávamos tão em perigo em Argo quanto sob sua proteção.

E alguém escondido no navio queria minha morte!

Eu me esquivei de Jasão, escolhendo sentar-me com Urtha. Ele estava blasfemando enquanto remava. Sugeriu que eu o ajudasse e, quando me recusei, ele me xingou. Mas eu me senti bem em sua presença, e Argo navegou pelo lago ao ritmo constante do tambor. Logo o lago se estreitou, árvores assoladas pelo inverno se amontoando ao nosso redor e nós adentramos à foz do rio. O começo da nossa longa jornada ao sul, para mares congelados e costas hostis e, depois, para a Ilha da Morte, para Alba.

Parte três

Na Terra dos Fantasmas

9
O navio oco

O estranho comportamento do gelo deixou bem claro que a guardiã do navio estava menos feliz de estar a bordo do que nós gostaríamos. Navegamos com cuidado ao longo dos rios sinuosos, gradualmente nos acostumando ao peso e ao ritmo das remadas e àquelas urgentes necessidades repentinas dos remadores, quando uma árvore caída ou pedras protuberantes aparecem da escuridão.

Tairon e Jasão ficaram juntos na proa de Argo, as habilidades nascentes de Tairon em "andar em labirintos" nos ajudando a achar o caminho para as águas principais e a não ficarmos presos, andando em círculos. Elkavar reclamou alto de bolhas, os volcas pareciam à vontade com a tarefa, os *keltoi* contavam lendas ultrajantes sobre navios nos quais eles haviam remado, navegado e roubado no passado. Jasão manteve um olho atento a tudo, especialmente ao ritmo, instruindo e criticando de forma bem franca, e eu notei que isso irritava o rei celta, Urtha, que não gostava dele. Eu o ouvi resmungar para Cucallos que era muito errado para um homem, até recentemente morto, colocar-se no papel de capitão.

Mas Manandoun o aconselhou sabiamente e Urtha se acalmou em seu trabalho no banco, remando. Ele também agiu de maneira protetora em relação a Niiv, que estava com muito medo de Jasão, e eu tomei essa imensa e cuidadosa gentileza como sendo parte da cultura de Urtha, bem como de sua natureza.

Logo, Argo entrou naquela parte das Terras do Norte que é mais lago que terra, e ali nós pudemos levantar vela e acelerar pelas águas a uma velocidade maior: Rubobostes no remo-leme quando o vento ficava forte e Argo tombava e o magro Tairon assumindo quando a brisa era gentil.

Não tardaria até chegarmos ao mar gelado e virarmos em direção ao pôr do sol.

Uma noite, quando estávamos ancorados debaixo de um salgueiro tristonho, descansando, Elkavar acomodou-se ao meu lado no banco duro e me desejou boa noite.

— Eu não quero ser intrometido — disse ele —, mas estava pensando se poderia fazer uma pergunta pessoal. Eu realmente não quero ofendê-lo.

— Não há nenhum mal em perguntar — afirmei. — E é muito difícil me ofender.

— Veja você — ele continuou, sua sobrancelha franzida —, eu não sou um homem experiente, muito menos bem viajado. Isto é, não sou por acidente, isso é verdade. Então, acredito que você poderia dizer que *sou* bem viajado... mas sem intenção de ser. Eu não estava prestando muita atenção e, na maior parte do tempo, estive mais preocupado em chegar em casa do que em fazer perguntas sobre o lugar onde estava. O submundo é um lugar terrível, especialmente para pessoas como eu, que acabaram por lá, bem... sem querer.

— E sua pergunta é? — eu o provoquei.

— Em todas essas jornadas acidentais que fiz, conheci uma variedade de pessoas. Pelo bom Pai, algumas vestidas de um modo muito estranho. E a comida! Eu me superei comendo os olhos de qualquer animal, menos de um pequeno peixe.

Nojento. Mas, como eu disse, não prestei muita atenção nessas pessoas esquisitas porque acho que, mesmo sendo estranhos, com chapéus bobos, espadas curvas, olhos no café da manhã, eu ainda os reconhecia como sendo... bem, *meio* parecidos comigo. Se é que você me entende.

Ele olhou para mim incisivamente, depois disse.

— Mas não você. Eu não o reconheço de jeito nenhum. Você é errado. Você não é certo. Você não pertence a este lugar. A lugar nenhum. Você me dá medo, do mesmo modo quando eu vejo uma aranha pendurada acima da minha cama. Você não está se ofendendo, espero.

— Ainda não.

— Veja, Merlin... É Merlin, não é?

— É.

— Apesar de Jasão chamá-lo de Antiokus?

— Esse era o nome pelo qual ele me conhecia. Eu inventei o nome. Eu sou conhecido por muitos nomes.

— Eu ia dizer... Que a fofoca neste navio é que você pode vencer o próprio Tempo. É verdade?

— Não. Eu sou apenas cuidadoso com ele.

Elkavar riu em aprovação.

— Bem, isso mesmo! É bom ser mesmo. Todos nós deveríamos ser cuidadosos com nosso tempo, embora, para a maioria de nós, isso signifique usá-lo de maneira sábia. A vela sempre queima, apenas de forma mais intensa quando você é jovem. Mas com você... Sua vela parece queimar sem *diminuir*.

— Ela está diminuindo, só que mais lentamente do que a de vocês.

Ele riu, como em vitória.

— Está vendo? Isso é o que eu quis dizer. Você não pertence a este lugar. Você é como um homem das estrelas. Uma

luz diferente aqueceu sua pele. Você faz um xixi diferente. Eu sabia disso desde o momento que botei os olhos em você. Quantos *anos* você tem, exatamente?
— Exatamente? Não tenho ideia.
— Você não está ofendido?
— Eu não estou ofendido. Tudo que sei é isso: que, quando eu era criança, o mundo era mais calmo. As florestas mais vastas e as conversas entre os homens eram tão ocasionais quanto o canto entre as gralhas. Era um mundo grande e o som da chuva e do vento eram os mais altos. Havia tambores e flautas, mas eles faziam um som suave. Agora, há tambores e trompas em todos os vales e o ar guincha através de tubos soprados por foles e homens loucos. Sem ofensa, por falar nisso.

Ele deu de ombros.

— Meu tubo não guincha. E um fole é sempre útil. E eu, certamente, não sou um homem louco. Mas de volta a você... Você é muito velho, então?
— Sim.
— E tem poderes mágicos?
— Sim.
— Eu posso tê-los? Esta era minha pergunta, na verdade. A pergunta que eu esperava que não ofendesse você. O que exatamente você pode fazer?

Para um homem que ficava com medo quando pensava em mim, Elkavar era certamente cálido e íntimo, um homem à vontade com o confronto. Ele parecia ter a mesma idade que eu, embora eu achasse seus olhos um pouco mais brilhantes. Ele parecia facilmente levado a rir e a fazer travessuras, talvez com o mesmo talento que o inclinava à música. Mesmo quando eu sentei no banco, pensando no que dizer, ele se ofereceu para "compor uma música sobre você, em troca. Uma boa canção. Cheia de elogios!".

Já que Jasão conhecia meus poderes e Niiv também estava a par deles, e desde que esses poderes certamente seriam usados nesta viagem, decidi que não havia mal em deixá-lo saber a verdade. A verdade, é claro, era que apenas uma fração dos meus talentos estava em uso e os mais óbvios eram "mudar" e "viajar".

Eu disse a ele que podia convocar os espíritos de cães caçadores, pássaros, peixes e veados, e correr com eles pelos seus Reinos. Eu podia ver o futuro, mas era muito perigoso, especialmente se tal visão me envolvesse. Podia convocar um cadáver para olhar o submundo, mas isso deveria ser evitado a todo custo. Podia quebrar a mentira de um feitiço, para expor a verdade, como tinha feito por Jasão, para que ele visse como Medeia confundira sua mente e o tinha feito acreditar na morte de seus filhos.

Elkavar estava silencioso e pensativo enquanto Argo deslizava nas águas gentis do rio, sob as nuvens da noite clara. Então, ele disse:

— Quem lhe ensinou essas coisas? Aonde você vai para aprender essas coisas?

— Isso — eu disse a ele, sinceramente — não posso responder. Toda minha vida trilhei um caminho, uma estrada em volta do mundo, mais ou menos circular. Passa pela Gália, pela Grécia e pelas montanhas do leste, pelas vastidões nevadas do inverno e pelo incômodo dos mosquitos do verão deste país.

— Você está sozinho? — ele perguntou, rapidamente, franzindo o cenho.

E que pergunta estranha essa! Tentei não demonstrar como essas palavras me atingiram. Porque, em meus sonhos, eu sonhava com os outros, velhos amigos, crianças que haviam brincado na mesma lagoa, debaixo dos mesmos salgueiros e que perseguiram o mesmo pequeno cervo que eu, naquela terra que há tanto tempo não existia mais, não fazia parte dos meus ossos. Mas esse era meu *sonho*, a história reconfortante na minha mente adormecida.

Aquela pergunta era inocente? Olhando para aquele hiberno descabelado, mas de olhos brilhantes, perdido no mundo, ainda extremamente otimista, decidi que, sim, era.

— Sim — respondi. — Não agora, claro. Eu tenho companheiros. Você, por exemplo. Elkavar, esta é a segunda vez que seguro um remo neste navio. Estou vivo há muito tempo. Muito tempo pegando em remos mal talhados. Não era meu jeito favorito de passar os dias.

Ele olhou para suas mãos, a pele já cheia de bolhas com o esforço.

— Eu não poderia concordar mais com você. Barcos a remo são mais difíceis do que eu pensei. Bem, com todos esses poderes em encantamentos, você pode pelo menos convocar um vento para nos levar para o sul, Merlin?

Eu disse a ele que não podia.

— Você não é muito útil, então — disse ele, com um sorriso rápido, depois debruçou para frente, tentando dormir em cima do remo.

Urtha sussurrou, de repente, atrás de mim.

— Eu ouvi tudo. Nossos druidas não são tão poderosos.

— Assim eu soube.

Ele hesitou por um momento e, então, perguntou.

— Você pode adentrar outros mundos?

Eu sabia a que ele estava se referindo.

— Não com facilidade. A maioria deles está fechada para mim.

— Não *muito* poderoso, então.

— Isso me exaure. Eu gosto de ser jovem. Eu gosto do que a juventude proporciona à vida. Eu sou cuidadoso com meu poder.

Urtha parecia estar se divertindo.

— Se nós todos tivéssemos essa chance. Mas você sabe, na nossa terra, quando morremos, tudo começa novamente. Não tenha medo da idade, Merlin — ele riu, baixinho. — Deixe-me adotar você!

A jornada pelos lagos ao sul da terra dos *pohjolan* havia passado; e o mar gelado, com gelo flutuando e barcos escuros e sorrateiros de piratas, também estava para trás; e nós estávamos prestes a entrar na Terra dos Fantasmas.

A terra natal de Urtha era conhecida por muitos nomes, a maioria deles referentes à costa recortada ou aos estuários traiçoeiros dos grandes rios que levavam ao interior, ou aos testemunhos dos penhascos que o mar entalhou ao longo de seu alcance sul. Terra dos Cinco Rios era como os mercadores, os fenícios, conheciam essas ilhas inóspitas do norte, embora houvesse muitos mais rios do que esses. Eu conhecera um mercador intrépido dessa raça que havia velejado sua circunferência e cujas lendas confirmavam a bem atestada crença de que a terra entrava profundamente no mar nas suas margens mais distantes, e os habitantes dessa parte da ilha mudavam entre os Reinos do oceano e da floresta como se não houvesse fronteiras.

Urtha chamava seu Reino de Alba, e esse era um nome em dialeto conhecido o suficiente pelo qual os povos do sul chamavam Albos, Albon, Hiperalbora e assim por diante, invariavelmente significando "terra branca", embora o nome não fosse derivado dos penhascos de giz tão facilmente visíveis do território dos nérvios no continente. Muito antes do tempo de Urtha, Alba fora envolvida por uma bruma por mais de cinquenta gerações, uma cobertura de nuvens monótona e brilhante que fizera a navegação em volta da costa um pesadelo. Aquela bruma eterna havia escondido muitas tempestades que caíram sem parar nas florestas profundas e montanhas. A ilha fora uma terra chuvosa de tenebrosa escuridão, e houve relatos de "árvores ancestrais" chegando acima das nuvens de tempestade, cujas copas eram o lar de clãs inteiros.

Era o fim da era de santuários de pedra, entretanto, naqueles círculos maciços da floresta virgem. Foi então que o nome mais duradouro para Alba surgiu: Terra dos Fantasmas. Eu já havia passado por lá nessa época, de volta ao Caminho, depois de ajudar com a construção, mas soube depois que essa terra havia de modo repentino se erguido no coração de Alba, um enorme Reino de colinas de florestas e vales profundos e retorcidos, ligados aos territórios do clã que o cercava, como à terra de Urtha, por rios encobertos por bruma e passagens estreitas.

Na Terra dos Fantasmas, as sombras dos antepassados mortos corriam, brincavam, cavalgavam e caçavam com os espíritos daqueles ainda por nascer, seres elementais inteligentes, que sempre tomavam forma de adulto e sonhavam com as aventuras e o destino que viriam em seus próprios futuros distantes. Por essa razão, a Terra dos Fantasmas era também conhecida como a Terra das Sombras de Heróis.

A fortificação de Urtha estava a alguns dias a cavalo a leste dessas outras terras.

— Eu a vi a distância — ele explicou um dia, quando descansávamos de remar. — E vi alguns dos Heróis Sombra, quando vieram para a beirada do seu mundo, perto do nosso. Eles têm os seus lados dos rios, suas fronteiras das florestas, seus próprios vales, e nós os deixamos bem em paz. Eles cavalgam, principalmente à noite. Alguns são como os meus próprios *uthiin*, ligados a um líder, ligados pelos seus próprios códigos de honra fantasma. Mas saem de lugares estranhos e, na maioria das vezes, são irreconhecíveis, embora o pai da minha esposa, Ambaros, diga ter visto símbolos ancestrais de alguns deles. Nós mantemos a divisa entre o território deles e o nosso como tabu. Cruzar o rio errado, o caminho da floresta errado, é desaparecer quase tão completamente como fumaça num dia de vento, sem deixar nenhuma pegada. Embora, para ser honesto, entrar no Reino deles seja uma tarefa quase impossível. Mas eles vêm ao nosso, entretanto.

Urtha fez o gesto de dedos cruzados que indicava tanto proteção quanto perigo.

Nenhuma dessas preocupações ocupava Urtha agora, quando estava na proa de Argo, gritando cumprimentos para os penhascos escarpados de Alba. Seus *uthiin* remavam forte, os germânicos e os volcas cantavam ruidosamente, os cretenses pareciam preocupados. Urtha não conseguia pensar em nada além de sua mulher e sua filha — e seus dois ótimos filhos (o retorno potencial finalmente fizera seu coração um pouco mais afeito aos meninos que ele descrevera como "demônios gêmeos"). Jasão ficou com ele, Rubobostes segurando o timão, e, enquanto Argo balançava nas elevações do mar cinzento e sinistro, eles discutiam onde ao longo das praias da ilha nós chegamos. Gebrinagoth, dos germânicos, ajudava muito, tendo remado uma vez com um destacamento de guerra pelo canal entre a ilha e o continente. Ele não parara para saquear, assegurou a Urtha, nervosamente. Foi decidido que estávamos muito longe, ao norte. Para alcançar o pequeno rio que levava às terras de Urtha seriam necessários dois dias, remando ou velejando.

De fato, ele içou a vela, já que a força do vento aumentara de repente, tornando-se, sem dúvida, um empurrão útil para o norte, e houve um grande suspiro de prazer quando os remos foram retirados da água, e os braços dos remadores, poupados. Argo inclinou-se demais com a correnteza, mas continuou seu caminho para o sul rapidamente, ficando longe da praia para evitar as pedras. Às vezes, figuras emolduravam os penhascos, e quando passávamos pelas praias, cavaleiros mascarados de cabelo comprido galopavam paralelos a nós. Quando Argo mergulhava muito perto da terra, uma chuva de tiros de funda caía sobre nós; durante a noite, tochas eram acesas nos lugares altos ou na linha da praia.

Urtha não estava feliz com os presságios, embora não especificasse a natureza de sua preocupação. Eu notara, entretanto, que muitos dos guardiões que balançavam lanças e tocavam berrantes dessa parte de Alba eram mulheres, crianças e homens mais velhos.

Depois, no escuro da noite, um pouco antes da aurora, vimos uma figura queimando a distância, na verdade duas grandes efígies de madeira com corpo de homem, que pareciam brigar pela foz de um rio estreito. Ao queimar, elas espirravam fogo na água abaixo. Nós conseguíamos ouvir a gritaria de animais que tiveram a passagem bloqueada por essas figuras, sendo lentamente consumidos pelo incêndio.

— Isso é um sacrifício? — Jasão perguntou.
Urtha concordou.
— E um desencorajamento. Algo aconteceu. Algo mudou... — ele parecia muito preocupado, muito confuso.
— Por que você diz isso? — eu perguntei.
— Porque este é o meu rio. Meu território é um trajeto de dois dias ao longo dele. Esse povo que mora na beira do rio é meu aliado no momento. Nós comercializamos gado e cavalos e tomamos conta dos filhos uns dos outros. Você se lembrará

que contei isso a você, Merlin. Eu nunca soube que o rei local, Vortingoros, usasse jaulas em fogo. Algo aconteceu.

Jasão desconsiderou as preocupações imediatas de Urtha, exigindo:

— Se este é o jeito de chegar até onde você mora, para pegar esses grandes cavaleiros que você prometeu, como nós passaremos por debaixo dessa ponte em chamas?

Houve um grande silêncio e, então, todos se voltaram para mim.

Elkavar gritou de modo genial de seu banco.

— Eu tenho uma sugestão excelente. Vamos remar de volta e esquecer isso.

Ullanna e Rubobostes vibraram, e houve um arroubo de risada entre os outros argonautas.

— Há outra entrada no rio? — Jasão perguntou. Urtha balançou a cabeça.

— Nenhuma em que eu confie. Além disso, eu preciso saber o que aconteceu aqui. Você notou o acontecimento estranho?

Todos nós olhamos para os gigantes em chamas, seus braços atados em volta dos ombros um do outro, fogo pingando da madeira e da estrutura de vime como se fosse metal sendo entornado do caldeirão. Eu me dei conta, então, do que Urtha queria dizer.

Não havia sinal de Vortingoros ou de sua elite; nenhum cavaleiro, nenhuma carroça, nem mulheres gritando e levantando lanças ensanguentadas, nem druidas bravos clamando a fúria de Taranas, nenhuma criança curiosa esperando pelo massacre, nenhum cachorro uivando e espumando.

Sempre houve cães caçadores, onde quer que houvesse fogo e a presença de homens, esperando, com o derramamento de sangue em suas mentes. O elemento surpresa, a segunda natureza de Jasão, não fazia parte das características das castas guerreiras da Gália e de Alba.

— Há algo errado — Urtha disse, novamente. — Nós deveríamos esperar até que as efígies terminem de queimar, depois remar rápido pela foz até entrar no rio. Eu tenho um pressentimento ruim a respeito disso tudo.

Jasão ainda contemplava a sugestão de Urtha quando Niiv sussurrou em meu ouvido.

— Pergunte-lhes por que lutam. Diga-lhes que parem de brigar.

— Eles são efígies de madeira. Falar com as árvores não é minha especialidade.

— Mas não está além de suas habilidades — a esperta Niiv sussurrou, completando: — Mas eles foram construídos por homens ou por magia?

Eu percebi aonde ela queria chegar. Havia algo sobre o tamanho imenso e a combustão feroz desses gigantes que apontava para outra coisa que não o mero sacrifício. Eu já vira estruturas como essas queimadas antes, e rapidamente a madeira e a gordura animal se exauriam, virando brasa, que ainda brilhava por um tempo, mas sem nenhum fogo. Essas figuras iluminavam o céu noturno durante toda nossa aproximação.

Eu olhei fixamente para o fogo, depois para as chamas, e *entrei* nos crânios de madeira dessas figuras abraçadas. O coração enraivecido dos pássaros e o terror dos veados fizeram que o lugar fedesse a medo; a maioria das criaturas já estava morta; um corvo estava amarrado, calmamente, esperando por sua passagem para o outro mundo. Corvos guinchavam em volta das fendas ao serem lambidos pelas chamas.

Eu voltei. Não achei sinal de encantamento, salvo, talvez, por aquele corvo de olhar calmo amarrado. Aqueles gigantes de madeira tinham um tamanho impressionante, eram maiores do que qualquer efígie feita por um clã que eu já vira.

Jasão chamou Cucallos para a proa. Esta era a terra desse homem, e, mesmo sendo silencioso, Jasão logo descobriu que ele tinha a visão de uma águia; "Visão Profunda", os *keltoi* o chamavam. Seu primo Borovos tinha um talento parecido, mas relativo à audição. Na mesma hora Cucallos confirmou o que deveria ser óbvio: que as figuras caídas eram carcaças queimando. Ele também viu figuras encolhidas um pouco acima do rio, além dos gigantes. Estavam perto da água, bem imóveis. Cucallos estava certo de que eles estavam prestes a atracar perto do vilarejo e da fortificação de paredes altas que era seu lar.

Urtha ainda estava inclinado a esperar, apesar de suas preocupações e curiosidade sobre o que poderia acontecer mais adiante, ao longo do rio. Ele sentiu uma sensação de medo, explicou, e de um perigo terrível. Seria sábio esperar. Manandoun e Cathabach concordaram. Eles também sentiram que estavam sendo aconselhados a ficar longe.

Jasão não tinha dúvida de que isso era exatamente o efeito desejado dessa demonstração monstruosa e rapidamente tomou uma decisão:

— Baixe a vela, baixe o mastro, aprontem-se para remar! Lembra-se das pedras que batiam, Merlin? Nós corremos por elas, não corremos? Com não mais que um rabo de pomba cortado!

— Creio me recordar de que você teve certa ajuda, não teve?

— Tive? — Jasão o desafiou, com um meio sorriso.

— A própria Hera convocou ajuda para segurar as pedras afastadas.

— Ou nós sonhamos que ela o fez! Mas foi a força dos remos e coragem que nos fizeram passar pelo perigo e voltar para o oceano! Isso é muito fácil. Tairon, pegue o tambor... Uma batida constante, depois uma rápida. Niiv, Elkavar, fiquem com cobertores para abafar as chamas. Ullanna, prepare-se para tratar queimaduras nos braços. O restante de vocês, para os bancos.

Nós pegamos os remos e a batida começou. Quando a vela do mastro foi erguida, o ritmo dos remos batia acima das ondas, depois as pás entravam na água e Argo se movia pelo oceano. O pragmático Jasão achou um gancho de navio, que mergulhou na água:

— Eu pescarei um jantar que alimentará esta tripulação por sete dias!

Avançando, Argo escalava as ondas, cortando-as com mais e mais força. O ritmo do tambor aumentou, remos mergulhando, Jasão chamando, o arco de fogo se levantando sobre nós, chamas e bestas que queimavam caindo como raios. Um veado bateu no convés e Niiv o sufocou rapidamente. Madeira queimada choveu sobre nós e os argonautas começaram um rugido alto, um protesto contra os chamuscados, mas eles continuaram remando e nós passamos embaixo dos gigantes em chamas com a velocidade de um piscar de olhos. Uma enorme carcaça de fogo mergulhou no mar ao nosso lado, um boi de enormes proporções. Carne e gordura assadas tinham um cheiro bem-vindo para os homens meio esfomeados e enjoados de peixe. Jasão virou o gancho do barco para o lado, pegou o boi pela mandíbula e gritou para que eu o ajudasse. Nós arrastamos metade da besta para fora da água para reduzir o arrasto, então seguramos firme até passarmos o perigo.

Rubobostes colocou mais um par de mãos e nós puxamos nossa ceia para dentro do navio, baixando-a dentro do cercado de seu cavalo inquieto, que não estava feliz com o cheiro de queimado, mas que permanecera a salvo em suas amarras.

O boi, eu notei, tinha discos de bronze costurados por toda sua pele. Sua garganta estava cortada e suas ancas estavam empaladas com cabos de flechas queimados. Era um dos maiores dessa raça que eu jamais vira, e com certeza fora sacralizado e sacrificado.

Urtha concordou comigo, depois acrescentou.

— Mas não é obra dos coritani.

Jasão também olhava para o boi fumegando, pelo bronze enegrecido.

— Eu vi esse tipo de coisa na minha terra. — disse ele, com uma voz estranha.

Ele deixou o pensamento desaparecer quando Argo se moveu com um tranco e deixou o amedrontador portão para trás.

Não muito depois, chegamos ao atracadouro onde Cucallos vira as figuras encolhidas. O banco fora limpo nesse ponto para se fazer um ponto para descida, um cais de madeira se alongando para o rio, e Argo, arrastado pelo raso, pôde ser amarrado nele, permitindo nosso acesso fácil até a praia. Os únicos barcos que podiam ser vistos ali eram três cascos quebrados e apodrecidos entre os juncos. Uma paliçada alta mantinha a floresta afastada em volta desse pequeno e lamacento porto, mas seus portões estavam abertos agora, revelando uma trilha larga que levava para dentro da ilha, para onde os altos telhados de sapê de um vilarejo podiam ser vistos.

As figuras eram uma visão horripilante, cinco na beira do rio, agachadas em um só joelho, lanças viradas para frente, escudos erguidos contra o peito. Cada detalhe do rosto, barba, armadura e vestimenta era bem visível, mas essas eram efígies de homens feitas de carvalho, com manchas escuras e com rodelas de musgo verde crescendo sobre elas.

Um foi feito com o capacete de um chefe, sua crista entalhada no formato de um pequeno falcão com as asas abertas. Quando Cucallos o viu, engasgou de choque e aflição. Estava olhando para a figura de seu pai.

Elkavar nos chamou. Achara mais estátuas ajoelhadas lá em cima, perto da paliçada. Tairon, que havia passado cuidadosamente pelo portão, voltou para contar:

— Eles estão em toda parte. Eu contei vinte nas árvores, todos diferentes. É como se todo um exército fosse transformado em madeira.

Ele acrescentou.

— Uma coisa engraçada: se não fosse por suas roupas, eles poderiam ser do povo dos *danaans*, da terra de Jasão. Eles me lembram os *danaans*.

Cucallos e Borovos retornaram imediatamente para o navio e colocaram suas roupas coloridas de batalha, afiando suas espadas e selecionando capas leves. Eles voltaram rápido para a terra, seguidos por Manandoun, também paramentado, e Tairon, cujos olhos negros brilhavam de seu capacete de bronze colado no rosto. Borovos jogou uma capa para mim.

— Venha também, pode ser, Merlin?

Seguimos rápido pelos portões e ao longo da trilha da floresta. Olhos silenciosos nos observavam debaixo do capim, como Tairon descobrira, e, num dado momento, Cucallos parou novamente e suspirou de perplexidade. O rosto juvenil de seu irmão o observava por debaixo de seu capacete de cavalo empinado. Essas estátuas, também, como aquelas na praia, estavam agachadas em um joelho, lança e escudo prontos.

Era claro para mim que essas figuras tinham um significado maior para Cucallos e Borovos. Eu vi que cada homem havia manchado seu rosto com uma tinta vermelha e imaginei que isso fosse um sinal de luto. Eles haviam intuído que descobririam algo importante.

O vilarejo surgiu à nossa frente, silencioso, nem mesmo o grunhido de um porco perturbando o silêncio. Mais adiante, a terra se erguia em direção aos bancos altos e muros pesados do forte na colina, onde Vortingoros mantinha sua corte. Entretanto, não havia tilintar de metal naqueles muros, nenhum balançar de flâmulas, nenhum galope de cavaleiros ao longo da estrada sinuosa veio de seus maciços portões para o rio.

Nós nos dividimos em três grupos. Tairon e eu exploramos o vilarejo deserto, enquanto, com o cavalo de Rubobostes ligeiramente debilitado depois da travessia, Borovos e Marandoun fizeram o longo percurso para a colina. Cucallos foi sozinho, adentrando a floresta densa, para procurar pelo bosque de carvalhos e o santuário de pedra de Maganodons, o deus a quem as pessoas de sua tribo se voltavam para obter proteção.

As casas se tornaram ninhos de ratos. Foram abandonadas pelo menos um mês antes, embora não se visse sinal de roubo ou destruição. Felinos selvagens e lobos provavelmente pegaram as galinhas, e havia sinais de que os porcos escaparam de seus cercados e comiam na floresta. Não havia armaduras ou armas à vista, mas pás, enxadas e arados espalhados em volta.

Tairon e eu voltamos ao cais para esperar pelos outros. Jasão estava impaciente para continuar remando, para sair da terra de Urtha. Agora nós estávamos saindo do sul quente, onde Orgetorix deveria ser achado, e Jasão odiava atrasos.

Urtha também estava impaciente. Eu o encontrei deprimido e ansioso, vagando pela floresta, perto do rio.

— Tem alguma coisa fora do lugar aqui, Merlin. Não apenas essas estranhas estátuas. Eu quase ouso falar a palavra. Saberei ao certo quando voltar à minha própria colina.

Ele olhava uma das efígies cheias de musgo, essa de um homem mais velho, de barba longa, olhos grandes e um colar entalhado com as figuras de lobos uivando em volta do pescoço.

— Eu conhecia bem este homem — disse ele. — Ele foi meu pai adotivo por sete anos. Mas isto é *ele*? Ou o invólucro que agora contém seu fantasma? Ou apenas a memória de um homem que foi levado do mundo? Este lugar foi esvaziado. Mas que tipo de energia é necessária para entalhar uma imagem de cada homem que se foi? Muito pelos próprios homens. Há apenas uma coisa que pode ter causado isso.

Ele se recusou a falar mais. Parecia quase aterrorizado pelo pensamento. E, por agora pelo menos, eu não via exatamente o que estava bem diante de meus olhos. Eu o deixei com seus afazeres.

Borovos e Manandoun retornaram mais tarde naquele dia. A fortaleza também estava deserta, sem sinal de vida ou de violência, apenas casas vazias e uma sala real vazia, ainda arrumada com o que parecia ter sido um banquete para uma comitiva enorme, embora a comida já tivesse sido saqueada há muito tempo.

Cucallos não voltou do bosque e, quando a penumbra aumentou, Urtha se deixou abater ainda mais. Agora ele estava desesperado para chegar à sua terra. Borovos, de temperamento forte, ficou quase enlouquecido de preocupação, não havia grande coisa que Jasão pudesse fazer para impedir que ele não fosse atrás de seu amigo e primo. Nós tocamos a trompa e Urtha o chamou com sua voz de guerra, um brado aterrorizante que alarmou Ruvio, que pastava no barranco, mais ainda do que o pobre cavalo havia ficado assustado com nossa partida gelada e violenta de Pohjola. Não houve resposta ou grito e, de repente, quando a noite já havia caído, Borovos pegou uma tocha e foi para terra firme.

— Eu tenho de encontrá-lo. Eu tenho de saber o que aconteceu aqui. Você pode esperar um pouco mais?

— Até o alvorecer — Jasão concordou. — Depois disso, subiremos o rio. Mas nós pararemos no caminho de volta em alguns dias e chamaremos você novamente.

Borovos acenou em agradecimento, depois virou-se e trotou pelo portão, uma figura com capuz na capa surrada de seu primo, desaparecendo na escuridão.

Ele não havia retornado até o amanhecer. Jasão soprou a trompa cinco vezes, cinco longos toques separados por demorados silêncios. Quando nenhum som voltou, quando ainda não havia nenhum sinal dos dois homens depois do quinto toque, ele içou a âncora de pedra, afastou-se do cais e remou em silêncio, seguindo em direção ao nosso destino.

10

Trabalhos terrenos

Uma curva fechada no rio, ladeada em cada banco por fileiras de pedras altas, cinzas, pintadas com Discos Solares, espirais labirínticas e com as imagens de cavalos esguios saltando marcavam o início da terra tribal de Urtha no território dos *cornovii*. Salgueiros se amontoavam na beira da água por uma certa distância, depois o riacho se alargava e ficava raso.

Argo se arrastou levemente sobre o mato. Urtha nos pediu para procurar qualquer sinal de vida nas terras ao redor. Havia um silêncio misterioso naquele começo de verão, e uma sensação crescente de apreensão entre a tripulação.

Outra curva, depois Tairon, no remo-leme, apontou à frente de nós com surpresa. Nós nos viramos em nossas bancadas para ver a forma ameaçadora do Carvalho de Brigga, parado bem acima dos salgueiros curvados, com trapos de capas, ferro enferrujado, espadas velhas e escudos quebrados pendurados nos galhos à guisa de oferendas ao rio. O bosque se abria perto dele, mostrando a estrada que ia para o campo. Os restos de um planalto enegrecido, queimado, parcialmente submerso na água. No banco, dois magníficos mastifes estavam parados perto das tábuas queimadas, observando nossa aproximação em silêncio.

Então, um começou a latir, o outro se juntou a ele, num tremendo barulho, dentes à mostra, olhos arregalados.

— Maglerd! Gelard! — Urtha gritou. — Meus caçadores. Meus belos caçadores! O que aconteceu com vocês?

Nós levantamos os remos e baixamos âncora, e Tairon, com muita habilidade, usou a prancha de manobra para virar a proa para a praia, encostando-a no fundo de cascalho. A rampa de descida foi colocada, bem perto do banco, e Urtha atravessou-a, caminhando para a praia. Os cães vieram até ele, fungando de bravos, o maior derrubando o menor e tentando morder seu pescoço. Urtha gritava o mesmo nome várias vezes.

— Maglerd! Maglerd! — o focinho se afastou; a criatura parou afastada do homem caído, olhando para ele. Seu companheiro grunhiu, caindo para um resmungo baixinho, chegando pertinho pela lateral.

Repetiu seus nomes, mais gentil agora, e estendeu a mão para tocar o queixo de um dos cães de caça enlouquecidos. Urtha lentamente se levantou, segurando o braço esquerdo onde os dentes haviam rasgado a pele. Ele se debruçou, estendendo a mão, e os dois cães vieram selvagens novamente, correndo do animal até ele, depois voltando, cabeças baixas, seus latidos eram mais um grunhido. Depois de um tempo o maior veio até seu dono, deixando-o acariciar suas ancas.

Eu podia ouvir Urtha sussurrando.

— O que foi? Gelard... Maglerd... O que vocês fizeram? Por que vocês se comportam assim? Quem fez essas cicatrizes em vocês? Onde estão os meus outros ótimos caçadores?

Então, ele chamou Manandoun, Cathabach e a mim. Eu segui os homens até a praia. Um deles jogou a mala de Urtha para ele, depois começaram a colocar suas roupas de batalha.

Urtha sinalizou para mim e eu me aproximei dos cães ofegantes cuidadosamente.

— Olhe isto — disse ele, levantando o pelo negro das costas de Maglerd. Eu vi cicatrizes horríveis.

— Isto é de espada e isto também. Isto é de uma lança. E olhe... — ele tocou um toco de uma flecha incrustada na anca do cachorro. — O outro está do mesmo jeito. Eles arranjaram uma boa briga; mas com quem eles brigavam? — levantou-se, depois olhou para mim com o medo de um homem jovem e do que ele poderia descobrir. — E o que eu perdi?

— Nós deveríamos descobrir.

— Mas vá armado, Merlin. Pegue uma lança.

Eu notei que suas mãos tremiam. Sua boca, embaixo do pesado bigode, estava muito seca. Eu podia ouvir o medo em sua voz.

Agora, ele havia tirado a camisa e jogado a capa cinza, curta, por sobre o ombro direito nu, deixando o braço da espada livre. Ele pegou um colar de metal retorcido de sua mala e o enfiou em volta do pescoço, a cabeça dos dois cães de frente uma para a outra. Ele pendurou sua bainha em volta do pescoço, a lâmina rapidamente afiada. Seus homens haviam se vestido da mesma maneira. Então, cada um deles, por sua vez, foi para o rio, pegou um pouco de lama e esfregou em um lado do rosto. Ao fazerem isso, eles sussurraram palavras para a água.

Com esse ritual terminado, nós deixamos Rubobostes, Tairon, Michovar e seus homens, e também os cimbros para tomarem conta de Argo, já que o navio daria um ótimo espólio de guerra, e Jasão estava desconfiado do aparente silêncio. O resto de nós levou as armas e seguiu a trilha larga pelo bosque até que emergíssemos numa fina linha, nas campinas, olhando a distância para a vasta fortificação na montanha nua, que era o lar de Urtha e centro do governo do Reino tribal.

Enormes diques colocados ao redor da montanha, altos muros de paliçada de carvalho escuro se elevando fileira após fileira até ao mais alto muro de todos, onde altas torres de vigilância pareciam encostar nas nuvens. Havia cinco portões ao longo do caminho sinuoso entre os barrancos de terra: o primeiro, coberto por dois crânios de bois iguais; o segundo, com os chifres de verão entrelaçados de quinze veados; o terceiro, com esqueletos de lobos nos olhando de soslaio; o quarto, com crânios humanos rindo dos buracos entalhados de colunas de olmo; o quinto, com ossos longos de dois cavalos, amarrados em feixes, embrulhados em couro de cavalo e coroados com dois crânios de corcéis de guerra pintados de vermelho, os preferidos de Urtha, eles haviam puxado a carruagem dele em toras e carregado as crianças com alegria. Dos mortos em combate, contra invasores nérvios do outro lado do oceano, Urtha os havia elevado ao maior posto totêmico possível em seu clã.

Muito antes de alcançarmos o portão final, sabíamos que o forte tinha sido pilhado e abandonado. Estava silencioso, claramente deserto e duas das torres de observação haviam sido queimadas. Não havia gado ou ovelhas pastando entre os barrancos, nem cães perseguindo-os. E no ar havia o cheiro de carne podre. As rajadas de vento que passavam entre as construções, quando nós subimos a estrada íngreme, pareciam vir dos túmulos.

Um pouco depois, Urtha e seus *uthiin* pararam entre as ruínas de suas vidas.

Marandoun gritou com raiva ao emergir da longa sala *uthiin*, onde ele, Cathabach e os homens solteiros ficavam.

— Sem armas, sem cadáveres! Eles realmente estiveram aqui?

Mas houve assassinatos. Todos nós achamos os traços de crueldade ao procurar pelas ruas e casas, estábulos e forjaria.

Nós achamos os restos de corpos espalhados por todo canto, mesmo em esgotos perto do portão oeste, onde a montanha despencava em direção ao vale profundo da floresta que levava às terras proibidas.

E havia os corpos de vários cães caçadores, dois dos de Urtha entre eles, as caras enrugadas ainda ensopadas em sangue, mas mortos por lanças. Eles estavam perto do portão principal, comidos por corvos e fedendo. Tinham uma aparência aterradora.

A pior visão ainda estava por vir. Urtha finalmente adentrou a sala do rei, seu próprio lar e, depois de um longo período, ele me chamou. Eu o segui para dentro da casa longa e sombria. Ela também havia sido saqueada, pouco havia sobrado que estivesse intacto: bandeiras de lã arrancadas, jarras e vasos quebrados. O ar fedia com a podridão.

Em uma brecha de luz, onde a parede fora quebrada, Urtha estava ajoelhado perto do corpo de um mastife.

— Esse não é Ulgerd — disse ele —, mas foi um ótimo companheiro. Urien o amava. Eles corriam atrás de lebres juntos, apenas por correr. Agora, meu filho o matou; e ele matou meu filho.

Ele estendeu a mão até a anca da enorme criatura e puxou uma pequena espada de cabo de osso, uma arma de criança, um objeto de beleza e delicadeza, de lâmina de bronze e feito para brincar, não matar. Tinha tido o seu propósito. Colocando a pequena espada no chão, Urtha empurrou o cão de cima do cadáver quase esquelético que estava embaixo. Ele respirou fundo por um momento, sua voz quase se transformou em choro. De onde eu estava podia ver um pequeno punho cerrado, os membros quebrados, o rosto e o pescoço destruídos pelo cachorro.

— Bem, Urien. Parece que você fez sua parte. Muito bem. Pelo bom Deus, eu sentirei sua falta, apesar de seu temperamento. Eu perdoaria seu temperamento dez vezes se pudesse ter você de volta.

Ele engasgou por um instante, sua cabeça caiu sobre o peito e, então, ele tirou sua capa cinza e embrulhou seu filho, ficando em pé e levantando o corpo em seus braços. Ele olhou para mim com olhos brilhantes de lágrimas, perguntando num sussurro:

— O que aconteceu aqui, Merlin? Pelo Corvo e o Lobo, o que *aconteceu* aqui? Os cães se descontrolaram. Não há nenhum dos meus guerreiros entre os mortos. O forte está deserto quando deveria estar nas mãos do inimigo. O que aconteceu com o resto da minha família? E onde estão meus guerreiros?

— Eu gostaria de ter as respostas para você. Eu não tenho. Sinto muito pelo seu filho.

— Menino corajoso. Eu devia saber que ele seria um menino corajoso. Eu estou orgulhoso dele. Eu não posso voltar para Argo até tê-lo enterrado e achado os outros.

— Eu sei. Eu esperarei por você.

Manandoun esperava fora da sala. Ele olhou de modo deprimido e triste para o embrulho nos braços de Urtha, depois estendeu os braços para pegar o corpo.

— É Urien — o senhor de guerra disse.

— Os outros?

Urtha balançou a cabeça.

— Eu vou enterrá-lo no Bosque de Herne, perto do rio. Agora, leve-o para a sala de *uthiin*. E o tranque lá. Você pode montar guarda do lado de fora?

— Posso, com prazer.

Os argonautas continuaram a procurar na montanha e nas terras em volta. No final da tarde estava claro: nenhum dos *uthiin* de Urtha estava entre os mortos. Vinte e cinco homens, deixados para guardar o local, para manter a ordem das patentes inferiores e para participar de sacrifícios e festivais na ausência de Urtha, nenhum deles pôde ser encontrado. E nem os corpos de Aylamunda, Ambaros, seu pai, nem dos pequenos Munda e Kymon.

Com a cabeça nas mãos, Urtha sentou perto do poço, lamentando, assustado e confuso. Eu estava quase chamando por ele quando Jasão saiu das sombras, olhou para o rei desolado por um instante, depois pegou um frasco de couro contendo vinho de debaixo de sua jaqueta. Ele o deu para o homem de luto e então sentou-se perto dele, pegando de volta o frasco e bebendo dele, depois ficou falando baixinho.

Um guerreiro velho, um guerreiro jovem; um grego e um *keltoi*, desajeitados com a língua um do outro, talvez entendendo um ao outro mais pela linguagem da perda do que pela da guerra; ou talvez fosse uma palavra ou duas de esperança que Jasão oferecera; além do mais, apenas um filho estava morto e o restante da família não estava entre os cadáveres.

O que quer que eles conversaram, o que quer que se passou entre eles, foi só à noite que Urtha me chamou novamente. Ele estava bêbado e irritado. Gelard e Maglerd, os cães sobreviventes, estavam amarrados firmes e cruelmente em frente à sala do rei, os olhos arregalados e brilhando pela luz das tochas, observando com uma preocupação nervosa.

— Por que meus cães fariam tudo isso?

— Eu duvido que eles fizeram.

— Mas não há ferimentos nos mortos a não ser marcas de dentes. Meus cães se voltaram contra meu clã e minha família, e os mataram e massacraram... Alguns morreram no ataque, mas a maioria parece que escapou. Apenas esses dois sobreviveram e ficaram, e não por muito tempo. Olhe para eles:

cientes do crime, aterrorizados. As cabeças deles me darão uma certa satisfação. Eu queimarei suas carcaças para Belenos e pedir uma visão do que aconteceu aqui e onde conseguirei achar os outros corpos.

— Nenhum cachorro fez nada disso, Urtha. Nenhuma matilha de cães, lobos ou felinos selvagens. Deixe os cães.

— Não posso. Eu já tive doze ótimos caçadores. Eu teria dado minha mão esquerda para salvar qualquer um deles. Eles se voltaram contra mim. Esses dois até tentaram nos afastar do rio. Eles são assassinos, estou convencido.

Ele parecia um homem falando consigo mesmo para acreditar no impossível. Ele precisava de um escape para um golpe de morte que pudesse aliviar um pouco a sua raiva, embora não a sua preocupação.

Então, um pensamento me ocorreu. Os olhos bravos prenderam meu olhar por um instante antes que ele me pedisse o favor que eu já havia considerado.

— Merlin... Você levou Jasão para o Santuário de Skogen e mostrou seu passado a ele, a verdade de seu passado. Você pode me mostrar o que aconteceu aqui? Essa *feitiçaria* seria muito... difícil para você? Eu sei que lhe custará algo. Eu retribuo do jeito que puder.

— Eu mostrei a Jasão a verdade de algo que ele mesmo havia experimentado e ficara cego a respeito. A mágica veio de sua própria mente. Eu não posso fazer o mesmo por você. Você não estava aqui quando seu filho foi morto.

Ele pareceu decepcionado, mas aceitou minhas palavras. Eu provavelmente poderia ter visto pelos tempos por ele, mas estava mais do que relutante de aceitar a idade que invadiria minha pele e meus ossos. Essa *feitiçaria*, como ele a chamou, deve ser distribuída com muito cuidado.

— Deixe para lá, então. Nós descobriremos a verdade de outro modo.

Entretanto, havia um outro jeito de eu ter uma pista do que aconteceu com a família dele. Sonhando. Eu disse isso a ele.

— Por enquanto, deixe os cachorros. Como pagamento, tire isso de sua cabeça. Eu acredito que estaremos juntos, nos bancos de Argo, ainda por muito tempo. Favores fluirão para lá e para cá.

Era uma noite brilhante e eu podia ver o rio a distância, um brilho prateado da lua percorrendo as árvores e em volta da montanha. Sempre gostei de sonhar perto de rios, especialmente no abraço de um antigo elmo, uma faia sussurrante. Então, peguei uma tocha e deixei-o forte, afastando-me de onde Argo estava atracado, seguindo o caminho que Urtha me contara até o Bosque de Herne, perto de um riacho que levava ao próprio rio. Eu não tive dificuldade em achá-lo; o bosque era cercado por estátuas entalhadas sem distinção, e no centro havia pedras cinza. Entre as árvores, havia pequenos morros, os túmulos dos parentes de Urtha.

Apoiei a tocha, me encolhi contra o tronco e chamei o sono.

Gritos... Gritos enraivecidos e o som de uma mulher chorando...
O dia raiou e um vento fresco começa a soprar pelas campinas. Depois de um período, a terra muda de cor e aparência; isso é o inverno. O rio corre mais forte e rápido; o vento sopra mais intenso, um cheiro oriental da neve que está por vir...

Cavaleiros saíram de repente dos portões principais do forte da colina, trinta ou mais, os cavalos carregados com malas de couro e armas. Os gritos e os gemidos continuam. Crianças perseguem os cavaleiros, jogando pedras neles mesmo depois que estão fora de alcance. Os homens entram na floresta, indo em direção ao rio, deixando confusão e alarme para trás, anciãos reunidos, mulheres falando com alarde, jovens pegando armas e empilhando-as nos portões.

Eles são os *uthiin*. Abandonam o forte. Um bando de guerreiros, os guardiões da família e do lar de Urtha, em sua ausência desertando de seus postos. O Reino de Urtha está exposto e vulnerável...

Por que fizeram isso? Por que traíram seu rei?

Acordei de repente com a presença de um rosto muito perto do meu. Era Niiv, respirando, espiando curiosa. Ela estava linda na luz da tocha, mas o susto foi tão grande que eu quase bati nela.

— O que você está fazendo? — ela sussurrou, como se o bosque pudesse estar ouvindo.

— Sonhando — eu disse. — E você me interrompeu. Eu tentava ver a razão de algo ter acontecido, mas você quebrou o encantamento.

De repente, ela ficou animada.

— Deixe que eu sonhe com você. Por favor? Deixe-me compartilhar o sonho?

— Não! Essa é uma coisa muito perigosa de se fazer. Você deve sempre proteger o próprio encantamento. Seu pai não lhe ensinou isso, pelo menos?

— Você não confia em mim?

— Isso mesmo. Eu não confio em você. Eu não confiaria em ninguém que não guardasse sua visão de sonho. Agora vá embora, Niiv. Eu estou tentando ajudar Urtha.

Ela ficou amuada e sentou-se, para depois se enrolar no chão, rosto pálido e imóvel quando olhou para mim. Eu estava tentando descobrir o motivo da partida dos *uthiin*, mas não consegui. Ainda assim, senti a aproximação do perigo e queria voltar ao sonho, para observar o que aconteceria depois.

Armei uma defesa simples contra a curiosidade da menina, depois chamei o sonho de volta.

Niiv havia sumido quando voltei novamente ao mundo da noite e do bosque. Eu conseguia ouvir vozes, homens se aproximando, e ver o brilho de suas tochas. Zonzo e confuso, levantei e fui encontrar Urtha e os outros, que traziam o corpo embrulhado de Urien para esse santuário, para enterrá-lo entre as árvores, em uma cova rasa embaixo de um monte de pedras brancas. Era uma pequena cerimônia triste e, quando acabou, Urtha procurou por mim.

Eu contei a ele o que vira com clareza, a deserção dos cavaleiros; mas não consegui entender o que se seguiu.

Um bando de saqueadores se aproximou dos vales da floresta a oeste. Eles vieram na calada da noite, debaixo de nuvens negras de tempestade, visíveis em princípio apenas pelas tochas. Os cavalos trovejavam pelas campinas em direção aos portões mal guardados. Eu tentei muito ver as formas deles na noite, mas apenas um rio de fogo era visível. Havia algum encantamento em ação aqui. Eu não conseguia ver o corpo, nem o rosto desses saqueadores, nem os cavalos. O som era alto, o efeito era devastador, mas era tudo invisível para mim.

Os cães atrás das muralhas estavam doidos, agrupando-se num grande círculo, liderados pelo maior e mais velho da matilha. O povo de Urtha havia corrido para as muralhas, alguns com fundas, alguns com arco e flecha, a maioria com não mais do que meia dúzia de lanças de ponta de ferro. Eles também começaram a gritar, um rugido desafiador, um urro de raiva, ferro batendo em ferro para fazer uma batucada que poderia desencorajar um bando de arruaceiros, mas não esse exército fantasmagórico.

As tochas subiram a montanha. Os portões para o forte abriram como se fossem arrancados. Os defensores desesperados se espalharam, lutando contra homens que eles podiam ver, mas eu, em meu sonho, não.

Alguns minutos depois, os cães se voltaram contra seus donos.

Aconteceu tão rápido que, por um momento, não reconheci o modo como se transformaram. Eles pararam a luta descontrolada, orelhas levantadas, línguas para fora, todos olhando na mesma direção, como se fossem chamados. Então, eles se viraram, espalharam-se como caçadores silenciosos e saltaram sobre as presas em fuga. Eu vi uma mulher arrastando um menino e uma menina com ela, gritando de terror e raiva quando dois dos mastifes foram atrás dela. Tochas seguiram os cães. Esse pequeno destacamento desapareceu na escuridão em direção ao rio, em direção ao Bosque de Herne.

Havia desordem na sala do rei. Eu acho que o menino, lá, lutava por sua vida.

Um instante depois, tudo ficara quieto.

As tochas saíram do forte. Tão repentinamente quanto o ataque veio, ele acabou. Novamente, ouvi cavalos e os gritos dos saqueadores selvagens; mas o encantamento ainda cegava meus olhos.

Urtha havia ouvido em silêncio o meu relatório e estranha prestação de contas. Ele estava pensativo e cansado, como se não esperasse mesmo nada além do que eu havia dito. Eu estava cansado, com coceira, e precisava de comida. Passava muito da meia-noite. Nós voltamos ao forte e nos juntamos num grupo melancólico no alojamento *uthiin*.

Urtha disse baixinho.

—Você sabe, fui para aquele lugar frio... Pohjola. Aquele lago... Porque me disseram que lá eu encontraria a resposta para os meus medos em relação a esta terra. Mas *deixá-la* era a resposta.

Ele estava inconsolável naquele momento e eu o deixei sozinho.

Pouco depois do raiar do sol, as trompas de chifre de carneiro soaram três vezes de Argo, um chamado para irmos ao barco. Urtha e eu fomos para cima das muralhas pelo portão principal. Rubobostes veio a galope em nossa direção. Ruvio parecia recuperado e em forma novamente. Um homem velho havia chegado ao outro lado do rio, ele nos disse, e chamava Urtha; ele tinha um arco, algumas flechas amedrontadoras e ameaçava matar qualquer homem que nadasse para o outro lado do rio antes que ele estivesse pronto.

— Qual é a aparência desse homem?

O dácio descreveu elaboradamente os tons de verde e azul que cobriam a face e o braço esquerdos do homem; e que sua cabeça estava raspada, exceto por um tufo de cabelos brancos, espetado como o chapéu de um cogumelo e que caía como a crina de um cavalo; que não tinha dois dedos, um de cada mão, mas nenhum que afetasse sua capacidade de arqueiro.

— Ambaros! — Urtha respirou. — Pai de Aylamunda. O lobo velho astuto! Ele sobreviveu ao massacre. Mas quanto ele lutou?

Ele fez a pergunta para o dácio.

— Pelo olhar dele — Rubobostes gritou certeiro em resposta — e pelas cicatrizes abertas nos braços e no pescoço... Muito mesmo.

Ele virou e cavalgou de volta para o navio, para continuar a guarda, o resto de nós o seguiu a pé, menos Elkavar, que ficou no forte e cantou para os mortos.

11
O abandono da terra

O homem esperando por nós do outro lado do rio estava vestido e equipado para um único combate. Cinco lanças finas enfiadas no chão ao lado dele, lâminas para cima; dois escudos, um redondo e um oval, encostados um no outro; um machado com lâmina dupla estava apoiado no seu pé direito e uma espada embainhada no lado esquerdo. Ele estava parado, braços cruzados, de frente para o cais. Seus pés estavam descalços e pintados de preto. Seu rosto estava barbeado, ele tinha uma sobra acinzentada de barba; seus olhos eram duros, seus cabelos grisalhos estavam presos num rabo de cavalo, erguendo-se verticalmente do cocuruto e descendo pelos ombros. Ele usava uma jaqueta de couro sem mangas e calças vermelhas de listra, presas na cintura com uma corda torcida.

— Bem, Urtha, você voltou em triunfo? — gritou a aparição idosa quando Urtha entrou no raso cheio de juncos do nosso lado da água. — Você voltou com o caldeirão de Ignorion, com o qual nosso primeiro rei fez o banquete?

— Não, eu não voltei com aquilo.

— Ou a lança de Llug, que uma vez lançada não cairá no chão até que tenha penetrado em sete inimigos? Ou o alfinete de sua capa que conseguiria desbastar copas de carvalhos, se jogado do modo certo?

— Não, eu não vim com nada disso.

— Então, você achou e matou o primeiro de todos os javalis de costas arrepiadas, duas vezes o tamanho de um homem, com os caçadores fracassados do passado ainda grudados aos seus flancos com suas próprias cordas de laço? Você se gabou de fazer isso! Você pegou suas presas e sua lâmina?

— Não, pai. Eu voltei para casa sem nada disso. Embora, não por falta de tentativas.

— Então você voltou para casa com o escudo prateado de Diadara, através do qual nós conseguimos observar não somente nossos pais, mas nossas crianças por nascer caçando na Terra das Sombras de Heróis? Aquele, afinal, é o que você foi buscar. Para ver o seu futuro Reino.

— Não. Eu não voltei para casa com isso. Eu fui falsamente informado.

— Então, você pelo menos veio para casa com maravilhas para contar aos seus filhos, e contos para animar seus *uthiin* e os irmãos deles? Contos de aventura que silenciarão mesmo o morto mais barulhento da Terra dos Fantasmas numa noite de vento selvagem?

— Não. Eu não vim com nada disso tampouco.

— Quase um ano — o velho homem gritou —, quase um ano, Urtha. Por nada disso?

— Eu segui um sonho que era falso — Urtha gritou. — Voltei para um pesadelo — então, ele abrandou —, mas eu estou feliz de ver você, pelo menos.

— De minha parte, Urtha, eu não terei nada *disso*! — gritou o nosso desafiante, arrancando uma lança do chão e arremessando o lado rombudo em direção a Urtha como advertência.

— Você deveria estar aqui. Você não precisava abandonar sua excepcional fortaleza pela palavra de um sonho. Filhos horríveis crescem, viram homens e conseguem aprender. Escudos perdidos ficam perdidos! Você deveria ter *ficado*!

— Eu aceito isso. E minha perda é ainda maior por causa disso. Fico feliz de ver você, Ambaros. Mas se é uma briga que você quer, uma luta de vingança, então, nós devemos ir para o raso, embaixo da colina.

Ambaros ficou em silêncio por um longo tempo. Depois, levantou seu braço esquerdo. Dois cortes abertos, ainda cicatrizando, circulavam a carne entre o ombro e o cotovelo. Urtha suspirou, pareceu abaixar-se um pouco, então, sussurrou para mim, deprimido.

— São ferimentos de luto. Um por sua esposa, Rhion; um por sua filha... Aylamunda. Minha Aylamunda, Merlin. Ela está morta, também, junto com Urien. Mas acho que eu sabia disso. Então: minha esposa e filha. E, certamente, agora não há esperança para a pequena Munda e para o descabelado do Kymon.

Ele gritou para o outro lado do rio.

— Eu preferiria salvar minha fúria para os assassinos deles do que usá-la contra você. A escolha é sua, pai. Por mim, eu preferiria ficar de luto.

— Você certamente fará isso — seu pai reconheceu. Ele ficou em silêncio por um longo tempo, olhando para Urtha. Então, falou.

— Mas não na medida em que você imagina. Atravesse o rio. Traga seus amigos. Atravesse no raso.

— É para lutar? — Urtha gritou. — Porque, se for isso, eu vou sozinho.

Ambaros olhou para ele demorada e duramente e, então, balançou a cabeça.

— Não. Não para lutar. Ainda não. E não entre nós dois. Mas guarde seu sangue, Urtha. Você precisará dele quando chegar a hora.

O homem velho juntou suas lanças e escudos, colocou-os nas costas e caminhou pelas frondes verde-claras e tristonhas dos salgueiros em direção ao lugar onde o rio corria esbranquiçado e forte por sobre as pedras pretas da parte rasa.

Urtha e Ambaros se encontraram no meio da corredeira e se abraçaram. Eu fui apresentado, depois Niiv, que estava perto de mim, depois Jasão. Os dois velhos se olharam cautelosamente, trocando palavras de cortesia.

— É um navio inquieto esse que você velejou rio acima — Ambaros se adiantou. — Ele está ansioso para sair daqui. É um navio estranho, embora eu não possa imaginar por que isso me surpreende. O mundo ficou mais estranho nos últimos tempos.

— É Argo. Eu o construí com minhas próprias mãos — Jasão mentiu. — Em Pagasae, a baía de Iolkos.

— E onde fica isso?

— Ao sul daqui, no mar mais quente que você possa imaginar. Na Grécia, como o seu povo a chama.

— E você o construiu com suas próprias mãos...

— Depois o reconstruí à luz da Estrela do Norte, com a ajuda do seu genro e deste homem aqui — ele acenou em minha direção —, com tábuas congeladas e gelo em vez de bronze. Mas ele ainda sente o cheiro dos vinhos da Macedônia e das azeitonas da Acaia, é por isso que ele é inquieto.

Foi a primeira vez que percebi que Jasão estava com saudades de casa, transferindo seus próprios desejos e sonhos para o navio. Se Argo sentia falta de algo, era da neve do norte congelada e o fedor de cio das renas — os gostos de Mielikki —, e não dos aromas da Grécia.

Ullanna havia acabado de cruzar o riacho, arco sobre um ombro, flechas sobre o outro; Ambaros mostrou uma maior cortesia para com ela do que com Jasão. Ela estendeu a mão para segurar em seu braço e tocou as duas cicatrizes na carne que se curavam.

— Eu sinto muito — disse ela, atrás de mim.

— Minha esposa e minha filha, a mãe dos filhos desse homem.

Ullanna enrolou a manga larga ao lado esquerdo de sua jaqueta. Uma longa cicatriz vinha do ombro à dobra do cotovelo; quando ela abriu a mão, pude ver a marca da flechada.

— Meu marido e meu filho pequeno — disse ela. — Mortos por persas enquanto eu caçava nas montanhas. Nós marcamos nosso luto quase da mesma maneira.

Ambaros colocou um dedo na cicatriz de sua mão, entre os dedos menores. Ullanna pegou uma flecha de ponta de ferro do embornal e deu um golpe rápido na carne.

— Nós ficamos de luto o tempo que leva para fechar o ferimento — disse ela e Ambaros acenou que sim. — Ou fingimos que é assim — acrescentou ela, e Ambaros sorriu para ela.

— Curto, dolorido, prático — Jasão murmurou para mim. — Se eu soubesse como ficar de luto dessa forma — para passar assim, rápido e fácil — teria me poupado apodrecer por vinte anos.

— Bem, você parou agora.

— Sim.

A trompa de chifre de Argo soou um aviso, mas Ambaros levantou uma mão.

— Eles são amigos. Alguns dos poucos fiéis que ficaram para trás quando seus cavaleiros desgraçados foram embora do forte com Cunomaglos. O resto está morto. Isso é o que aconteceu aqui, Urtha. Você foi embora, depois os outros pegaram os cavalos e seguiram rio abaixo, pelo mar e para a ilha de Bolga e ainda além.

Quatro homens de capa cinza, lanças abaixadas de maneira duvidosa, trotaram facilmente cruzando o rio, cautelosos, mas relaxados, agora que viram Ambaros conversando e não lutando para se defender. Urtha conhecia esses homens, mas não muito bem, e eles não seriam escolhidos como seus guerreiros. Mais importante, entretanto, era que ele queria ouvir de Ambaros o que exatamente acontecera: quem havia feito o massacre. E o que ele quis dizer quando falou que o mundo estava "mais do que estranho nos últimos tempos"?

— Vamos conversar enquanto cavalgamos — Ambaros sugeriu. — Peguem estes cavalos. Meus amigos aqui podem coletar alguma coisa se forem a pé.

Os quatro *uthiin* foram pegos de surpresa, mas desmontaram educadamente, mas não sem olhares enviesados para Ambaros.

Nós montamos e Ambaros nos guiou pelas árvores, na direção oeste.

Depois do ataque, e de sua escapada, explicou enquanto cavalgávamos, ele não voltara para a fortificação. Fugira por um dos afluentes do rio, fundo dentro da floresta, e dentro de um dos muitos desfiladeiros que marcavam a barreira entre a terra de Urtha, o Reino das Sombras de Heróis, aquele lugar de fantasmas sem idade, aonde Urtha e seu clã esperavam ir quando finalmente acabassem mortos em combate ou pelos anos.

Ambaros tinha uma localização muito perigosa para seu esconderijo, mas havia cavernas ali e a caça era fácil. E, uma vez que as rochas eram marcadas com encantamentos protetores claros, há mais tempo do que a lenda podia se lembrar, ele e seu pequeno bando, e os outros sobreviventes do ataque —

algumas famílias e seus cães — haviam se sentido mais seguros aqui depois da destruição do forte. E ainda mais por causa do tesouro que eles protegiam.

— Tesouro? — Urtha perguntou.

Nós entrávamos no desfiladeiro agora. Ambaros soou uma trompa de bronze pequena e uma resposta ecoou de volta no vale. Então, ele se virou para seu genro e disse baixinho:

— Munda e Kymon. Eles escaparam do massacre. Eu os tenho a salvo e vou levá-lo mais tarde.

— Vivos? — Urtha pulou para frente em seu pônei, ombros balançando enquanto chorava silenciosamente por algum tempo, uma mistura incompreensível de luto e alívio se expressando instantaneamente e de modo bem-vindo.

Nós continuamos nosso caminho por um riacho barulhento, depois ao longo de uma trilha sinuosa por carvalhos pesados, conscientes dos penhascos acima de nós e das nuvens rápidas. Logo chegamos a um desfiladeiro estreito, onde o povo de Urtha se ocupava de seus afazeres e vários cavalos reclamavam ao serem treinados ao longo de bancos estreitos no raso do rio.

E, inesperadamente, uma memória forte e dolorida aflorou sem ser chamada: aconteceu quando vi as pesadas peles penduradas na frente de duas cavernas, a cobertura tosca presa ao chão com estacas de madeira, pintada com imagens para chamar apenas o bom Deus e desencorajar o Corvo. Eu havia visto casas como essas no meu passado distante, em lugares que eram longe daqui. Consegui lembrar as conversas das crianças e os uivos dos cachorros, o barulho do fogo, o cheiro de fumaça e os ricos aromas de pães e carnes assados.

Como em um sonho, lembrei de estar tomando banho em um rio, uma menina perto de mim, jogando pedras em toras que flutuavam, marcando pontos para cada batida.

Onde fora isso? E quando? Minha vida se abria, como um sonho, como uma série de sonhos. Fiquei ansioso e com vontade de chorar. Memórias boas, esquecidas por uma era, voltavam, mas eu sentia que logo elas passariam a ser trágicas. Eu não estava pronto para essa liberação da minha vida passada e fiquei irritado com Jasão e com todos eles por fazerem tantos pedidos para mim, fazendo que minha idade desse um salto para a maturidade.

Urtha me chamava de onde ele esperava: no vão entre as peles que cobriam a maior das cavernas.

— Preciso de você, Merlin — disse ele quando eu me aproximei lentamente, ainda zonzo com as cenas do passado. — Eu não sei por que, mas eu vou. Eu não me sinto infeliz por causa disso. Os corvos bicaram meus olhos sem dúvida, mas, quando sua sombra passa, a luz aumenta levemente.

Ele estava me encarando como se estivesse à procura de alguma coisa. E, de uma vez, pude sentir o Tempo tecendo ao nosso redor. Eu esperava por isso, desconfiando o que aconteceria, sem me assustar com ele. Eu senti a mesma coisa com Jasão, em Iolkos. Minha conduta e meu relacionamento com Urtha seriam estendidos por um futuro ainda desconhecido e indefinido. Talvez apenas ao longo dessa vida, talvez por mais tempo. O futuro ainda não estava pronto para ser revelado e eu não intencionava dar uma olhada para descobrir.

— Nós nunca nos conhecemos, conhecemos? — ele estava perguntando.

Eu conheci os ancestrais dele, imaginei. Conheci os ancestrais da maioria das pessoas. Mas não podia dizer a ele, ainda não, pelo menos. Não até que eu estivesse mais certo do que acontecia com a minha vida.

Então, Urtha mudou de assunto.

— Você parece triste, Merlin. Você *está* triste? Eu tenho uma certa cura para tristeza.

— Confuso — eu respondi, sinceramente. — E sim. Um pouco triste.

Ele me deu um olhar bondoso, depois deu um tapa no meu ombro.

— Então, nós levaremos você conosco. Mas falamos nisso mais tarde, se você me perdoar — ele franziu o cenho ao dizer isso, acrescentando — os deuses, Nemeton especialmente, devem ser suficientes. Mas, Merlin, eu preciso de você perto de mim. Isso é estranho? Eu vou enfrentar a verdade da morte de minha esposa e filhos, e eu preciso fazer isso, preciso de você comigo quando ouvir isso. Há uma calma que vem de você, como a da infância... Ou, talvez, a da morte.

Fiquei imaginando o que ele quis dizer com isso.

— Eu não pretendo ir a lugar nenhum, Urtha.

— Não. Eu preciso dessa calma.

Ele punha um rosto corajoso no seu desespero, entretanto, o brilho das lágrimas o havia entregado, mas ele piscou, suspirou e deu um passo para trás em direção à penumbra cálida, sentando-se no canto perto do fogo em brasas.

Uma carcaça de veado e vários pássaros estavam pendurados em vigas de madeira, que foram encaixadas no teto crespo da caverna. Rostos de deuses esguios, sérios, os deuses tribais, foram cortados de tocos e galhos e posicionados em locais propícios, cada um com uma vasilha de bronze no queixo. Camas rudimentares estavam mais atrás e havia pilhas de capas e peles, madeira e armas, jarros e cestos com borda de ferro, tudo retirado do forte antes do ataque. Era um lar aconchegante, ainda que austero; comia-se carne de vez em quando e tomava-se uma cerveja amarga, levemente venenosa, consumida por todos nós, exceto por Ullanna, que, no primeiro gole, instantaneamente cuspiu tudo no fogo, fazendo as chamas crescerem por alguns instantes.

— A terra está deserta, Urtha — Ambaros disse, finalmente.

— Aconteceu depois que você foi embora.

— Eu sei — disse Urtha, ficando em pé ao falar e baixando sua cabeça levemente, como se estivesse com vergonha.

— Eu vi isso, pai. E acho que reconheço isso pelo que é. O segundo deserto do Sonho de Sciamath. Sei o que você dirá e concordarei com você, até saber melhor. Que foi pela minha saída que isso aconteceu. É sempre a ação de um rei que arruína a terra.

Ullanna e Jasão olharam para mim, como esperando uma explicação do comportamento dramático de Urtha, parado em frente ao homem mais velho, seus braços cruzados, sua cabeça baixa.

— Sciamath? — Jasão parecia estar perguntando com suas sobrancelhas.

Sciamath nascera da união da montanha com a floresta intocada. Um homem em todos os sentidos, ele se escondeu do mundo até que a carne em seu corpo fosse dura como as rochas de seu pai e o pelo em seu corpo tão abundante quanto a copa da floresta mãe. Alto, de olhos radiantes, vestido de tiras tecidas de casca de árvore amaciada, andara no mundo Poe, um dos vales que levavam à Terra dos Fantasmas.

Não um fantasma, mas um vidente, ele trouxe um aviso, um sonho, uma visão do futuro:

Em seu Sonho, criado na floresta como ele mesmo havia sido, Sciamath previu três destruições de terra, três *terras arrasadas*, como ele as chamava. A primeira seria uma *profanação*; a segunda, um *abandono*; a terceira apareceria como *devastação*.

Esse Sonho havia chegado com o homem no fundo do prédio dos santuários de anéis de pedra, muitas gerações atrás, e através do mundo pelo leste, oeste e norte, um aviso para todos os clãs e Reinos.

Eu lembrei da primeira terra arrasada claramente e com desconforto. Por anos, enquanto trilhei o Caminho naquele tempo, foi como se o mundo ao redor de mim houvesse entrado em uma noite permanente. Outros mundos e outros tempos se espalharam nas terras tribais. De fato, talvez foi quando a Terra dos Fantasmas de Urtha havia surgido. Reinos por todo o norte haviam sido afetados. Árvores estavam em chamas em todas as florestas, mas não queimando inteiras. Invocações para os deuses trouxeram apenas miséria e animais estranhos. Gigantes rondavam as montanhas e rolavam pelas florestas.

Durara uma geração e eu me lembrava de fugir correndo daqueles países ocidentais de Hiperbores, correndo para a Grécia, onde, depois de um tempo, meu caminho cruzou com o de Jasão e com o de Argo, e eventos mais claros começaram a ocupar minha vida. Eu nunca descobri o que fora solucionado e como havia terminado o período da terra arrasada pela *profanação*, embora histórias de navios "prateados como a lua" vistos na época deixassem-me intrigado.

Mas seria este realmente o começo do *abandono*? Poderia o rei de um modesto reino, deixando sua terra para navegar ao norte, trazer tanta destruição?

Como Urtha sabia, e como eu agora me lembrei, Sciamath havia se referido à "destruição de fortes por cavaleiros das sombras; o céu escurecendo com aves de quatro asas; efígies de madeira e pedra espalhadas pela terra e na própria terra daqueles que estavam perdidos; neve no verão; abelhas voando no inverno; um homem que virá do nada, trazendo a floresta virgem ao redor dele como uma capa...".

A lista era muito grande.

A estranha visão das figuras de madeira agachadas na terra dos *coritani* e os eventos em seu próprio forte pareciam convincentes para o jovem fragilizado.

Entretanto, eu mantive a mente aberta quando Ambaros pediu ao rei de luto que se sentasse novamente e começou a recontar de modo melancólico os eventos dos meses que seguiram a partida de Urtha para terras nevadas desconhecidas e sua fútil busca por uma visão do futuro:

— Quase ao mesmo tempo, Vendubnos e quarenta de seus homens avernos fizeram um ataque ao forte. Cunomaglos e o resto de seus *uthiin* os afastaram sem dificuldade. A briga aconteceu fora dos portões. Vendubnos viera orgulhoso de carruagem; ele veio para cima e para baixo como um homem em triunfo depois da batalha, gritando ofensas aos nossos muros como se os muros pudessem ouvir.

Ele estava mal informado sobre a estrutura do nosso forte. O olhar em seu rosto quando Cunomaglos e os outros correram em suas roupas de batalha brilhantes, com apenas um escudo e um lança pequena, foi como o olhar na cara de um javali que vê de repente a faca assassina do inverno, olhos esbugalhados, queixo trêmulo e guinchos. Que eram das rodas da carroça! Ele foi tão rápido que o cocheiro caiu, deixando as rédeas para o homem gordo. Cunomaglos correu tão rápido atrás da carruagem que ele poderia fazer um desenho na lateral do corpo do homem gordo com sua lança.

Terminou rápido depois disso. Cunomaglos trouxe a carruagem e seus dois ótimos cavalos de volta, em triunfo. Estava muito orgulhoso. Eu o observei cuidadosamente; pensei que ele pudesse ter a fúria do sangue. Os *uthiin* cantaram e apostaram até o amanhecer, mas Cunomaglos ficou sóbrio. Fiquei preocupado com isso. Eu o observei com cuidado, mas ele ficou com seu próprio conselho, deixou o orgulho da batalha amainar e seus companheiros caírem no sono. Eu devia ter reconhecido os sinais.

Outro bando de ataque veio do sul. Eu acho que eram trinovantes. Cerca de trinta deles, muito jovens. Ficaram distantes do forte, mas mataram alguns dos nossos bois bem à vista. Cunomaglos enviou um campeão. O assunto se resolveu rápido, com socos, lutas e facas de tirar couro. Cunomaglos pegou quatro cavalos em troca dos bois mortos, então permitiu que o bando guerreiro levasse seu campeão morto. Não valia a pena tirar a cabeça, ele rugiu para eles. Mas fora uma boa batalha e os trinovantes, mesmo que não fizessem parte do abandono da terra, deveriam ser levados a sério. Eles moram longe, mas testam outros territórios.

Depois disso, tivemos um mês de paz. Então, os emissários de Brennos vieram.

Eles vieram à noite, cinco homens, cansados da longa cavalgada desde a costa. Suas tochas eram tão brilhantes que eles claramente vinham em paz e eu abri os portões, deixando-os entrar. Estavam fedidos, molhados e com fome. Estavam recrutando ao longo do rio. Ouviram falar de Urtha, e seus cavaleiros *uthiin*. Estavam ansiosos para falar com ele, eles disseram. Também ficaram intrigados pelo que chamaram Terra das Sombras dos Heróis. Seu líder se chamava Orimodax.

— Nós lhes demos uma boa refeição, considerando que chegaram tarde: porco fervido, peixe salgado, pão macio, maçãs crocantes e uma boa garrafa de vinho. Eles foram corteses no banquete; recusaram as melhores partes da carne, embora eu insisti que as pegassem e, quando Cunomaglos os desafiou em seus feitos de batalha de um jeito arrogante, eles simplesmente o encararam, e apenas Orimodax falou: "Isso será uma ótima discussão para mais tarde".

E, embora eles continuassem comendo, havia algo desagradável em sua calma. Lá pela metade da refeição, Orimodax me ofereceu uma lança para agradecer a hospitalidade. Eu devo dá-la a você, depois. Tem uma inscrição interessante no cabo.

Tão logo eles se refrescaram e relaxaram, expliquei que o homem que eles procuravam estava em busca de um sonho. Eu não disse a eles que você fora bobo apenas por cogitar isso, nem que loucuras haviam caído do ar no momento do seu nascimento para fazê-lo um homem tão egoísta. Eu fiz você parecer melhor do que é. Você estava no norte, era tudo que eles precisavam saber.

E tudo que Orimodax disse foi: "É uma pena. Há uma Grande Busca sendo organizada por Brennos e os três clãs, e ele vai perdê-la — Orimodax cortou mais carne da carcaça que estava na mesa e olhou em volta. — Mas não há razão para o resto de vocês perder essa chance de glória".

"Nenhum homem aqui pode deixar o forte", eu o avisei, e talvez devesse ter entendido melhor o cenho franzido no rosto de Cunomaglos, mas não consegui. Achei que era porque demonstrava a fragilidade da guarda na fortaleza, o que, na verdade, estava. Eu acrescentei: "Não até que Urtha retorne". Esperei que esse estranho cortês ficasse satisfeito com isso. Ele, certamente, parecia estar.

"Eu entendo", disse ele. "Quando Urtha voltar, diga a ele que nós estamos recrutando homens de todo o norte para se juntar aos três clãs. Nós somos os *tectósages*; os outros são os *tolistobagii* e os *trocmii*. Você já ouviu falar em nós, eu imagino. Nós, por certo, ouvimos falar de vocês. Nós aceitamos todas as tribos, embora haja restrições e regras de comportamento que vocês terão de seguir se escolherem se juntar a nós. Nossos três líderes são Brennos, Bolgios e Achichoros, três grandes senhores de guerra, três ótimos campeões. Formamos o exército ao longo dos bancos cercados por florestas ao sul do próprio Danúbio, o rio mais maravilhoso desta terra. Mil oferendas lhe foram feitas, e ele canta sobre sucesso e triunfo, grandes batalhas e glória; grandes tesouros a serem achados na terra que também canta, no coração das cavernas de uma terra quente onde por todo o tempo conhecido um preço foi pago por homens poderosos, para verem seus futuros."

Ele tinha toda nossa atenção. Continuou.

"Entre aqueles tesouros está escondido algo que pertence a todos nós, algo que foi roubado durante a primeira vez que a terra foi arrasada. Brennos irá recuperá-lo. Ele precisa de dez vezes mil guerreiros. Encaminhem-se para lá quando puderem e, se chegarem a tempo, vocês serão bem-vindos a se juntar à Busca. Eu receberia vocês pessoalmente entre os meus tectósages. Nós poderíamos continuar esta conversa..."

Ele olhou com sentimento, mas com um sorriso, para Cunomaglos, que balançou a cabeça reconhecendo o elogio.

Eu pensei sobre o que Orimodax dissera e, então, concordei em contar a você tão logo voltasse do norte.

Orimodax e seus homens foram acomodados confortavelmente no final da longa noite. Ambaros, guardião da fortaleza, foi para a cama cauteloso e preocupado. Ele tinha todos os motivos para preocupação. Acordou bem cedo de manhã com o som dos cavalos deixando o forte. Com os olhos anuviados e zonzo por causa do vinho, ele cambaleou do alojamento do rei para ver Cunomaglos e o resto dos *uthiin* cavalgando pelos portões abertos, completamente armados e equipados, forçando seu cavalos negros a correrem, seguindo os homens dos tectósages. Apenas uns poucos homens ficaram para trás. O forte fora abandonado.

Ambaros correu para os estábulos e soltou seu cavalo, então cavalgou como o vento atrás dos desertores, pegando-os no rio, onde a estrada para a costa começava. Ele contornou Cunomaglos, parando o jovem na sua trilha, indo para cima e para baixo com seu cavalo em frente a ele, enquanto os outros observavam.

— É assim que você retribui a lealdade de Urtha? É assim que mantém a confiança dele em você?

— Eu o aconselhei a não partir — o outro homem disse, de modo bravo. — É assim que eu sirvo a algo maior.

— À você! À sua cobiça!

— A que mais Urtha serve se não a ele mesmo? Se não sua cobiça? E tudo por um sonho! Bem, nós deveríamos estar aqui. Essa busca dos três clãs é um sonho que nunca virá novamente. Orimodax descreveu o suficiente dele e do que pode ser conseguido, para me convencer de que todo homem digno de seu escudo iria querer fazer parte do maior ataque do mundo. Isso será comentado e cantado quando o céu descer sobre a terra. Nós precisamos ir. E você precisa ficar. Você é apenas metade do homem que costumava ser, Ambaros, mas tem o dobro da vontade. Você encontrará um jeito de segurar o forte.

A fila se moveu. Os dez *uthiin* olharam feio para Ambaros ao passarem, rostos vazios, duros, sem remorso ou arrependimento de sua traição. Esses homens foram seus amigos. Era como se ele não os conhecesse mais. Eles tinham aquele sonho em seus olhos, como uma bruma de inverno; eles não conseguiam ver nada além do desconhecido, e aquele desconhecido brilhava como ouro. Ambaros teria jogado sua lança curta, mas ele não tinha dúvida de que Cunomaglos a teria jogado de volta com grande destreza. E era preciso pensar nas crianças.

Ambaros balançava a cabeça enquanto recontava esse ato de traição, uma descrição que, eu imaginei, seria tão ruim em sua mente quanto em qualquer outro lugar.

— Depois disso, a tragédia — ele terminou. — Nós guardamos os muros o melhor que pudemos e arrumamos provisões para uma retirada até um esconderijo. Esperávamos ataques, talvez um ataque noturno da Terra dos Fantasmas — os mortos se voltaram contra nós no passado; sua fortaleza foi construída muito perto de um dos caminhos deles, Urtha.

Mas, juro pelo meu escudo, os cavaleiros vieram naquela noite de um lugar além da Terra dos Fantasmas. Eles eram Heróis de Sombra! Saídos da noite, do Reino da Beleza, eles cruzaram o morro num ataque de fúria incompreensível. Entre eles estava uma mulher os incitando, sua face coberta por um véu, seus movimentos rápidos, sua voz severa e estranha. Por que eles fariam tal coisa? Nós todos os vimos a distância, todos nós ficamos na Colina Morndun e olhamos para a Terra Brilhante. Admiramos os cavalos, o brilho da armadura, as faíscas das armas, as jaulas em formato de torres, o brilho das madeiras. Por que eles se voltariam contra nós? Não tínhamos nenhuma chance. Eu sinto muito por sua esposa e seu filho...

Urtha levantou uma mão apaziguadora para o velho homem.

— Eu sinto muito por sua filha e seu neto. Eu sei que você lutaria como um louco para salvá-los.

Jasão e Ullanna haviam ouvido pacientemente, entendendo muito pouco. Quando eu resumi a história aterrorizante de Ambaros para eles, Jasão disse, com um encolher de ombros:

— Se essa é a segunda vez em que a terra foi arrasada, o que tanto preocupa você então foi iniciado pelo homem Brennos. Esse Senhor dos Cachorros, que deixou vocês abertos para o ataque, iria com Orimodax de qualquer forma. Vocês ainda seriam abandonados. Isso soa como cobiça moderna, não profecia antiga, essa deserção.

— Você está de volta, agora. Pode reverter o que aconteceu. Você é o rei, afinal.

Urtha reconheceu o otimismo de Jasão.

— Eu não posso reverter as mortes da minha família e de amigos — disse ele, triste. — Embora, certamente, vá vingá-los. Até meus cães se voltaram contra mim. Meus três cães favoritos.

— *Seus* cães? — Ambaros perguntou, com surpresa. — Não. Eles foram os únicos três que permaneceram fiéis quando os outros foram enfeitiçados e se tornaram assassinos. Ulgerd tentou proteger seu filho, Urien, mas o menino pensou que estivesse sendo atacado e esfaqueou o cachorro. Ainda assim, Ulgerd lutou contra os outros, mas não aguentou e Urien não conseguia sair da casa. Eu acho que ele está morto. Mas Gelard e Maglerd carregaram Kymon e a pequena Munda em suas bocas, escapando vale acima. Eu os segui. Nós fomos os únicos três que escapamos naquele momento, embora esses outros miseráveis viessem mancando depois.

Urtha estava olhando chocado, quase com raiva.

— O cachorros salvaram as vidas das crianças?

— As carregaram por horas — o homem velho disse. — Salvaram-nas e as colocaram em lugar seguro, como se fossem tocados por mágica. Eu vou levá-lo até eles. Cada uma das crianças teve um protetor poderoso naqueles seus cães.

Urtha balançou a cabeça, em desespero.

— Eu achei que eles fossem assassinos. Suas cabeças grunhiam silenciosamente dos portões. Mas vou corrigir esse erro de julgamento.

Ambaros estava inquieto.

— Você os matou? Todo dia, depois do ataque, esperaram no cais, esperaram por você. Era como se eles pudessem farejar você voltando para casa. Eles gemeram e choraram por você, Urtha. Estavam com vergonha pelo que havia acontecido, porque tinham conseguido salvar apenas dois.

Urtha balançou a cabeça em lamento.

— Minha culpa me envergonha. Eu remediarei isso. Mas, agora, leve-me até meus filhos!

O homem velho hesitou por um momento antes de dizer:

— Eu vou levá-lo para vê-los. Isso é tudo que prometi. Eles estão a dois dias de cavalgada. Traga apenas quem for necessário, não temos muitos cavalos.

Urtha chamou por mim e Ullanna. Dois dos cavaleiros de Ambaros também iriam. Niiv e Jasão voltaram para o navio, não sem alguma discussão por parte da mulher.

Quando estávamos de malas prontas, Ambaros nos liderou do acampamento até o rio, mas, em vez de virar em direção ao navio, ele ladeou uma trilha estreita pelas árvores, adentrando as montanhas.

12
Olhos Ferozes

O cavalo cansado, de olhos preguiçosos, que me foi oferecido para a cavalgada não era apenas um pastador inveterado, muito velho para Cunomaglos e os *uthiin* terem levado, e ainda muito útil para ser sacrificado, mas também muito pequeno para um homem alto como eu. A experiência de montar o animal era apenas uma melhora parcial comparada à jornada que fiz montado em uma rena. A coisa toda era um massacre para a virilha. Não gosto de montar com meus pés arrastando no mato. Logo mudei para trás da pequena coluna de cavaleiros espalhados e reclamei com Urtha.

— Eu achei que vocês, *keltoi*, tivessem orgulho de seus cavalos.

— Nós temos. Os melhores cavalos vêm da terra dos bolgas, do outro lado do mar. Frequentemente, nós velejamos até lá e os roubamos. Nós os reproduzimos e treinamos. Mais para giros do que para velocidade, se eles serão cavalos de carroça; e mais para energia do que força, se forem montados para ataques. Mas, quando eles ficam velhos, nós os deixamos ficar soltos. Eles sempre acham seu próprio bosque para morrer. Encontrar um túmulo de cavalo é considerado muita sorte.

— Pois este aqui já tem um bosque em mente, eu acredito.

Por dois dias nos dirigimos para oeste, por uma série de desfiladeiros fundos e ecoantes, e vales silenciosos, cruzando montanhas com poucas árvores, finalmente entrando em uma floresta muito densa, um lugar de luz brilhante e enevoada, uma capela verde onde movimentos inquietos e curiosos perturbavam as sombras.

Não era necessário perguntar aonde íamos. Apenas um lugar poderia ficar no final dessa tortuosa jornada. A Terra dos Fantasmas, a Terra das Sombras de Heróis.

Na terceira manhã, Urtha se conformara com um simples fato: que ele veria, mas não tocar seu filho e filha sobreviventes. Nós finalmente saímos da floresta para nos encontrarmos num rio envolvido por neblina e de fluxo lento. Havia uma floresta escura atrás de um pasto do outro lado. Criaturas haviam pastado ali e escorregado no banco lamacento para beber.

Nós acampamos. Ambaros usou um chifre de touro para soprar a sequência de toques crescente, repetindo-os por toda a tarde. Animais vieram da floresta escura para a beira do rio, nos encarando antes de pular de volta ao esconderijo: um veado gigante, lobos de olhos brilhantes, dois ursos marrons, um grupo brincalhão de linces de costas cinza, uma tropa de cães uivadores escuros de costelas peladas.

Quando as crianças chegaram, Urtha chorou. Eu sentei com ele, observando com olhos mais secos quando o menino e a menina se aproximaram e agacharam na beira da água, encarando-nos como se pudessem adivinhar nossas formas. Nós éramos sombras para eles, eu tinha certeza. Mas estavam curiosos, não podiam resistir ao som do chifre, e, sem dúvida, essa curiosidade os tinha levado de seu abrigo até esse limite de seu novo mundo. Atrás dele, perto das árvores, eu podia ver a forma de três matronas encapuzadas.

— Como eles cruzaram o rio? — Urtha finalmente perguntou. — Ninguém consegue cruzar o rio para aquele lugar.

— Seus cães os arrastaram para lá e os deixaram — Ambaros disse. — Depois, cruzaram de volta como se a jornada fosse fácil como uma caçada de inverno na floresta. Eu os havia seguido, tentando fazer que fossem mais devagar, então, vi tudo. Aquelas três mulheres vieram das árvores e pegaram as crianças, carregando-as para longe da minha vista. — Você tinha cães impressionantes, Urtha. Mais impressionantes do que pensava.

— Mas eu não posso segurar minha filha ou brincar de luta com meu filho. De tudo que eu sei, eles estão mortos e tudo que eu vejo são seus fantasmas. Aquela lá é a Terra das Sombras, e eles não têm porque ficar correndo por essas florestas, por enquanto.

Eu sabia o que aconteceria. Eu podia sentir a pressão do pensamento de Urtha, como se algum mensageiro alado voasse de uma cabeça para outra, um presságio silencioso precedendo o momento no qual Urtha articulava sua necessidade desesperada:

— Você pode me ajudar a cruzar o rio? Você pode usar um pouquinho de encantamento? Merlin... Está entre seus poderes me levar até lá? O que custaria a você? Eu estarei em débito eterno com você.

Eu estava prestes a lembrá-lo de que já estava em débito pela jornada em sonho ao seu forte, mas não disse nada. Sua sugestão havia gelado meu sangue; mesmo a sugestão que ele estava prestes a *fazer* já havia gelado meu sangue. Eu não podia cruzar o rio, embora a razão para a recusa não estivesse clara naquele momento.

As três matronas chamaram baixinho as crianças. Munda e Kymon voltaram para a floresta, com sua curiosidade não satisfeita, mas quase imediatamente ligada em outros interesses infantis. Eu ouvi suas risadas quando eles perseguiam uma lebre que havia pulado de sua toca para o chão, pulando à frente deles em direção às árvores.

Urtha estava triste.

Ambaros disse que deveríamos voltar para as cavernas, mas Urtha disse que passaria a noite ali — estava uma noite agradável, o céu claro, uma lua crescente pálida pendurada no azul — e eu desmontei para lhe fazer companhia. Ullanna saiu devagarzinho para caçar, enquanto Ambaros construiu um abrigo simples e uma fogueira para o que quer que ela trouxesse da caçada.

O dia amanheceu tão desanimado quanto o humor de Urtha, com nuvens de tempestade varrendo o céu e escurecendo a terra. Não havia som de trovão e nem sinal de chuva, mas aquele cinza sombrio sobre a Terra dos Fantasmas piscava com os raios por um momento e a terra tremeu, como se por lá estivessem passando cavaleiros. Eu sentei com Ambaros na beira do rio, sentindo uma aproximação do outro lado da água, mas sem conseguir olhar mais profundamente o Reino.

Ambaros estava inquieto. Ele carregava um pequeno amuleto de cabeça de cavalo, um osso entalhado com Epona, e o esfregou entre o dedão e o indicador, sussurrando para si próprio. Quase de modo involuntário, fiz o mesmo com o amuleto de marfim que Niiv me deu. A beira da floresta, onde nós vimos as crianças antes, de repente se dissolveu nas formas de homens armados. Eles andaram em direção a nós, adagas e escudos segurados frouxamente, capas curtas amarradas no ombro. Eram imateriais e assustadores, quinze ao todo, um vindo por trás — andando em uma pequena carroça, levada por dois cavalos fantasmas brancos. Um dirigiu a carroça para a beira da água, virou-a para mostrar seu flanco direito (não era um desafio, então) e olhou para mim.

Eu estava chocado. Eu o reconheci imediatamente. O choque virou confusão e olhei mais de perto. Não havia dúvida: era o mesmo guerreiro de olhos e barba negros de quem eu escutara escondido a consulta ao oráculo, na Macedônia. Eu estava encarando Orgetorix, o filho de Jasão.

Mas não era possível. Tudo me dizia que Orgetorix estava com Brennos. Esse era seu destino depois de consultar o oráculo. Seria possível que ele tivesse sido emboscado e morto, e agora cavalgava na Terra dos Fantasmas? Mas ele era grego, não *keltoi*, apesar da adoção. Aqueronte, os Campos Elísios, estes seriam seus destinos se o Tempo escolhesse tirar seu ar. Como ele poderia ter mudado seu caminho para a terra de sua morte?

E mais, ele realmente estava morto? Era difícil dizer. O Reino das Sombras negou meus esforços para adentrá-lo com encantamento, e me encheu de pavor e uma sensação de desastre quando tentei explorá-lo.

Este lugar não me queria por perto. Estava deixando claro que eu não era bem-vindo. Isso também me amedrontava. Quando manipulava o *sedja* que Niiv me dera, senti uma voz sussurrar: *você ainda é uma coisinha pequena, pequena. Você não pode ter sempre o que quer.*

Ambaros respirava fundo, espiando o outro lado do rio.

— Você consegue vê-los também? — perguntei a ele.

— Eles são parte da força que atacou e destruiu o forte — o velho guerreiro sussurrou gravemente. — Eu reconheci alguns deles. Eles são as Sombras de Heróis e, ainda assim, mataram sem aviso. Não consigo entender por quê. Mas eu consigo entender por que eles estão na Terra dos Fantasmas. Procuram as crianças de Urtha. Esta *deve* ser a razão.

Seu olhar repentino para mim era angustiado e cheio de medo. O próprio Urtha não estava ciente dos visitantes. Estava entre as árvores, perdido em seus pensamentos.

— Como vamos salvá-los? — Ambaros finalmente perguntou.

Eu não tinha resposta para ele.

— Eles não são todas as Sombras de Heróis — eu disse. — O homem na carroça era tanto um grego quanto um homem morto. Eu o encontrei com vida mais ou menos um ano atrás. Deve ter sido morto nesse meio tempo. Ele é um fantasma.

Ambaros estava intrigado, então contou algo que novamente me deixou tonto de confusão.

— Fantasma não, Merlin. Ele cresceu como os outros. Quando eu tinha a idade de Urtha, eu o vi como um menino. Ele estava treinando nessa mesma carroça. Ela tem uma decoração esquisita no lado de batalha. Eu o via constantemente, se tornando um jovem, depois um homem. Ele tem um irmão na Terra dos Fantasmas. Embora eu não o veja há anos. Nós os chamávamos "irmãos fantasma". Nenhum deles fez parte do ataque ao forte de Urtha.

Então, esse *não* era Orgetorix. O espírito do homem não poderia estar no coração de Alba há vinte anos, enquanto o corpo vagava na Macedônia e nas Terras Gregas. Podia?

Não, essa aparição (ainda me encarando) *não* era o mesmo jovem homem que questionara o oráculo sobre seu pai. Era a explicação mais simples. Mas, quando ele andou com a carroça em volta, fazendo um círculo completo antes de balançar as rédeas e fazer os cavalos galoparem silenciosos ao longo da beira do rio, eu vi o emblema pintado no lado de batalha: a cabeça da Medusa! O mesmo ícone que estivera no escudo de Orgetorix quando ele esperou, triste, na sombra das oliveiras no vilarejo.

Eu ansiava para saber, mas precisaria cruzar o rio e ele não me deixaria cruzar. Ou deixaria?

Arriscando, convoquei o espírito da rapidez, curvei-me e corri através do rio em direção à Terra dos Fantasmas, virando de volta duas vezes por suas forças elementais protetoras antes de me precipitar triunfante para mudar de direção e alcançar o bando assustador.

Esbarrei em Orgetorix com minha asa, e ele virou, surpreso, me seguindo com os olhos, sua mente aberta só por um instante...

Que turbulência! Que redemoinho!

Isso não foi uma mente humana; foi um ajuntamento de sombras e fantasmas, uma grande memória, fragmentos de conversa, gritando e ecoando como a esperança desesperada de um homem morrendo.

— Quem é você? — Orgetorix perguntou, sentindo minha presença escondida dentro do pássaro rápido. — Kinos? É você? Ainda pregando peças? Onde está você, irmão? Onde você se esconde? — havia uma urgência nessa voz sussurrada que combinava com o desespero dos olhos que procuravam.

Então, a mente se fechou, quebrada na escuridão, fechada em fúria, como um golpe que amortece todos os sentidos. E eu fugi da cena. Alguém havia me levado embora. Mas nada podia tirar aquele olhar breve, iluminado, aterrorizante, da natureza espectral que jazia dentro do Orgetorix da Terra dos Fantasmas. Todas as memórias de uma vida estavam lá, da infância à juventude, da juventude à idade adulta, das brincadeiras às caçadas, ao combate e ao luto pela perda de um amigo. Mas essas imagens estavam se desmoronando, como um sonho que se dissolve quando acordamos, embora, nesse caso, mais lentamente e com a confusão de um voo repentino de gaivotas, guinchando, revirando-se, cegando em seu pânico. E apenas um pensamento permaneceu coerente no centro desse barulho: onde está meu irmão? Onde ele se esconde? Por que ele se esquivou de mim?

Eu me dei conta de que não havia tocado nenhuma mente humana. Mas talvez (eu me lembro de ter pensado naquele momento) isso não fosse tão fora do comum para um habitante do Outro Mundo.

No final da tarde, o céu de tempestade havia clareado. Eu não havia contado a ninguém sobre o meu encontro com a sombra de Orgetorix e ainda estava bem trêmulo por causa disso.

Ullanna voltou ao acampamento, carregando um pássaro de penas brancas e olhar triste pendurado em um laço, e um peixe gordo, ainda no arpão. Ela parecia desapontada, mas apenas deu de ombros quando começou a preparar o escasso banquete.

— Estou perdendo o jeito. Muito tempo confinada no navio, não o suficiente montada num cavalo.

Ela levantou uma faca, pronta para decapitar o pássaro, mas parou no meio do movimento, olhando para o rio.

— Pelo hálito de Istarta, o que é isso?

Da penumbra saiu um barco lustroso, decorado com brilho, deslizando em volta da curva do rio como por magia, sua pequena vela içada pela metade, pegando a brisa suave, o casco debruçando-se gentilmente na água. Ele veio em nossa direção. A pequena figura de Niiv estava dentro dele, com o braço apoiado no timão, segurando uma única corda, olhando para frente como se estivesse em um sonho. Então, ela viu nossa fogueira. Ela soltou o timão e acenou para nós. A barca balançou na corrente, deu um tranco, depois pareceu ancorar. Nenhuma remada se ouviu, nenhum vento soprou. Esse pequeno barco viera até aqui com poder próprio, e Niiv chamou baixinho:

— Merlin! Venha a bordo. Esse barquinho tem algo a dizer para você.

Eu entrei no rio, todo o medo se esvaiu, e Niiv me ajudou a entrar na barca. Imediatamente, reconheci Argo, mas um Argo do tempo dos santuários de pedra, quando barcos elegantes como esse carregavam os corpos dos nobres mortos, durante a noite, à luz de tochas, ao longo de rios sinuosos nas florestas até círculos de torres que ficam no coração daquelas florestas. Argo havia dado abrigo a um fantasma para vir nos resgatar.

Niiv estava agachada na frente do navio, a parte proibida. Quando eu me juntei a ela estava assustado por ver como ela estava cinza, como se o gelo tivesse tomado sua pele.

— Mielikki olhava por você. E por Urtha. Ela os levará para o outro lado para encontrar as crianças, mas só vocês dois. Busque-o.

Eu chamei o capitão. Ele jogou sua capa curta e andou para o banco do rio, caminhando para o barco e se pendurando para subir a bordo. Estava curioso e cauteloso quando entrou no espaço estreito onde eu estava agachado com Niiv. Ela saiu. Silenciei as perguntas de Urtha. O barco balançou e se moveu na água, deslizando para longe de um lado, dirigindo-se para o outro. Ele aportou na lama, mas, antes que eu pudesse ficar em pé para espiar, a floresta se abriu diante de nós no próprio barco.

Urtha e eu entramos no Espírito do Navio, andando no calor e debaixo do sol de um mundo que não nos pertencia. Mielikki estava lá, com suas roupas de verão, seu rosto coberto por um véu cinza contra os mosquitos que voavam ao redor dela. Um lince pulou aos seus pés, brincalhão, com um olho em nós quando andávamos em direção à mulher à espera. Os mosquitos nos picavam. A terra estava inquieta e quente, e a floresta, perturbada pelos veados que pastavam.

— Este é meu lugar — Mielikki disse, atrás do véu escuro. — A fronteira. Eu a mantenho como gosto. Entrem e terão entrado na terra de suas próprias sombras, e suas crianças estão lá, Urtha.

Ela era jovem. Seus olhos brilhavam atrás do fino véu. Essa não era a bruxa sinistra que ficava no convés de Argo.

Ela acrescentou:

— E há algo para você também, Merlin, embora eu não possa ver claro o suficiente para lhe dizer se você vai querer se lembrar disso.

Eu não gostei de suas palavras, mas a curiosidade era uma Fúria tentadora na minha cabeça. Eu podia ouvir, a distância, as risadas brincalhonas das duas crianças e a conversa cruel dos corvos. Mielikki havia permitido que Urtha entrasse no Espírito do Navio, um gesto de bondade. Mas, sabendo o que eu sabia dessa elemental de madeira de bétula, eu suspeitava de algo, embora tenha escondido minha preocupação do senhor de guerra.

— Quanto tempo podemos ficar? — perguntei a ela.

— Quanto quiserem. Não fará diferença para os outros.

— Então é melhor não ficarmos por muito tempo.

— Pelos sussurros que ouço, você já ficou muito tempo.

Mielikki, acreditei, sorriu para mim pelo véu. Insetos me incomodavam ao grudar no suor da minha pele, e o cheiro de resina de pinho piorou o ar pesado e estagnado desse começo de verão. Eu desconsiderei as palavras de Mielikki como sendo provocação. Sabia que Urtha e eu entrávamos em um lugar onde os dias e noites podem levar uma vida em nosso mundo — que era dizer o mundo de Ambaros e da misteriosa Grande Busca — ou, talvez... Apenas momentos.

Urtha estava impaciente. Ele agradeceu ao espírito protetor de Argo e, antes que eu pudesse aconselhá-lo a ter cuidado, correu à minha frente. Eu o segui, passando da floresta de verão cheia de insetos e da protetora de *pohjolan* para a floresta sempre verde e murcha da terra de Urtha. Alguns minutos depois, nós corremos das árvores para uma clareira, onde um grupo de crianças brincava de um jogo de roda elaborado, dando as mãos e dançando para a direita, depois para a esquerda. Quatro delas ficavam no centro, balançando pauzinhos com um lenço na ponta, o tecido branco pintado com olhos e bocas risonhas.

O filho de Urtha, Kymon, estava no meio. Sua filha estava entre as crianças da roda. O jogo continuou por um tempo e, então, de repente, Munda foi chamada da roda. Ela se juntou ao seu irmão, que parecia irritado com ela, e viu seu pai parado nas sombras. Kymon e Munda gritaram de alegria e correram para nós. O jogo acabou, e as outras crianças se dispersaram, ignorando-nos completamente. A floresta em volta parecia engoli-los.

Munda se jogou em seu pai, agora chorando. Urtha a pegou e a girou, enchendo-a de beijos na testa e no cabelo trançado. O menino pulou na cintura de seu pai e segurou-se lá até que a mão forte de Urtha o levantasse. Num gesto que exprimia algo entre raiva e felicidade, Kymon bateu nas costas de seu pai até que fosse acalmado pelo homem. Eu assisti com um pingo de inveja quando Urtha sentou-se com as crianças e conversou com elas sobre suas aventuras, ouvindo por sua vez a conversa animada delas. Eu não vi nada no Kymon de olhos brilhantes que sugerisse o menino chato da descrição que Urtha fizera em Pohjola. Talvez ele fosse levado apenas na presença do irmão, e não havia nada de anormal nisso.

Eu pensei que Urtha estivesse fechado para tudo, exceto suas crianças, e comecei a voltar para a floresta, mas o homem me chamou.

— Aonde você vai?

— Dar uma olhada em volta. Só isso. Sem pressa.

— Não vá muito longe — Urtha ordenou. — Nós estamos aqui por condescendência, não por convite...

Quieto, eu pensei. Para Urtha e seus parentes, este Reino fantasmagórico era um lugar de lendas, perda e medo. Ele crescera com histórias da Terra das Sombras de Heróis; estava contrabalançando seu pavor do lugar com o deleite de encontrar os sobreviventes de sua família por alguns momentos.

Para mim, havia o sentimento incômodo de familiaridade, a forma das altas montanhas além da floresta, o modo como os penhascos inóspitos cortavam as nuvens, o som ecoante da água caindo, o murmúrio do vento nos galhos, a sensação de paz e o cutucão do perigo combinados.

Achei um vale ensolarado, com grama alta e flores roxas, pesado com o cheiro do carvalho, e sentei por um momento nesse lugar silencioso. A noite engatinhou no céu, e as sombras da noite emergiram ao meu redor, figuras que respiravam suavemente, que vinham para perto para me examinar. Eu não tinha medo, eu via o brilho do crepúsculo no bico de um falcão, a faísca nos olhos de um cachorro de caça, o reflexo nas escamas de um salmão; o luar brilhou de outro rosto, a inocência de uma criança. A grama farfalhou com o movimento furtivo. Tristeza, depois risada, passaram pela minha cabeça. Eu estava impressionado com as memórias de um passado que fora escondido de mim, uma riqueza de histórias e eventos, de pessoas e famílias que me fizeram chorar. Histórias, sombras... Tão rápido quanto essas olhadelas no meu passado vieram, elas foram embora, mas três rostos mascarados, tristes, vieram para me espiar antes de sair de modo abrupto.

No final das contas, dez: e eles se sentaram numa roda à minha volta na clareira, sussurrando. Eu podia ver apenas o topo de seus gorros acima da grama alta. Suas vozes murmuradas e insistentes, dez vozes de um tempo que eu havia esquecido; dez memórias da minha infância; as mesmas de rostos que pareciam perseguir minha vida, sempre aparecendo quando eu menos esperava.

— O que você está fazendo aqui? — um deles me perguntou.

— Você não deveria estar aqui. Ainda não.

— Nós não o estávamos esperando — sussurrou um outro. A voz da floresta... Skogen! — Nós estamos surpresos de encontrá-lo aqui.

A grama à minha frente se abriu e um cão farejador me espiou: Conhaval! Então, o ar ao meu redor foi perturbado por asas e eu lembrei de Falkenna. Essas eram duas das formas que eu poderia adotar para ver e farejar para além do meu corpo. Usar o cão e o falcão não me custava tanto.

Então, uma criança gargalhou e beliscou meu rosto — como poderia não reconhecer Sinisalo? — mas ela desaparecera antes que eu pudesse virar e olhar seu rosto mais de perto.

— Eu me lembro de vocês — eu disse para a roda. — Alguns de vocês, pelo menos. Vocês me observavam quando deixei o Caminho. Eu era apenas uma criança. O mundo era tão vazio naquela época.

— Você ainda é uma criança — um deles riu. Eu dei uma olhada nos olhos observadores e um nome me ocorreu, um revelador de sonhos: Hollower. — E você deixou o Caminho muito cedo — esse Hollower continuou. — Você ainda é jovem. Deveria andar o mundo. Eu o conheço muito bem. Sou eu que o observo das cavernas...

— Todos, menos um dos outros, já quase acabaram de andar o mundo — sussurrou Falkenna. — Ainda não acabaram, mas acabarão logo. Você mal começou.

E uma voz gentil, que eu me lembrava como sendo de Moondream, acrescentou.

— Qual é seu nome no momento?

Eu lhes contei e eles explodiram numa gargalhada. Depois de um tempo, Moondream explicou.

— Esse é apenas um apelido, o nome que sua mãe deu a você. *Merlin*... Uma pequena parte do nome que lhe foi dado quando jogou perto da cachoeira pela primeira vez. Ele tem algo de você, mas não muito. Seu nome todo é muito maior. Você tem algum outro apelido... Merlin?

Novamente a risada ao nome ser repetido.

Eu disse que não. Eu havia adotado muitos nomes em minha longa vida; apenas agora me dei conta de que volto para esse som familiar com frequência. Merlin. Era confortável, se não significativo, esse nome.

— Você ainda é tão jovem — disse Skogen. — Você deveria ser mais velho. Mas sempre foi o mais preguiçoso. Sua mãe tinha de amarrar seus sapatos de couro para você. Eu me lembro de você parado perto da cachoeira, os outros já haviam ido, e lá estava você, desfeito, descalço, na dúvida, sem preocupações. Você nem mesmo pegou seu jantar nas primeiras noites no Caminho. Não costurou o couro para fazer sua bolsa de carregar. Precisou ser ajudado. Não aprendeu muito em toda a sua andança, ao que parece.

— Por que você diz isso? — eu desafiei a voz grosseira de Skogen.

— Porque você voltou, Merlin. Para ter seus cadarços de couro amarrados novamente. Se tivesse aprendido o que os outros aprenderam, saberia que não deveria cruzar o rio. Você parece estar cego.

— Estou ajudando um amigo, o homem que está aqui comigo, com seus filhos. Eu ajudei outro, um homem que ressuscitou, um grego chamado Jasão.

— Não os está ajudando muito — disse Cunhaval, o cão.

— Tudo que eu posso, sem dar muito.

— Os outros se esforçaram muito durante suas longas vidas. — disse Hollower, sua voz me reprovando.

— Então, eles estão velhos e grisalhos — eu falei bravo, baixinho. — Velhos e grisalhos.

— E mais sábios a cada dia, e não menos cansados por isso — disse Sinisalo, a criança dando sermão na criança. Eu olhei no jovem de rosto fresco vindo pela grama, o gorro negro jogado para trás. O rosto mascarado de Sinisalo era o meu, embora sem a barba, sem as rugas, sem as queimaduras de sol e de vento, e as cicatrizes de espinhos e garras de pássaros. Um momento depois, senti dedos encostando nas minhas botas.

— Amarrados! — Sinisalo provocou. — Ele resolveu um problema, então.

Essas sombras desapareceram na floresta. As últimas palavras foram de Hollower.

— Eu o observo quando posso...

— Das cavernas, dos oráculos, eu me dou conta agora... Eu nunca reconheci você.

— Eu não interferi. Estava lá apenas para ficar de olho em você. Mas Olhos Ferozes o estão seguindo e observando agora.

— Olhos ferozes? De quem?

— De quem se extraviou, Merlin. Essa também deixou o Caminho e cruzou o rio, mas está se escondendo de nós e de você. Vocês foram os melhores dos amigos, uma vez, quando eram crianças. Vocês brincaram na cachoeira juntos, aprenderam juntos, criaram sua própria linguagem juntos. Você esqueceu?

— Sim... Embora algumas vezes eu me lembre... Apenas um pouquinho. Eu a amava... Lembro-me de ficar triste por ir embora, tanto tempo atrás.

— Mas agora ela o odeia. Sua fúria a transformou.

— Por quê? Em todas as minhas andanças eu nunca encontrei *nenhum* dos outros. Eu nunca duvidei de sua existência. Eu sempre me senti tão sozinho.

— Todos vocês são solitários. Até que chegue a hora de voltar para casa. E todos menos dois de vocês estão muito perto de casa.

— Então, como ela pode me odiar?

— Procure em seu passado. Mas ela está próxima, e observando. Fique parado e você poderá dar uma olhada nela. Eu não posso ajudá-lo mais. Você aprendeu como amarrar seus sapatos. Muitas florestas cresceram, floresceram e morreram antes que esse milagre acontecesse! Agora desatarei outros nós. E convencê-lo a envelhecer com graça.

O vento balançou a grama. As presenças sombrias desapareceram. Eu sentei devaneando, ciente da sombra da nuvem e do dia se tornando mais frio. Meus membros estavam pesados. Eu tentei levantar e não consegui. Então, ouvi barulho de água caindo. Dei um jeito de virar e espiar pelas árvores envergadas a piscina reluzente, sua superfície calma na maior parte, mesmo com a cascata de líquido cristalino que caía da parte alta do penhasco acima.

Era minha casa, o lugar em que havia brincado.

Ela estava sentada lá me observando, usando o vestido de pele de veado e lã de carneiro, brilhando com as conchas polidas e as pedras pintadas. O pequeno arco estava puxado e ela se esforçava para mantê-lo firme; a flecha com a pena na ponta colocada e pronta para atirar. Seu cabelo longo, liso e preto voou sobre seu rosto por um instante e, nesse momento, eu pulei para o lado, mas ela percebeu e a pena bateu no meu peito e se espatifou. Sua risada era triunfante. Ela tirou o cabelo do rosto. Seus olhos brilhavam de prazer e provocação.

— Peguei você! Peguei você! Você não pode se esconder de mim.

Eu me lembro de ficar furioso. E, quando eu a carreguei, para empurrá-la comigo na lagoa, ela fugiu a pé para fora do campo de visão. Eu caí na água sozinho.

Mas aqueles olhos enganadores — me espiando enquanto eu me debatia...

Virando! Virando de repente. Furioso. Magro. Velho! Observando de cima um véu brilhante, cheio de raiva, cheio de violência. Olhos ferozes, olhos odiosos!

Ele se foram de repente, deixando-me enjoado e trêmulo.

Uma menina com flechas pintadas em suas bochechas estava me espiando. Ela estava me segurando pelas orelhas e chacoalhando minha cabeça, falando meu nome. Eu a reconheci como sendo Munda. Quando ela viu que eu estava de volta à terra dos vivos, suspirou e pegou duas maçãs de casca grossa.

— Para você — disse ela. — Você precisa comer. Papai falou que sim.

— Obrigado.

— Com quem você estava falando? — ela perguntou, enquanto eu mordia uma das frutas.

Sua pergunta me pegou de surpresa. Há quanto tempo ela estava me observando? Eu me levantei e olhei em volta, depois mexi nos laços de couro das minhas botas de couro de veado. Os nós estavam bons, mas quase inconscientemente eu os desamarrei e reamarrei. Munda me observava confusa.

Eu estava sendo observado! Por aquela que havia se extraviado! Eu me esforcei para conseguir lembrar outra memória, qualquer outra, da minha infância, mas mesmo o momento na cachoeira era vago, evaporando como um sonho, e deixando apenas aqueles olhos, aqueles olhos terríveis. Teria sido um encontro verdadeiro? Ou era só a entrada na Terra dos Fantasmas que havia chamado sombras de meu passado, de dentro de esconderijos, uma provocação, uma provocação de mim para mim mesmo por ter me recusado que a idade se apoderasse de mim?

Eu não conseguia me concentrar; não conseguia ver claramente. Estivera eu em casa, mesmo que rapidamente? Ou apenas observei a minha casa, um mundo dentro do mundo, o que foi possível por ter passado pelo espírito do coração de Argo?

Escapou; o encontro se tornou irreal. Havia apenas Munda me encarando com o cenho franzido.

— O papai disse que você era estranho. Você deveria comer mais — a menina disse, balançando a cabeça. Então, ela pegou minha mão e me levou pela floresta; de volta aonde Urtha e seu filho estavam brigando pela posse de uma pequena espada de bronze. As três mulheres de túnicas escuras estavam paradas silenciosamente na outra borda da floresta, a mais velha sorrindo ao ver as gracinhas no campo.

— Eu preciso ir — Urtha falou para mim, sob o peso de seu determinado filho. — Preciso ir para o leste. Preciso continuar caminhando, e você precisa vir comigo, Merlin.

De repente, ele jogou o menino por cima da cabeça, virou e fugiu como um guerreiro, assustando o pequeno cavaleiro.

— Primeira lição na vida: nunca confie que seu pai fará uma luta justa! — ele riu.

Depois, pegou ambas as crianças pela cintura, jogando-as embaixo do braço, como porcos. Ele veio até mim e disse:

— Você está certo, Merlin. Crianças são um fardo maior do que eu imaginava. Você acha que a sua amiga de Cítia, Ullanna, poderia limpar a barrigada, cortar e assar esses dois javalizinhos aqui para nós?

— Tenho certeza de que poderia. Mas ela ficaria ofendida de cozinhar algo que ela mesma não pegou.

Urtha reclamou enquanto as crianças gritavam e gemiam.

— É um pensamento sábio. Eu acho que você está certo. Quando nós voltarmos, talvez.

— Certamente. Se eles são tão bagunceiros, tenho certeza de que poderíamos fazer um banquete.

— Eu não sou banquete de ninguém! — Kymon gritou, meio alarmado, com uma risada histérica quando seu pai cutucou suas costelas com os dedos.

— Você não é o banquete de ninguém? Ninguém era um bom homem, de acordo com a história. Nós vamos convidá-lo para comer conosco também.

De modo abrupto, Urtha balançou as crianças para um abraço, segurando-as uma de cada lado.

— Bem, filha, me dê um beijo — disse ele para Munda.

A menina sorriu, afastando-se.

— Você está muito barbudo.

— Beija assim mesmo.

— Muito barbudo — ela insistiu.

— Beija assim mesmo — Urtha disse, apertando-a mais forte. Ela procurou pelo rosto de seu pai e deu um beijo na sua testa.

— Segure o meu bigode — disse ele para o filho, e o menino pegou as duas curvas do bigode. Urtha o deixou cair, erguendo-se à medida que o peso do menino crescido aumentava. Depois de um momento pendurado, Kymon se soltou, de repente.

— Quem disse que você podia largar?

— Isso não machuca?

— Claro que me machuca. — Urtha pegou os cabelos do moleque e o levantou do chão. Kymon gritou, depois ficou pendurado com a dor da situação, olhos bravos fitando seu pai.

— Sim — o menino cruzou os braços, desafiador —, mas, enquanto você conseguir me segurar, eu fico feliz balançando aqui.

— Quanto isso dói?

— Muito.

— Só muito?

— Muito — o rapaz disse triste. — Mas não se incomode. Seu braço certamente se cansará muito antes que meu pescoço quebre.

— Muito bem colocado, seu sem-vergonha. — Urtha o deixou cair. — Dor machuca; está na natureza da dor machucar. Membros ficam cansados; está na natureza dos membros se cansarem. O machucado, o cansaço, não são o ponto. Se o cabelo da nossa cabeça e acima do nosso lábio pode ser forte, quão fortes são nossos corações?

— Muito fortes — disse Kymon, massageando seu couro cabeludo.

Urtha agachou-se e juntou as crianças perto dele.

— Mais forte que cabelo, sem erro. Não se esqueçam disso. Nenhum de vocês. Antes de vê-los novamente eu terei encontrado um homem forte e o enviado para vagar nos pântanos venenosos, onde os mortos não têm ossos, nem lembranças, nem canções.

— Cunomaglos! — Kymon gritou, furioso.

— De fato. Cunomaglos. Ele tem uma barba forte também. Mas quão forte é seu coração?

— Uma galinha tem um coração mais forte! — Kymon gritou.

— Essa verdade me basta. Entretanto, eu usarei sua barba como corda. Nunca desperdice um cabelo bom.

— Quando ele morrer, outros cantarão da Terra dos Fantasmas — Munda anunciou, orgulhosa.

— Sua mãe entre eles. Seu irmão entre eles. Então, agora, vocês dois, vão com as mães. Vocês estão nas melhores mãos possíveis. — Ele beijou cada criança, abraçou-as e então, as empurrou em direção às três mulheres à espera. — Eu voltarei antes da próxima primavera — ele falou depois, à medida que iam embora, tristes, relutantes. — E nós iremos para casa juntos. Eu prometo a vocês!

Ele pareceu dedicado e gentil ao brincar com seus filhos. Mas agora, ao andarmos de volta para a beira desse mundo para esperar por Argo, seu rosto tinha ficado como a morte.

— Eu não sorrirei, nem rirei, até que meus *uthiin* bastardos e traidores estejam em lanças, decapitados, ensanguentados e perplexos. Será uma época terrível, Merlin, uma época de inverno, mesmo sendo verão. Você partilhará sua vida com um pesadelo. Mas eu lhe prometo um novo recomeço na primavera se você ficar ao meu lado.

— Eu farei o que puder por você, Urtha. Como o fará Jasão.

Urtha olhou para mim, com cenho franzido.

— Jasão? Ele fará o que for necessário para alcançar seu próprio sonho, eu não confio nele. Você, entretanto, eu não sei o que pensar de você, Merlin. Eu confio em você. Mas você me intriga. Quando viemos para este lugar, você estava cheio de animação. Agora... Bem, parece que viu seu próprio fantasma.

— Eu vi. Onze deles. Uma pratada de fantasmas.

— Onze? Não é de estranhar que haja sangue em seus olhos. Quem eram?

O que eu deveria lhe dizer? O que poderia lhe dizer? O que significaria, para ele, ouvir um homem como eu falar sobre um tempo em que o mundo era quase silencioso e a terra tomava formas que vagariam suas veias e passagens, sem saber, encantadas, e com nenhum outro objetivo, além de viver, envelhecer e ver a passagem de gerações.

Eu havia espiado de onde viera. Não tinha ideia de para onde ia. Eu vivia e agia apenas no momento em que estava, raramente, me aventurando em outro lugar, nem por mim mesmo, nem pelos outros. Eu usava minha vida como um invólucro. A razão pela qual estava assombrado não era ter olhado no princípio dos meus dias, mas sim que agora eu estava ciente da falta de objetivo desses dias.

Com exceção de um que havia se extraviado e agora me observava com olhos ferozes.

Quem seria ela? Por que estava tão brava?

— Deixa pra lá — disse Urtha, vendo que eu estava confuso. E se virou de volta para o rio.

13

Brilho da lua

Mielikki, a Senhora da Floresta, estava nos esperando perto do rio, na beira de sua fronteira. Quando viu que nos aproximávamos, ela virou e andou em direção ao Argo antigo, atracado pela proa e pela popa. A mulher de véu pisou entre os salgueiros e desapareceu por um instante, consumida pela sombra dos braços das árvores. Então, apareceu, e eu disse suavemente.
— Obrigado. Por Urtha e, também, por mim.
Mas a mulher disse apenas:
— Algo azedo passou por mim e está no navio, escondido.
Eu senti um arrepio com suas palavras.
Então, Urtha e eu subimos a bordo do barco decorado. O navio agitou a água e deslizou para longe da Terra das Sombras de Heróis, atravessando o banco de areia distante. Nós voltamos rápido para a penumbra, para encontrar Ullanna cantando uma cantiga, enquanto seu peixe grelhava sobre a madeira em chamas. Ambaros nos saudou. Nós descemos na praia. Niiv me abraçou.
— Conte-me o que você viu. Conte-me tudo. Há fantasmas de verdade lá? Ambaros diz que os fantasmas não são apenas dos mortos, mas, também, de campeões que ainda não nasceram. Minha criança talvez esteja lá. Você viu minha criança, Merlin? Era um menino? Ele parecia com você? Conte-me, conte-me...

Eu me desvencilhei da pequena sanguessuga agarrada na minha cintura e no meu pescoço. Vi joias brilharem, mas nenhuma com tanta intensidade quanto os olhos dessa mulher, perturbando-me com sua curiosidade e provocação.

— Mais tarde — eu disse.

— Peixe! — anunciou Ullanna. — Não sobrou muito. Não era muito no começo, vejam só, mas nós guardamos um ou dois pedaços para vocês. Comam rápido ou ficarão esturricados.

Urtha experimentou do peixe no espeto.

— Nada mau — disse ele.

— Melhor que a ave. Só pena e osso. Como você consegue viver aqui, Urtha? A caça em seu país é como procurar fezes na tundra!

— Difícil de achar? — eu me arrisquei, experimentando a carne úmida do peixe.

— E quando você acha já tem dias e estão secas — Ullanna concluiu. — Ainda assim, as maçãs estão maduras estranhamente cedo. Nós não passaremos fome.

Urtha encarou a mulher de Cítia por um tempo desconfortavelmente longo. Ele estava incomodado com o insulto à sua terra; eu podia imaginá-lo furioso, querendo falar para a mulher que a caça aqui era geralmente muito boa, de fato, mas nós *estávamos* na beira do Outro Mundo, por Belenos! E, além disso, havia todos os indícios de que uma das três vezes em que seu Reino seria arrasado houvesse começado... Mas, se ele demonstrasse seu desagrado pela crítica sobre a pobreza da caça, sem dúvida Ullanna o lembraria do veado que víramos alguns dias antes, cheio de carne e presa fácil.

Ele guardou seu pensamento para si e apenas resmungou.

— As maçãs estão sempre na época, aqui tão perto da Terra dos Fantasmas —, mas ouvi muitas coisas a respeito das mulheres da sua terra. Mercadores trazem histórias com eles, junto com tecidos e vinho. É verdade que vocês cortam seus seios esquerdos para que possam puxar o arco?

Ullanna encarou o homem com uma expressão de desdém. Depois de um tempo, ela limpou os dentes com sua pequena faca de limpar barrigada e respondeu:

— É verdade que vocês, celtas, são tão desajeitados com os cavalos que precisam cortar suas bolas para ficar mais fácil montar?

— Desajeitados com *cavalos*? Você está louca?

Ullanna riu. Ela soltou seu capote de couro e jogou sua blusa para o lado esquerdo. Um seio com mamilo duro, pequeno e tatuado de vermelho se revelou. Ele ergueu a cabeça e depois, rapidamente, se cobriu novamente.

— Não acredite em tudo que os hititas contam.

Urtha franziu o cenho.

— Os hititas?

— Fofoqueiros. Mentirosos. Quando eu o conheci tinha certeza de que você não tinha bolas. Você vê? Hititas mentem. Embora você monte de um jeito esquisito — acrescentou ela, com uma risada. — Mais peixe? Rápido. Porque se você não comer, como eu. Eu peguei, afinal de contas...

Urtha pegou a carcaça. Eu notei que ele ajustou levemente suas calças estampadas e que Ullanna se divertia. Urtha poderia ter sido mais gentil e respondido ao sorriso da mulher, mas a sombra de sua família morta o havia confinado, agora, a uma tristeza que não passaria até que ele achasse o homem que o abandonara. Talvez Ullanna estivesse a par disso também; ela saiu de perto dele, ocupada com seus próprios pensamentos.

No final da tarde, depois de escurecer, Niiv levantou de repente e disse:

— Argo voltará para o cais. Ele quer que você veleje com ele. Você vem, Merlin?

Argo falou com Niiv? Eu não ouvi nada. Talvez os dois fossem mais próximos do que imaginei.

Eu olhei rapidamente para Urtha, pensando no que eu havia combinado antes; se o homem queria que eu voltasse a cavalo com ele, então, assim eu o faria, mas ele abanou a faca e me dispensou.

— Vá em frente. Encontro você no forte. Eu tenho algo para fazer antes de voltar ao navio. Diga a Jasão que eu não devo demorar e pergunte se ele pode esperar.

Eu entrei no raso e cambaleei até o barco. Niiv estava acomodada entre as cortinas decoradas e eu deitei ao lado dela, ao contrário. Então, esse assustador e velho barco saiu do atracadouro e pegou a corrente, balançando de leve ao chegar à curva do rio. Nós chegamos à parte onde as árvores cobrem o rio e ficaríamos assim por pelo menos um dia até chegarmos a Jasão.

Nesse silêncio golpeado pela lua, Niiv me tentou com todos os seus encantamentos; sua risada, em especial. Conte-me isso, conte-me aquilo: ela queria saber mais sobre o Caminho, mais sobre a minha mágica, se doía manter meus encantamentos tão presos embaixo da minha pele. Por que não partilhar alguns encantamentos simples? E, por falar nisso, de onde eu era, como poderia nunca envelhecer? Eu devia ser como uma árvore, torta, quebrada, queimada pelo rio e, ainda assim, se agarrando à vida.

Ela tocou meu rosto, beijou meus lábios. Tirou a roupa ao brilho da lua que passava pelas árvores e, como um cisne afetuoso, prateado, sedoso, entrou na água segurando na corda de atracação; eu me debrucei sobre o casco para observá-la deslizar elegante no rio, excitado, apesar da minha cautela.

— Venha, venha — ela brincou comigo. — Você vai amar. Este rio corre por tudo, mente, corpo, é como *ser* o rio... Uma sensação tão estranha! Venha, Merlin, venha e experimente a água...

Eu não consegui resistir. No final da minha corda, nadei com ela, nu, deixando Argo nos puxar para longe, a leste, segurando esse corpo frio e vibrante contra o meu; Niiv se deitou em minha barriga, passando seu nariz delicadamente sobre o meu, tocando os lábios, língua, só tocando.

Quando subimos de volta ao barco, ela tremia. Enrolou uma cortina ao redor de nossos corpos e se aninhou em mim, suas mãos me esfregando, secas e quentes.

— Este é o momento? — ela sussurrou por um beijo. — Por favor, deixe este ser o momento.

Ah, se eu fraquejasse por um instante... Encontrei minhas forças novamente, tirei os dedos excitantes (beijei-os) e separei nossos corpos no tecido que os confinava. Uma coruja passou silenciosa acima de nossa cabeça, o bater de suas asas tocando meu cabelo. Por alguns minutos, pude ver seus olhos reluzentes, piscando e me observando dos galhos à medida que seguia nosso curso gentil pelo rio noturno. Eu me concentrei na ave e Niiv se cansou de tentar me seduzir.

— Esta é a oportunidade perfeita — ela murmurou, mal-humorada.

— Eu sou muito velho para você — respondi, cansado, mas é claro que ela não me via assim.

— A criança em mim sente falta de um pai; você tem medo que algum dos seus encantamentos escapem de você e vá para a criança? Ou para mim? É por isso que você se controla?

Para ser honesto, eu não sabia. Em todo o meu tempo, em todos os mundos do caminho que andei, eu me diverti sem moral, e havia, com certeza, muitos filhos e filhas dessa caminhada encantada, muitos mortos há muito, mas deixando para trás seus próprios filhos e filhas. Eu nunca senti nenhuma diminuição dos meus poderes ou de minhas visões, apenas minhas costas e meu fôlego, mas fui cuidadoso de não fornicar com loucas, lunáticas, muito alegres, misteriosas ou deprimidas e, enquanto as filhas e esposas de homens poderosos tinham um interesse pouco saudável em mim, certamente eu nunca me deitei com uma sabida feiticeira. A ancestral de Niiv, Meerga, foi um dos meus lapsos. E era essa lembrança, sim, que me mantinha afastado da menina *pohjolan*. O que quer que eu pudesse sentir em qualquer ato sexual ou de amor seria bem-vindo a morrer a seu *próprio* tempo; mas eu não queria isso me perseguindo pelo Tempo.

Pensava nisso ao alvorecer, observando os corvos voarem pelo Reino dos ares entre os galhos e sentindo a boca gentil e triste de Niiv no meu corpo, tendo um pouquinho de prazer, agora que ela tinha sido privada do amor. Quando o ar ficou gelado, o barco deu um tranco como se estivesse passando por corredeiras, e eu sentei e vi a forma enevoada de uma galera grega a nossa frente, a proa vindo para cima de nós, enorme, em minha opinião.

O barco de carvalho deslizou para dentro do casco tão facilmente quanto tinta na água, névoa em uma floresta, absorvido e devorado, deixando a mim e Niiv enrolados juntos no abraço do barco maior, entre fardos de feno, sacos e remos.

Depois nos movemos pelo rio, e, em um dia, voltamos ao atracadouro perto da falha no caminho do forte da casa de Urtha, para sermos saudados por Jasão e o resto, que viviam no forte durante esse tempo que estivemos fora, enterrando os mortos e construindo talismãs e totens para manter o lugar seguro pelos próximos meses.

Urtha e Ambaros chegaram a cavalo até os portões, ao entardecer do quarto dia. Niiv e eu estávamos esperando por eles. Ullanna tocava uma vaca, que ela havia pegado do campo, e tinha uma lança cheia de lebres no ombro. Ela havia quebrado um tabu, mas se recusou a ouvir Ambaros, que ainda reclamava com a falta de consideração da mulher com suas súplicas de que lebres não deveriam ser mortas no começo da primavera, quando o espírito do trigo acasala com elas e as espalha pelos campos, protegendo as entidades até a colheita.

— Carne é carne — disse ela para o indignado homem velho —, e um pouco de "espírito de trigo" acrescentado tampouco seria mau...

Para acalmar Ambaros, eu disse que, se isso fosse realmente a terra arrasada, então todos os tabus estavam suspensos por toda sua duração, já que não haveria colheita. Eu tentei parecer convencido, mas era difícil lembrar o que havia acontecido tanto tempo atrás em ralação a tabu.

— É? — Ambaros resmungou. — Eu acho que isso deve estar certo. Pelo sangue de Brigga! Nós precisamos de um poeta ou de um druida para esclarecer, mas todos eles foram para lá do rio — ele quis dizer para o submundo —, então, precisarei confiar na sua palavra.

Eu acredito que ele ficou feliz de ser convencido.

Urtha havia desmontado e tirado suas calças, jogou sua espada e espremeu o pequeno amuleto de ouro pendurado em volta de seu pescoço. Ele andou até os dois espetos afiados, onde os dois mastifes haviam sido empalados vivos. Chamou seus nomes, um grunhido de dor.

— Meglard! Gelard! Esperem por mim onde as crianças brincam. Eu seguirei vocês e nós caçaremos novamente, e nunca mais duvidarei de vocês, meus cães leais! Vocês me seriam úteis agora; há outros cães para matar, eles caminham com duas pernas, e vocês os farejariam antes que eu pudesse ver o brilho das lanças desses idiotas!

De repente, ele percebeu que os espetos estavam vazios; onde os corpos murchos estariam pendurados pela garganta, havia apenas madeira fresca.

Um de seus homens contou-lhe que os cães estavam no Alojamento Escudo.

— Você os tirou daí. Estou feliz por isso. Agora, darei-lhes um funeral de heróis, antes de irmos ao ajuntamento no rio Danúbio. Ajude-me, Merlin. Eu precisarei de todos os Espíritos do Trigo dessas lebres para fazer isso!

Tristonho, ele andou até o Alojamento Escudo. Entrou sozinho e, um instante depois, uivou novamente. E o som de cães latindo era alto e assustador. Pelo barulho que fizeram, estavam brigando com o homem, derrubando-o no chão, e demorou até que Urtha saísse da casa redonda, rosto molhado, cabelo bagunçado, a pele arranhada por unhas, seus olhos, apenas levemente reavivados pelo deleite.

Meglard e Gelard vieram atrás dele, encostando-se e pulando nele para ganhar atenção.

— Meus cães! — Urtha urrou. — Merlin, eles voltaram dos mortos!

— Nunca foram para lá! — gritei para ele, quando os animais o fizeram deitar para brincar de luta outra vez. Niiv ria, as mãos cobrindo sua boca. Ela esteve nervosa nesses últimos dias, desde que tinha usado um encantamento simples para tirar as espadas dos homens que estavam prestes a matar os cachorros. — Eu não podia deixá-los fazer isso. Havia algo nos cães... Eu sabia que eles eram inocentes.

Grudento e ensanguentado, cabelo emplastrado sobre seus olhos e nariz, Urtha acalmou seus caçadores, finalmente, depois andou com eles para onde Ambaros estava, com um grande sorriso.

— Vou levá-los comigo, pai. Eu tenho certeza de que Jasão vai deixá-los ir a bordo. Eles não podem remar, mas podem lutar como demônios. Embora, com a ida de Cunomaglos, não sei quem será o guardião deles.

— Foi a menina quem salvou a vida deles. — Ambaros disse. — Merlin me contou tudo.

— Que menina? A *pohjolan*? Niiv?

— Sim.

Urtha jogou as duas guias enroladas.

— Obrigado — disse ele. — Meglard, Gelard, vão com a Niiv.

Os enormes cães cruzaram o quintal, muito obedientes, e deitaram-se para descansar, um de cada lado da menina extasiada.

— Eu vou amá-los como à minha vida — ela prometeu, pondo uma das mãos em cada cabeça arfante.

— É chegado o tempo de velejar — Urtha disse, passando a mão em seus machucados e arranhões. — Fechem os portões quando passarmos; se qualquer homem que não seja deste clã estiver vivendo aqui quando voltarmos, nós o mataremos. Esta é a minha casa. Eu não admitirei que mais alguma coisa da minha vida seja roubada! Vocês ouviram isso, Scaithach? Morrigan? — ele gritou isso aos céus, onde os corvos-rainha voavam e assistiam aos eventos abaixo. — Esta é minha casa. Guardem-na para mim.

Nós fechamos os portões e Urtha os "cruzou" com duas espadas daquelas achadas nas ruínas. Enrolou cada uma com uma tira de tecido cinza e púrpura, que eram as cores do clã. Isso feito, voltamos para o Argo e seus impacientes argonautas.

Jasão havia feito dois braseiros diante da cabeça de Mielikki. Havia traços de carne e vegetação queimadas, e profundos cortes nas tábuas do casco. O próprio Jasão estava de mau humor, com uma capa escura e pesada, com a barba por fazer.

Mas ele se alegrou um pouco quando nós viemos a bordo e até aprovou os cães, embora estivesse preocupado com o que eles consumiriam.

Eu deveria contar-lhe o que vi? Aquela sombra do seu filho? Na ausência de uma explicação, parecia prudente não contar, mas ele me questionou, de qualquer forma. Ele sempre conseguia ler meus olhos. Sabia que eu estava incomodado.

Então, contei a ele sobre os "Olhos Ferozes".

Seu único comentário foi sobre o fato de eu também ter um passado escondido.

Em uma hora, estávamos remando a jusante para o mar. De lá, cruzando para os rios pantanosos afluentes do rio Reno. E começava a longa jornada do rio para a Grande Busca, que recrutava por mais de duas estações, sob o olho observador de Danúbio.

14
Música do rio

Com todos de volta a bordo, Argo, com seu coração voluntarioso, deslizou suas amarras e virou no riacho, pegando a corrente e sendo arrastado, guiado pelos remos, voltando pela terra de Urtha para a terra arruinada dos *coritani*. Quando chegamos ao lugar onde Cucallos e Borovos haviam desembarcado e desaparecido, Jasão jogou a âncora de pedra, virando a proa de Argo para o raso onde ele ficou preso com firmeza. Manandoun e Cathabach desembarcaram para procurar por seus irmãos de guerra, enquanto a bordo do navio nós tocamos trompas durante o dia todo até que a terra parecesse ecoar com os nossos chamados inúteis. Os dois homens voltaram mais tarde, balançando a cabeça. Eles subiram de volta a bordo.

Niiv viu um cisne solitário e o pegou com um laço; ela usou seus poderes para sussurrar para o pássaro e o mandou voando baixo sobre as florestas e montanhas, fazendo grandes círculos, procurando pelos homens perdidos, mas, ao pôr do sol ele também voltou para o rio e caiu exausto nos juncos.

Logo depois, para alegria da tripulação de Argo, Borovos voltou da floresta e parou na beira do rio. Ele estava cansado e descabelado, seu rosto triste.

— Eu combinei de velejar com você, Jasão, mas peço que você me liberte dessa promessa. Continuarei a procurar por ele. Só Modrona sabe o que se passou aqui! Se eu o achar, tentarei alcançá-lo, para manter a minha parte do trato.

Sabendo bem que, na ausência do corpo de seu primo, Borovos não poderia abandonar sua busca, Jasão concordou de pronto.

— Há algo de que você precise? — ele perguntou.

— Pernas mais rápidas, uma vista melhor — Borovos respondeu. Ele ergueu sua lança, depois voltou e correu de volta ao longo do caminho da floresta. Niiv libertou o cisne do encantamento. Então Jasão mandou acender as tochas e levantar âncora. Argo foi adiante, Elkavar na proa e Rubobostes na popa. Na noite seguinte, passávamos debaixo das formas apodrecidas dos gigantes queimados e içávamos vela para lutar contra o inchaço cinza do mar adiante de nós.

Logo depois disso, o navio Argo feito em *pohjolan* entrou nas águas que seriam familiares ao Espírito do Navio escondido, lembranças antigas da segunda expedição de Jasão, quando seus filhos ainda eram crianças. Nessa viagem, Argo havia abraçado os penhascos da terra dos ancestrais de Urtha (Jasão não se atreveu a entrar no que todos os gregos acreditavam ser o Reino dos Mortos) antes de cruzar esse mesmo mar para o estuário do rio dedicado à Renou, traiçoeiro, perigoso, sedutor Renou, que esperou sob diferentes disfarces em cada curva do rio, embaixo de cada pedra saliente, em cada tributário, pronto para apanhar os desprevenidos.

Águas largas e margens cheias de árvores deram lugar a penhascos altos e corredeiras brancas que testaram a proa e a popa de Argo, mantendo Rubobostes no timão, tenso e cansado ao guiar o navio entre as pedras iminentes, maliciosas. Na linha da praia, o ancião, o grande e o triste nos observavam de seus santuários de palha, mas, em Alba, essa terra estava deserta.

Nada senão névoa, fantasma e a voz assombrada e de canto da própria Renou deu mostras de vida.

O humor de Urtha piorava quanto mais a leste nós navegávamos; a cada vilarejo queimado, a cada cais silencioso, aumentava sua tristeza, crescia sua raiva. O homem que fora tão agitado, companhia alegre na primeira parte da viagem, agora remava ou se sentava em silêncio, muitas vezes com seu kilt de batalha amarrado na cintura, o rosto e o peito pintados com espirais de tinta azul que o marcavam como homem prestes a combater. Às vezes, quando os remos eram guardados, eu via sangue na madeira onde suas mãos haviam segurado com mais força do que o necessário para vencer o fluxo do rio.

Ullanna, eu notei, tomou conta dele com cuidado, mas sem exagero, e insistiu para que ele a acompanhasse à praia enquanto ela caçava. Invariavelmente, ele ia tristonho e voltava rindo, até contando vantagem das proezas na perseguição, um toque de exagero proposital que devia ser parte do que o havia promovido, durante sua juventude de combates, para essa nobre patente que ele agora possuía.

Foi para Ullanna que ele falou sobre Aylamunda, embora eu escutara escondido sempre que consegui. Acho que ele sabia que eu ouvia. Sem dúvida, ele achou que eu não ia querer ouvir isso tudo novamente porque, para mim, ele falava de seus filhos.

Nenhuma menção aos "demônios gêmeos" agora; nenhuma menção a seus filhos "destruindo a terra". Por trás dos impropérios havia admiração e uma certeza de que os meninos, quando fossem homens, veriam a terra com justiça e ferocidade em igual medida, com um gosto por beleza e uma mente voltada para as necessidades básicas. E o que mais um pai poderia querer, me perguntou, embora ele não precisasse de resposta.

Urtha poderia ser descrito como tendo em seu coração a beleza que fora sua família e todas as esperanças para o futuro; nos olhos de sua mente, a tristeza necessária para vingar a morte de tantos sonhos e de duas pessoas em particular. Seria uma caçada curta e ferrenha: de Cunomaglos e os outros *uthiin*, ainda agora esperando pelos tesouros da busca de Brennos.

E Urtha tinha inveja de Jasão.

— Ele voltou dos mortos com a chance de encontrar um filho que ainda está vivo. Homem de sorte. Eu preciso morrer antes de ver meu filho novamente.

— Mas haverá outra vida depois dessa na Terra dos Fantasmas. Urien estará esperando por você. E Aylamunda estará lá.

— Sim. Mas talvez em ilhas diferentes.

Ele estava muito melancólico e a Terra dos Fantasmas dos celtas era muito complicada para essa conversa continuar com alguma certeza.

Os germânicos, Erdzwulf e Gebrinagoth, reconheciam o rio agora. Eles observavam o rio à frente de Argo, gritando instruções para Rubobostes e os remadores. Eles sabiam onde havia portos seguros e onde era melhor pegar nossos escudos. Mas o chamado de Brennos para se juntar à Grande Busca havia tornado essas águas muito perigosas, e nós ancoramos em bancos lamacentos, caçamos no interior, atrás de praias de cascalho, e arriscamos muito pouco além de presas, dentes e garras das criaturas que ferviam no caldeirão de cobre de Michovar.

Com Erdzwulf e Rubobostes, Jasão preparou um mapa de nossa jornada, usando carvão e pele de carneiro. Ele me chamou para a bancada onde traçava nossa rota.

— Eu sei que você viajou num caminho circular. Também sei que você, com frequência, saía um pouco dele. Você, alguma vez, veio por esse rio?

Eu disse a ele que não. Ele me deu uma olhada longa e dura, sem acreditar, depois deu de ombros.

— Ainda assim, você pode reconhecer uma parte da terra e pode nos corrigir se estivermos errados. Agora...

E ele começou a traçar nossa jornada, começando por desenhar a ilha de Alba no oeste, e o oceano, que ele chamava de Mar Escondido, no leste. O Mar Escondido era circular. Cólquida, onde nós roubáramos o velo e Medeia entrou na vida de Jasão, ficava na sua praia mais distante.

— De Alba para o Mar Escondido... Uma vida caminhando: cem montanhas, mil florestas, pântanos que poderiam engolir a lua. Mas dois rios cruzam essa terra. Correto, Rubobostes?

— De fato — respondeu o dácio, pensativo —, embora eu apenas ouvi falar do Reno, nunca o vi.

Jasão desenhou os dois rios, o Reno, correndo para oeste, em direção à Alba; o Danúbio correndo à leste, em direção ao Mar Escondido, mas cada um deles passando por pântanos e florestas no interior da terra.

— E, passando perto, apenas sete dias de caminhada. — Ele enfiou um dedo no mapa tosco. — Esta é a nossa tarefa. Carregar Argo por esta ponte de pântanos e florestas entre as águas dedicadas ao bravo Reno e ao cheiroso Danúbio, e aí nós chegaremos lá. Farejando os calcanhares de Brennos! Nós o carregamos antes, quando estávamos encalhados no deserto da Líbia, você se lembra, Merlin? Uma onda gigante — ele explicou aos outros.

— Ela nos pegou e carregou por dois dias para o interior, nos deixando no seco e no alto, à mercê do sol. Quase morremos. Mas o deserto desistiu dos seus próprios mortos a tempo para que eles nos visitassem nos sonhos, para nos atazanar querendo voltar a *viver* novamente. Nós conseguimos coragem para arrastar Argo de volta à água salgada e continuar nossa jornada para casa.

Eu me lembrava muito bem do incidente, embora a enorme onda que nos varreu para o interior não nos arrastou por dois dias, mas por metade de um dia; e nenhum morto do deserto me visitou nos sonhos. Eu disse:

— Naquela época, Argo era menor e você tinha mais homens a bordo. Nós tínhamos mais ombros para ajudar a arrastar.

— Contaremos os ombros mais tarde — Jasão disse, irritado.

— Agora, os detalhes...

E, entre eles, rascunharam o que se lembravam das curvas e corredeiras em cada uma das hidrovias. Eu observei e fiquei confuso, porque o Tempo move até mesmo as montanhas, e me dei conta de que muito do que eu sabia havia sumido, embora vivesse em minha memória.

— Alegre-se, Merlin — ele me disse, de repente, com um sorriso largo, interrompendo meu sonho. — Você consegue ver alguma falha no plano? Nós nos esquecemos de algo? Você entende o que eu proponho para nosso barco?

Remar rio Reno acima tão rápido quanto possível, depois carregar Argo por terra por sete dias, talvez mais, para onde as águas do Danúbio começavam a ficar profundas e poderiam arrastar nossa embarcação. Depois, remar com a corrente, sul e leste na direção do Mar Escondido, até chegarmos à floresta onde Brennos reunia sua horda de guerreiros, prontos para invasão.

— Você precisará de roletes de madeira — foi a minha fraca contribuição. — Para arrastar o navio.

— Roletes... — Jasão coçou sua barba. — Bem, sim. Nós precisamos pegá-los de árvores, eu suponho. Os troncos redondos serão úteis. Há alguma árvore nas florestas entre as cabeceiras dos nossos dois rios, Rubobostes?

— Disseram-me que há — o dácio respondeu —, mas é claro que isso pode ser só rumor.

E todos eles riram.

Jasão enrolou a pele, de olho na minha feição tristonha.

— Não fique tão preocupado, Merlin, eu o trarei de volta para o Caminho sem demora. Esta não é a primeira vez que você se arrisca fora dele, afinal.

Como sempre, com Jasão eu mostrava muito de mim mesmo, colocando em palavras um pensamento que estava comigo desde a Terra dos Fantasmas.

— Algo me diz que minha época no Caminho chega ao fim.

— Algo, hein? — Jasão e Rubobostes trocaram um olhar divertido. — Bem, não há o que discutir a esse respeito.

Eles andaram bebendo. Não havia outra razão que eu pudesse imaginar no momento para essa leviandade.

Mas ele veio ter comigo mais tarde, quando eu estava abaixado no abrigo, tão perto da entrada do Espírito do Navio quanto me atrevi sem ser convidado. A lua estava cheia e alta, Argo tinha um brilho prateado ao descer com a corrente. Cathabach cantava baixinho enquanto segurava o remo-leme, esperando pelo nascer do sol, para a jornada pelo fundo.

— Como ela está? — Jasão perguntou, ao acocorar-se do meu lado. Ele ofereceu uma garrafa de vinho e um biscoito doce, os quais eu recusei.

— Quem? Mielikki?

— Eu esperava que ela fosse dar mais trabalho.

— Ela não é a dona do barco — eu o relembrei. — E está ciente de que há algo mais a bordo, algo de que ela não gosta.

— Provavelmente, eu — Jasão murmurou. Ele estava de mau humor; mas de um jeito que não era o de Jasão. Eu fiquei curioso. Nós encaramos a escuridão dentro do casco, cheirando frio e verão misturados e fluido a gosma daquele outro mundo.

— Eu achava que você podia ir e vir como bem entendesse — disse ele, provocativo.

— Eu cuido da minha vida e espero minha vez — eu o lembrei.

— Ah, sim. Permanecer jovem. Não muitos favores.

— Não muitos favores — concordei.

— Hera limitou seus favores para mim — ele continuou resmungando — quando nós procurávamos o velo e Medeia, quando nós fugimos e matamos aquele pobre garoto. Lembra? Quando viajamos o mundo. Limitou os favores dela. — Suas sobrancelhas afundavam quando o que ele lembrava causava dor. — Mas, você sabe, ela sempre deixou claro o que faria e não nos enganou. Essa bruxa *pohjolan*...

— Sssh! Bruxas conseguem ouvir e bruxas fazem estragos. Mielikki até agora foi uma boa guia e uma boa ajudante.

— Para você, talvez — Jasão disse, sério.

Ele certamente estava bêbado, embora nossos suprimentos de vinho estivessem muito baixos. Ele estava mal-humorado e, ainda assim, preocupado. E havia um estranho brilho em seus olhos.

Suas referências a Hera era acuradas (mas deveriam mesmo ser, já que para ele isso acontecera apenas vinte anos atrás!).

Hera, viajando no Espírito do Navio, havia aconselhado e dirigido nossa primeira jornada, e não havia contado mentiras para Jasão. Ela havia nos ajudado pelas pedras que batiam, nos guiado ao homem cego alegremente atormentado. Fineu colocou palavras de amor no ouvido de Medeia para ajudá-la a trair seu pai e seu povo. Mas, quando Jasão e Medeia haviam esquartejado o irmão dela, jogando os pedaços do corpo dele pela popa para retardar seu pai vingativo e perseguidor, ela havia se retirado do navio. Aquilo havia sido um ato de violência muito grande para a deusa que Jasão persuadira a entrar no navio. Argo estava com o coração gelado naquele momento, sem um guardião, mas ele era um navio de lembrança, e lembranças antigas, guardiões antigos haviam voltado para ele. Argo amava seu capitão, não importava quem fosse, sem se importar com que ações fossem no abrigo de suas entranhas.

E nenhuma ação foi tão malfeita quanto a matança, o esquartejamento e o espalhamento do jovem. A irmã dele criou um plano para manter seu pai a distância, já que ele teria de enterrar cada pedaço de seu filho que achasse, enquanto Jasão e ela fornicavam e se divertiam com a liberdade, ao longo do fluxo sinuoso do Danúbio, o rio ao qual logo chegaríamos novamente.

Jasão jogou o resto do vinho na escuridão. Ao levantar, Ruvio se debateu em suas amarras; perturbado pelo mau humor próximo. Acima de nós, nuvens balançavam perto da lua.

— Aqui vai uma bebida para você, cara Senhora — Jasão disse. — Aqui vai outra.

Ele abriu sua braguilha e fez xixi na cabeça entalhada.

Ele havia entrado em um lugar onde nem mesmo eu me atrevia a ir, exceto a convite. Abaixou-se para conseguir entrar no porão do navio e começou a avançar, embaixo das escoras e das cordas cheias de nós, e bateu seu punho no casco duplo, mas de raiva, mais como num chamado.

Lemanku estava cego porque havia ultrapassado essa fronteira em seu entusiasmo para construir um navio novo e melhor. Jasão, bêbado, havia adentrado o casco de Argo impunemente, mas Argo permaneceu em silêncio. Outra fronteira teria sido cruzada, então? Logo agora que eu começara a precisar do navio de um modo que nunca havia previsto, estaria Jasão sinalizando sua deserção? As palavras dele pareciam sugerir que sim:

— Tanto navios velhos estão enterrados aqui! — ele sussurrou, ao tocar a madeira. — Tanto tempo grunhe e reclama nessas velhas e novas tábuas! Tantos mundos esquecidos, mas mundos que ainda estão aqui! Embora, talvez não esquecidos por você, Merlin — ele acrescentou, olhando-me de soslaio. — Mas mundos ainda aqui, ainda que nas sombras. Cada navio era construído com tábuas, habilidade, aventura e propósito, e era protegido por um espírito de sua era. E eles ainda estão todos lá, aqueles espíritos, é no que eu acredito. Eles estão todos vivos lá, atrás da bétula e do carvalho, e as palavras certas podem trazê-los de volta. Sua nova bruxa não me amedronta, Merlin.

Minha nova bruxa? Jasão achava que eu fosse responsável pela presença de Mielikki? Eu não fiz nada a não ser participar do rito da floresta, quando a bétula foi cortada.

— Minha velha bruxa me ajudou quando eu precisei dela — ele reclamava amargamente. — Hera! Ela me ajudará novamente se eu a chamar alto suficiente. Essa bruxa de coração gelado não fez nada ainda. Ela não me deu nenhum sinal do que há à nossa frente! — ele encarou o busto debruçado e a Senhora da Floresta o encarou de volta, cinza e de olhos duros ao luar, boca brava e cabelos longos, observando o capitão da nau Argo com uma indiferença quase desafiadora.

Eu me perguntei se deveria contar a ele que acreditava que Hera e suas predecessoras fantasmagóricas haviam abandonado o navio depois de tanto tempo que permanecera congelado no fundo do lago. Argo sentira-se morto na subida pelo gelo. Mas eu não tinha certeza. E tinha medo de que tomasse muito da minha vida fazer a jornada e descobrir.

— Você pediu ajuda a ela?
— Duas vezes. Quando estávamos atracados perto do forte de Urtha.
Então era isso que ele andava fazendo!
— O que você pediu para ela?
Ele pareceu surpreso com a pergunta.
— Uma visão do meu *filho*, é claro. Ou uma indicação de alguém que possa ajudar a achá-lo. Qualquer coisa! Esperança! O que mais? Um sonho ao qual me abraçar, para concentrar minha mente enquanto velejamos.
— Mas você sabe onde ele está. Ele está com Brennos, entre o exército reunido nas margens do Danúbio, esperando por qualquer loucura que Brennos tenha em mente.
A sacola de vinho vazia foi jogada no meu rosto, como uma reprimenda.
— Eu tive dois filhos, Merlin. Você acha que eu esqueci Kinos? Meu pequeno Kinos? Se Thesokorus ainda está vivo, por que não ele? Mas você está certo.
Eu não disse nada para estar certo, apenas olhei para ele.
— Você está certo. Um filho de cada vez. Thesokorus deveria estar em minha mente, porque pelo menos ele está ao meu alcance — ele levantou, cambaleante.
— Você pode ficar com o navio, Merlin. Assuma como capitão. Você tem os olhos de uma águia, os ouvidos de uma coruja, você é mais velho que as montanhas, mas eu sei que você é humano porque eu vi o jeito que olha para aquela menina, meio com luxúria, meio com medo. Só homens ficam confusos com esses dois sentimentos. Você pode ter seus pequenos segredos com a Vagabunda Gelada, Velha Senhora de Madeira Retorcida. Ela que vá para o inferno, aquele pedaço de madeira idiota! Mas eu sinto muito por ter feito xixi nela. — Ele virou cambale-

ante. — Mas eu sinto muito ter feito xixi em você — ele gritou para o busto, novamente perturbando Ruvio e vários dos argonautas adormecidos. — Não acontecerá novamente!

Ele se abaixou ao meu lado, olhou-me atentamente e depois balançou a cabeça.

— Eu preciso perguntar. Eu preciso saber — ele sussurrou.
— Não saber acaba comigo.

Eu sabia o que viria. Essa era verdadeira razão de sua bebedeira furiosa. Ele havia postergado a pergunta por muito tempo. Agora ele precisava saber de Medeia.

Ele disse:
— Ela me insulta nos meus sonhos, correndo de mim, uma cabeça ensanguentada em cada mão. A imagem me assombra, Merlin. Ela vira, ri e joga os troféus em mim, e eu os pego. Bolas frias, ensanguentadas de carne e osso, rostos jovens rindo de mim. Um sonho terrível.

— Mas apenas um sonho. Nós podemos quebrar esse sonho.

Ele se virou para mim, com lágrimas nos olhos e angustiado, a bebida tomando conta dele.

— O que aconteceu com ela? Ela viveu uma vida longa?

Eu podia contar a ele o que ouvira, embora a novidade não fosse agradá-lo.

— Ela viveu até uma idade avançada. Depois que o pai dela morreu, ela voltou para Cólquida, a salvo novamente, e construiu seu santuário. Sua tumba fica no Vale do Corvo, no norte de Cólquida. Embora foi profanado várias vezes.

— Fui eu — Jasão murmurou, com um sorriso duro e amargo. — Cheguei pelo lago! Ou, se não fui, devia ter sido.

Então, ele olhou para sua garrafa vazia.

— Bem. É isso. Agora eu sei. E isso não ajudou. Talvez nós pudéssemos achar um vinho melhor... menos *azedo*!

Nós continuamos a remar, e os dias eram diferentes apenas pela mudança de cores da floresta e as elevações e declínios dos penhascos que ladeavam tão silenciosamente acima de nós enquanto o rio se estreitava. Nós vimos fogueiras ardendo, um dia ao entardecer, e Argo foi mais devagar, enquanto Jasão e Gebrinagoth estudaram a ilha baixa na água, uma longa faixa de terra, cheia de árvores, suas margens parcialmente protegidas. Um fila de jovens esperava lá, nos observando, alguns deles armados.

Quando Gebrinagoth chamou, perguntando se nós poderíamos desembarcar, crianças de diversas idades apareceram de repente e espiaram curiosas em volta das capas e calças dos seus companheiros mais velhos.

Não veio a resposta. Homens mais velhos apareceram. Um deles falou conosco.

— Se vocês procuram pelos outros navios, eles passaram há mais de um mês.

— Eu contei mais de quarenta — disse uma segunda voz. — A batida dos tambores acelerada. Com pressa.

De repente, Gebrinagoth se deu conta da natureza dessa ilha no rio.

— É o Lugar sem Misericórdia — disse ele. — Entre as famílias que controlam o norte do rio, quando um pai suspeita da legitimidade de seu recém-nascido, o joga no rio. Crianças legítimas nadam para a praia, salvas por Renoag, o marido gentil e sonhador de Renou. Ilegítimas são varridas para o mar e se afogam. Algumas, eu soube, acham forças para nadar contra o fluxo, para essa baía. Renou não permite que elas deixem a ilha, mas as deixa vivas. Essas são sobreviventes.

Não muito depois, achamos os quarenta navios. Muitos deles foram levados para a margem, amarrados e cobertos; alguns foram furados e estavam afundados no raso. Um fora queimado. Seu casco chamuscado estava separado do resto, em uma vala rasa. Os corpos enegrecidos de vários animais estavam junto dos destroços.

Os bandos de guerra que haviam aportado esses navios continuaram a jornada até Brennos com carroças e cavalos pelas montanhas do sul, seguindo um caminho largo pela floresta. Eles levariam semanas por essa rota, mas não pensaram em arrastar suas embarcações como Jasão estava se organizando para arrastar Argo.

Houve uma hora de alegria entre os argonautas que entendiam desses assuntos, já que os roletes para o navio podiam ser cortados de mastros dos navios que estavam na praia, economizando tempo e esforço na floresta. As velas eram jogadas fora e os mastros maiores cortados, aparados para fazê-los similares em suas larguras, e de dimensões possíveis de serem carregados para frente por três ou quatro homens à medida que a estrada rolante fosse montada.

Nós precisaríamos seguir o caminho da floresta por um dia, o mesmo dos bandos de guerra, mas depois viraríamos para leste novamente, subiríamos e desceríamos uma sequência de montanhas, e cruzaríamos uma boa extensão de pântanos perigosos. Sem ajuda, vinte homens apenas, nós precisaríamos de um mês para carregar nosso navio, nossos suprimentos e a nós mesmos por essa terra. Mas tínhamos Ruvio, o cavalo dácio, e ele provaria ser incansável.

Niiv e Rubobostes voltaram de sua escapada rio acima montados em Ruvio, verificando a acessibilidade para Argo. O dácio parecia confuso.

— Partes rasas cheias de pedras e corredeiras foi tudo que pude ver. Eu não estou surpreso que esses navios tenham vindo para a praia. Mas a menina discorda.

Niiv estava animada.

— Há riachos por todo canto — ela me contou, na frente de Jasão. — Eles se espalham. Alguns são fundos. Eu posso cheirá-los. Eles vêm das montanhas e florestas. Tudo o que precisamos fazer é achá-los. Tenho certeza de que podemos encontrá-los... com uma ajudazinha — acrescentou ela, intencionalmente.

Eu pensei por um instante que ela queria dizer de mim, mas ela deixou claro que se referia ao Argo, em particular à guardiã de Argo.

— A Velha Senhora da Floresta pode abrir gelo e partir no meio as toras que obstruem os rios. Ela poderia *levantar Argo* através do raso. Nós poderemos ir muito mais longe pela água. Menos arrasto — acrescentou ela.

Erdzwulf confirmou que vários rios desaguavam no curso do Reno nesse ponto e que sim, se eles *fossem* navegáveis, então, de fato poderiam nos levar ao limite do Pântano do Lobo, e apenas a uma montanha de distância das águas da cabeceira do rio Danúbio.

— Mas eles não são. Não são navegáveis, quero dizer.

— Ainda não. — Niiv se ofereceu, seus olhos faiscando. — Deixe-me falar com Mielikki. Merlin, vem comigo? Por favor? Ela parece gostar de você.

Eu concordei, embora me sentisse apreensivo depois da rude rejeição de Jasão ao navio algumas noites antes. Mielikki não se vingou pela heresia do velho arcadiano bêbado, mas eu me lembro de sua súbita violência na nossa partida de Pohjola tanto quanto me lembro de sua gentileza ao mostrar a Urtha os filhos que sobreviveram e me avisado de uma presença sombria me observando do Espírito do Navio.

Sozinho, a bordo, descansei nas amarras de Ruvio enquanto Niiv cantava maravilhosamente para a deusa, seus longos cabelos escorridos à luz da tocha enquanto balançava os ombros e a cabeça no ritmo de sua canção. A cara gélida de Mielikki a observava sem aliviar as feições de madeira, mas, um pouco depois, Niiv ficou quieta. Ela puxou sua capa para os ombros, seu capuz atrás da cabeça, ficou em pé e se virou para mim. Quando ela deu um passo na minha direção, eu vi mais osso do que carne naquele rosto bonito.

— Ponha a tocha — a menina disse. — Chame todos a bordo. Remem de acordo com minhas instruções.

A voz era de Niiv, mas seu hálito, ao chegar até mim, cheirava a pântano fedido.

Os argonautas foram acordados de um sono induzido pelo banquete. Entre resmungos e reclamações, eles arrastaram a bordo os roletes de que precisaríamos e, então, tomaram seus lugares nos remos. Mas Niiv os instruiu a vendar os olhos.

— Remar sem ver e durante a noite? E em águas cheias de pedras? Isso é loucura! — Marandoun reclamou, mas Jasão o fez calar-se.

— Você também, Jasão — Niiv mandou. Ela tomou o remo-leme e ficou lá, agarrada ao seu cabo. Seu rosto brilhava com o orvalho e o luar. Jasão era obediente, um homem humilde, talvez por reconhecer que Argo ajudaria nossa passagem, a despeito de suas palavras duras.

Ele amarrou um pano nos olhos e tomou meu lugar no remo. Eu fui para frente. Niiv falou para mim:

— Não olhe tão fixamente, Merlin. Mas pode olhar um pouco.

Ela sabia que eu entenderia o que acontecia, mas se exibia um pouco, e não havia mal nisso. Eu deixei que usasse seu próprio encantamento.

Ela ordenou que se soltassem as amarras e que começassem a remar. Argo deu um tranco no rio, depois pareceu deslizar, as pás dos remos fazendo cócegas na água, quase em silêncio.

A costa se fechou e o rio correu rápido e branco sob a proa, mas Argo continuou adinte, para as montanhas, sempre virando à esquerda, onde dois cursos se encontravam. Às vezes, a embarcação dava uns trancos; às vezes, balançava ao passarmos por fundos de cascalho. Os galhos de alguns salgueiros batiam no convés. Os homens remavam constantemente, mas com a toada marcada pelo ritmo da música macabra de Niiv, que ela chamava de *música do norte*. Ela movia o cabo, como se o remo-leme fosse leve como uma pena.

— Não olhe para trás! — ordenou quando olhei para ela, e eu obedeci, mas não antes de ter visto um brilho distante de luz do sol atrás dela, como se nos movêssemos por um túnel. Sobre nós, a lua estava pontuda e brilhante. Júpiter brilhava constante, e quatro pequenos pássaros dançavam em volta dele. O rio se estreitava mais. Nem mesmo uma canoa poderia flutuar aqui. Mas Argo deslizava como um cisne pela noite, uma noite que parecia interminável, movido pela música e guiado por mágica.

Eu a deixei com suas ferramentas.

— É um longo turno — Elkavar anunciou, depois de muitas horas. — O dia já raiou? Podemos descansar? Podemos beber alguma coisa?

— Sem descanso — Niiv disse. Novamente, olhei para trás. Mielikki pairava acima da menina, uma silhueta assustadora contra o sol avermelhado.

— Então, talvez uma música diferente — o hiberno insistiu, mas Niiv silvou:

— Silencie sua língua. Uma canção diferente é uma canção diferente!

Ela recomeçou com a *música do norte*. Argo se apressou, ao longo de riachos e canais que não poderiam tê-lo arrastado.

Criaturas moviam-se pelas árvores que se amontoavam ao nosso redor, cabeças se erguiam com curiosidade em direção às estrelas, olhos reluzindo ao nos encararem. Se os argonautas não estivessem vendados, creio que entrariam em pânico. Eu vi uma boca de lobo e o focinho de um veado macho. Corujas de olhos reluzentes piscavam quando a frágil embarcação passava abaixo delas e, por um terrível momento, o céu escureceu quando corvos voaram de seus ninhos, deram um voo rasante acima de nós e decidiram que éramos muito estranhos para ser devorados.

— Aqui é o mais longe que podemos chegar — Niiv anunciou, de repente. — Guardem os remos!

Isso foi feito, mas os tripulantes exaustos permaneceram em seus assentos, ainda vendados, como Niiv instruíra. Ela ordenou que fossem para terra e eles saíram cambaleando do navio, arrastando-se pela margem íngreme. Rubobostes, trabalhando no escuro, amarrou seu cavalo na popa de Argo e com o resto de nós empurrou o animal, trazendo o navio da água, arrastando Argo cem passos pelo mato, onde ele escorregou ligeiramente para o lado e se apoiou.

Então, o descanso veio para todos nós, e dormimos até o amanhecer. Eu acordei e encontrei Niiv enroscada ao meu corpo, seu rosto tão tranquilo quanto o de uma criança. Enquanto o resto de nós ficou em pé, se espreguiçou e procurou alívio daquela longa noite e cansativa noite, Niiv continuou dormindo. Mielikki a deixara e sua beleza voltara.

Jasão me chamou e eu fui até o riacho fino e cercado por samambaias que desciam ao lado da montanha entre rochas, carvalhos e espinhos retorcidos.

— Você fez isso? — ele perguntou. — Você nos trouxe até este riacho impossível?

— Eu não. Eu só olhei para frente e afastei predadores.

De fato, minhas costas doíam e meus olhos estavam irritados. Eu usei os meus talentos sem perceber e poderia pensar que Mielikki deve ter posto sua mão ossuda no meu coração durante a viagem pelo rio. Era muito preocupante imaginar que poderia ser Niiv a me influenciar.

— Você parece preocupado — Jasão falou.

— Estou sempre preocupado perto de você — respondi.

— Você faz xixi em deusas e persegue o mundo, morto por setecentos anos, como se nada tivesse acontecido. Esse é um tipo de homem que me preocupa.

— Setecentos anos? — ele riu baixinho. — Eu nem quero saber o que deve ter acontecido enquanto eu dormia. E é assim que eu me sinto, Merlin. Como se tivesse dormido. Agora estou acordado, mas o que mudou? As árvores estão iguais, as estrelas estão iguais, você está igual. As mulheres parecem e cheiram do mesmo jeito. O mar cheira igual. E estou velejando com um rapaz que quer vingança, e muitos outros que estão procurando por coisas que apenas os deuses estão preparados para lhes dar. O que está diferente? A bordo está um homem que canta mais como um gato morrendo do que como um canário e toca um instrumento que soa mais como o Inferno parindo do que como as cordas da harpa de Orfeu. Mas o que está diferente? Quando vir meu filho, eu o reconhecerei pelos seus olhos; ele me reconhecerá pelos meus; ele vai querer lutar comigo; estará bravo; viveu sem mim o mesmo tempo que eu vivi sem ele; o abraço levará tempo, sempre leva quando pai e filho foram privados de amor. Qual é a diferença?

Ele me encarou, esperando por uma resposta.

— Eu não sei — eu disse, finalmente. — Mas alguma coisa está diferente.

Eu estava pensando: *o navio. Algo no navio. Algo azedo...* Jasão deu de ombros.

— Novos deuses, nova filosofias, novos metais, novos reinos. É o que você quer dizer com *algo*? Levaria o resto da minha vida para entender *aquelas* diferenças. Tudo o que quero é preencher o vazio na vida dos meus filhos. Não farei nada. Eu sentarei perto da fogueira, farei como me mandarem, deixarei que eles zombem de mim, tenham raiva de mim, me chamem de sete tipos de monstro... Conquanto eu possa preencher o vazio de vinte anos. Eu sou assombrado por esse silêncio, Merlin. Você me entende? Para onde eles foram? O que eles caçaram? Quem eles amaram? Que piadas eles contaram? O que eles aprenderam? Isso é tudo que me interessa. Essa é a única diferença em minha vida que eu quero que seja reconhecida. É possível entender isso?

— Mais do que consigo entender como um navio construído para quarenta homens pode ter sido remado por vinte, por um riacho muito estreito para um cisne.

— Mas foi você que fez isso. Admita, Merlin.

— Eu não. Foi o navio.

— Não o navio. Não o navio! Eu não preciso mais do navio. Você estava certo quando disse que ele morreu quando eu voltei da morte. Eu não terei ajuda daquele navio, apenas sua. Você, entretanto, pode conseguir ajuda de onde puder. E passe adiante se precisar.

E, com um aceno de mão, um gesto indiferente, de raiva, ingratidão, ele voltou feito um tufão para onde os argonautas sentavam em volta da fogueira, bocejando, murmurando, tentando entender seus sonhos.

Mais tarde naquele dia, Rubobostes galopou de volta para o navio, seu rosto vermelho pela animação.

— É uma longa subida da montanha daqui, mas depois é uma descida livre até os pântanos. Eu vi cavalos e veados pastando a distância. Cavalgar e comer! O sonho de um dácio! Entretanto, parece perigoso, e há florestas muito densas no horizonte. Onde está Ullanna? Ela poderia caçar de olhos fechados e ainda nos trazer o jantar.

Niiv continuou dormindo. Nem sacudidelas ou chamados puderam acordá-la, então eu a enrolei com cuidado em sua capa e a carreguei para dentro de Argo. Ela estava no Sono dos Mortos, um lugar aonde eu mesmo já fora. Embora fosse muito mais nova do que eu, e inexperiente no uso dos poderes de encantamento, ela levaria mais tempo para caminhar de volta desse reino.

Quando voltar, ela será mais forte.

Foi Elkavar quem trouxe uma nota de praticidade para a situação, ao começarmos a descarregar o conteúdo que Argo levava.

— Nós nunca ergueremos este navio montanha acima — disse ele. — Não com tão poucos de nós. Cinquenta, talvez. Mas não com tão poucos.

— Eu carreguei este barco antes — Jasão grunhiu para ele, irritado. — Vou carregá-lo novamente.

— Não com o tipo de nó que você usa para amarrá-lo — Rubobostes falou, calmamente. — Eles arrebentarão, ou romperão sua quilha pelas costelas. Cem passos tudo bem. Mas não essa distância.

Todos nós olhamos para ele. Ele parecia surpreso pela súbita atenção.

— Gordura, roletes, cordas, polias... Levaria uma vida sem uns cem homens. O que você precisa é de Ruvio, o velho carregador de tronco ali, e *nós górdios*.

Muitos rostos interrogadores olharam para ele, esperando. Então, Jasão ergueu as mãos:

— E então? O que são nós górdios?

— Um nó górdio é uma coisa muito inteligente. Uma corda puxada pelo emaranhado do nó e ajudada pelo próprio nó! Parece que puxa a si. Reduz muito o esforço. Ele é conhecido desde o início dos tempos, mas apenas certos homens dominam sua complexidade. Um senhor de guerra macedônio tentou desfazer um deles e não conseguiu.

— Alexandre — Tairon sussurrou.

— Iskander — Ullanna murmurou. — Agora me lembro.

— Outro nome, a mesma pessoa. Uma geração atrás, quando ele liderava seu exército para o leste. Ordenaram a ele que ou desatasse o nó ou adorasse em público no seu santuário. Ele queria se autoafirmar e então passou dias lutando com o nó. Mas o nó o venceu e, num acesso de raiva, ele o cortou com sua espada. Um ato de desafio. O nó se desfez, as extremidades cortadas caíram, deixando dois pequenos nós idênticos. Um mecanismo inteligente.

— E sem o menor uso prático para nós, pelo que você falou — disse Jasão, ainda irritado. — Já que nós não temos um.

— Eu devia ter dito: eu sei amarrar um deles.

— Bem, bem, bem... — Jasão respirou, com um grande sorriso de aprovação para o dácio.

— Eu falei que seria útil.

Jasão e Erdzwulf lançaram vários mastros ao longo de cada lado do casco, para aumentar a base do navio e fazer que ficasse mais fácil de deslizar. Depois, o cansado mas prestativo cavalo dácio pegou a corda quando Argo, seguro por oito homens de cada lado, empurrado por oito, com quatro argonautas correndo os roletes da popa para a proa, subiu lentamente a encosta da montanha, um trabalho que logo se tornou mecânico. Ruvio fungava e suava, mas logo estava no seu passo e tinha alcançado o primeiro dos dois cumes antes que seu balançar de cabeça e seu relincho de reclamação dissessem ao seu dono que ele precisava de um descanso.

Rubobostes brincou e deu tapinhas em seu corcel, compartilhando até sua água. Eu o ouvi murmurar.

— Eu espero que nunca fiquemos sem carne. Eu tenho certeza de que eles *me* matariam e comeriam antes de pensar em você para o espeto!

Quando Niiv se mexeu de seu Sono dos Mortos, nós estávamos em terras altas, olhando para a distância enevoada. A primeira parte do rio Danúbio, que era navegável, ficava a apenas dois dias de distância agora, cruzando um lago e pântanos na terra que Erdzwulf estava certo ser do território tribal dos sequani, uma terra que se estendia diante de nós até a imensidão.

PARTE QUATRO

Vigilância de falcões

15
Observados por falcões

O gelo no grande rio Danúbio começara a rachar. Revoadas de gralhas e corvos circundavam os vastos campos espalhados e anexos que se estendiam ao longo de suas praias e pelas florestas. A primavera chegaria logo e mudaria o aspecto das árvores de inverno e do chão congelado. O ar já ficava mais leve, e as hordas reunidas estavam agitadas para deixar seus quartéis de inverno. As fogueiras queimavam e as cores dos clãs foram postas em totens altos que marcavam cada exército.

Aqui estavam reis de Bituriges e Avernii, senhores da guerra de Senones e Ambarii, chefes e campeões dos Carnutes e Trocmii, grandes e pequenos clãs, alguns mais amargos inimigos dos outros. Mas todas as animosidades e faltas de cortesia foram postas de lado pela dor da morte, embora logo o Senhor da Guerra, Brennos, permitisse o estabelecimento de alguma hostilidade entre campeões. Entretanto, nenhum pedido de escravos ou território era permitido depois do combate, meramente um acordo para o lado perdedor pagar pelos espólios da Busca.

Grupos de coleta saíram pelo interior do país, totalmente deserto em volta dessa parte do Danúbio, procurando por gado, carneiros e cavalos sem dono e campos de raízes de inverno esquecidos. Trigo seria colhido no caminho, dali a algum tempo nos campos, ou mais cedo, armazenado da colheita passada dos vilarejos.

Com o fim do inverno, os grupos de guerra com suprimentos próprios vieram de seus campos do norte e do leste, as últimas das tribos a se juntar à Grande Busca. Cada uma era uma longa fila de cavaleiros, carruagens, homens a pé, mulheres e crianças, carroças, e o que restou de seus bois, cabras, gansos e pedaços salgados de porco.

Esses recém-chegados eram mandados para um ou outro exército sob as instruções de dois comandantes de Brennos, Achichoros ou Bolgios, e levados para encontrar um lugar para acampar e coletar na floresta. Seus líderes eram instruídos quanto a suas posições na marcha ao sul que estava por vir, o caminho para o pântano sendo a única informação disponível nesse momento.

Os três senhores de guerra cavalgavam pelos campos lotados: Achichoros em sua capa de pele de lobo e capacete de tufo de falcão, barba ruiva, olhos verdes; Bolgios em sua armadura de couro com pinos de ferro; Brennos, olhos semicerrados, feições afiladas, com um bigode pesado, seu capacete feito de presas de javalis, sua capa verde curta, bordada com focinhos ensanguentados da besta totem. Eles estimulavam e prometiam, parabenizavam e confortavam (seu destino ainda não era conhecido por ninguém a não ser esses três comandantes). Eles garantiam que as carroças com bagagem estivessem organizadas e prontas para receber os pedidos por animais, os pedidos de cavaleiros. Eles aplacavam as pequenas escaramuças de bandos rivais, distribuíam justiça na presença de druidas, cobravam em vidas onde suas regras fossem quebradas, e o tempo todo anotavam números, suprimentos, pontos fortes e fraquezas dessa horda selvagem e desgostosa por ser controlada por homens que buscavam a glória.

Só faltavam chegar os enviados que haviam viajado para o oeste, aqueles que foram recrutar nas florestas da Gália, entre os *remii*, na misteriosa Alba e na montanhosa Celidon. Todo dia, vigilantes eram postos para esperar suas formas aparecerem nas montanhas do oeste, mas o tempo acabava para eles.

Enquanto esperavam que o número de guerreiros e campeões chegasse ao patamar que queriam, que fora revelado a Brennos em seu glorioso sonho, jogos eram organizados a todas as horas do dia e da noite, tribo contra tribo, campeões em combate, jovens contra velhos. Corridas de carroça, competições de corrida, competições de lanças e banquetes de homenagem animavam a espera. Agora era época para o cabelo tomar forma e ser endurecido com água de cal, de os pelos do queixo serem aparados para toquinhos, para os gorros serem pintados com tinturas das cores dos clãs, para o bronze ser polido, espadas serem afiadas e escudos votivos pintados e jogados na água, dedicados a Daan, Teutates e Nemetona, os deuses protetores. Panos tecidos durante o inverno eram cortados e tomavam forma, couro era costurado, aos mortos do inverno eram dados enterros cuidadosos e cheios de sentimento em montes construídos nas margens ao norte do rio Danúbio, protegidos pelos bosques.

Cães vagavam e pegavam o que comer. Cavalos ganhavam nome, eram treinados, tinham seus pelos aparados e amarrados, e alguns eram sacrificados, suas carcaças jogadas na água transbordante, o resto distribuído para a elite dos cavaleiros.

Tudo estava inquieto, nervoso, uma energia suprimida que poderia logo explodir pela terra à volta como água de trás de uma parede congelada. Brennos sentiu a urgência de se movimentar logo, e não mais tarde.

Celtika

Mas uma lua veio e foi embora.

Então, trompas e trompetes, soando como um distante alvoroço das montanhas do oeste, sinalizaram a chegada dos gauleses; dos *albanii*, da Ilha dos Fantasmas; e dos caledônios, com seu jeito de se mover que parecia uma dança selvagem. Anoitecera. Uma luz laranja reluziu o que parecia ser mil lanças erguidas e escudos, e, então, mais mil ao chegarem às tribos espalhadas pelos topos das montanhas, vindo para baixo em direção ao rio, gritando selvagemente, correndo com seus pequenos cavalos, seguidos por uma horda de cachorros latindo e crianças gritando.

Quando os recém-chegados já haviam sido recebidos, alimentados, contados e divididos entre os exércitos, longe do alvoroço, um pequeno bando de arruaceiros do sul cavalgou em silêncio até os portões dos aposentos de Brennos, seis homens ao todo, bem agasalhados contra o frio, cheios de provisões, bem armados, completamente exaustos. O Senhor Borgios, com seu frasco de vinho na mão, saiu para encontrá-los.

— Nós demos vocês como mortos.

— Os mortos nos devolveram — o homem de olhos escuros que os liderava respondeu. — Nós estivemos no inferno, não há dúvida disso, mas parece que não fomos bem recebidos lá. Mas a rota que você propõe funcionará. Há observatórios no topo da maioria dos vales, facilmente ultrapassáveis. Apenas a passagem em Tessália vai der difícil.

— Você será capaz de nos contar tudo a respeito disso depois. Mas primeiro precisa dormir. Bem-vindo, Orgetorix. E muito bem.

Um dia depois, Brennos acendeu cinco grandes fogueiras nos aposentos reais que havia construído no coração do acampamento e chamou os reis, senhores de guerra e campeões de todas as tribos para participar de um banquete e conhecer os detalhes da busca que se seguiria. Eles vieram vestidos para a cerimônia, com capacetes de crista alta, capas de cores vivas, bronze e ouro reluzentes no pescoço e braços, cavalgando seus melhores cavalos, que brilhavam atrás de suas máscaras de armadura. O cheiro de carne assada e vinho com mel enchia o ar. Quatrocentos homens se banquetearam por um dia, mas não foi dado o melhor corte para apenas um, mas a todos que foram ao banquete foi dada uma porção de todos os cortes; brigas e abusos ficaram limitados aos insultos verbais, embora algumas canecas e pratos tenham sido atirados longe. Mas homens da guarda armados com lanças ficaram em volta do banquete com instruções de atacar qualquer homem, sem importar se a patente fosse alta, que desembainhasse a espada.

Para falar a verdade, foi a curiosidade, mais do que qualquer outra coisa, o que manteve o bom comportamento desses campeões.

No começo da tarde, um par de falcões apareceu, planando acima das fogueiras nos aposentos, como se observassem os eventos abaixo.

Quando, mais tarde, bêbado, Tungorix dos avernos usou um funda para acertar o macho na asa, virando as penas para trás, Brennos mandou que ele deixasse os aposentos. Ele considerava os pássaros um presságio de visão a distância e boa sorte. Essa sorte era maculada.

— Nemetona os mandou. Falcões como esses podem ver tanto o perigo quanto sua presa através de mágica. Do mesmo modo que nós poderemos ver perigo à frente e achar nossa presa como se pelos olhos de falcões. Todos os pássaros são bons presságios.

Um pouco depois, um dos falcões voou mais baixo para dar uma olhada mais de perto. Mas um corvo despencou do céu em pânico, de asas abertas, perseguindo os falcões de volta para o céu antes de pousar na mesa onde Bolgios e seus comandantes estavam sentados em silêncio, pensativos. Ele levantou suas asas para fazer sombra sobre o rosto cansado de Orgetorix, sentado na mesma mesa. Então, arrancou um osso da travessa de madeira da qual Bolgios comia e se lançou ao ar, mas, em vez de ir embora com seu companheiro, atacou os falcões novamente, que mergulharam, manobraram e fugiram da cena, embora tenham retornado logo depois para continuar sua observação de cima.

Depois disso, o humor de Bolgios ficou ruim, embora ele se recusasse a pedir o conselho de um homem sábio para interpretar corretamente o sinal.

Brennos então decidiu decretar o final do banquete e finalmente revelou a natureza da busca à qual havia dedicado dois anos de sua vida, e pela qual havia mandado cavaleiros aos confins do mundo conhecido.

Ele prendeu uma capa vermelha de lã rústica ao ombro, subiu a rampa para a plataforma de observação dentro da parede e olhou para baixo, onde estavam os convidados reunidos, sorrindo ao ver a bagunça de ossos, pão e vinho derramado que cobria as longas mesas. O humor estava bom. Ele carregava um pequeno escudo oval e o havia colocado aos seus pés. Não havia nada no escudo além de madeira polida e um pequeno selo de bronze. Com efeito, não tinha status. E com essa humildade ele observou os reis, chefes e campeões reunidos.

— Meu nome é Brennos! Eu tenho um clã, uma família e terras. Mas no momento eu não tenho clã, família ou terras.

Vocês são o meu clã. Vocês são minha família. E minha terra é o sonho que me foi mandado da Terra dos Fantasmas: chamar e liderar um grande exército dos melhores de nós, dos mais corajosos de nós, dos mais temidos de nós!

"Eu não sou nada sem vocês. Quando o sonho se realizar, não serei nada mais do que um homem que uma vez sonhou. Mas, até lá, eu sou Brennos! E vocês responderam meu apelo às armas. E agora vocês precisam saber a razão do chamado.

"Há algum homem aqui que não saiba como nossos antepassados foram roubados por saqueadores brutais, assassinos e mercenários, pessoas que eram estranhas à nossa terra? Homens armados que vieram sem pensar em paz ou comércio, mas apenas com pensamentos de destruição, pilhagem, profanação e o roubo de nossos bosques sagrados e das tumbas grandes e orgulhosas de nossos ancestrais! Se tal homem está aqui, então ele nasceu sem passado. Mas não há esse tipo de homem aqui, estou certo disso.

"Esses estranhos tomaram nossas carroças, nossos escudos, nossas cabeças e nossos corações. E eles tomaram tudo que fosse feito de ouro e prata, e fosse sagrado. Tudo que fosse feito de bronze e obsidiana, tudo que fosse sagrado para nós porque tinha as mais ricas partes da vida de nossos clãs — nossos ancestrais! Esses preciosos objetos eram o receptáculo através dos quais os mortos podiam se mover entre nós. Eles foram roubados. Para serem colocados nas cavernas escuras, nas montanhas do sul, onde vozes de vento e deuses e deusas encharcados de vinho contam mentiras sobre o futuro deles. Esses lugares são chamados *oráculos* e eles estão cheios de infâmia. E cheios de tesouros. E esse tesouro é nossa herança roubada.

"Há algum homem que não ouviu falar nos lamentos de nossos antepassados, agora que suas vidas de aventura, de banquetes e de combate em nossas terras de fantasmas foram arruinadas? Sua memória do mundo não está no lugar em nossas casas, mas presa lá naqueles templos de mentira, e faz parte da pilhagem de homens que são estranhos a nós. Todo homem aqui já ouviu sobre esses lamentos, estou certo disso. Olhando para vocês, eu vejo lágrimas nos seus olhos. Todos nós sofremos."

Ele ficou em silêncio por um instante, depois continuou, baixinho no princípio:

— Quando eu era um menino, vi meu pai lutar por honra em combates. Cinco vezes em muitos anos. Que homem entre vocês não fez o mesmo em algum ponto da vida? Não um de vocês, estou certo disso. Cinco vezes no total, meu pai lutou: em cada luta usou carroça e nossas lanças curtas e rápidas; depois a pé com espada e lança longa; depois na água com machado e escudo; e depois na corrida, correndo e pulando. Quatro vezes nesses desafios ele foi o vencedor e, na quinta vez, ele deu sua cabeça, que foi dada e tirada com honra. Eu já estava crescido quando isso aconteceu. Dois anos depois eu ataquei o assassino dele e peguei a cabeça de volta. Eu o fiz rapidamente, de forma justa e decisiva. Com honra! Se algum de vocês pegou de volta a cabeça de um pai, um irmão, um tio, um irmão adotivo, bata na mesa!

"Pelo Senhor do Trovão, que isso é um barulho amedrontador que vocês fizeram. Mesmo Teutatis, o mestre do ferro, o Senhor dos Raios, ficaria assustado com esse som. Vocês deixaram claro com seu clamor que todos passamos por isso. Todos nós vimos um ente amado ser morto rapidamente, de forma justa e decisiva. Com honra! E nós fizemos a vingança rapidamente, de forma justa e decisiva. Com honra!"

Ele olhou para o céu e apontou.

— Nós somos como aqueles dois falcões que planaram sobre nós. Vocês os veem? Eles ainda estão aqui. Eles são da amante da floresta Nemetona, ou talvez de Badb, sedenta por batalha, que diferença faz? Eles não são falcões comuns, nos observam e nos escutam, e nós somos os mesmos, prontos para observar, para ouvir e para depois atacar, de repente, rapidamente e de modo decisivo!

"Vocês viram o corvo que beliscou os ossos do prato de Bolgios. Esse não foi um presságio de morte. Alegre-se, Bolgios, bom amigo! Aquele corvo foi uma lição. Ele atacou sem honra, é um pássaro que come carniça; mas roubará boa carne se encontrá-la; os estranhos que vieram para nossa terra eram caçadores de carniça. Eles acharam algo precioso e tiraram vantagem de nossas brigas internas e nosso cansaço de guerra. Eles roubaram nossos ancestrais.

"Depois de um dia de luta, todos estamos fracos. Nosso sangue derramado tinge os rios de vermelho. Lobos poderiam engordar com a carne que cortamos dos membros uns dos outros. Mas pela manhã nós estamos fortes novamente, nossa força retorna, e a luta continua.

"Os estranhos atacaram quando estávamos fracos. Eles roubaram nossas lembranças, roubaram nossas vidas. Agora estamos fortes. Agora pegaremos nossas vidas de volta, nosso ouro, nossa prata, nossas máscaras, nossas carroças, tudo que é precioso para nós, tudo que nos foi tirado, tudo que foi acumulado por esses estranhos.

"Será uma longa marcha e uma época difícil. Mas, quanto mais longe formos, mais quente e clara a marcha será. Por quê? Porque nós vamos para a Grécia! Vamos atacar a Grécia! Nós pegaremos de volta tudo que é nosso, da terra dos ilírios e da Macedônia, onde Alexandre guardou seus espólios. Mas a Grécia é onde acharemos a glória de nossos ancestrais! Num lugar chamado Delfos, onde uma serpente guarda a caverna em que está guardada a maior parte do nosso passado. Cortaremos a cabeça da serpente, arrancar os corações dos assim chamados sacerdotes que coletam tributos, depois abrem a terra. E pegaremos de volta as vidas de nossos pais!"

Essas últimas palavras, quase gritadas, conseguiram uma resposta clamorosa dos convidados no aposento. Enquanto eles aclamavam e batiam nas mesas com os punhos e espadas, Brennos novamente olhou para os falcões planando acima, e, por um instante, tão diluída que apenas Orgetorix no banquete notou, havia incerteza em seus olhos.

Quando Brennos veio rampa abaixo, Orgetorix veio em sua direção, trazendo seu capacete de presas de javali. Brennos observou-o cuidadosamente, mas com gentileza.

— Foi um discurso muito bom. Estou impressionado com a reunião, senhor Brennos. Alexandre, como você o chama, fez um exército e conquistou metade do mundo conhecido e muito do desconhecido. Mas essa horda é incontável. Você poderia conquistar os próprios deuses. E você os chamou aqui apenas com sua palavra. Estou impressionado.

Brennos aceitou o elogio humildemente.

— Isso ainda precisa ser feito, Orgetorix. Faço um pedido para mais guerreiros do que realmente tenho. Então, muitos milhares podem parecer dezenas de milhares. E eu não tenho intenção de conquistar os deuses. Exceto por aquela serpente em Delfos. De resto, deixarei os deuses do povo das Terras Gregas em paz. Isso é sobre pilhagem; e o retorno de um passado roubado.

— O passado pode ser roubado de maneiras muito diferentes, Brennos.

O Senhor da Guerra mexeu no bigode ao digerir essa observação impertinente. Ele deu um sorriso contido, depois concordou.

— Sim, pode. E um dia perguntarei a você sobre seu passado roubado. E por que você, um grego, finge ser algo que não é e chama a si de "Rei dos Assassinos". Orgetorix! Mas, por agora, você é meu guia para dentro das Terras Gregas — sua terra —, e eu confio em você.

— Você confia em mim?

— Sim. Eu escolhi confiar em você. Apenas os senhores Bolgios e Achichoros conhecem nossa verdadeira força. Sim, eu confio em você e acho que devo confiar nesses vagabundos de cara triste que guardam suas costas. O que eu não confio é naqueles falcões — ele olhou para os pássaros planando. — Eles nos observaram por muito tempo. Eles não são naturais.

— Nem o corvo era — Orgetorix concordou. — Ele incomodou Bolgios, mas era o meu rosto coberto pela sombra de suas asas.

Brennos pensou nisso com cuidado.

— Sim. Assustou Bolgios. E Bolgios não é um homem fácil de se assustar.

— Ele pegou a comida dele. Isso é o que assustou Bolgios. Mas corvos fazem isso. Eles roubam comida. Esse corvo roubou comida. Mas o ladrão não era o único pássaro no corvo. Havia mais alguma coisa naquele corvo, algo que levantou as asas para bloquear meus olhos do sol da tarde. Ou talvez daqueles falcões.

— Mais que um pássaro, então. Um fantasma.

— Mais que um pássaro — Orgetorix concordou. Talvez um fantasma. Mas não assustador. Quase... protetor. Aqueles falcões não incomodam mais. Estamos sendo observados. E, de repente, eu me sinto assombrado. Eu não sei se esses falcões estão observando a mim ou a você. Mas, mesmo que você não tenha mil vezes os mil homens de guerra que seu sonho dizia, pelas minhas contas você tem um bom quarto desse número — os gregos são bons com contas, essa pelo menos — e eu posso me perder dentro daquela horda de ferro agressiva.

Brennos disse:

— Você pode se perder se necessário, mas não me perca de vista, ou aonde nós estamos indo ao entrarmos nas Terras Gregas, isso estragaria tudo. Quando se trata de montanhas e de passagens estreitas, esses Portões do Inferno... precisarei dos seus conselhos.

— Na minha curta vida, nunca conheci um celta que confiasse em um grego tanto quanto você parece confiar em mim — o jovem falou.

Brennos deu um sorriso frio.

— Mas você é mais celta que grego. Tudo sobre você deixa isso claro.

— Eu nasci nas Terras Gregas. Depois, fui roubado de lá. Meu irmão também. Sinto saudade de meu irmão. Eu me perdi das Terras Gregas, Brennos. Traio minha pátria por você ao guiá-lo para lá. Mas as Terras Gregas estão no meu coração.

— A terra *perdida* está no seu coração — Brennos observou, com um olhar inquisitivo para o outro homem. — Seu pai pode ter sido grego, mas, até onde sei, sua mãe brincava com vidro colorido e bronze reluzente, bebeu sangue de veado e fedia a ervas amargas. Uma feiticeira. Em outras palavras, não era das Terras Gregas. Você sabe disso e eu sei disso. Rei dos Assassinos? Seria melhor chamá-lo de Rei dos Fantasmas. Embora o Corvo Escaldado sozinho saiba quais fantasmas colocam seus dedos gelados em volta do seu coração. Mas eu prometi ajudá-lo com isso, e vou. Primeiro me ajude com o sul! Ajude-me a chegar à terra quente onde meu pai está. O abraço cálido. Não apenas o abraço do meu pai, mas o abraço de todos os meus pais, e minhas mães, meus irmãos, minhas irmãs: todos mortos, roubados, levados embora por seus fantasmas, todo esse tempo atrás, tanto tempo que talvez mesmo as estrelas parecessem diferentes.

Orgetorix sorriu, depois olhou para o céu noturno novamente.

— As estrelas se movem: exceto para cair, eu quero dizer. Se elas se movem, eu não viverei tempo suficiente para ver. Mas os pássaros... Olhe para esses pássaros... Como eles se movem!

Os falcões haviam descido, virado e, de repente, estavam voando para oeste. Orgetorix os observava, notando com um momento de confusão — fascinação, na verdade — o jeito que eles desapareciam das nuvens manchadas pelo pôr do sol, como fumaça apanhada por um vento súbito.

— Eu não vou decepcioná-lo, senhor Brennos. Mas a verdade é que todos precisamos de fantasmas dentro de nós, e eu estou sem eles. Se eu conseguir encontrá-los, se os prender, não responderei por nada que tenha a ver com as Terras Gregas voltando para mim.

— Você me trairá.

— Certamente que não. Apenas me voltarei contra você. Mas durante o dia! Não durante a noite.

— Parece justo — Brennos disse, pegando sua capa.

Ao alvorecer, todos os acampamentos já haviam sido levantados e o primeiro dos exércitos começou sua pesada marcha para o sul. Brennos e sua cavalaria o encabeçavam. Por dois dias tudo que podia ser ouvido era o som de trompas, o rangido das carroças e ordens sendo gritadas. Nas grandes ondas, as praias do Danúbio foram abandonadas e deixadas num silêncio profundo, a não ser pelos lobos e cães que lutavam por restos entre as fogueiras e valas de lixo.

Mesmo essa atividade havia parado na época que Argo, levado por sonho, deslizou a vista, vela baixa, pegando brisa ao seguir o fluxo oeste do rio Danúbio.

Desolação e abandono alcançaram Jasão e sua tripulação, mas o curso da Grande Busca era bem fácil de ser seguido. A horda, a legião de vingança de Brennos, havia cortado uma clareira ao sul pelas florestas e interior que duraria por gerações.

16

Fora de sincronia

Eu acordei do Sono dos Mortos muitas vezes, mas nunca para achar uma mulher rindo contente na minha cara.

— Nós conseguimos! Nós conseguimos! — gritava a visão de cabelos lisos, seus olhos azuis arregalados e radiantes com a animação. — Nós voamos juntos! — ela montada em mim, suas mãos batendo em minhas faces enquanto me tirava das passagens assombradas da morte.

— Acorde! Merlin! Acorde!

Quando viu que eu voltara à consciência, ela se debruçou sobre mim e apertou sua boca contra a minha, um beijo forte, duro, faminto e cansativo. Suas coxas me seguravam com força, seus dedos encostados nos meus olhos fechados, celebrando as visões que tivemos, talvez.

Ela começou a tremer enquanto me abraçava, seu rosto macio encostado no meu.

— Nós somos fortes juntos, Merlin. Meu pai nunca voou desse jeito. Eu não achei que fosse possível: voar por dias e semanas. Nós poderíamos voar por anos juntos!

Eu a empurrei e fiquei em pé. Ela pareceu irritada. Eu tremia também... Eu estava com vertigem e nauseado com a sensação de estar lá no alto e olhar para baixo. Senti que caía. E meu braço direito estava roxo e doendo.

O que ela fizera? O que essa feiticeira do norte fizera comigo?

— Você parece cansado, Merlin. E envelhecido — ela murmurou, apoiada nos cotovelos ao me observar. Eu levantei minhas mãos. A pele estava cinza, e onde o pulso encontra o braço havia inchaços e rugas que não estavam ali antes.

— Você me fez voar pelo tempo! Foi uma coisa aterradora e perigosa de se fazer.

— Mas foi maravilhoso! — disse ela, a animação de volta. Ela pulou e ficou em pé para me abraçar novamente. — Foi a melhor coisa que já fiz em toda minha vida. Nós vimos o exército todo, todo ele. E nós vimos aonde eles estão indo! Por que você está tão bravo?

— Porque foi a coisa mais aterradora e perigosa de se fazer! — gritei com ela novamente, assustando-a por um instante. Meu rosto estava dolorido. Minha visão ainda não havia voltado ao normal, eu ainda parecia olhar tudo de uma grande altura.

Niiv esticou o dedo e tocou minha têmpora.

— Você envelheceu *mesmo* — disse ela, e acrescentou, provocadora:

— Mas os anos lhe caem bem.

Esse comportamento afetado me deixava furioso; eu estava em pânico e gritei.

— Eu perdi anos de vida por sua causa. Sua bruxa perigosa! Eu devia matá-la, sabia?

— Por quê? — ela estava indignada. Não conseguia entender por que eu estava bravo; não tinha ideia do que havia feito.

Tudo que eu podia pensar no momento era: como ela havia feito aquilo? Eu pretendia usar um pouco de mágica de voar para ir ao sul, para ver até onde a expedição fora, para escutar e espiar os chefes; para tentar saber seu destino. Voar para longe é difícil, mais difícil que correr (como um cão, quero dizer), embora não tão difícil quanto nadar, o que em qualquer caso eu realmente detesto. Mas voar para longe usaria poucos dos meus anos, por isso eu concordei. Niiv me implorou para deixá-la ir na asa também e, sabendo suas origens e por curiosidade de ver mais de suas habilidades à mostra, eu concordara.

E a criaturinha astuta nos levara de volta no tempo. Seu próprio corpo poderia sentir os estragos dessa ação (embora não em muitas ocasiões). O meu ficou em pedaços pelo esforço. De algum modo, ela unira seus encantamentos com os meus, espionado o método de voo pelas estações e feito igual, cegando-me para o meu uso inadvertido desse poder.

Há marcas nos meus ossos — assim me foi dito —, a chave para o uso desses perigosos encantamentos. Ela vira, pegara e copiara os sinais; entrara profundamente em mim. E eu não senti que ela fizera aquilo!

Ela me perseguiu por um tempo, gritando enquanto eu andava e corria confuso, tentando me embrenhar na floresta. Uma trompa soou ao longe, e eu podia ouvir os cães latindo. Eu acho que Jasão, mais que qualquer outra pessoa, estava preocupado com a minha partida e me procurava. Logo me livrei da menina. Aqueles cães danados, os caçadores fiéis de Urtha. Eles me farejaram na passagem estreita onde me escondi. Seus latidos viraram ganidos simpáticos ao me verem lá embaixo.

Eles pareceram felizes de me achar a salvo. E logo a silhueta musculosa de Jasão apareceu acima de mim, tocando os cães, abaixando para se sentar ao meu lado, com hálito de vinho azedo e arfando pela corrida.

— Você deu uma corrida. Parece doente, Merlin. Você está cinza.

— Aquela vagabunda roubou minha alma. Apenas por uns instantes, mas roubou. Você tem minha permissão para matá-la.

— A última vez que eu tentei isso, você a salvou. E a protetora de Argo quase congelou nossas bolas!

— Os tempos mudaram.

— Bem, antes de discutirmos o futuro da ninfa, diga o que você viu. Você viu o exército, não viu?

Eu contei a ele. Decidi não contar que eu o tinha visto um pouco antes da partida, algumas semanas atrás, da exata localização onde Argo estava ancorado, e os argonautas descansando depois da longa jornada pelo rio. Descrevi a cena em detalhes, os três exércitos, a reunião de campeões, a natureza da busca, isto é, que eles se dirigiam ao maior ataque da história, para trazer de volta os objetos sagrados de suas tribos, os tributos da morte e da presença totêmica de seus ancestrais no mundo dos vivos. Naturalmente, haveria uma grande quantidade de pilhagens no caminho, e não havia dúvida nenhuma de que a fúria sangrenta estava à flor da pele em cada homem e nas mulheres também.

Seria uma jornada violenta ao sul, e deixaria um rastro tão fácil de seguir que eu não via razão para procurar pela exata localização do exército nesse dia quente do começo do verão. Quanto mais rápido nos movêssemos, mais rápido o acharíamos.

— O exército é grande? — Jasão me perguntava.

— Três exércitos. Brennos lidera um, outro é liderado por Bolgios e o terceiro, por Achiochoros. Alguns anos atrás, Brennos teve um sonho, pelo que pude entender. Ele foi convocado pelos espíritos zangados de seus ancestrais para trazer de volta os objetos sagrados da raça deles. Esses objetos foram roubados para serem dados em oferenda a cada um dos muitos Oráculos. Nesse sonho ele ficou encarregado de conseguir mil vezes mil homens de armas, todos campeões. Eu não sei quem ou o quê mandou o sonho, mas parece que ele conseguiu. Brennos tem um amigo poderoso por trás de seus sonhos.

Jasão coçou a barba.

— Mil vezes mil homens. Pelo pênis brilhante de Apolo, é muito homem. Mil vezes mil homens... *Quanto é isso no total?*

— Cem mil. No total.

Ele pôs as mãos à frente e mexeu os dedos.

— Isso são dez. Dez dedos. Então, dez homens sentaram aqui, que fariam cem dedos. Então, cem mil homens... Deuses, é um monte de dedos.

— Se você conta dedos, precisa falar de dez vezes cem mil.

— Eu não sou bom com números, Merlin.

— E dedos são o menor dos nossos problemas. A divisão de bagagens é enorme, provavelmente metade de mulheres e crianças. Eles guardaram comida e animais durante o inverno. Estão equipados para uma grande invasão às Terras Gregas. Sua terra, Jasão. E haverá bastante comida e pilhagem pelo caminho. Isso foi bem organizado.

Ele me observou por um instante, depois franziu o cenho.

— E para onde vão?

Eu hesitei antes de dizer.

— Para o santuário de Apolo, em Delfos.

Não sei que reação esperava de Jasão — ultraje, talvez, ou insulto —, mas não previ um olhar rápido de surpresa seguido por uma risada que era quase um rugido. Ele levantou, jogou um pau para um dos cães buscar, virou-se e me encarou.

— Para Delfos? Então eles estão loucos? Terão de se espremer por uma das passagens mais estreitas de montanhas do mundo conhecido! Os Portões de Fogo! O desfiladeiro das Termópilas! Delfos? Eles não conseguirão! Com deuses ou sem deuses, bronze ou ferro, eles não conseguirão! Vinte homens podem segurar aquele riacho com nada mais que gravetos afiados e xixi. Um grito fora de lugar quando você anda nas pontas dos pés por seus abismos e as paredes desmoronam. Você se lembra daquela que passou por um fio de cabelo quando nós remávamos pelas pedras que batem? No caminho para Cólquida? Elas amassaram as penas da cauda de uma pomba e pegaram na madeira da popa. Os Portões de Fogo são cem vezes mais difíceis! — De repente, ele notou o que dizia. — Sim, está certo. Se nós vamos alcançá-los, precisamos fazê-lo antes da passagem. De outra forma não haverá nada para alcançar, meu filho inclusive.

Ele se agachou.

— Nesse assunto em particular... Você o viu? Thesokorus?

Eu disse que vi.

— Ele está com o exército e tem uma patente que o deixa próximo de Brennos. Os dois homens parecem ser amigos.

— Como ele estava? — Jasão perguntou, depois de um tempo.

Eu queria ter dito "Como você. Tão parecido com você. Eu não vi isso na Macedônia. O sol estava muito forte, talvez. Mas ele é o espelho de garra e previsão que você fora quando era jovem e faminto." Mas apenas respondi:

— Forte — eu disse. — Jovem. Disposto. Bonito. Mas sente falta do irmão.

— Sim. Sim, é claro. O Pequeno Sonhador. Mas um filho de cada vez, hein?

— Tem mais uma coisa — eu continuei. — Algo que me incomoda. Niiv, na sua forma de falcão, não viu, ou, se viu, a visão não importou para ela. Mas um corvo caiu de repente na mesa do banquete. Roubou comida do prato de um dos comandantes, mas parecia observar Orgetorix. Seu filho. Orgetorix. Ele estava sentado à mesma mesa. O corvo veio do nada, como Niiv e eu surgimos do nada. Jasão, eu conheço esse corvo! No momento eu não consigo reconhecê-lo. Mas nós *estamos* sendo seguidos.

— Você já me disse isso...

— Então estou falando novamente. Nós estamos sendo seguidos, observados... e acho que estamos todos em perigo por causa desse observador.

Jasão concordou comigo e arrastou-se para perto de mim.

— Nós temos vinte e uma vezes dez dedos para cutucar o olho do velho Pássaro Preto se ele tentar pegar coisas de Argo. Isso é bastante pra cutucar.

Achei necessário reforçar:

— Se eu soubesse os olhos de quem nós cutucamos, poderia julgar melhor se duzentos e dez dedos serão suficientes!

Ele respondeu irritado:

— É só um pássaro, Merlin. Um pássaro grande, preto e comedor de restos. Não há nada que possa me ensinar a respeito de comedores de restos. Agora, alegre-se. E conte-me mais sobre meu filho. Ele se parece comigo? Ele tem um brilho nos olhos? Uma arrogância, uma nobreza? Ele se parece com um neto de Esão?

Andei com Jasão em direção aos cachorros, a Elkavar e a Tairon de Creta, que lideraram as buscas por mim. Eu não conseguia compreender bem esse homem, esse homem ressuscitado, esse homem morto vivendo em uma terra setecentos anos ou mais distante de seu tempo. Ele parecia não ter sentimentos pelo tempo perdido, apenas preocupação com um rosto, um gesto, uma piscada ou sorriso que o lembrassem, em um pequeno pedaço de carne e osso — seu filho —, dele mesmo! Estaria ansioso por verificar se seu menino não se parecia com Medeia? Ou apenas desejava ver o menino e saber que era filho dele? Jasão lutava consigo mesmo, num instante bravo, no outro realista; e, novamente, indiferente a tudo em que acreditava, um dia depois um homem faria sacrifícios à deuses há muito extintos.

Ele estava realmente fora de sincronia.

Orgetorix também.

E sim: eu também.

— Seu filho não se parece com você — eu menti, e Jasão pareceu perturbado ao andarmos.

— Mesmo?

— Ele parece com ele mesmo. Mas não tenho dúvidas de que ele é seu filho.

— E por quê?

— Há algo despreocupado nele. Ele é careca, corajoso, bobo e egoísta.

Jasão riu.

— Bem, essa é certamente uma rica mistura de venenos. Mas, como qualquer remédio, venenos, em doses pequenas e proporcionais, podem fazer ou curar o mal!

Eu encarei Jasão por um momento, intrigado com a metáfora que parecia tão inapropriada, e, ainda assim, não havia contado toda a verdade sobre Orgetorix; não havia mencionado os sentimentos de perda e confusão no jovem. E me perguntei se Jasão sentiria essa omissão e simplesmente dizia que, através da combinação certa de traços fortes, seu filho poderia combater o medo de estar fora de seu lugar.

O rosto do jovem celta me assombrava. Planando acima dele, eu vira a sombra e o fogo em seus olhos quando ele olhou para mim. Ele pareceu me chamar pelos dias que nos separavam, e eu fiquei intrigado.

E, mesmo enquanto eu pensava nisso, a sombra do corvo pareceu escurecer o sol.

Argo, o navio, estava bem amarrado à praia e fora descarregado. Ruvio pastava e galopava entre os restos da grande reunião, os bancos de terra e aposentos com suas paliçadas quebradas, com a terra manchada de cinzas. Os argonautas procuravam por qualquer coisa útil que fosse deixada para trás ou esquecida no acampamento deserto, fosse grão, carne salgada, lona ou roupas. Eles procuraram entre vários grupos de cães que grunhiam e rosnavam ao arranhar o chão. Os dois cães de Urtha os observavam, gigantes da mesma espécie, e os cães selvagens mantinham uma distância respeitável.

Rubobostes apontou para a floresta, onde eu havia me escondido até pouco tempo antes. Com certeza, os olhos semicerrados e focinhos cinzentos eram de uma matilha de lobos que observava em silêncio, perto das árvores.

— Há mais de dez. Estão muito calmos e pacientes. Espero que eles apenas esperem nossa partida e não que caiamos no sono.

Os aposentos do rei, onde Brennos havia se dirigido aos seus comandados, foram limpos, os portões refeitos e o ambiente arrumado para o curto descanso que todos os marinheiros de Argo sentiam que precisavam. Rubobostes e Ullanna prepararam uma suculenta mistura de comidas do escasso suprimento a bordo de Argo e de coisas achadas no local. Michovar fez pão, pelo jeito usando grama.

— Qualquer coisa pode ser usada para fazer pão, se puder ser moída até virar pó — ele nos instruiu. — Até crânios!

Elkavar e os dois cimbros, Conan e Gwyrion, domaram novamente sete cavalos que recolheram da beira da floresta e do banco do rio, animais mais velhos que foram abandonados havia muito tempo e voltaram a ser um pouco selvagens, mas eram perfeitamente úteis para a viagem ao sul.

Erdzwulf passou seu tempo estudando os novos mapas da terra. Tairon de Creta, embora desconhecendo as montanhas ao sul que levavam às Terras Gregas — um país com o qual já lidara —, parecia ter habilidade para interpretar labirintos e, já que as passagens das montanhas e os rios sinuosos dos vales eram os mais velhos labirintos, seus dedos magros com pontas douradas traçavam várias rotas pelas quais poderíamos perseguir e ultrapassar a pesada massa de homens e cavalos que se infiltrava pelas montanhas para a Macedônia, como enchente pelos campos, gentil no começo, depois devastadora.

Agora teríamos de abandonar Argo. Nós enfrentaríamos uma longa trilha por passagens de montanhas cada vez mais difíceis até chegarmos à borda leste de Ilíria; depois uma passagem sinuosa pela Macedônia até Tessália, antes dos Portões de Fogo, o penhasco estreito e a caminhada pelas terras baixas e hostis de Delfos.

Jasão estava dividido entre a certeza de que seria melhor interceptar o exército antes que ele chegasse às Termópilas, dando como motivo que haveria uma matança aterradora lá, e seu filho seria pego nessa matança, e o instinto de esperar até Delfos, que era um lugar muito menor. Mas, se o exército celta entrasse em Acádia com sucesso, a horda se dispersaria muito, chegando facilmente a Delfos com um grande número de formações e caindo sobre o Oráculo como muitas tempestades. E Orgetorix poderia se perder entre eles, talvez não completando a missão por uma lembrança de afeição, ou respeito, pelo lugar sagrado.

Urtha simpatizava com o pensamento por suas próprias razões. Ele não queria que Cunomaglos caísse na lança de um grego. A interceptação precisava ocorrer antes das Termópilas. Nós tinhamos de apressar nossa partida.

A questão que surgiu foi quem contaria a Mielikki que Argo seria colocado sob disfarce, escondido da vista e deixado por enquanto.

— Eu fiz xixi nela — Jasão disse. — Tenho medo de pensar o que ela fará comigo se eu for até ela.

Todos os olhos se viraram para mim, mas eu balancei a cabeça. O voo como falcão fora cansativo, e eu tinha outras coisas em mente. Mas Ullanna me lembrou de minha relação especial com Argo. Eu não tinha escolha, senão aceitar.

Ela me deixou esperando. Eu me abaixei no navio vazio, ciente do cheiro do esterco do cavalo, que, mesmo recolhido e com o chão lavado, ainda pairava no ar, e chamei suave e repetidamente pela Velha Senhora da Floresta. O rosto triste me observava da popa, e eu senti frio. O cheiro de inverno levou embora o cheiro do cavalo, e um floco de neve caiu no meu rosto, um toque de gelo.

A Velha Senhora da Floresta não estava contente. Ela nos ouviu conversando.

— Vocês me velejaram até aqui e agora pretendem me deixar!

A repentina voz do Espírito do Navio me assustou. Eu estava cercado por uma floresta congelada, agachado na grossa neve, o sol nas pontas de gelo e camadas de flocos de neve que enfeitavam a paisagem tão clara que eu precisei apertar os olhos.

Mielikki, vestida com uma pele de urso preto, o rosto escondido debaixo de um gorro grosso vermelho e verde, me encarava, chutando a neve em pesadas nuvens. Seu lince rosnou e cuspiu em mim. Eu levantei para me encontrar com ela.

— Nós precisamos ir para o sul, por passagens de montanhas. Podemos fazer isso rápido a pé e a cavalo. Este é o fim da jornada pelo rio. Você não está sendo abandonada, apenas atracada em uma doca seca por um tempo.

— Naveguem para o mar — disse ela. — Depois ao sul, pelos pequenos estreitos, depois pelas ilhas de Iolkos, ou mesmo na Tessália. Argo já velejou lá outras vezes.

Ela se referia à jornada que Jasão fizera, os estreitos eram o ponto mais perigoso do braço de mar no Helesponto. O navio colocava a lembrança em sua deusa protetora. Eu lembrei da parte daquela jornada como se fosse ontem, o longo trecho em volta da costa do mar escuro como vinho, para Cólquida, e através do vasto oceano até a navegação traiçoeira onde a foz do rio Danúbio se espalha pela paisagem de lama e junco; depois a pesada remada contra a corrente quando entramos no interior, em direção às terras montanhosas, sul de Hiperbórea, onde agora Brennos e seus parentes celtas mandavam em tudo. E minha experiência andando pelo Caminho e pelo mundo me disse que a jornada por terra seria mais curta, embora essa certeza precisasse ser temperada pelo entendimento de que no mar nós corríamos o risco apenas de encontrar piratas e as criações marítimas malformadas de Poseidon, pois ele ficaria tentado a mandá-las para nós. Por terra, enfrentaríamos senhores de guerra tribais pelo menos, e os bem armados e espirituosos macedônios, se estivéssemos sem sorte.

Os gregos eram fracos, e já havia alguns anos. Só nas Termópilas eles poderiam aguentar, e Brennos já arquitetara sua estratégia para atacar a passagem.

— Nós seguimos pelo desfiladeiro como a lava quente de um vulcão, queimando tudo que passar pelo nosso caminho, os vivos correndo sobre os mortos a esfriar! Nós destruiremos cada folha de grama, cada espada, e todas as jovens vidas que se colocarem em nosso caminho.

E ele poderia muito bem fazer isso. Esses celtas eram menos preocupados com a morte do que os persas que atacaram os portões quatro gerações atrás, e foram parados por um pequeno grupo de espartanos.

Os tempos mudaram. Quando a morte de um guerreiro simplesmente significava uma continuação da luta, embora no Outro Mundo lutas tendem a continuar depois da morte.

— Não vamos abandoná-la — eu disse para Mielikki. — Mas a jornada pela terra será mais rápida. Depois disso, voltaremos para você e, com você, navegaremos até nosso lar.

Mielikki estava brava e, quando andou pela neve à minha frente, fazendo um barulho estranho, como uma música baixa, sob sua respiração, pensei que parecia assustada. Depois de um tempo, voltou até mim e tirou o capuz. Seu rosto estava quase branco da morte, os olhos pareciam gelo, a boca apertada; linhas de idade e experiência marcavam sua pele, e cristais de lágrimas reluziam onde congelavam. Ela era adorável, mas eu podia ver como essa mulher podia ficar violenta.

— Aquela que estava aqui antes — disse ela — era só uma visita. Ela não esteve sempre aqui. Veio por capricho, ou quando esse que você chama de Jasão a chamou.

Mielikki se referia a Hera; Hera prometera a Jasão apenas alguns conselhos na viagem. Ela era parte de um jogo maior e mais acirrado, além do reino dos mortais.

— Alguns dos outros que estavam aqui antes, os muito velhos, eram como eu, ligados ao navio. Eles gostam de mim, não têm opção. O navio era o mundo deles, e o mundo ao qual eles pertenceram antes lhes foi negado. Quanto mais longe eu vou, mais longe da minha terra, mais fria eu me torno. Você não pode simplesmente me abandonar, eu congelarei vocês todos onde estão se pensarem em fazer tal coisa.

Eu tremi e balancei, a respiração enevoada. A Senhora da Floresta cobriu seu rosto novamente. Eu disse:

— Nós só podemos carregar Argo por um pedaço do caminho, mesmo com Ruvio. E estamos prestes a atravessar montanhas. O navio precisa ficar.

— O navio pode ficar, mas o Espírito do Navio precisa ser levado — Mielikki insistiu. — Só uma pequena parte; seus carpinteiros podem removê-la. Ela será sempre útil a você, Merlin; navios fantasmas podem ser chamados. E, além disso, você pode precisar do espírito dele novamente.

Essas palavras faziam todo o sentido.

— Posso? Por quê?

— Os *Olhos Ferozes* que o observavam fugiram. Ela saiu do navio quando viemos para a praia. Ela fugiu voando.

— Como um corvo — eu respirei. Quando Mielikki não respondeu, perguntei alto. — Como um corvo?

— Uma ave escura. Ela está com muita fome; e é muito perigosa.

— E ela me odeia. Eu sei.

— Ela tem medo de você. Está com medo de Jasão.

As palavras de Mielikki eram tentadoras.

Com medo de nós?

Odiando a mim? Aquela menina do meu passado? Se Mielikki sabia tanto, ela *precisava* saber mais. Implorei a ela que me contasse mais. Tudo que ela disse foi:

— Eu não sou como a outra que navegou com Argo no tempo de Jasão. Aquela uma.

— Hera. Uma deusa.

— Aquela uma, qualquer que seja o nome, era mais forte que eu. Ela podia entrar no Espírito do Navio. Ela jogava com os homens que remavam o Argo. Os guardiões mais velhos respeitavam mais este navio, e eu vou respeitá-lo também. Mas, Merlin, eu só consigo olhar as sombras que se movem, deste jeito, daquele jeito, através da fronteira. Se eu pudesse contar mais a respeito de Olhos Ferozes, eu contaria. Se você me abandonar, não posso ajudá-lo. Se você não me navegará, carregue-me com você. A terra além da fronteira vai em muitas direções. Eu sou útil.

Deixei Argo e procurei por Jasão. Ele ouviu com cuidado o que eu disse a ele e juntos nós estimamos o tempo de navegação pelo oceano novamente, depois, ao longo da costa oeste, pelos pequenos estreitos, as pedras que batem, e através do oceano coalhado de ilhas até Tessália, Artemísia, ou qualquer lugar naquela costa onde pudéssemos ir à terra e tomar o caminho para o interior, para interceptar Brennos.

Nós estaríamos seguindo o fluxo do rio Danúbio, não remando contra ele, concordamos, mas ainda assim seria melhor ir a cavalo. Nós tínhamos sete cavalos, sem incluir Ruvio, e ele podia puxar uma carroça cheia facilmente.

Tudo indicava que uma jornada por terra era mais prática. Mas eu estava preocupado com Argo, e, para minha surpresa, Jasão também estava.

— Se nós o abandonarmos, ele está certo: pode acabar caindo em mãos erradas. Pode ser quebrado para ser usado como combustível no inverno. E eu não sabia que precisaríamos levar essa Senhora Gelada de volta para sua terra natal.

Ele cruzou os braços na mesa onde o mapa tosco de nossa jornada ainda estava espalhado. Rubobostes cantava alto ao acrescentar lenha na fogueira do aposento, e para lá do portão os cavalos eram galopados sob os olhos observadores do cimbro.

— Eu concordo — disse ele, depois de um tempo. — Nós vamos levá-la. Na floresta, ali. Depois voltamos e velejamos novamente. Isso faz muito sentido. Traga o coração de Argo se você precisar fazê-lo, mas corte fino quando tirá-lo do navio. Madeira é pesada e nós não cavalgaremos em uma pastagem de verão.

Ele bateu no mapa de leve com um dedo, pensando.

Levou algum tempo para eu percebesse que fora dispensado.

17
Fúria sangrenta

Os cães me farejaram novamente. Eu estava agachado no oco de uma árvore, com frio e confuso, meu braço ainda doendo onde o tiro de funda pegara, minhas juntas duras com o súbito aumento de idade que meu corpo tomara.

Gelard encostou o focinho molhado em mim, seu hálito cheirando a carne. Eu estava pronto para gritar impropérios para Niiv, tratadora oficial dos animais, mas foi Urtha que se inclinou pela frágil tela de galhos e folhas e sorriu para mim.

— Então, achei você.

— Vá embora. Eu preciso ficar sozinho.

— Sua amante está chateada. Está desesperada procurando por você.

— Ela não é minha amante! — gritei furioso para o senhor de guerra, antes de perceber que era provocação.

— Muito magrinha, hein? — ele riu, depois empurrou a folhagem para entrar no oco.

— Muito perigosa.

Os cachorros arfaram e observaram até serem ordenados a sentar e ficar quietos, uma instrução que eles imediatamente obedeceram.

— Mas ela está marcada a ferro em sua carne. Eu sei.

— Entranhada na minha carne — eu disse, e Urtha concordou como se entendesse do que eu falava. Ele suspirou.

— Com Ullanna é o mesmo. Quando estou furioso, fico muito consciente da presença dela sempre por perto, em silêncio. Então, subitamente suas mãos estão no meu rosto, ou nos meus ombros, e a fúria sangrenta se esvai. Depois, ela se senta comigo e faz brincadeiras sobre a *tundra*, o que quer que isso seja, e sobre as caçadas, e sobre os invernos nas montanhas, esperando pela guerra contra algum bando fedido de cavaleiros que nunca ouvi falar, e repete o tipo de piada que eles contam uns para os outros para passar o tempo, as mulheres, que são tão selvagens e danadas quanto os homens, se não mais. E eu rio, Merlin. Ela me faz rir. E, se uma parte do que ela diz ter feito em sua vida montada a cavalo, com lança e espada for verdadeira, então, ela pode silenciar um poeta na minha morada toda noite por todo um ciclo da lua! Eu gosto dela. Eu gosto muito dela. Ela me faz rir.

— Bem, isso é bom. Não é?

Ele olhou para mim diretamente, quase com dor.

— Eu não posso me dar o luxo de rir, Merlin. Eu preciso dessa fúria sangrenta. Nada pode continuar até Cunomaglos ser silenciado na terra dura, de peito aberto, um banquete para os corvos. Você me entende? Aylamunda está no meu coração. Ela grita para mim durante o sono. Meu sono. Eu coloco meus braços em volta dela. Você me entende?

Eu disse a ele que sim. Pela primeira vez em muito tempo, Urtha havia aparado a barba e cortado curto o cabelo do pescoço. Estava com ótima aparência. O cabelo no topo da cabeça estava ligeiramente duro, pronto para a aplicação da água de cal, para fazer aquele estranho monte de espinhos que esses guerreiros consideravam apropriados para batalha.

Esse jovem estava limpo e bonito, e havia uma centelha em seus olhos que falava menos de ódio do que de interesse.

Entretanto, ele não estava pronto para largar o ódio. E corria o risco de se perder.

Como se pressentisse minha súbita consciência, ele repetiu.

— Eu preciso da fúria sangrenta.

— Eu sei que você precisa. E Cunomaglos vai encontrá-la. Jasão segurará suas lanças. Eu cuidarei de seus ferimentos. Nós dois ultrajaremos Cunomaglos.

— Apenas enquanto ele estiver vivo.

— Mas é claro.

— Quando ele morrer, o ultraje é todo meu!

— É claro.

— Obrigado. — Ele se virou para mim novamente e sorriu, mais uma vez me provocando. — Ela está marcada em você a ferro e fogo, então? — ele repetiu, tocando meu ombro. — Um pouco de Niiv no coração do novo-velho homem?

— Mais fundo que isso, não é meu coração que me preocupa. Há uma lâmina de gelo no meu coração, e posso usá-la muito bem.

Novamente eu abria minha mente para esse celta insolente e impetuoso.

— Ah — disse ele, batendo palmas. — É claro. Aqueles ossos. Aqueles seus ossos velhos entalhados. Ela chegou a esse ponto, hein?

— Sim. Ela chegou. Eu não sei por que você se diverte tanto.

— Talvez porque eu não entenda. Na verdade, estava pensando em perguntar a você já faz um tempo. Sobre seus ossos. Se eu o entendi corretamente, seus ossos são entalhados com feitiços, mágica, encantamentos e várias receitas com casca de árvore, mofo de folha e aquela porcaria ocre que os druidas fingem conhecer e geralmente não conhecem, embora eu deva dizer que geralmente funciona...

— Meus ossos são marcados com encantamentos, sim.

— Encantamento! Sim, é claro. Bem, o que eu pensei foi: quando você morre e toda essa sua carne feia apodrece — ele deu um tapinha na minha bochecha e beliscou meu braço —, essa carne feia e velha, comida por ratos e cães selvagens, por pássaros carniceiros e todo o resto, todas as criaturas que não são tão exigentes com a carne, apenas os ossos ficam, apenas ossos mágicos do pobre e velho Merlin...

— O que você quer dizer, Urtha?

— Bem, eles serão úteis para alguém como eu? Se os guardar para uso *pessoal*?

Eu o encarei. Ele estava brincando? Ele falava sério? Eu acabava de me dar conta de que, com Urtha, uma boa parte da vida era um jogo. A dificuldade era que uma boa parte da vida devia ser levada muito a sério.

— Por que você pergunta isso, Urtha? Você planeja me matar? Sim, reconsidere. Há uma maldição dentro da minha mágica que eu escondo embaixo da carne.

Urtha se deliciava com a ideia.

— Você pode colocar essa maldição em mim? Isso seria maravilhoso. Morrer com honra é uma coisa, mas frequentemente nós morremos com uma lança nas costas. Uma maldição que persegue o assassino seria um dom maravilhoso. Você é quem decide, claro.

— Por que você me pergunta tudo isso? — eu o questionei novamente, mais irritado com essa pausa na fúria sangrenta de Urtha. — Você tenta me animar? Se sim, vá embora. Eu tenho outras coisas para pensar. E a última coisa de que eu preciso é você começando a considerar meu esqueleto como troféu se eu levar uma flecha perdida.

— Eu não falava sério — Urtha disse suavemente, meio sorridente, depois desviou o olhar. — Eu só estava curioso. Como você, tenho outras coisas em mente. Estive pensando muito nos meus meninos e Munda, e o que virá depois de mim agora que...

Ele parou de falar, coçando seus recém-aparados bigodes. Pensava em Kymon. E eu estava certo de que ele pensava em como as coisas mudaram, agora, como suas preocupações com o futuro se basearam em um falso sonho. Ele havia imaginado uma picuinha entre seus filhos, caminhando para uma guerra que dividiria sua terra ancestral. O medo que isso acontecesse o levou ao norte. Esse evento não poderia mais ocorrer, já que um de seus filhos morrera. Seus medos quanto ao futuro vieram daquela boca do inferno, que os gregos chamavam de Portão de Mármore.

Ainda assim, aqueles sonhos que vieram pelo Portão de Mármore — por tradição, mentiras, falsidades, enganações — geralmente tinham mais de uma faceta. Nada era como parecia. Urtha poderia ter um terceiro filho algum dia com outra mulher; ou o jovem Urien poderia voltar dos mortos. Nada poderia ser desconsiderado. Apenas o próprio Tempo poderia responder pela verdade ou falsidade dos sonhos, e eu não estava com vontade de entrar numa cara negociação com o Tempo para dar uma olhada no futuro de Urtha.

Minha pele estava solta; minha barba, salpicada de branco; meus olhos, cansados; eu estava com pena de mim mesmo, e tudo por causa de Niiv e seu sorriso brilhante e carinhoso. Como uma minhoca, ela cavara até meus ossos e comera a polpa de mágica; alardeva seu triunfo depois do banquete. Como um gato, ela se deu conta do seu erro e me observou com cuidado, com grandes e cautelosos olhos felinos. E, com todo esse assédio a mim, eu não estava, agora, num estado de espírito muito generoso.

E, além disso, eu apenas supunha.

— Por que você veio me procurar?

Urtha se levantou com dificuldade, bateu as folhas de inverno de suas calças, mandou os mastifes ficarem num silêncio obediente novamente e me ajudou a levantar, uma pegada firme ao redor do pulso. Ele me olhou nos olhos.

— Porque encontrei uma coisa. Eu queria que alguém mais visse. Vamos, deixe-me mostrá-la para você.

Nós saímos do oco com dificuldade. Eu peguei Gelard, Urtha amarrou a guia de Maglerd em volta do pulso, e nós corremos com os cães por entre as árvores esparsas. Havia um cheiro cálido e fragrante de fumaça de madeira no ar, e o som de construção. Eu avistei atividade entre os argonautas. Eles se preparavam para o longo trecho da perseguição a Brennos e sua horda.

Os cães nos levaram para um barranco íngreme até chegar ao fluxo acinzentado do rio Danúbio. Com o sol forte, nesse dia seco, a água brilhava. Os cães forçavam a guia e grunhiam, olhando nervosamente para o oeste.

— Eles têm faro para morte — Urtha disse e, depois de alguns minutos caminhando ao longo do morro acima da água, chegamos até uma cova aberta onde dois cadáveres estavam num rigor estranho, virados para baixo. Não havia armas com eles. Suas costas parcialmente expostas tinham sangue. A terra das covas fora cavada, sem dúvida pelos cães de Urtha. Era difícil ver claramente.

Urtha disse:

— Eram dois homens bons. Eram meus amigos. Eram meus *uthiin*. Eles me traíram. E Cunomaglos, por sua vez, os traiu.

Ele se abaixou e tocou o tecido rasgado de uma das camisas.

— Apunhalados pelas costas.

— Quem eram eles? — perguntei.

— Eu os conheço, mas não direi os nomes deles — ele jogou uma mão de terra em cada um deles. — Eles merecem apodrecer com as feras. Entretanto, me lembrarei deles. Foram amigos no passado. E eu lembrarei deles pelas boas lutas e cavalgadas selvagens. Cunomaglos fez isso. Eu acho que ele duvidava da lealdade desses dois homens. Ele estava certo. Eu imagino que eles tinham sérias dúvidas sobre o que faziam — Urtha olhou para mim, com olhos inflexíveis. — Isso deixa nove. Nove ao todo.

— Muitos homens para desafiar.

— Eu desafiarei apenas um, Merlin. Cara de Cachorro. Se eu perder, é o fim. Se eu ganhar? É quando as dificuldades começam. Eles virão atrás de mim um de cada vez. Estarão descansados e sedentos. Lá pelo sexto homem eu estarei bem cansado. Não será fácil.

Eu apertei seu ombro como um velho amigo, escondendo meu sorriso.

— Bem, pelo menos tem a arrogância ao seu lado, e isso ajudara.

Ele concordou.

— Eu espero que sim. Mas o primeiro é tudo que importa.

— Merlin. *Merlin!*

Há vezes em que me sinto como uma árvore, enraizado ao chão em meio a um bando de corvos faladores e bagunceiros.

Eles fazem ninho e brigam em meus galhos, batem as asas e se alimentam, e eu não posso fazer nada para espantá-los.

Jasão, Mielikki, Urtha... e agora Niiv me desafiando de um morro na beirada do acampamento, braços cruzados, pele branca ruborizada, seu cenho franzido, parecia que fazia beicinho, embora fossem apenas seus olhos deixando a irritação transparecer.

— Merlin! O que foi que eu fiz? Você não deve me ignorar. É verdade que você falou para o Jasão me matar? Por quê?

Minha raiva voltou.

— Fique longe de mim. Fique com Tairon; ele é tão torto quanto você.

— Torta? O que é torta? — ela gritava, com frustração. — Eu nem mesmo entendo você agora. O que eu fiz para deixá-lo tão bravo?

— Você sabe o que fez! Você roubou sabedoria de mim! Você me enfraqueceu!

— Eu *não* roubei de você — ela gritou, balançando o dedo por um instante como se falasse com uma criança. — Você *sempre* esteve na sela, *sempre* segurando as rédeas. Eu apenas... Apenas pulei atrás de você. E me segurei em você. Eu me senti segura com você...

Apelava para mim, tentando amolecer meu coração. Pensou que eu apenas estivesse bravo com ela. Como poderia saber que estava com muito medo dela?

— Você me enfeitiçou — eu respondi. — E me roubou.

— Isso não é verdade. Você é um mentiroso!

— Eu não preciso mentir em se tratando de vagabundas traiçoeiras como você.

— O quê? Do que você me chamou? Como se atreve?

— Você acha que nunca vi do seu tipo antes? Você tem uma meia criança. Você é do pior tipo de bruxa! Você acha que a sua bisavó Meerga muitas vezes não fazia a mesma jogada? Eu forniquei com ela e ela me enganou. Ela me enganou e eu a matei.

Chocada por um momento, Niiv disse, tristonha:

— Ela morreu dentro do lago e foi levada por Enaaki. A mesma coisa aconteceria com você se eu não o avisasse.

— Ela morreu *no* lago. Em um barco. Nua. Com roxos no pescoço. Ela pagou o preço por ser intrometida! Enaaki devorou seus restos mortais. Eu comi a meia criança. Eu remei de volta para a praia.

— Mentiroso... *Mentiroso!*

— Eu sei o que você carrega, Niiv. Eu sei que você tem uma meia criança dentro de você. Não chegue perto de mim. O que mais posso dizer para você?

— Tudo! Você pode me dar tudo!

Eu senti um prazer inesperado em encará-la por um longo tempo antes de dizer, com uma frieza calculada:

— Me deixe em paz, Niiv. Eu sou muito velho, muito cuidadoso para deixar uma fada gelada como você, um nada como você, uma brisa na tempestade de encantamento como você — muito sábio para deixá-la me enganar duas vezes.

— Nada? — ela repetiu como um eco, e por um momento ela não conseguia falar, chateada ou ultrajada, era difícil dizer. — Se eu o enganasse, seria capaz de enganá-lo novamente — ela reclamou. — Mas eu não o enganei uma única vez. E juro que nunca tentarei. E não acredito que você matou Meerga. E não acredito que você quisesse que Jasão me matasse. Diga-me que não é verdade.

Que maravilha ver tamanha beleza dançando no meu ritmo! Como ela era parecida com sua ancestral, Meerga, mas sem o egoísmo amargo daquela mulher. Meerga esteve morta nas minhas mãos, embora não foram minhas próprias mãos que a mataram. Eu não podia ver Niiv com os mesmos olhos de falcão.

— Acredite no que quiser — eu a insultei. — Se Jasão deixá-la viver, apenas fique ao lado oposto do navio em que eu estiver.

— É tudo culpa daquela outra, aquela que veio à praia! Não é? Aquela que cheirava a sangue e folhas queimadas.

Sangue e folhas queimadas?

Agora era minha vez de ficar chocado. Eu ouvira a expressão antes. Talvez Niiv tenha tomado meu súbito silêncio como dúvida. Ela detalhou, brava:

— Aquela que chacoalha como metal verde-brilhante. Olhos de faca!

— Mielikki? — eu perguntei, cautelosamente, embora quisesse dizer a Senhora da Floresta mesmo. — Mielikki deixou o navio?

— Não ela. A outra! — ela gritou. — Aquela que foi para a terra enquanto você preparava o voo do falcão. Ela não sabia que eu estava olhando. Se você procura por ela, não consegue vê-la. Mas é ela, não é? Você a está escondendo e não quer que eu saiba.

A voz de Niiv era como um vento uivante. Ela parou no centro de sua própria tempestade, brava e abandonada, intuitivamente enciumada de uma amizade afetuosa do meu passado. A atividade no acampamento, e ao redor de Argo, poderia estar do outro lado do mundo.

Sangue e folhas queimadas?

Não podia ser!

Eu disse para Niiv:

— Então você se escondia no navio quando essa mulher de olhos de faca veio para a praia?

— Mielikki é minha mãe espiritual — a menina o relembrou. — É por isso que você nunca me matará. Eu sou filha dela. Ela nunca me deixaria encontrar o perigo.

Ela esteve no Espírito do Navio! Mielikki a protegera. Por que eu estava tão surpreso? A Senhora da Floresta e a jovem *shamanka* tinham um só coração. Era natural que Mielikki pusesse sua capa em volta de sua pele.

Mas Niiv vira? E quanto ela me contaria?

— Eu não conheço essa mulher de olhos de faca — gritei. — Você ouviu seu nome?

— Eu apenas a vi de relance. Ela era como sombra de nuvem. Mas era predatória. *Assustadora*. Eu espero que ela não tenha me visto. E você a conhece, *sim*. Eu sei.

— Talvez você esteja certa. Mas, por agora, me deixe em paz!

— Não!

Eu me virei para o outro lado. Ela gritou:

— Quem é ela então?

Ela gritou meu nome, depois cruzou seus braços, deixou a cabeça cair e disse maldições amargas, que bateram na minha pele e voltaram, bolotas verdes batendo no traseiro de uma mula.

O que fazer?

Jasão corria em minha direção, espada na mão, assustado com o barulho da gritaria. Eu consegui alcançar Elkavar e Conan, o cimbro, trotando cautelosamente na mesma direção, olhando nervosos para a menina de roupão preto parada na subida acima de mim.

— O que é isso, Merlin? De que ajuda você precisa?

— Nenhuma — eu disse a ele. Ele olhou para Niiv e a espada brilhou em sua mão. Ela gritou com fúria e indignação, virou-se e desapareceu, descendo o outro lado do morro.

Eu olhei para Jasão, vi a curiosidade e a preocupação em seus traços fortes. Ele esperava que eu falasse com ele, mas eu não consegui pensar em mais nada a não ser em *para onde ela fora?* Onde ela se esconde? Não é possível que seja verdade...

E eu não podia contar para Jasão o que estava em meu coração. Ainda não. Ainda não.

— Mantenha a menina longe de mim! — ele disse diretamente:

— Permanentemente?

— Não. Não permanentemente. Eu não tentaria machucá-la. Ela tem uma amiga poderosa em Argo.

18

A montanha oca

Eu precisava encontrar Olhos Ferozes. Precisava conhecer o rosto por detrás daquele véu. Mas onde procurar? Onde ela havia ido quando deslizara para terra firme? Como chamá-la para mim? Dessa vez, tomei precauções.

Eu devia ser uma estranha visão em minha capa de pele de carneiro imunda e calças largas de lã, cabelo comprido despenteado, correndo, correndo para a borda da mata e, então, ao longo dela, evitando os lobos à espreita, farejando e procurando algum caminho, alguma passagem, qualquer buraco ou refúgio na floresta no qual a mulher pudesse deslizar depois que escapou do barco.

Corri e caminhei por várias horas, em direção ao sul, junto à lateral da estrada larga em que o exército de Brennos havia avançado com vontade através da terra. Cheguei até uma casa de parede de pedras, o telhado caído, a porta arrancada para ser usada como lenha, sem dúvida. Ela fora saqueada e abandonada muito tempo atrás, mas havia uma pilha de sacos de tecidos grosseiros em um canto e me enrolei neles, enquanto me abaixava e conjurava meus poderes para uma viagem de sonho. Entrei no Sono da Morte.

Primeiro, eu voei. Sou adepto de voar como um falcão. Eu planava e me lançava, subia acima da terra, via a floresta espalhada, a grande clareira com seu fogo ardendo e suas áreas cercadas, o brilho do rio, as colinas ao norte, as montanhas subindo para o sul, onde, em breve, Jasão precisaria cavalgar muito e rápido. Chamei por Olhos Ferozes, pela garota da cachoeira. Eu voltejava ao sabor do vento, chamando, esperando...

E ela respondeu ao meu chamado. De repente! Ela saiu do sol, uma ave de rapina de asas amplas, garras à mostra, descendo sobre mim com um grito de fúria. Eu me inclinei para evitá-la, mas sua asa me atingiu. Ela deu a volta e veio sobre mim novamente, olhos selvagens, olhos brilhando e me estudando, bico curvado um pouco aberto e pronto para rasgar minha garganta.

Eu desci novamente, voando mais e mais rápido, em direção à floresta. Ela me seguiu por alguns instantes assustadores e, então, sem esforço, deu meia-volta, subindo de volta contra o sol; e, fazendo isso, eu a perdi.

Em seguida, conjurei um cão de caça. Abri caminho pela floresta, através de bosque cerrado e ao largo de rios gelados, obstruídos por folhas. Eu uivei por ela. Novamente, ela me ouviu e veio até mim em forma de cão de caça e, novamente, me surpreendeu.

Ela rosnou de uma pedra alta. Enquanto eu olhava para cima, captando o brilho estelar em seus olhos, as narinas alargadas, o focinho se abrindo, ela saltou sobre mim. Eu pulei para trás. Ela caiu pesada, lutou para se levantar e, então, veio até mim em dois saltos elegantes e poderosos. Nós lutamos e nos embolamos, garras afiadas e caninos sangrentos, mas, de alguma forma, rasgamos apenas pele coberta de pelo espesso, não gargantas.

E desta vez foi ela quem estancou a luta, fugindo para longe junto do rio, uma olhada rápida para trás, para depois desaparecer nas trevas da mata. Por baixo dos sacos de pano, na casa em ruínas, eu lambia minhas feridas.

Uma coisa agora eu sabia: onde quer que estivesse, ela tinha conhecimento de que eu a procurava. E respondia aos meus chamados.

Mais ferido do que cansado, consciente de estar faminto — há quanto tempo eu estava ali? Eu havia perdido a noção do tempo naquela hora —, procurei assumir uma forma mais suave. A criança que fui uma vez, aquela parte de todos nós que é Sinisalo, a criança na terra, a criança que nunca se vai, que sempre caminha com o homem ou a mulher que a criança se torna.

Enviei minha criança espectral de volta pela floresta, correndo até chegar ao rio onde os cães de caça haviam lutado. O riacho corria para dentro do rio Danúbio, sua corrente rasa invadindo a área onde o exército havia acampado, perto dos muros do rei, o lugar para o qual Brennos havia mandado seus soldados. Mas eu fui mais fundo na mata, até que encontrei um local onde o rio se curvava num pequeno promontório. Ali, um afloramento rochoso ocultava uma caverna estreita, encoberta. Chamei por ela, talvez ela esperasse por mim.

Eu olhava através do riacho, e ela emergiu da fenda da caverna, uma garota pequena, vestida de pele, cabelo desarrumado, armada com uma funda que estava carregada com uma pedra lisa, oval. Enquanto eu começava a me levantar de onde estava encolhido no arbusto baixo, ela atirou a pedra e correu. A pedra atingiu meu ombro, causando dor. Eu a segui por um tempo, enquanto ela seguia da clareira para o pequeno vale, sobre rocha e sob árvore caída, correndo do bosque fechado para o rio barrento sempre à minha frente.

Isso não era um jogo. Não havia risada, nem provocação, nem prazer.

Depois de um tempo, desisti do fantasma e deixei a criança na terra voltar para mim através do meu sonho.

Era noite e havia um homem em pé à porta quebrada da casa, olhando em volta. Assustado, acabei revelando meu esconderijo e a cabeça do homem se voltou para me ver à luz do luar. Dei um jeito de jogar o saco de volta e puxei minha espada de ferro, lutando para me manter em pé.

— Então, aí está você — Elkavar disse. — Ponha-a de lado. O sorriso de Scaithach! Mas você é um homem difícil de achar. Felizmente, você não tem se lavado há algum tempo.

Ele puxou uma guia de couro e Maglerd apareceu, latindo duas vezes para mim em reconhecimento e boas-vindas.

Novamente, eu encarava o focinho de um cão de caça.

— Estou contente em vê-lo, Elkavar. Mas por que você tenta me encontrar?

— Porque eu entendi um pouco sobre o que e quem você é, e por quem você procura, e encontrei algo que você deveria ver.

O que eu não conseguira discernir, talvez porque ela sabia como me cegar para os vestígios de sua presença, Elkavar descobrira por instinto e aquele seu talento hiberno nato para encontrar atalhos para o mundo subterrâneo, embora ele mesmo admitisse que era igualmente adepto da fuga, uma vez que seu esconderijo fora descoberto.

Ele havia aberto uma passagem estreita no que parecia ser uma pedra surgindo de uma pequena encosta que subia no fundo da mata. De fato, do momento em que nós atracamos o navio, ele estava convencido de que havia um atalho para o mundo subterrâneo em algum lugar por ali.

— Eu tenho um sexto sentido para essas coisas — ele me lembrou. — Embora não tenha senso de direção, como você sabe.

Ele havia tentado e falhado em encontrar o atalho. Tentou novamente e encontrou-o. Tão logo ele o viu, reconheci o monte onde eu havia encontrado Olhos Ferozes na forma de cão de caça.

Logo ficou claro que aquela colina era velha e feita pela mão humana, embora a entrada estreita fosse rudemente entalhada.

Ela levava para dentro da terra, a princípio de forma bastante inclinada. Elkavar estava muito satisfeito.

— Os bruges da minha terra são artesãos com habilidades superiores, mas os homens que viveram em minha terra nos dias dos Danaans foram os mais habilidosos do mundo em dar forma à superfície de uma pedra.

Eu sei, pensei comigo mesmo, eu me lembro.

A passagem dava voltas complicadas e então se dividia do outro lado, um portão em arco de carvalho petrificado, entre a terra humana e a terra dos espíritos. Nós descobrimos que ela não ia muito longe no submundo. A luz era sombria num pesado e silencioso lago, cheio de sapos, paraíso de pássaros aquáticos silenciosos, um lugar que fedia a gás de pântano. Ocasionalmente a água parada respingava vagarosamente contra rochas escorregadias quando alguma criatura vinha à superfície ou vagueava na margem.

Não vi fantasmas e tive certeza de que se tratava de um lugar abandonado, um caminho sem saída para o submundo.

— Não há nada aqui — eu disse, desapontado.

— Está certo disso? — ele provocou.

Olhei novamente e, então, o encorajei a me contar mais.

— Bem, para começar, lagos como este, lagos como aquele onde nos encontramos nas Terras do Norte, mudam enquanto você anda em volta deles. Se você não procura por ele, você não o vê. Aquele grande lago em Pohjola é um dos locais de encontro desses atalhos para o mundo subterrâneo, como você talvez saiba.

Eu havia suspeitado, especialmente quando Elkavar aparecera. Isso provavelmente explicava por que tantas viagens de sonho, tantas buscas a talismãs, podiam acontecer lá. Mas aquele grande lago de gelo parecia muito diferente deste lago fedorento sob o pequeno monte ao lado do rio Danúbio.

— Se você continuar a andar em torno da margem — o hiberno continuou —, há uma floresta e uma trilha aberta que a atravessa. E alguém esteve lá recentemente. Eles tentaram esconder o caminho de outros olhos. Eu me sentei lá e farejei o ar que voltava da mata. Eu acho que ele vai para o sul. Às vezes, o ar rescende à alguma essência, como aquelas ervas que adoramos, vindas dos mares do sul. Às vezes, há apenas um toque de sangue.

— Sangue? — meu coração acelerou. Eu observava Elkavar com cuidado. — Sangue e o que mais?

— Um cheiro. De algo queimado.

— Olhos Ferozes! Então é para lá que ela foi! Ela deve ter aberto o caminho enquanto eu voava no tempo com Niiv pendurada em meu pescoço. Elkavar, você é um herói.

— Herói não — disse ele, modestamente. — Nasci com a habilidade de encontrar essas passagens. Embora, como eu disse antes, possa facilmente me perder nelas. Mas isso e cantar são praticamente as únicas coisas nas quais eu sou bom. Esperarei por você aqui.

Eu havia apenas começado a caminhar em volta do lago quando um pensamento me ocorreu.

— Com que rapidez você pode aprender uma melodia?

— Tão rapidamente quanto você pode cantá-la — ele respondeu, com confiança. Ele havia escalado uma das perigosas pedras cinzentas, onde os escuros troncos nodosos de espinho de inverno se estendiam para a caverna sem estrelas. O lago inchava gentilmente, mas, quando cantei a canção, pedi que ele tocasse sua gaita de fole e, então, a superfície irrompeu, derramando água para as laterais, onde ela se alojou por alguns momentos; uma nuvem de atividade que finalmente se assentou com um macio respingar para, então, o lago voltar ao silêncio.

Elkavar riu.

— Se você pode fazer isso, pense no que eu posso fazer...

Ele soprou a bolsa para as gaitas e apertou-a firmemente; o cantarolar colocou o lago em vida novamente, e novamente ele se assentou, e assim permaneceu enquanto ele, Elkavar, manipulava as gaitas e produzia uma melancólica e doce melodia que uma vez eu ouvira uma mãe cantar para seus filhos, enquanto eles eram transportados para o sono, balançados em seus braços.

— Quais eram mesmo as palavras?

Eu lhe disse, e ele as cantou gentilmente, as gaitas melodiosas e quentes, quase tristes.

Eu sou o exílio
Voltando, voltando,
Para as montanhas ocas,
Para os que brilham,
Eu sou o exílio
Que está caminhando para casa.

O lago estremeceu. A obscuridade parecia se aprofundar através da água e as árvores tremeram, como se uma tempestade chegasse. Uma brisa fria soprou contra mim. Mas, então, tudo nesse lugar estranho ficou quieto.

Elkavar intuiu meus sentimentos e cantou novamente. As notas e as palavras pareciam flutuar como sonâmbulas pela borda do lago e até o espaço vazio entre as árvores, onde Olhos Ferozes havia desaparecido. E, de repente ela estava lá, uma figura alta e negra, coberta com o véu da escuridão da noite, em pé como uma estátua no começo do caminho, observando-me.

Silêncio novamente, salvo pelo agitar da água do lago na margem e a respiração macia da mata.

Eu caminhei em direção a ela. A invocação, cantada pelo hiberno, a chamara de volta de sua jornada, fazendo-a voltar, certamente por curiosidade da carinhosa, mas dolorosa, lembrança. E eu estava quase certo, agora, de quem me observava sob o véu.

Fiquei em pé diante dela, perto o suficiente para estender a mão e alcançá-la, mas não o suficiente para beijá-la. Ela me manteve àquela distância. Eu podia ver seu rosto por trás do véu, gasto pelos anos, muito mais do que gasto pelos anos, mas lindo, não parte deste mundo, intocável e, como eu, perdido no tempo, mas ainda amarrado a ele.

Medeia! Filha de Aeëtes. Sacerdotisa de Ram. Nada disso! Porque ela era mais velha do que isso por incontáveis gerações. Eu e ela éramos parte do mesmo coração, aquele antigo coração, sempre batendo.

— Quem é você? — ela sussurrou. — Quem é você para conhecer minha canção secreta? Você veleja com Ossos Podres...

Eu acreditara que Medeia estava morta. O Oráculo em Arkamon dissera ao seu filho: "ela pagou um preço alto demais para escondê-lo. Ela morreu em grande dor".

Claro que ela havia morrido. Eu entendia agora. Ela morreu por sete séculos. Eu estivera cego pela minha própria recusa em usar os talentos que possuía. O Oráculo havia dito a verdade — uma verdade guardada.

Medeia não havia morrido. Medeia vivera através do tempo. Ela havia trilhado o Caminho, e eu não a reconhecera quando nossos próprios caminhos se cruzaram. Eu não havia reconhecido a garota que havia sido minha amiga de infância.

— Meu apelido era Merlin — eu disse, quase incapaz de reunir as palavras. — Quando crianças, nós nadamos na lagoa formada por uma cachoeira. Você se divertia em atirar flechas com pontas de frutas em mim. Nós tínhamos dez guardiões; eles ainda nos observam, esperando-nos chegar à idade, embora eu não saiba o porquê.

Ela me estudou cuidadosamente por trás do véu. Eu sentia sua mente como o zumbido de insetos — apavorada, confusa, intrigada, não desejosa de se acomodar com a verdade que estava a caminho.

— Eu me chamava Antiokus quando Jasão primeiro recrutou homens para Argo e navegou para saquear seu santuário, em Cólquida. Eu estava no palácio quando você fingiu o assassinato de seus filhos.

Com um grito horrorizado de reconhecimento — a respiração rescendendo a sangue e folhas queimadas —, Medeia arrancou o véu e me encarou. Ela havia quase acreditado, porque quase sabia a verdade.

Mas o olhar de reconhecimento e a repentina compreensão rapidamente passaram, e um olhar de raiva tomou seu lugar, aprofundando os traços de lágrimas e dor em volta de seus olhos, endurecendo suas sobrancelhas e sua boca esculpida.

— O que é isso? — ela sibilou. — Que truque é esse? Ele nunca verá seus filhos! Diga-lhe isso. Eu tive muito trabalho para escondê-los. Ele nunca verá seus filhos! Eles são a única coisa que importa para mim, estão crescendo fortes. Estou orgulhosa deles.

— Ele está perto. Encontrará Thesokorus.

— Encontrará? Eu o detive em Alba. Eu levantei a morte em Alba. Eu ajudei a *devastar* a terra para manter vocês para trás. E posso detê-lo aqui. Envenenei sua mente naquele barco. E *posso* detê-lo aqui.

Ela não podia tirar seus olhos dos meus. Eu dificilmente podia lidar com as implicações do que ela dizia. Pensei naquele enorme touro em chamas que havia se precipitado daqueles gigantes de vime. O toque de Medeia. E aquela presença apavorante, aquela presença devoradora e sagaz nas cabeças dos gigantes enquanto nós saíamos na água, pondo à prova nossa coragem. Ela esteve tão perto. Quanto de devastação essa mulher causava, eu me perguntava.

Eu não podia tirar meus olhos dos dela. Imagens cinzentas e embaralhadas, num torvelinho agitado pelo acumulo dos séculos, giravam em nossas mentes, a dela e a minha. Ela sacudiu sua cabeça. A memória fluía, indo e vindo, fria e fresca. Era doloroso observá-la. Ela estivera na Terra dos Fantasmas comigo, não sabendo quem eu era, o que tínhamos sido num passado distante, mesmo enquanto eu voltava de Olhos Ferozes, não entendendo de forma alguma Olhos Ferozes. Eu a desejava novamente ou, talvez, desejasse a infância que havíamos partilhado.

Ela foi direto ao ponto, falando com calma, deliberadamente, quebrando o encanto.

— Esse truque não funcionará. Você é um homem inteligente, Antiokus, um amigo daquele homem podre. Mas eu vejo através da farsa. Você não é como eu. Eu sempre fui um ser solitário. As outras eram falsas lembranças. Eu percorri o Caminho sozinha. E Merlin... Merlin foi apenas um sonho doce!

Por que, então, seus lábios tremiam? Por que estava fria? Porque, claro, ela também começava a entender.

— Eu achava o mesmo — eu disse. — Achava que eu era um só; com apenas sonhos meigos para me fazer sentir que havia outros como eu.

— Não! — ela rosnou. — Isso é uma decepção cruel. De alguma forma, você pegou minha lembrança como um corvo. Mas Ossos Podres nunca sentirá o toque das minhas crianças. Esperei muito tempo para estar com eles novamente. Hecada! Hecada! — ela uivou de repente. — Como ele está aqui? Como ele pode estar aqui? A própria terra parece se voltar contra mim!

E, com aquele grito selvagem de lamento, aquele momento furioso de desespero, ela se virou e correu, engolida pelo caminho e pelas sombras.

Mas o som de sua corrida de repente parou. Eu ainda estava em pé, olhando para ela, consciente da escuridão, do cheiro do lago e do zumbido distante da gaita de Elkavar enquanto ele calmamente tocava. Eu não podia vê-la, mas ela havia voltado e me chamou.

— Quantos guardiões?
— Dez.
— Diga-me um nome.
— Cunhaval. O cão de caça que corre pela floresta.
— Muito fácil de adivinhar. Diga-me outro.
— Sinisalo. A criança na terra. Como você e eu.
— E outro.
— Skogen. A sombra das florestas invisíveis.

Houve silêncio; então, mais uma vez, o som de corrida.

Eu fui segui-la, mas novamente a voz dela voltou, quase suplicante.

— Deixe-me. Deixe-me, Merlin! Por favor. Eu posso fazer-lhe mal.

E eu percebi que ela havia atingido seus ossos de maneira muito mais profunda do que eu jamais atingira os meus. Ela havia usado mais feitiço. Era muito mais forte em feitiço que eu, e aquilo era perigoso.

Ela havia partido. Eu voltei para Elkavar, que me esperava onde as pedras encontravam a água naquele cinzento e silencioso submundo, sua gaita pendurada casualmente sobre seu ombro, seu rosto uma máscara de curiosidade e travessura.

— Bem, até que não demorou muito — ele comentou. — Espero que não tenha sido algo que cantei. Eu posso aceitar críticas...

— Você cantou perfeitamente — eu lhe assegurei.

— Obrigado. Eu também acho. Mas eu pensava que vocês tinham mais a dizer um ao outro. Ficou claro que vocês dividiram um passado juntos.

— Nós dividimos — admiti, desarmado. — Muito mais do que você pode imaginar. Nós fomos pegos de surpresa.

Elkavar suspirou como se entendesse exatamente o que eu queria dizer. Então, balançou a cabeça como se soubesse como eu me sentia. E me deu um conselho.

— Eu o cumprimentaria pelos seus modos com mulheres, Merlin. Mas receio que não haja nada para cumprimentar. Você não levou vantagem. Você a deixou partir muito rápido.

— O que você viu aqui não é o fim dessa história.

— Você vai atrás dela: muito bem! Da maneira que ela olhava para você, era óbvio que vocês um dia foram amantes. Aquela chama pode ser acesa novamente. E eu escreverei uma canção. Qual era o nome dela?

— Elkavar... — comecei a dizer, mas descobri que não tinha palavras nem para reprimir, desenganar ou cumprimentá-lo. Se ele vira algo, com seus talentos para explorar os atalhos desta vida, então, quem era eu para duvidar da sua intuição? Meu passado era uma série de momentos, vívidas experiências num vazio de trilhar o Caminho. A maior parte da minha vida era tão obscura para mim como a paisagem num dia nublado; sentida, mas não vista; vindo a ser uma visão apenas quando vista de perto.

Amantes? O homem era um romântico. Ela e eu fomos crianças juntos antes do princípio do Tempo. Não mais que isso.

Nossos caminhos se separaram (e ainda assim... e ainda assim...).

O amor entre Medeia e Jasão, entretanto, fora surpreendente em sua intensidade, chocante em seu vigor, trágico em sua traição. Eu não reconhecera Medeia pelo que ela era quando eu havia ajudado em sua fuga de Cólquida e o furioso rei que a considerava como sua filha. (Como ela havia se arrastado na vida dele?) Eu não a havia reconhecido naquele dia em que ela fugiu de Jasão, carregando seus filhos, sua faca na mão, seus truques prontos para nos impedir de seguir em uma perseguição mais longa quando nos prendeu na armadilha no túnel, atrás dos portões de bronze.

Eu me lembrei do quanto me senti impotente aquele dia, em Iolkos. O grito de Jasão:

— Antiokus! Use magia!

— Não posso!

Foi a própria Medeia quem me parou. Mas, naquele momento, eu não sabia o quanto conhecia aquela mulher. Eu não procurava por isso. Ela apenas usava as mesmas palavras que eu usaria: você foi apenas um sonho meigo. Eu sempre fui um ser solitário...

Medeia, agora eu tinha certeza, era "aquela que foi por caminhos errados" nas palavras dos espíritos do meu passado, na Terra dos Fantasmas. Eu era aquele que não podia amarrar os próprios cadarços. Os outros estavam em casa ou quase em casa.

Medeia e eu, deixados sós no Caminho, embora cada um de nós escapasse das consequências e necessidades de nossas vidas de modo diferente.

Eu precisava encontrá-la novamente. Precisava trazê-la de volta para mim. Do momento em que ela caminhara da mata terrível e me espreitara por trás do véu, eu sentia uma necessidade opressora de reclamar a parte da minha vida que fora tomada de mim: o princípio.

19
Sonhos e memória

Argo estava mais uma vez emaranhado nas malhas da rede, e Ruvio o conduzia. O cavalo, voluntarioso, havia puxado o navio até a margem, arrastando-o depois pelos campos desertos até o bosque.

— Por onde *você* andou? — perguntou Jasão, desconfiado. — Você parece bem culpado.

— Depois — eu disse. — Ainda estou tonto.

Na verdade, ele procurava Niiv, nervoso. Era um alívio não ver qualquer sinal dela.

Michovar, seus homens e os germânicos haviam preparado um esconderijo para o navio. Uma vala rasa, coberta de ramos, para onde Argo foi transportado e escondido com o máximo cuidado. Ele não estaria a salvo de quem entrasse na floresta à procura de comida, mas certamente não seria visível do rio.

Jasão cortou as amarras na popa, libertando, junto com Rubobostes, a carranca de proa da Senhora da Floresta. Ela foi embrulhada e posta na maior das duas carroças que foram reparadas. Jasão entrou sozinho no Espírito do Navio e, sob orientação de Mielikki, tirou de lá o coração. O pedaço de madeira enegrecida não passava de um toco quase disforme, um resto de naufrágio, sendo levado para a carroça, mas cuja memória de tempos antigos ainda ecoava.

A carranca e o coração da nau foram cobertos com duas camadas de lona, antes de ser pregada por cima deles uma tábua. Encheram o resto da carroça com provisões, cordas e armas. Lubrificaram os eixos das quatro rodas largas. Duas rodas sobressalentes foram postas na parte de trás. Ruvio conseguiria puxar este pequeno veículo sem dificuldade.

Todos esses preparativos levaram apenas um dia. Pernoitamos junto da fogueira, no recinto fechado, apreciando a comida de Michovar e copos de um vinho ordinário, que Elkavar havia descoberto num jarro de argila enterrado no chão junto do rio. Não havia muito, mas um dos rapazes volca temperou-o e aqueceu-o, e o estado de espírito dos argonautas passou de cansaço e irritação para bom humor e vontade de contar histórias.

Tairon contou-nos uma versão do conto de Ícaro e seu irmão Raptor, cujo pai havia atravessado partes de seus corpos com fios de cobre para que sustentassem pares de asas mecânicas. Elkavar cantou para nós, para deleite de Urtha, enquanto o rosto sério de Jasão demonstrava tolerância. Michovar e seus homens dançaram para nós ao ritmo de um tambor, acompanhados por grunhidos de animais e cânticos melodiosos: uma dança de celebração para a caçada de um tigre e a tomada de seu espírito. Aprendemos que o tigre era uma criatura que raramente aparecia no país deles, e trouxe grandes mudanças e bons presságios.

Depois, Ullanna gemeu um lamento por sua pátria, misericordiosamente curto, e Conan e Gwyrion a acompanharam, em harmonia, fazendo um som pouco comum que, explicaram, se relacionava à necessidade nunca mencionada que todos os homens e mulheres têm de voltarem seguros à sua terra ancestral.

Michovar não estava impressionado. Tudo era sentimental.

— Você não gostaria de se aninhar na terra dos *nossos* pais — grunhiu. — Neve até ao pescoço, seu traseiro congelado e doninhas mordendo você dos pés à cabeça. Ao menos a nossa música era sobre caçar e apanhar coisas...

As fogueiras começaram a se extinguir e Conan andou em volta delas, atiçando-as e alimentando-as, trazendo nova vida e calor. Cathabach e Rubobostes dirigiram-se para os cavalos. Manandoun e Urtha afastaram-se de nós, falando baixinho. Depois, Manandoun levantou-se e deixou o líder acenando com a cabeça rapidamente na direção de Ullanna, que estava por perto, observando.

Ela se sentou, envolveu-se com seu manto, arrumou com cuidado sua lança e sua espada e olhou fixamente para as estrelas. Não se mexeu quando, passado algum tempo, Urtha se levantou, colocou seu próprio manto em volta dos ombros e deixou o recinto. Eu o segui a uma distância discreta, até ver que se dirigia ao rio. Ele era uma sombra imóvel, recortada contra a água, iluminada pelas estrelas, enquanto olhava as abóbadas do céu, perdido em pensamentos profundos.

Eu queria falar com ele, explicar que havia decidido ir à frente do resto dos argonautas, mas o momento parecia inoportuno. No entanto, antes que pudesse voltar ao recinto, outro homem apareceu, vindo da escuridão, curioso e alerta, apesar do forte bafo de vinho. Aproximou-se de mim e passou o braço por cima dos meus ombros.

— Falei com aquele hiberno reclamão. Ele me disse para falar com você. Vamos caminhar. Sei que nos deixará, o mínimo que pode fazer é dizer-me por quê.

Jasão, como sempre, foi direto ao ponto e diplomático.

Afastamo-nos de Urtha, caminhando pelas margens do rio.

— Ele fareja aqueles traidores sacanas de longe — disse Jasão, lançando um último olhar à figura miserável do celta. — Está invocando um titã, espero. Presumindo que esses celtas criam titãs para ajudar quando o momento chegar.

— Estaremos todos lá quando o momento chegar.

— Será? — Jasão parou e olhou bem para mim. — Você estará lá?

Perguntei-me o que Elkavar diria ao grego. Como intuindo meu pensamento, Jasão falou:

— Elkavar diz que você encontrou uma forma de seguir. Eu perguntava a ele aonde você fora. Estava preocupado com você, desde que a menina *pohjolan* também desapareceu.

— Niiv? Ela deve andar por aí, observando através das sombras da noite.

— Ele está certo — disse a Jasão. — Há um caminho que passa direto e que nos conduz adiante, talvez à frente do exército. Vou deixá-lo por um momento para explorá-lo. Não posso lhe dizer mais do que isso, esta é uma parte da minha vida que precisa de resolução.

Jasão deu de ombros.

— Cada um de nós está ajustando contas com o passado. Por que não você? Mas você poderia ter me falado isso mais cedo, Merlin, antes de termos preparado o carro e os cavalos. Podemos ir todos para sul pelo seu túnel.

Eu o convenci do contrário bem rápido. Nenhum homem comum poderia cruzar o portão para o submundo, não antes de morrer. Elkavar, nas suas próprias palavras, havia "nascido" para fazer essa viagem, apesar de inclinado para seguir o caminho errado. Tal como muitos dos argonautas, ele era metade lenda, metade humano: Tairon e seus labirintos; Rubobostes com a sua força imensa; Ullanna, o eco da caçadora. Mas nenhum deles — talvez excetuando Tairon — conseguiria entrar e atravessar a terra.

— Onde sairá essa estrada sobrenatural? — perguntou Jasão, passado um momento.

— Certamente no sul — eu disse. — E tenho uma ideia de onde no sul, mas não tenho certeza. Elkavar me ajudará, acaso nos perdamos.

Jasão franziu a testa por um momento. Depois, reconheceu o meu sorriso e riu um pouco.

— Sim. Bom, boa sorte.

O que eu não lhe disse é que era a trilha de Medeia, ou, pelo menos, uma passagem a partir de algum nicho escavado pelo rio Danúbio e que, em algum momento, cruzaria o caminho dessa trilha. Como eu disse com honestidade a Jasão, não sabia ao certo, mas todos os santuários têm seus próprios cheiros, por vezes doces como o mel, ou ácidos como o enxofre. E o toque de cedro e alecrim, forte apesar do enxofre, à medida que ela voltava para me confrontar, sugeria um lugar que havia visitado antes: um oráculo, sim, um oráculo específico, se não estava muito enganado.

— Reparei que você não está usando aquele dente pequeno, aquele amuleto que a menina lhe deu — disse ele, de repente.

O *sedja* havia sido costurado ao meu blusão de couro de ovelha. Quase me esqueci de que estava ali. Mas, depois do incidente, quando Niiv participou de meu voo de falcão sobre o exército, eu havia eliminado qualquer indício de que o símbolo estivera ali. Desconfiei que ela pudesse voar até ele, e era essencial que não me seguisse.

O *sedja* permanecia escondido no desnudo Argo, por baixo da cobertura de ramos que cobria o navio, bem lá no fundo do porão.

— Sentirei sua falta, Merlin — disse Jasão, enquanto se virava para as fogueiras, ao longe. — Estou consciente de que estou aqui por causa de sua convicção e de seus poderes de encantamento, porque o mundo, o meu mundo, enlouqueceu! Enlouquecer é a palavra certa? Um filho e um pai, vivos, outra vez, depois de setecentos anos após a sua morte.

Pensativo, concordei.

— Sim. Acho que loucura é a forma apropriada de colocar a questão.

Quase disse a ele, naquele momento, o que havia descoberto: que Medeia também estava viva neste mundo louco. Na verdade, que muito provavelmente ela sempre estivera viva, seguindo seu caminho, regredindo nos anos, sucumbindo, até... Que pensamento estranho... Até que seus filhos reapareceram na terra, passando das trevas para a luz, de uma era para a seguinte, sem noção da passagem do tempo.

Mas todos os meus sentidos me diziam que era demasiado cedo para fazer referência a Medeia. Ele perderia a concentração. Precisava pensar apenas no seu filho e na forma de encontrá-lo.

No entanto, a minha experiência na costa da Terra dos Fantasmas e as palavras de Medeia — "eu o detive em Alba, posso detê-lo aqui" — eram suficientes para que eu lhe falasse de outra coisa, alguma coisa que lhe aguçasse o apetite.

— O que é? — perguntou Jasão, fixando o olhar em mim. Eu o olhava de uma forma estranha.

— Acho que sei onde Kinos se esconde — eu disse, e ele arregalou os olhos.

— Kinos? O Pequeno Sonhador? — seu rosto pareceu reviver, surpreso e maravilhado, e ele me pegou pelos ombros. — Como você sabe? Como pode saber? Você me disse que só viu Thesokorus. Você o viu? Ele também visitou um oráculo?

Por que não me disse antes? — Agora seu olhar era de desconfiança e repetiu baixinho. — Por que não me disse antes? Merlin, onde ele está?

Libertei meus ombros das mãos dele. Seus dedos estavam tão profundamente vincados que achei que esmagariam meus preciosos ossos.

— Ele está em Alba, escondido naquele lugar chamado Terra dos Fantasmas. A Terra do Herói da Sombra. Ele "vive entre as muralhas açoitadas pelo mar". Lembra-se do que eu lhe disse sobre a visita de Thesokorus ao Oráculo? Os paredões são os penhascos de Alba. Mas a Terra dos Fantasmas é um país complicado. É mais do que um lugar dos mortos. É o lugar dos não nascidos. E, de alguma forma, Kinos conseguiu entrar naquele reino.

De alguma forma? Medeia o enviara para lá! Mas eu não poderia dizer isso a Jasão. Ele estava perplexo. Passado um bom tempo, abanou a cabeça e afastou-se de mim.

— Você anda por caminhos estranhos, Merlin. Você é uma criatura estranha, sobrenatural. Então, o motivo pelo qual duvido de você não faz sentido. Mas eu duvido de você. Só porque quero que seja verdade e não aguento pensar na desilusão. Um filho de cada vez, você me fala sempre, e a necessidade de ver o meu pequeno Thesokurus me corrói por dentro. Mal posso esperar para abraçá-lo novamente.

Não consegui segurar o riso.

— Ele não é o seu "pequeno Thesokurus", Jasão. Ele é um homem crescido. Ele é quase tão poderoso quanto Rubobostes. E é chamado de Rei dos Assassinos. Se eu fosse você, tomaria cuidado.

Ele anuiu, desdenhoso. Ele sabia de tudo isso. A questão não era essa. A questão era vê-lo, era estarem juntos novamente.

— Como pode ter tanta certeza? — ele repetiu. — Sobre o Kinos?

— Vi um fantasma de Orgetorix quando visitei a Terra dos Fantasmas. Não lhe contei antes porque eu mesmo estou confuso sobre como ele poderia parecer estar em dois lugares ao mesmo tempo. Ambaros, o sogro de Urtha, conhecia esse mesmo homem do tempo em que era espião na Terra dos Fantasmas. E ele disse que havia um "irmão" com o homem. Estava certo de que eles eram "espectros irmãos", como chamava. Tenho uma ideia sobre o que pode ter acontecido. Quando voltar a vê-lo, tentarei saber ao certo. Um filho de cada vez, Jasão. Mas encontraremos ambos antes que seja tarde. Apegue-se a esse pensamento como a uma tábua de salvação.

— Será maravilhoso quando puder abraçá-los e vir seus olhos — murmurou ele, sombrio. — Nesse momento saberei que não se trata apenas de um sonho. Às vezes, penso que de repente retomarei a consciência e que a água gelada estará novamente nos meus pulmões e que a minha sombra gritará do lago.

— Isso é real — disse-lhe, gentilmente. — Você verá.

Ele concordou, numa espécie de agradecimento. Depois, deu um rápido suspiro, resignado com a minha partida.

— Bom, vá, Merlin. E que Poseidon proteja sua retaguarda à medida que você caminha para o submundo!

Jasão concordou que os outros apenas saberiam da minha partida depois que ela já ocorresse.

Pensei que, com o navio por hora abandonado, alguns dos argonautas poderiam decidir abandonar a jornada para o sul, em particular Michovar e seus volcas, já que se juntaram a Argo apenas com o intuito de cortar caminho para chegar em casa. Debatiam a questão rudemente, mas pensamentos sobre o sul ameno, as intrigantes buscas de Brennos e os segredos dos oráculos persuadiram o resto do grupo a manter-se junto. A cavalo e a pé, alguns na carroça puxada por Ruvio, formariam uma espécie de Argo em terra firme.

Urtha ainda estava perto do rio. Aproximei-me dele com cautela e disse-lhe que ia embora. Olhou para mim, franzindo a testa.

— Você estava indo ultrajar o Cunomaglos por mim antes da morte dele. Foi o que você me disse.

— Espero estar lá para fazer isso mesmo — respondi. — Você não conseguirá alcançar o exército por vários dias. E depois precisará encontrar o seu inimigo. É um exército grande, espalhado pelas colinas.

— Eu o encontrarei — disse Urtha, totalmente confiante. — O cheiro daquele sacana ainda está nas narinas de meus cães. Quando começarem a salivar e os seus olhos ficarem vermelhos, saberei que ele estará perto. Vá com cuidado, Merlin. Onde está aquela moça? — Acrescentou, como lembrando-se.

— A tratadora dos meus cães.

Onde ela estaria, de fato? Disse-lhe que não sabia, mas que, se ele a visse, que fosse gentil com ela e que a persuadisse a ficar com o grupo e não tentasse voar em minha perseguição. Ela não me encontraria nos domínios de Poseidon.

— Creio que a esta altura já sabemos — disse Urtha, cortante, quase melancólico — que você vai para onde escolhe ir.

Elkavar havia reunido as nossas provisões enquanto discutíamos. Comida, água, pequenas quantidades de ervas amargas que eu encontrara nos limites da floresta, tiras de casca de carvalho, freixo e avelã, que floresciam na floresta — eles eram nossa segurança, seriam esculpidos como talismãs, caso fosse preciso —, e armas também, não para lutar contra as forças do submundo, mas para nos proteger no mundo dos homens e guerreiros, na outra extremidade.

Cada um de nós levaria uma espada, uma faca e quatro lanças finas, com lâminas delgadas de ferro. Elkavar também levava a sua funda e uma pequena bolsa de pequenos "tiros encantados", como ele chamava, e que mais tarde reconheci como sendo as pequenas pontas de flecha de pedra dos tempos antigos.

Assim equipados, saímos do esconderijo e encontramos o riacho, que seguimos pela noite fora, pelo bosque, pelo monte elevado, onde as pessoas de Daan haviam enterrado seus mortos, no limite do mundo subterrâneo.

20

O fantasma na terra

Os gregos tinham uma palavra para isso, a confusão e a desorientação que se seguem à arrogância da certeza. Eu estava certo: perseguir Medeia pelo submundo seria tão fácil quanto seguir um exército de dezenas de milhares de homens. Mas havia rastos e rastos, e um exército deixava a terra arrasada; ela, no entanto, voava no domínio do submundo, onde Perséfone e Poseidon voavam como morcegos, onde os caminhos se dividiam entre uma passagem lúgubre por dentro das rochas, e outra, que descia até ao lago negro, onde não havia, no ar viciado, sequer uma pista ou perfume dela, que já havia partido...

Nós logo nos perdemos.

— A culpa é toda minha — disse Elkavar, impiedoso, enquanto voltava a lançar sua linha para dentro da água escura na esperança de apanhar um peixe, servindo-se apenas de um grupo pegajoso de erva. — Não presto atenção aos sinais.

Que sinais?

Lamentavelmente, ele não sabia. Se havia sinais, ele não os vira. Não prestava atenção.

Até a gaita de foles era inútil. Inflou-a, apertou-a contra o cotovelo e tapou os buracos de madeira. Não saiu nenhum som, apenas um bafo de morte.

Poseidon havia roubado sua música. Sem a sua gaita de foles, ele não cantaria. Sua voz estava morta como o pó. Não conseguiria cantar nenhuma música de invocação ou de lamento aos mortos para que viessem nos ajudar; ele não conseguiria cantar ao vento que vinha do mundo por cima de nós, ou ao som do trovão, para que rolasse pelas cavernas e nos permitisse seguir seu eco. Não conseguiria cantar a canção secreta de Medeia e esperar que isso a aliciasse de volta ao caminho o suficiente para que nos desse uma pista sobre que direção devíamos seguir.

— Acho que Orfeu nunca teve este problema — murmurou o mal-humorado hiberno. Lembrei-o do destino de Orfeu, destroçado pelas mulheres de Lemnia e atirado ao rio.

— É verdade — concordou Elkavar, sagaz. — Por vezes, o destino dos músicos é perder seus favores. Talvez eu tenha sorte, afinal. Mas tenho saudade da minha música — olhou para mim, sombrio. — E a sua?

Revelei-lhe que Poseidon havia roubado a minha voz também. Ou melhor, não era a primeira vez em que, para entrar nesses domínios do submundo, teria de abdicar da maioria dos meus talentos. Sempre sobrevivi a estas jornadas nas profundezas, mas as visitas resultavam no bloqueio de minhas aptidões. Eu nunca havia questionado o fato, apenas tomado consciência dele.

Mais cedo, tentara "cantar" para invocar Medeia novamente, e descobri a ausência da harmonia. Também tentara invocar o cão de caça, o falcão e o peixe, sem sucesso. Poder farejar mais longe seria útil, mas, tal como um papiro fechado num vaso de argila, eu também não conseguia chegar à minha carne até atingir as pistas e orientações-padrão, que normalmente me ajudariam.

— Você é apenas um homem — disse Elkavar, com uma voz de desapontamento profundo. — Apenas um homem comum.

— Bom, por enquanto. Quando voltarmos à terra — acrescentei, sarcástico —, voltarei a ser a aberração que era antes.

— Bem, espero que sim.

Mas então um pensamento ocorreu a Elkavar.

— Corre à boca pequena entre os argonautas que você pode voar, nadar e correr como se fosse um animal. Na verdade, não o encontrei vestindo farrapos, naquela casa em ruínas, com mais cara de pássaro e de cão do que de homem? Você fazia aquilo, você se transformava. Não me diga agora que estou errado. Eu conheço transformadores e transformadores, e alguns usam as marcas da besta nas suas faces toda a vida, e outros apenas cheiram a elas. E, meu amigo, quando o encontrei em tamanho sofrimento, você cheirava à bosta de pássaro e a bafo de cachorro.

— Obrigado.

— Mas você cheirava. E dizem por aí...

— Eu sei o que dizem. E você está certo. Já voei frequentemente como falcão. Exige demais de mim, mas é útil. Mas, respondendo à sua pergunta, já tentei de tudo o que conheço: pássaro, cão de caça, peixe, criança... Até já tentei me transformar na raiz de uma daquelas árvores...

Acima de nós, a abóbada do nosso mundo era um misterioso emaranhado de raízes e fibras, trepadeiras do mundo superior, tecidas como mortalhas em volta do céu. Elkavar observou a abóbada por um momento e depois olhou para mim como se eu fosse louco.

— Por quê?

— As raízes da floresta ligam o mundo. Nós estamos cercados por uma rede de floresta.

— Estou vendo. Não sabia. Mas, voltando ao que dizia, o que corre entre os argonautas é que você tem mais cartas na manga do que faz parecer.

Com quem ele falara? Ou era apenas muitíssimo intuitivo? Acho que a resposta era: Urtha. Confidenciara muita coisa a Urtha; e o *cornovidian* e este hiberno, apesar do histórico de guerras entre ambos, certamente se tornaram amigos durante nossa jornada pelo rio.

— O que Urtha lhe disse exatamente?

Elkavar parecia um pouco embaraçado.

— Que você é assombrado por dez rostos de sua infância; que eles estão entranhados em você até os ossos; que os seus ossos podem abrir mundos, dez mundos, e que, se não me engano muito, você os abre na forma de pássaros e cachorros...

Eu o silenciei, com um dedo em riste, alarmado com os conhecimentos que tinha a meu respeito, relutante em pensar muito sobre a vida dentro da minha carne, que eu usava cada vez mais, apesar de já ter idade para saber que isso era muito prejudicial.

— Aonde você quer chegar com isso?

— O que mais há sob a superfície, Merlin? Precisa ser algo que possamos conjurar para que nos ajude a voltar para o caminho certo. Se não é um cão de caça... Que tal um morcego? Um verme seria demasiado lento.

Silenciei-o novamente. Estava cansado da sua insistência, aquilo me tirava do sério. E ele estava certo. Dez transformadores, como ele os chamava, estavam de fato em meu poder.

Fui buscar o que uso com mais relutância. O único que funcionaria neste submundo.

Mordun, o fantasma na terra.

Tinha-me esquecido o quanto doía criar o fantasma.

A vida, que deveria ser rápida, de repente se desacelera, tornando-se negra e fria. Arrepios gelados percorrem os membros e o desespero começa a guinchar dentro da cabeça. O Tempo se estende, sem fim, lúgubre, agonizante, desperdiçado, uma terra devastada de dias e anos. As sombras que nos vigiam são as sombras dos que perdemos. Elas se embaralham, gritam, insultam, amaldiçoam. As articulações se avariam, andar torna-se difícil. Você tropeça na lama, não há aromas frescos, apenas decadência crescente. Uma mãe apela, um pai grita, um irmão geme, uma irmã chama de longe. Esses são os perdidos da vida. Vivos, podemos aprender a viver com pesar, a focar no dia e nos dias seguintes. Mas chamar o fantasma é chamar o que já aconteceu, o que jamais poderá ser recuperado.

Dói criar essa sombra.

Então, pense em mim mais velho do que qualquer cadáver que já boiara no rio. Erigir o fantasma era abrir os portões de momentos de felicidade e prazer que foram para além do tempo em que se formaram as próprias colinas.

Chorei durante muito tempo, encolhi-me na costa, a minha carne pendurada em pregas rançosas, maxilares mastigando minhas entranhas.

Elkavar fugiu apavorado, observando a uma distância segura.

Chamei os mortos, que se ergueram do lago. Não muitos, alguns deles já foram há muito para conseguirem fazer mais do que levantar a cabeça acima da água. Alguns se arrastaram até mim, curvaram-se para frente, mãos entrelaçadas sobre o peito, como sempre acontecia com os mortos, olhando-me fixamente através das cavidades dos olhos. Quanto mais se aproximavam, mais via quão interessados estavam em ouvir minha voz: estaria ali para levá-los de volta? Quão equivocadamente morreram? Quão prematuramente faleceram? Este jovem mensageiro teria certamente sido enviado para levá-los de volta, de volta para o dia claro, de volta para o ano que passa rápido...

Rapidamente se encolheram, desapontados, ao ouvirem minhas palavras:

— Estou perdido, preciso de um guia.

Passado um momento, uma voz chamou:

— Eu pereci na Batalha de Plateias, lutando pelos espartanos. Nós ganhamos? Nós nos esforçamos tanto...

Depois, outra voz:

— Eu vi fogo nas paredes de Tirinto, com estes próprios olhos, antes de aquela lança me atravessar os maxilares. A cidade pegou fogo?

E outro:

— Meu amigo Agamnos envolveu-se num combate mortal com Heitor, na primavera, em Troia. Fui morto pelas costas, antes de saber o resultado. Heitor morreu?

Respondi que Heitor havia morrido e que não sabia a resposta para as outras perguntas.

Uma voz mais calma se destacou no meio das sombras aguadas e revoltas.

— Aonde vai?

— Para o sul, para a boca de um oráculo.

— Em que terra?

— Macedônia. Oráculo de Arkamon.

Uma mulher deu um passo adiante, usando um pesado capuz, mãos cruzadas e apertadas sobre o estômago.

— Não morri há muito tempo — segredou — e ainda tenho forças. Sei para onde deseja ir. Siga-me.

Saiu do lago na minha direção, mas, de repente, já na margem do lago, agachou-se e, com as mãos murchas, torceu a parte de baixo das suas roupas nojentas. Espremeu a água da manga e do espartilho como se tentasse sacudir a mortalha apenas um pouco. Depois, continuou vindo em minha direção e achei que ia passar por mim, com a cabeça curvada, mas parou e olhou-me, olhos assombrados, o rosto enrugado.

— O meu marido está feliz? — perguntou num murmúrio fantasmagórico. A carne flácida de sua sobrancelha enrugou-se, num franzido de angústia. Olhou-me fixamente, um cadáver olhando um cadáver, numa necessidade tão grande de saber a resposta, que eu quase me sufoquei.

— Não sei, desculpe.

Seu olhar sinistro prendeu o meu.

— Tínhamos dois filhos. Rapazes brilhantes. Foram para a guerra. Para sempre. É duro. Morrer de desgosto. É duro deixar um bom homem. Espero que esteja feliz.

Sua cabeça voltou a cair e ela começou a andar de volta pelo caminho, para o lugar onde Elkavar e eu erráramos na curva.

Nós a seguimos à certa distância, sem parar para descansar, este cadáver nunca parava, e logo nossos membros se cansaram e nossos sentidos se entorpeceram pelo cansaço. Mas ela andava, andava, vagarosamente, em passo arrastado, a passo de fantasma, e passamos por florestas e vales, pela margem de riachos e pelas ruínas de cidades antigas, cujas fortalezas brilhavam, reflexo da suave luminescência, já que ali não havia lua que iluminasse a altura destas.

Depois, sentimos o cheiro da terra novamente, e das ervas, e do sol, e do verão.

E do medo! E de sangue!

Entre um passo e outro, eu conseguia ouvir o som de uma luta selvagem, os urros dos homens, o tilintar agudo das espadas umas nas outras, o riso das Fúrias.

A nossa guia-espectro parou por um momento, o rosto erguido e voltado para a luz fraca através de nós.

— Obrigado — foi tudo que consegui dizer. Ela permaneceu imóvel, olhando o brilho do sol, o brilho da vida, recordando. Depois, virou-se lentamente e voltou pelo caminho escuro.

Observei-a até que desaparecesse da minha vista. Depois, acordei do sono dos mortos, assustando Elkavar, que viu meu rosto cinzento corar-se de sangue e de vida.

— Estava quase enterrando você — resmungou, com algum alívio. — Fiquei aterrorizado por um momento. Você é um cadáver muito convincente!

À medida que o grande exército de Brennos ia varria o território, montanhas abaixo, em direção às planícies ao norte de Tessália, bandos de guerreiros cavalgavam para leste e oeste, em busca de despojos, pilhagens e de aventura. Não havia quem os controlasse. Quando voltavam ao corpo principal do exército, havia pouco que Brennos ou seus comandantes pudessem fazer.

Este bando de quase duzentas pessoas sentiu o cheiro do oráculo Arkamon, cavalgou pelos sopés, pelos bosques e pelas montanhas para enfrentar o pequeno e determinado bando de soldados de kilt, que se apressava para proteger o santuário isolado. Na sua maioria formada de homens mais velhos, essa força protetora trazia consigo pesadas lanças e espadas, usava armaduras e joelheiras de ferro e elmos amarelos.

Não iam nada bem.

Estimei que havia uns cem atacantes envolvidos no combate, de tronco nu, e calças verdes e vermelhas muito apertadas. Pintaram os rostos de branco para combinar com o cabelo. Uma faixa preta colocada a tiracolo, no tronco, ia do coração à virilha. Quase riam enquanto lutavam, girando e chutando, saltando de rocha em rocha, golpeando os defensores com uma velocidade e uma ferocidade estonteantes. Investindo com suas lanças, rastejavam para longe, ou punham-se em pé, armas levantadas, espada na mão, desafiando seus assassinos aos gritos, caindo por cima deles com uma raiva mortal, que acabava com um ou com os dois bem rápido.

No interior do bosque, conseguia ver o brilho das pontas das lanças e ouvir o barulho dos cascos dos cavalos. Eram as carroças à espera do resultado.

Ainda que eu tentasse descer em vez de passar pela luta e atravessar a clareira para alcançar a floresta, Elkavar tomara a decisão certa.

— Estão todos marcados da mesma forma, se você reparar. Esta é uma enorme invasão-surpresa, todos do mesmo clã, os tectósages, acho, e você e eu somos tão diferentes deles quanto aqueles desgraçados dos chapéus engraçados. Não estão com disposição de verificar as nossas credenciais. Estes são os espadachins. Mas há lanceiros lá em cima, nos bosques. Chamam-se *gaesatae* e conseguem atirar quatro lanças enquanto você bate uma palma.

O fedor me embrulhava o estômago. O barulho era parecido com o do frenesi das gaivotas. Dei uma olhadela para o lugar onde estivera escondido antes e onde havia escutado este oráculo, que se escondia na caverna, no penhasco, e vi uma figura que observava furtivamente, a partir desse mesmo santuário. A distância, seis homens de mantos escuros apearam de seus cavalos pesados, observando o tumulto em segurança.

De repente, um dos homens a cavalo, jovem e esbelto, um dos poucos que usavam uma gargantilha torcida em bronze, deu um salto mortal por cima da magra e desesperada fileira de macedônios, caindo nas rochas que conduziam à entrada principal do oráculo, onde eu e Elkavar observávamos. Mas, à medida que esse homem se aproximava de nós, aos saltos pelo caminho, também a figura alta e sombria esgueirava-se do seu esconderijo na fenda, aparecendo por trás do celta e rapidamente o empalando numa lança. O homem arqueou-se, num esgar de dor, e caiu para trás, numa contração.

Reconheci seu assassino imediatamente: Orgetorix!

O filho de Jasão olhou rapidamente em volta, depois tentou voltar para o esconderijo. Mas seus movimentos haviam sido observados. Um guerreiro saltou na sua direção, de espada em riste, prestes a atacar. O barulho que fez ao se aproximar perdeu-se no alarido da escaramuça. Estava a poucos passos da matança. Apanhei a espada da mão de Elkavar, levantei-a, agitei-a e lancei-a.

Orgetorix viu os meus movimentos, viu a lança voar na sua direção, gelou de surpresa e mais surpreendido ficou quando a flecha lhe roçou o pescoço. Voltou-se de repente para ver a arma cravada nos maxilares do seu atacante, à medida que o homem voava para trás, retorcendo-se e lutando com a flecha. Depois, o jovem precipitou-se não de volta para o seu abrigo, mas para o oráculo, através da fenda estreita entre as rochas e para o espaço fragrante onde Elkavar e eu nos agachávamos, observando o caos.

Orgetorix nada disse por um momento, apesar da rapidez com que o seu cenho se tornou ameaçador assim que me olhou, o que sugeriu que me reconhecera.

Olhou para Elkavar de alto a baixo, viu todos os sinais de um homem que poderia ser do grupo de Brennos e perguntou:

— Você está defendendo este lugar ou atacando?

Elkavar quase entendeu as palavras do outro homem, mas não exatamente, e por isso eu intervim:

— Este é Elkavar, de Hibérnia. Eu sou... — que mais poderia dizer? — Antiokus... Esse é o nome pelo qual você me chamou uma vez enquanto me perseguia com uma funda, no palácio da sua mãe. Agora sou conhecido como Merlin. E nós não estamos defendendo e nem atacando este santuário. Mas temo que o santuário esteja perdido.

— Temo que você esteja certo — olhou para a batalha. — Este lugar é muito especial para mim. Mas aqueles filhos da mãe querem o seu espólio e não há nada que possa fazer. — Fez uma pausa e estudou-me, novamente. — Uma funda, no palácio de minha mãe?

— Você era apenas uma criança. No entanto, sua pontaria era boa.

Que olhar ele me lançou! Por um momento, ele foi aquele menino que corria pelos corredores de mármore, perseguindo a sombra de pássaros e do cão de caça — um pequeno estratagema para evitar os pequenos projéteis de argila —, rindo com a provocação à medida que eu desaparecia, e com a surpresa, quando me agigantava por trás dele com as pequenas conquistas que eu lhe permitia à medida que o deixava me apanhar.

Mas a memória era muito fugaz. Podia vê-la se desvanecer de seus olhos. No entanto, seu interesse por mim fervilhava. Era mais importante que assistir à chacina.

O último dos macedônios caiu sob as lâminas rápidas da guerra. Os corpos foram saqueados e usados como troféus, e depois arremessados de cabeça para baixo.

Homens manchados de sangue eram jogados para dentro da caverna, começando a procura das passagens, aproximando-se muito do lugar onde nós três estávamos escondidos.

Não haveria muito a saquear. O oráculo de Arkamon não tinha grande procura. Tivera uma reputação estranha durante todos os séculos, desde que tomei conhecimento dele. Era por isso que, sempre que podia, desviava de meu caminho para vê-lo.

Não era tanto um lugar de peregrinação quanto de última oportunidade. As vozes do oráculo iam e vinham, num capricho. Não tinha grande reputação. Era estranho, neste caso. E a curiosidade sempre me trouxera até aqui e havia sido a minha curiosidade que me fizera encontrar Orgetorix.

Que estava sentado ali agora, observando seu lugar especial ser saqueado por arrogantes guerreiros tectósages; meio nus e meio loucos; que se irritavam mais e mais à medida que encontravam apenas paredes de pedra pintadas com imagens fantasmagóricas de animais e com passagens fedorentas, que conduziam às fileiras pouco convidativas das entranhas terrestres, e a poucos artigos em ouro e prata — que foram arrancados de alcovas, onde foram previamente colocados com cuidado — enfiados em sacos e levados dali.

Com a partida deles, o mundo lá fora se acalmou, num banquete para os corvos e no silêncio. Os mortos haviam sido deixados onde se encontravam e, em breve, começariam a apodrecer.

Não haveria nada que nós três pudéssemos fazer, então nos esgueiramos para fora da caverna e voltamos para a aldeia saqueada. Lá também havia corvos, assim como os amigos de Orgetorix, segurando seu cavalo. Ficaram afastados do ataque e mantiveram-se quietos durante a pilhagem da aldeia. Já estavam com Orgetorix há tempo demais para questionar as suas instruções: não participar no ataque ao seu Oráculo.

Entretanto, um deles me reconheceu. Inclinou-se para frente na sela quando nos reunimos e disse:

— Você estava aqui antes. Estava sentado ali, observando e esperando.

Agora, também se deu conta de que nos vira:

— Está certo. O desmazelado e os seus dois cavalos esqueléticos. Você estava sentado comendo azeitonas e queijo de cabra enquanto nos observava. Você me seguiu até o Oráculo. Ele sabia que você estava lá.

No meio de uma aldeia chacinada, Elkavar e eu estávamos rodeados por sete homens a cavalo, todos eles, felizmente, mais zombeteiros do que ameaçadores. Mas um deles, o filho de Jasão, olhava-me com uma intensidade que quase queimava.

— Eu não nego isso — eu disse a ele. Elkavar estava nervoso. Sua gaita dava gemidos aflitos.

Orgetorix me perguntou:

— Quem foi minha mãe?

Olhei-o nos olhos, naqueles olhos escuros, aqueles olhos que já brilharam de riso à medida que fugia pelo palácio, por entre os guardas, brincando de esconde-esconde, sendo seguido pelo Pequeno Sonhador, Jasão observando e brincadeira e Antiokus, o amigo de Jasão, gritando para ele "Nós podemos ver você!".

— Sua mãe foi Medeia!

Ele pensou nessa resposta por um longo momento, inexpressivo, talvez porque não esperava que eu soubesse, talvez porque ele também estivera inseguro.

Mas, do alto do seu cavalo, olhando para mim, perguntou:

— Então, quem foi meu pai?

— Quer que eu diga: Ossos Podres?

A resposta o assustou. Seu cavalo empinou e recuou. Ele se inclinou para frente para acalmar o animal, ainda me olhando fixamente.

— Qual era o nome do meu pai? — perguntou com cuidado.

E eu lhe disse:

— Jasão, filho de Esão. Ele foi o homem que viajou metade do mundo conhecido para reclamar uma terra que lhe havia sido roubada. E um homem que amava seus filhos.
— E que traiu esses filhos. E que traiu a mãe deles. E que traiu tudo. Ossos Podres! Um nome terrível, mas o nome certo para um homem tão odioso quanto o meu pai. — Curioso, perguntou:
— Qual era mesmo o outro nome dele? Quero ouvir...
Havia alguma coisa com a atitude deste jovem agressivo que não parecia certa. E aí percebi: ele era incapaz de pronunciar o nome do pai. Medeia havia trancado sua língua. Eu tinha certeza disso. Que forma mais cruel de bloquear o coração de um filho em relação ao pai do que fazer do seu nome uma maldição impronunciável.
— Jasão — sussurrei. — Jasão.
Orgetorix olhou para baixo, curvado em cima do cavalo. Seus homens estavam nervosos, trocando olhares rápidos entre si.
Depois, Orgetorix disse em voz baixa:
— Arranje cavalos para estes dois. Rápido. Temos um longo caminho pela frente. — Fez um sinal com a mão em minha direção. — Precisamos seguir aqueles sacanas de volta até Brennos. Com sorte, não se lembrarão do que você fez, ou do que eu fiz. Há uma invasão acontecendo, como você descobrirá em breve. Eu me lembro de você agora. Você me apareceu em sonhos. Eu era apenas um menino, você me mostrou truques simples, eu brincava com meu pai. Você me contou histórias maravilhosas... Eu me lembro de você.
— Estou contente por vê-lo novamente... Thesokorus.
— Pelos deuses! — disse ele, surpreendido mas não se sentindo ameaçado. — Você sabia que me chamavam assim? O meu nome de criança? Não voltarei as costas para você!

21
O rei dos assassinos

Os seis homens que cavalgavam com Orgetorix formavam um grupo de mercenários esquálidos que haviam falhado na tarefa de manter seus laços de honra temporários com os chefes, servido em vários territórios e escapado da justiça por um triz. Dois ibéricos com capas de couro, um arvênio nervoso e amargo, um tectósage já com alguma idade e sabedoria, que me observava constantemente, e dois homens que haviam sido lobos solitários por tanto tempo que já estavam esquecidos de onde nasceram.

Eles permaneciam colados ao jovem grego como moluscos à rocha, talvez porque Orgetorix prometesse aventura e espólios. Homens como esses, ferozes e furiosamente independentes, ainda precisavam de um caminho a seguir, e um sonhador — como o filho de Jasão, sem consciência de si, determinado em descobrir de onde viera — era um pequeno toque de mágica naquela noite obscura e decadente de suas vidas.

Eles não estavam muito felizes naquele momento: Orgetorix, intrigado com meus conhecimentos sobre ele, mantinha-me mais próximo que aos demais, apesar de não me perguntar mais nada durante algum tempo. Tudo o que tinham para distraí-los era a cantoria de Elkavar e suas brincadeiras com a gaita. A música e sua voz melodiosa abriam os portões da memória para esses homens, à medida que se sentavam em volta da fogueira, mastigando carne malpassada e dura, e bebendo vinho muito amargo. De quando em vez, um deles se levantava e cantava afetuosamente uma melodia monótona que havia recuperado da infância, e Elkavar fazia o possível para acompanhá-la e dar-lhe algum ritmo.

— Acho muito difícil conseguir me entusiasmar — ele me confidenciou a certa altura da nossa jornada — com uma música que lamenta a sombra de uma mãe assassinada, vagueando pelas áridas colinas da sua terra natal, em busca de um marido que raptou a filha de um homem que vende macacos.

Orgetorix manteve-se firme em seus propósitos por dois dias, à medida que cavalgamos para sul e leste, durante a vigília dos atacantes. O que entendi nesse período foi que ele ouvira falar do plano de ataque ao pequeno Oráculo em Arkamon e que o seguiu, não tanto para tentar impedir a pilhagem, mas para garantir que nada do seu espírito fosse levado. Ele acreditava que um pedacinho do seu passado brincava dentro das cavernas. Por que outro motivo o Oráculo o chamaria para encontrá-lo?

Avançamos pelo território numa harmonia quieta e cautelosa.

Depois, inesperadamente, ouvimos o tremor da própria terra.

O rumor, a agitação de um exército em movimento. Olhar para leste era ver a premonição do nevoeiro, do pó que cem cavalos levantavam no ar, a onda de crepúsculo e alvorada que vem do calor crescente de tantos corpos.

Brennos estava perto de uma série de vales, correndo na direção de Tessália, que muito provavelmente estava sob vigilância estreita. Cavalguei com Orgetorix até um ponto na colina onde conseguíamos perceber o brilho das armas e armaduras ao longe. A parte do exército que viajava a cavalo, em ritmo de galope selvagem, já certamente se unira ao corpo principal de homens.

— Aí está — disse o grego, melancolicamente. — Uma horda dedicada a pilhar parte de um país que eu deveria amar mais do que à própria vida. E fiz minha parte ao trazê-los para cá. Eu me esgueirei e me orientei pelas colinas a norte do meu país por eles. Conduzi o invasor pelos portões da cidade — ele se moveu na sela, braços cruzados no alto, olhos escuros, que atraíam a própria atenção. — Você parece saber muito sobre muitas coisas, Merlin. Sabe para onde vai aquela horda?

— Para Delfos.

Ele concordou, ausente, claramente não surpreendido com meus conhecimentos.

— Alguns chegarão, sem dúvida. Brennos acredita que os seus ancestrais permanecem no Oráculo de lá, prisioneiros de uma pilhagem do passado. Suspeito de que tudo o que fez foi criar uma história maravilhosa, como desculpa para saquear um espaço sagrado. Lamento que eu não consiga ter pena nem da verdade nem da mentira. Não quero saber. Aquele pequeno relicário atrás de nós tem mais significado do que toda a Grécia, e eu o vi sendo violado e não pude fazer nada por ele. Há qualquer coisa morta em mim. E por que razão lhe digo isso? Porque há qualquer coisa morta em você. Somos homens mortos numa terra vibrante. Estamos no lugar errado. Ou estou equivocado?

— Estamos mais fora do tempo do que deslocados.

Orgetorix riu.

— Bem, bem. Dormirei melhor com isso como consolo para meus sonhos. Fora do tempo? É tempo de conversar. Vamos comer. Amanhã nossas vidas mudarão completamente.

O bando tosco de homens estava impaciente com Orgetorix e perdera a paciência com Elkavar também, que havia sido relegado a uma posição solitária, no limite de nosso acampamento. Os mercenários estavam empenhados em se unirem ao exército. O duro Brennos forçava o ritmo; podíamos ver seus disparos a distância, e esses homens poderiam imaginar uma melhor distribuição de comida oferecida aos acampamentos aglomerados do que as secas rações que mastigávamos na saliência rochosa, mais exposta à noite do que abrigada do vento frio.

— Lembro-me de você cada vez mais — disse Orgetorix, do seu cobertor. Estava esticado e apoiado no cotovelo, a posição que adotara para comer e conversar. Ele gesticulava com sua faca à medida que falava, cortando nacos toscos de pão e engolindo-os rapidamente.

— Há dois rostos dos quais me lembro, do sonho do palácio. Ambos me olham fixamente por detrás de grossas barras douradas. Um tem uma barba preta e grita; e outro não tem barba e está angustiado. Nunca consigo me lembrar o suficiente deste sonho para recordar as palavras ditas aos gritos, zangadas, seguramente assustadas, implorando, mas há sempre um cheiro terrível de sangue, e depois uma faca vem em minha direção. E outra coisa estranha que aconteceu pouco depois. Tenho a certeza de que me aconteceu na vida real, apesar da vaga sensação. Lembro-me de me aconchegar num barco com o Pequeno Sonhador. Pequeno Sonhador era meu irmão. O mar estava bravo e uma mulher de capuz berrava instruções a um homem encouraçado, que remava com toda a força que podia, o suor escorrendo-lhe pelo corpo. A vela esfarrapada do barco esvoaçava, rasgada e sem utilidade nenhuma, e viemos para a costa. E esse homem me apanhou, colocou-me debaixo do braço e me levou para uma caverna. Pequeno Sonhador gritou. A mulher avançou para cima de nós, andando para cima e para baixo na contraluz, praguejando em uma língua estranha, enquanto lá fora o tempo mudava para virar uma tempestade escura. Ainda estremeço só de lembrar a forma como o mar batia dentro da caverna, nos puxando e tentando nos arrastar de volta para suas ondas. Meu irmãozinho chorava e eu estava apavorado. A fúria de algo vinha na nossa direção, e esperei que fosse de Poseidon. Não tínhamos grande popularidade com os deuses, disso não havia dúvidas. Foi quase um alívio quando a mulher nos levou em seus braços para o fundo da caverna, a salvo, agora que a maré recuava, e nos disse para dormirmos. Lembro-me perfeitamente dessas palavras: "Agora vocês precisam dormir, como rapazes. Vão dormir rapazes e acordarão homens, tomarão conta um do outro e alguém tomará conta de vocês". — Orgetorix olhou fixamente para o fogo durante um certo tempo. De repente, desembainhou a faca, levantou-se e caminhou até uma árvore que crescia grudada à rocha por meio de três finas raízes. Ao longe, a noite de verão estava pontilhada de pequenas fogueiras.

— Esse homem angustiado era você, Merlin — disse, sem me olhar. — Agora vejo isso. E o homem barbudo...

— Sim — concordei antes que ele pudesse dizê-lo. — Seu pai.

Caminhei para junto dele. Seus braços estavam cruzados e ele encarava fixamente, do alto, o caminho que nos conduziria à colina mais próxima e para o meio do exército outra vez.

— Ossos Podres. Um nome terrível para um homem terrível. Traiu sua família. Fez que Pequeno Sonhador e eu fôssemos mandados para o exílio.

Mantive o silêncio por um momento. Quando o ódio e a fúria fazem um homem corar, há um certo fedor. Orgetorix estava confuso sobre muitas coisas, mas o ódio que sentia por Jasão era uma corda enrolada em seu coração, puxada por um cavalo muito forte para que eu pudesse contê-lo.

Suspirou de repente, olhando para mim.

— E minha mãe, estou certo, era a mulher na caverna, no mar. Apesar de falar numa língua estranha... Não entendo isso.

— Medeia.

— De Cólquida.

— Uma terra diferente. Com uma língua estranha e mais antiga do que a sua.

— Sério? Então isso explicaria tudo. Nunca me foi explicado. Ela era filha de um rei chamado Aeetes. Nunca encontrei ninguém que ouvisse falar dele. Um contador de histórias falou uma vez de um carneiro que sangrava ouro e que viera desse lugar, Cólquida. Pensei que fosse uma das ilhas. Mas uma terra diferente e mais velha, você disse. Sim, minha mãe e eu devemos estar muito longe de casa.

Eles acordaram de um sono profundo e caminharam de mãos dadas para fora da caverna, que já não era uma caverna no mar onde Poseidon havia tentado destruí-los. Era um lugar nas colinas, quentinho, perfumado, um sistema de cavernas através do qual soprava constantemente um vento gentil, quase uma voz suave.

E, como homem, acabara de ver aquilo tudo saqueado. As crianças haviam emergido do Oráculo de Arkamon.

Orgetorix iluminou-se de repente. Deu as costas ao vale, ergueu-se por cima da forquilha de dois ramos e olhou-me com interesse por um longo e arrastado momento. Depois anuiu, como se algo se esclarecesse para ele. Na verdade, prosseguiu:

— Depois disso, a memória está muito mais clara. Havia árvores frutíferas e oliveiras, e nós comemos como dois loucos, dois pequenos comedores de lixo no meio do nada. Depois dos horrores passados no mar, e daqueles dias de pesadelo, vinham os Campos Elísios, o lugar de descanso dos virtuosos. Nós nos escondemos nos bosques e observávamos as pessoas que iam e vinham, e falavam com a caverna. Achávamos isso muito engraçado. Às vezes, traziam carne cozida que deixavam lá e, depois de irem embora, vários homens vinham e a levavam embora. Conseguíamos roubar alguma coisa antes que eles chegassem. E deixavam vinho também, apesar de não sabermos que era vinho. E um dia ficamos tão bêbados que nos entregamos. Um corvo nos sobrevoou, uma criatura gigante, e nos guiou através dos bosques, enquanto esses homens estranhos nos perseguiam. Escapamos, mas ficamos muito alterados e doentes. Lembro-me de um homem a cavalo vindo em nossa direção. Tinha um capacete dourado e brilhante, com uma ave de rapina de asas abertas, que se elevava da sua coroa. Seu cavalo tinha uma máscara, uma visão aterradora, como um demônio. Mas este homem, Belovisus, descendente do rei de Bituriges, teve pena de nós imediatamente. Não faço ideia do que fazia no Oráculo — nós, os *keltoi*, nos enfiávamos onde quiséssemos como, estou certo, você já reparou... Mas ele nos levou para o norte, para o seu forte, e lá fomos treinados e crescemos como seus filhos adotivos.

Ele deslizou da árvore e esfregou as mãos uma na outra, como se estivesse com frio, apesar de a noite estar amena e quieta. Fiquei com a sensação de que ele ficara contente por falar comigo.

— E por enquanto é isso... Merlin... — disse, com um meio sorriso. — Há umas perguntinhas que gostaria de lhe fazer.

— Se eu tiver as respostas...

— Tenho curiosidade em relação ao meu irmão. Você me viu em Arkamon. Você é parte da minha vida, isso está claro.

Estava aqui pensando... Alguma vez viu meu irmão? — ele procurou a resposta em meus olhos sem desconfiança, mas com avidez. Ele era como os mortos, pensei. Decidi mentir. Não estava certo do que acreditava e não vi razão para lhe criar falsas esperanças. Já cometera esse erro com Jasão.

Jasão!

Onde, diabos, estaria ele? Por quanto tempo estivemos, Elkavar e eu, perdidos no submundo? Talvez os outros argonautas já estivessem com o exército, como loucos, à procura dos fantasmas e dos culpados por suas vidas.

— Se bem me lembro, o Oráculo lhe disse que ele estava nos paredões junto do mar, dominando sua própria terra.

— Apesar de ele não saber. Sim, lembro-me das palavras do Oráculo. E eu *sabia* que era você nas rochas, à espreita, naquele dia. Eu sabia que estava certo — ele riu. — Mas não sabia quem você era. Você está me seguindo, Merlin?

— Não. Estou seguindo uma trilha específica, não me pergunte por quê. Às vezes, acho que ela cruza meu passado. Foi isso o que aconteceu aqui.

Ele abanou a cabeça, sem entender o que queria dizer, confuso com as minhas palavras.

— Que homem estranho você é. Eu me pergunto se você amava minha mãe.

— Nunca amei Medeia — respondi com sinceridade. Mas a pergunta dele era como um golpe no meio dos meus olhos. Aquele olhar de Olhos Ferozes no submundo. Aquele choque repentino, as memórias que partilhamos naquele instante, de tempos mais suaves, mais doces, mais próximos. Antes de Cólquida.

Sem perceber minha confusão, Orgetorix insistiu, num sorriso pálido:

— Você amava meu pai?

— Sim, eu amava Jasão.
— Você amava o homem que eu odiava. Que estranho. Que estranho pensar que estaríamos aqui assim, sabendo o que agora sabemos, e que eu conversaria com você.

Será que deveria dizer que sabia onde o irmão dele vivia? Será que deveria contar das minhas suspeitas sobre o irmão com quem ele caçou, com quem ele fez ataques-surpresa, com quem ele treinou e cresceu, sob o olhar vigilante e carinhoso, ainda que cego, de Belovisus?

Meu segredo foi exposto pelo próprio Orgetorix, que disse de repente:

— Eu o perdi. Ele desapareceu. Foi tão estranho, Merlin. Pequeno Sonhador... Um dia, cavalgávamos por um vale profundo e estava tudo muito silencioso. Nos recuperávamos de feridas leves, após uma tentativa de roubo de gado. Fora um bom trabalho. Dez cabeças de touros pretos, de cornos pequenos, e um cinza, além de quatro cavalos. Soavam trompetes de guerra, mas não houve retaliação por um momento. Não eram suficientemente fortes, era uma família pequena, numa terra pobre, então, apenas alguns de nós foram caçar. Meu irmão pensou que havia vislumbrado um gamo jovem, uma presa perfeita. Eu o vi cavalgar descendo por entre os arbustos e o ouvi dizendo: "peguei você!". Esse tipo de gargalhada. E nunca mais voltou. Encontrei o cavalo dele vagando um pouco mais abaixo, mas nada de cavaleiro. Vasculhei o vale durante dois dias. Parecia impossível que ele desaparecesse tão completamente. Se fora morto, o rio não o levaria longe. Essa perda me persegue. Não há cavernas, não há passagens, não há reviravoltas no vale, não há jardins de sonho ou carvalhos por cima do vale, não há relicários, não há colinas com aberturas de pedra... Nada que pudesse servir de armadilha.

Sentia a falta dele. Fomos exilados juntos e perdê-lo tão rápida e misteriosamente... — ele me observou com cuidado, pensando com esforço, claramente sofrendo com a memória. Depois acrescentou, calmo:

— Acho que é por isso que há algo morto dentro de mim. Esta não é a minha vida. Perdi a minha vida. Um vale na terra dos Bituriges roubou o último fragmento dela. Até você...

Respirei fundo, pondo ordem nos meus pensamentos.

Mas um lento zumbido na gaita de Elkavar impediu-me de responder. Olhamos à nossa volta para ver que um dos mercenários ibéricos estava a poucos metros de nós, de lança na mão, para baixo, apontada na nossa direção. O olhar desconfiado deles oscilava entre Orgetorix e eu, e de volta para Orgetorix. Atrás dele, outros homens a cavalo, e os cavalos de reserva presos por uma corda na dianteira.

— O que é isso, Madraud? — perguntou Orgetorix, com suavidade.

— Você fala muito à noite — respondeu Madraud. — Mas você fará um pausa para dormir. Queríamos continuar, mas você quis parar para dormir. Queríamos brigar naquela clareira. Mas você queria observar de longe. Entendemos que há algo de presa: quer ser caçado ao invés de caçar. Então, isto é um adeus.

— Seja um adeus, então — disse Orgetorix, no mesmo tom.

— Mas deixe esses cavalos aí.

— Os cavalos vêm conosco — murmurou Madraud, abanando a cabeça firmemente, ao mesmo tempo em que desembainhava a lança.

Aí descobri o motivo pelo qual Thesokorus, talvez, recebera o nome de "rei dos assassinos".

Ele se movia tão depressa que mal me dei conta de que saíra de perto de mim. Atirou-se de repente e de forma fatal contra os ibéricos, usando uma técnica que eu já vira os gregos usarem: um golpe corporal que colocava todos em perigo e a todos vitimava. Madraud engasgou quando seu líder agarrou-o por trás do pescoço, desviando a lança, enfiando nele a mortal lâmina de ferro em forma de folha, que havia feito deslizar da bainha ao som do metal arrastado contra uma pedra afiada.

Imediatamente, um dos mercenários saltou do seu cavalo e correu até mim, lança no alto, pronta para ser atirada, olhos de cão selvagem. Foi de repente parado por uma espécie de bolsa barulhenta. Elkavar havia arremessado nele a sua gaita. O homem sobressaltou-se por um momento, vacilou, e Orgetorix lhe acertou um raio no coração.

Os outros cavaleiros viraram seus cavalos e começaram a galopar. Orgetorix correu atrás deles saltando ligeiro para o cavalo em fuga, correu pelas suas costas, de lá para as costas do cavalo do averno e, libertando-se bruscamente da lança que lhe haviam espetado, enfiou-a ao crânio do homem, depois se inclinando sobre a cabeça pintada do animal, agarrando as rédeas e puxando-as para o lado juntamente com os três cavalos sobressalentes. Os outros cavaleiros galoparam colina abaixo. O corpo contorcido do averno foi atirado ao chão, onde continuou a ser surrado de forma selvagem por alguns momentos. Orgetorix trotou de volta trazendo nossos cavalos de montaria, de cenho franzido.

— Não esperava isso — disse ele, dando um olhar zangado para o corpo esparramado de Madraud.

— Não havia como saber — respondi. — Você luta como um gato, mas sem toda aquela gritaria.

— Gritar é um desperdício de fôlego. Merlin, peço que dispa esses bêbados assim que pararem de se contorcer. O casaco de pele de Madraud é melhor para a batalha que travaremos lá na frente do que esse casaco de pelo nojento que você veste...

Mais uma vez, minha roupa era alvo de crítica!

— E os cintos e botas deles são úteis.

Desmontou e inspecionou suas próprias roupas, para ver se tinham sangue.

Elkavar inspecionava sua gaita. Dois rasgões no saco, da espada do meu atacante, tiraram-lhe o fôlego.

— Como um porco enferrujado — constatou tristemente. — Nada de grunhidos por um tempo. Mas facilmente reparável, assim que houver oportunidade, você gostará de saber.

*

Depois descansamos, até aquela hora mais escura, seguida pelos primeiros sinais do nascer do sol, de um novo amanhecer. À certa altura da noite, Orgetorix havia arrastado os três corpos nus dos seus ex-companheiros até as árvores no penhasco, pendurando-os nos ramos. Não era um ato de vingança, mas uma expressão de ódio, me pareceu, e não ódio por esses homens... Seus corpos tristes eram apenas a máquina através da qual Orgetorix poderia deixar que sua fúria silenciosa se esvaísse. E foi a minha chegada que abriu os portões.

Observei-o movimentando-se pelo acampamento, pálido e fantasmagórico, silencioso e determinado. Se percebeu que eu o observava, não o demonstrou.

Eu tinha certeza agora não apenas da natureza do seu ódio mas também de sua fonte e, por dedução, da falsidade dele. Mas por razões insondáveis, que é o mesmo que dizer razões com as quais eu não queria lidar naquele momento, não era hora de falar com esse jovem prepotente, ousado, inquisitivo e solitário.

No entanto, um dos motivos não era de todo inatingível: eu me perguntava onde a mãe dele estaria. Provavelmente estaria nos observando, de algum ninho de corvo ou fenda na rocha. Do céu ou da toca de um roedor. Tinha certeza, contudo, de que nos observaria sem se revelar. E me perguntava quando aconteceria essa revelação. E por que permitia que eu chegasse tão perto de um filho que ela protegera de forma tão ciumenta.

No meu coração, sentia que ela estava tão abalada quanto eu com a descoberta de nossa história. Nenhum de nós sabia o que fazer exatamente. E ambos tínhamos preocupações, as consequências de uma vida longa e de passos em falso ocasionais, dado o envolvimento com homens e mulheres espirituosos que encontrávamos ao longo de nossos caminhos.

Precavido contra a emboscada dos companheiros dos homens mortos, Orgetorix conduziu-nos colina abaixo pelas margens de um riacho, cavalgando rapidamente quando a terra se abriu para passar à frente da coluna. Rapidamente encontramos a fila silenciosa dos assassinos a serviço de Brennos, disseminando o pânico entre os animais de caça, que fugiam à frente do exército, na sua maioria animais pequenos e aves. Esses homens eram especialistas na funda e no arco e flecha e, assim que a terra começou a tremer, empilharam o resultado de sua matança e cavalgaram silenciosa e rapidamente em direção ao sul, esperando pilhar a natureza outra vez, assim que começasse um novo ajuntamento de animais.

Logo o exército apareceu, conduzido por vinte homens fortemente armados em cavalos pretos, caminhando devagar, olhar precavido nas colinas e nas florestas em volta. Quando nos viram, quatro deles galoparam em nossa direção, lanças apontadas para baixo, escudos levantados. Não usavam capacete e tinham cabelo cor de linho. Não conseguia ler os seus sinais de clã. Berravam conosco, e Orgetorix entendia sua linguagem com facilidade. Um deles pareceu reconhecê-lo. Perguntou o nome dos seus companheiros, avaliou-nos com dureza, a mim e a Elkavar, antes de nos fazer um sinal breve com a cabeça. Depois, os quatro esperavam pela coluna, para acompanhá-la. Fomos autorizados a seguir atrás das fileiras de cerca de duzentos homens, depois dos homens armados e dos carros de bois, carregados de despojos e provisões.

O jogo do massacre reunia entusiastas. A marcha lenta passava por nós, os olhos que nos observavam eram mais entediados do que curiosos. Falava-se em irmos para a costa e pensar nisso era uma fonte de entusiasmo e alívio. Qualquer coisa que fugisse dessas cadeias montanhosas sem fim e desses bosques assustadores.

— Preciso ir direito a Brennos — avisou-me Orgetorix. — Preciso da proteção dele caso aqueles sacanas do Madraud me vejam. Muitos deles me viram matando um de seus chefes. Podem apelar ao combate individual, por vingança; então devo levar-lhe um presente. Grandes reis gostam de presentes. — O jovem avaliou-me com frieza. — Não acho que você seja um grande presente, apesar de que ele poderá gostar de ouvir Elkavar cantar. O perigo é esta marcha silenciosa.

Marcha silenciosa? As próprias colinas vibravam com o ritmo constante do avançar deles. Ele falava, é claro, da ausência de gritos de guerra, de trompetes, de tambores, de escudos batendo, de escaramuças na frente da coluna. O mínimo de fogos possível. Inasmuch, tal como milhares de homens e seus carros de combate, poderia avançar sem ruído para o sul, para território hostil, coisa que este exército arrogante e magnífico tentava fazer.

Por isso os matadores juntando a caça alarmada pelo movimento da terra. E os homens escolhidos que cavalgavam a uma distância maior, apoderando-se dos postos de vigia. Orgetorix havia visto a maior parte desses postos enquanto se "esquivara" de Brennos, durante o outono e o inverno.

Mas não vira todos.

Estávamos perto de um vale que se escondia entre cinco colinas e nos levaria até o próprio coração da Macedônia. Eu já sobrevoara este lugar, quando procurava Olhos Ferozes, antes de me estabelecer no voo e antes de Elkavar me encontrar na casa em ruínas.

Eu havia descansado por breves momentos e visto o perigo, apesar de só agora calcular sua extensão.

Eu tinha algo importante a comunicar ao líder dessa legião sem fim.

Eu tinha um presente para Brennos.

Parte cinco
Os portões de fogo

22
Na estação de vigia

A estação de vigia fora construída logo abaixo do cume de uma colina, virada para o vasto vale conhecido como Passagem dos Lobos, que conduzia para o sul, em direção às férteis planícies da Macedônia, ainda uma nação de guerreiros, ainda em disputa, apesar do pesar acerca do já longínquo ritual de morte do seu jovem rei, Alexandre, também conhecido como Aleksander, Iskander...

Tantos nomes em tantas línguas para um homem de ossos pequenos e com olhos de águia capazes de chegar até as bordas do mundo. Quão rápida e persuasiva sua sombra deve ter negociado com o Tempo para permitir que ele tirasse proveito por ser refém de uma lenda!

A casa ficava em meio a um bosque com cedros e pinheiros jovens, com paredes pintadas com tinta escura, praticamente impossível de ser vista do vale lá embaixo. Mesmo os olhos que sabiam da sua existência achariam difícil distinguir suas paredes abaixo do cume da colina arborizada.

A sombra de uma nuvem cruzou as colinas onde vivia um homem que trabalhava num posto de observação e cuidava da própria vida em um dia no começo do verão. Ele usava o fogo com cuidado, nunca cozinhava senão depois do escurecer e apenas quando o vento pudesse levar a fumaça para o sul, para longe do perigo. Em direção à memória de Alexandre!

Era tão jovem nesse tempo, esse vigia, apenas um rapaz, na verdade.

E fraco demais para aguentar a grande viagem para leste, para encontrar o oceano propriamente dito, o fim do mundo. Mas o jovem rei gostaria dele e tomou providências para que ele fosse aproveitado.

— Quando você crescer um pouco será meu vigia, na minha fronteira do norte!

Agora ele certamente envelhera. Envelhecera tanto que era o homem mais velho que conhecia. Às vezes, pensava que a morte perdera seu rastro. Os anos passavam de dez em dez e rapidamente viu passarem oito desses conjuntos de dez. Aprendera a ser bom de contas. E ele ainda era mais rápido do que um foguete. Tinha barba branca, mas olhos de falcão, um homem pequeno que ainda escapulia por cima das rochas para o bosque de pinheiros, como uma lebre que subitamente se camuflasse.

Quatro vezes por dia, tal como um fantasma, tal como a sombra daquela mesma nuvem, ele percorria o entorno da colina onde vivia, olhando os vales e as cordilheiras, à procura de sinais de perigo, de sinais reveladores de bandos de guerreiros, de tremor de terra forte e de nevoeiro, que revelavam um exército em movimento.

E agora ele desejava que houvesse um exército em movimento! Ainda conseguia se lembrar, com um brilho interior de bronze e cor, da visão da expedição de guerra do jovem rei para a Pérsia. Mas agora não havia movimentação de exércitos. Estes vales eram território desperdiçado.

Por trás da casa, seus preciosos pombos estavam engaiolados e calmos. Havia lugar para sessenta. Fazia-os voar para o sul, de uma forma especial. A cada lua, os pombos eram devolvidos por quatro cavaleiros da fortaleza que a conheciam como lar. Quando um dos pombos não era devolvido, mas muito provavelmente levado por uma águia, ele ficava triste. Conhecia cada um deles. Mas tinha sempre prazer em conhecer aves novas.

Patrulhava os territórios montanhosos em volta do seu posto, quatro vezes por dia. Escrevia, uma vez por dia, a mesma mensagem, num pedaço de pergaminho: *tudo é como deve ser.*

A forma como escrevia essa mensagem e a prendia ao pássaro era diferente todos os dias. Uma segurança extra para o homem dos postos de fora, que ficava à distância de três dias a cavalo, onde as colinas corriam para terra aberta.

Homem cauteloso que era, sempre variava sua rota e rotina, ainda que em mais de cinquenta anos nada acontecesse nesta estação de vigia que o obrigasse a mudar com urgência a mensagem que enviava para o sul. Mas ele sempre parava por um momento na urna de mármore escondida entre os arbustos de espinhos e os pinheiros, onde estavam as cinzas da sua mulher.

Eles gostavam de dançar na colina de silêncio, dançavam música de recordações e ainda, todas as manhãs e todas as noites, ele a pegava e dançava com ela. Ela fora feliz ali, apesar do isolamento da estação de vigia e da dificuldade em encontrar comida, especialmente quando o inverno macedônio fora particularmente rigoroso. Chorara quando os dois filhos partiram. Quando nem mais uma palavra veio dos rapazes, sua dor virou pedra. Havia abandonado a memória dos audaciosos jovens, apesar de dois pequenos e polidos escudos jazerem ao lado da urna, um símbolo de esperança. O mesmo não acontecera com sua mulher.

Estava sozinho havia muito tempo, tanto que não contava mais. O vigia vivia o dia a dia, mais competitivo e com a cabeça e os olhos mais vivos do que quando era criança.

Tudo é como deve ser.

E, às vezes, escrevia:

Vários homens a cavalo e matilhas de animais, cansados e pouco armados.

Ou:

Migrantes, uma carruagem. Uma família, duas cabeças de gado e cinco cavalos.

Mas normalmente não escrevia mais do que: *Tudo é como deve ser.*

E esse homem, esse homem de barba branca, viveria feliz até morrer, para ser colocado em uma urna ao lado da sua mulher, pelos homens no sul que ele protegia, se não fosse um momento de loucura em que saiu de sua casa para perseguir um falcão.

O falcão pousara na cordilheira. Temendo por seus pássaros, o homem arremessou duas pedras na direção da ave de rapina. Olhos incrivelmente inflexíveis viraram em sua direção. Uma mente dura tinha percebera onde vivia e como sua casa estava disfarçada. Asas aguçadas levantaram a ave para longe e para o norte.

Foi a desgraça daquele homem, naquele dia de verão ventoso, perseguir uma ave de rapina e, ao fazê-lo, esbarrar em mim.

Tudo é...

Parou de escrever. Os pássaros esvoaçaram repentinamente nas suas gaiolas, um breve momento de alarme. Será que aquele falcão voltou? O sol entrava oblíquo pela pequena janela virada a leste, batendo na tigela de pedra com azeitonas e frutos secos, que o alimentariam nesse dia. Depois, uma nuvem passou em frente ao sol e por um momento a pequena sala da estação tornou-se lúgubre.

Seria um gato selvagem? Talvez um lince?

Mas as aves se acalmaram novamente, e só se ouvia a estranha agitação das asas e o arrulho suave dos pombos-correio, à medida que observavam as sombras, presos em suas gaiolas. Ele voltou para o seu canto e completou a frase:

... *como deve ser.*

Assinou e marcou cuidadosamente a pequena tira de pergaminho, depois voltou seu olhar para cima. As aves, agora, estavam estranhamente em silêncio. Talvez *houvesse* um predador.

Apanhou sua funda, esticou-a, carregou a pequena bolsa de couro com uma pedra redonda e se levantou. Mas, antes que pudesse dar um passo na direção da porta, ela foi empurrada e abriu-se devagar. A luz que vinha de fora estava bloqueada por um homem alto e coberto por um manto, que parou por um momento para espiar dentro da sala. Depois deu um passo à frente, pediu silêncio com um gesto e fechou a porta atrás de si.

Atrás do vigia, as venezianas foram escancaradas. Um homem magro, de pele cor de azeitona, olhou para dentro, rindo.

— Bom dia — disse no dialeto do homem velho. — Meu nome é Thesokorus e se fosse você não usaria essa funda.

— Desculpe — disse o outro homem, com sotaque esquisito. — Eu me esqueço dos meus modos. Sou Bolgios, o comandante de um exército que deseja passar com segurança. Também lhe desejo bom dia.

E ambos riram.

O homem alto tirou seu capacete de ferro e coçou uma barba tão brilhante que parecia em chamas. Seus olhos, num rosto incrustado de pó, brilhavam como jade. Seu manto era preto, provavelmente de pele de urso, e o fedor de suor de cavalo e de homem vazava como um miasma, pela camisa e pelas calças.

Esse homem de olhos verdes segurava três gaiolas de pombos, e os seis afobados ocupantes estavam bem vivos.

— Para hoje — disse ao vigia. — Para enviar mensagens. — Depois afastou seu manto para mostrar dez aves de pescoço partido, que pendiam do tecido. — Para a ceia — acrescentou com uma risadinha.

O homem de pele cor de azeitona que estava na janela encolheu-se para passar pela estreita fresta, pegou a nota, lendo-a cuidadosamente e anuindo.

— Tudo é de fato como deve ser. Envie a mensagem.

— Quem é você? — perguntou o vigia apavorado, olhos bem abertos, mãos tremendo enquanto as segurava na defensiva, à sua frente.

— Somos amigos do que jaz nas profundezas de Delfos — disse o homem de pele cor de azeitona. — Mas de diferentes formas. — Passou o braço em volta dos ombros do velho homem. — Agora, prenda a mensagem na ave e a envie.

O vigia obedeceu. A ave voou alto, voou em torno da colina uma vez e desapareceu para o sul. O homem que se chamava Thesokorus, observando da janela, soprou-lhe um beijo para lhe dar velocidade.

— Muito bem. Agora escreva as cinco próximas mensagens, exatamente como costuma fazer, e prenda-as às aves. E anote quando as aves devem ser libertadas.

O vigia obedeceu, hesitando por um momento, enquanto olhava fixamente para os pombos nas suas gaiolas. Olhou para cima, cruzou os seus olhos com a dureza dos olhos verdes do homem mais alto e suspirou. Talvez ele reconsiderasse o que tramara. Escreveu as mensagens devagar, marcou-as e atou-as às aves.

Sentiu-se péssimo com a traição.

— Muito bem — disse Thesokorus com suavidade. — Estas aves viverão. Guarde isso em seu coração. Haverá aqui alguém para lhes mandar.

Quando tudo isso acabou, o homem de olhos verdes, o mal-humorado nortenho, pôs o braço em volta dos ombros do vigia e o conduziu para fora. As outras aves jaziam mortas debaixo das suas gaiolas e Thesokorus recolheu-as, colocando-as dentro de um saco de pele: mais carne para a panela.

— Não o vi chegar — murmurou o vigia, nervoso à medida que Bolgios o levava para o limite do declive. — Como pude não perceber que você chegava?

— Sabíamos que você vigiava e enviamos uma ave para encontrá-lo. Ele disse que você lhe atirou uma pedra.

— O falcão? Aquele falcão?

— O falcão. Tomamos precauções. Não foi fácil, meu amigo. Olhe...

— Por Mercúrio! — gemeu o homem. — Como é que não me dei *por isso*!?

Olhou fixamente, em choque e desnorteado, para a enorme fileira de homens a cavalo, soldados, mulheres, carros, gado que enchia os dois dedos do vale, perto da Colina de Artemia, uma aglomeração de corpos, um exército incansável, estacionário, formado por fileiras, observando a colina acima deles, à espera do sinal para continuar pela passagem, em direção à linha do mar. O homem dos olhos verdes levantou a mão, acenou para a direita e a terra tremeu à medida que a horda se mobilizava e se dirigia para o sul.

— Não é possível... Não é possível... Olhei aqui apenas há uma hora.

— Não estávamos aqui há uma hora — disse o homem. — E os seus olhos e ouvidos foram... Distraídos, digamos...

— Eu sentiria a terra a tremer.
— Viemos na ponta dos pés.
— Não é possível.
— Já foi feito. Obrigado pela sua ajuda.

O vigia olhou dentro dos olhos escuros do jovem que falava sua língua. Suavemente, perguntou:

— O que acontecerá comigo agora?
— Venha comigo.

Thesokorus conduziu o vigia para onde estava a urna de mármore, que arrefecia na sombra.

— Quem jaz aqui?

O velho homem cruzou os braços sobre o peito e começou a tremer.

— A minha mulher. Ela morreu há muitos anos. Foi a única vez que deixei o posto. Para ir ao funeral dela. Trouxe suas cinzas para cá. Precisava estar perto dela. Não toque nela!

— Você a amava?

— Muito, ainda a amo. Os nossos dois filhos foram para o sul, para a guerra. Para sempre. Foi a última vez que ouvimos falar deles. É duro. Ver seu amor morrer de desgosto. Sinto muito a falta dela.

— Bom — disse o outro —, é um amor que precisa ser respeitado.

Pouco depois, o coração do vigia foi colocado com grande reverência na urna, aninhado nas cinzas, e a urna selada novamente, cuidadosamente, e deixada em paz entre os escudos de bronze dos dois filhos perdidos.

23
Contra os macedônios

Durante os dias que se seguiram ao silenciar do posto de vigia, o grande exército continuou seguindo para o sul, à sombra das colinas, espalhando-se pelos vales estreitos, as colunas viajando cada vez mais juntas. Foi um tempo de silêncio nervoso e de antecipação fúnebre. O som do nosso progresso parecia se avolumar nos desfiladeiros, aumentando e aumentando. Mas a palavra havia se espalhado como fogo de verão num arvoredo de oliveiras: o posto de vigia estava em silêncio. Não havia o que temer até chegarmos ao Desfiladeiro das Termópilas.

Até mesmo Brennos estava confiante. A história triunfal de Bolgios, a forma como havia enganado o velho na parte de cima do vale, uma história repetida vinte vezes, na sela, no acampamento, às refeições — entorpecera tanto a sensibilidade do chefe que ele mal podia acreditar que o inimigo existisse realmente. Então, era um senhor da guerra surpreso e confuso que nos conduzia pelos vales e por uma faixa estreita de terra aberta que se levantava firme na direção das colinas nebulosas, para encontrar uma força orgulhosa e altamente armada de macedônios à nossa espera, bloqueando nosso caminho para sul.

Eles haviam ocupado uma cordilheira, tornando-a um lugar impiedoso e ameaçador. As linhas de macedônios iam até onde a vista alcançava, para lá do horizonte à nossa frente, encarando cada bosque e queda de rochas grandes e cinzentas através das quais o exército celta emergia lentamente.

Brennos enviou cavaleiros de volta para deter as colunas que avançavam. Dava ordens rápidas: tragam as carroças, tragam arqueiros, coloquem homens nos pontos altos para que enxerguem o que as tropas possam esconder atrás da linha de frente.

Mas depois ficou ali, calmo, segurando seu capacete de dente de javali, polindo o marfim ociosamente com a palma da sua mão.

À sua esquerda, Achichoros, de tronco nu, cuja perna esquerda estava casualmente apoiada na sela, observava e descascava uma laranja. À sua direita, Orgetorix, de olhos escuros, agora com kilt de batalha de couro de boi e vestes de pele, inclinado para frente sobre a sela do seu cavalo de guerra, passava em revista com o olhar o exército que se espalhava à sua frente.

Os macedônios estavam alinhados em falanges, oito homens de coletes de ferro brilhante, sandálias e perneiras de metal, por baixo de túnicas vermelhas e largas, capacetes amarelos estranhamente moldados à cabeça. Rostos barbudos e muito desagradáveis apareciam por baixo dos capacetes. Todos empunhavam lanças. Longas lanças à frente, lanças ainda mais longas atrás. O sol batia nas fileiras das pontas das lanças. As lâminas pareciam limpas e cruéis. Os guerreiros levantavam e baixavam as lanças devagar, ao ritmo de um cântico baixo e sinistro.

Pombos que voavam em círculos por cima do campo de batalha ainda intocado pousavam às vezes na ponta das lanças que se moviam lentamente e lutavam para manter o equilíbrio. A única onda de desordem nas fileiras perfiladas à nossa frente era o rápido movimento de uma lança, desalojando a ave visitante, que não era bem-vinda.

— De todas as visões que esperava encontrar quando saí daquele maldito vale para vir a esta planície... — disse Brennos, de repente.

Orgetorix permaneceu em silêncio e Achichorus considerou diplomático parar seu suculento mastigar, olhar para o senhor de guerra e esperar que completasse a frase.

Quando, depois de um tempo, não foram proferidas mais palavras, Achichorus aventou:

— Você não esperava ver que quatro mil macedônios esperavam por você, demonstrando ter certeza de que você viria? Era isso que ia dizer?

Brennos olhou para ele, com azedume.

— As palavras têm esse efeito. Como é que eles sabiam? Um daqueles pombos devia levar a mensagem errada.

— Provavelmente o vigia, na parte superior do vale — aventou Orgetorix. — A mensagem de cabeça para baixo, uma pena de asa dobrada, um sinal sutil qualquer. Nós, os gregos, somos bons nesse tipo de artimanhas e esses macedônios aprenderam rápido com seus vizinhos.

— Aquele maldito vigia!

— Maldito? — Orgetorix abanou a cabeça, divertido. — Duvido. Ele está de braço dado com Alexandre agora, rindo de nós. Aquele velho sabia que morreria e fez um ótimo trabalho convencendo-nos de que havia enviado a mensagem que nós queríamos que ele enviasse. Bom, agora está morto e fora disso, e nós estamos aqui e com problemas. Então, o que devemos fazer, Lorde Brennos?

Achichoros acenou com metade da sua laranja ao inimigo.

— Sugiro que ataquemos, Brennos. Haverá muito sangue, mas isso tende a manter as coisas em movimento.

— Siga — disse Brennos. — Bata de frente. Você e sua elite de lanceiros. Nós vamos observá-los e seguir depois.

— Achava que as laranjas deveriam ser doces — comentou Achichoros, concentrado. — Esta é bastante amarga — disse, atirando-a por cima dos ombros.

Agora Bolgios e seus dois guardas galopavam, os cabelos vermelhos ao vento por baixo do capacete, membros cintilando de suor. Estava com suas peles de batalha, carregando cinco dardos e seu escudo oval.

— Há algum motivo para este atraso? — rosnou a Brennos.

— Há cerca de quatro mil motivos, caso ainda não tenha reparado.

— São 1.711, para ser mais exato — declamou Bolgios, rindo para Orgetorix. — Não são só os gregos que são bons com números.

— Bem contado — disse o grego.

— Obrigado. E só para lembrá-lo, Brennos, somos dezenas de milhares contra esses 1.700. Se fôssemos o tipo de pessoa que se banqueteia com as entranhas dos nossos inimigos em júbilo, poderíamos ter o papo cheio de fígado de macedônios antes do meio-dia! Qual *é* o motivo do atraso?

— Estratégia — disse Brennos, irritado.

— Estratégia? — Bolgios parecia confuso.

— Por que é que tornam tão óbvia a quantidade inferior de soldados alinhados à nossa frente? E suas táticas, cantando, levantando e baixando as lanças, ameaçando partir nossos cavalos ao meio?

Bolgios parecia ainda mais confuso.

— Baixar de lanças? Partir cavalos ao meio? Isso é tática?

— São muito descuidados, caro amigo Bolgios, o que sugere a alguns de nós que escondem alguma coisa.

— Talvez estejam apenas... Como posso dizer isto sem parecer impertinente, bom amigo Brennos? Talvez eles sejam apenas... *óbvios*.

Os dois homens olharam-se com raiva.

— Aceito sua crítica — disse Brennos em sossego. — Mas há mais. As coisas nem sempre são o que parecem.

— Onde será que ouvi isso antes? — murmurou Bolgios. De repente, olhou para o céu da manhã, seu cavalo preto recuava para acompanhar o enorme peso do seu cavaleiro à medida que este escorregava para trás na sela. Voltou-se, ainda olhando fixamente para cima, retirou seu capacete de crista e riu alto.

— Sim, o senhor está certo. Aquele céu sem nuvens! Agora eu o vejo. Só nos engana, ficando lá no alto. Está prestes a cair e a apanhar-nos a todos de surpresa! Desculpe, senhor, preciso instruir minha legião a cobrir a cabeça com os escudos.

Foi embora a meio galope, gritando insultos violentos à força militar da Macedônia.

Brennos olhou fixamente para o inimigo, sinistro.

— Claro que ele está certo.

Orgetorix riu alto.

— Que o céu cairá sobre nós?

— Que devemos acabar com este atraso. Só consigo pensar que eles escondem carroças ou arqueiros por detrás das fileiras. Estão bem escondidos. Se Bolgios foi capaz de contá-los, deveria estar num lugar mais elevado, mas ainda assim não conseguiu ver a força que se escondia...

— Acho que Bolgios está brincando — disse Achichoros, com um rápido sorriso, alongando-se na sela. — Não me interprete mal, não duvido da coragem dele, mas duvido que saiba contar para além do número de cavalos que consiga roubar numa invasão. Seria um número alto, com certeza, mas não tão elevado. Ele tentava nos animar. São, pelo menos, três vezes mil homens os que temos de encarar.

— Sim, suspeito que você tenha razão.

— Três mil ou 1.700 é uma fileira maciça deles — Orgetorix apontou, com cuidado. — E bloqueiam a saída da passagem. E ainda nem chegamos ao Desfiladeiro das Termópilas.

— Que se lixe o Desfiladeiro das Termópilas! — disse Brennos com paixão. — Um passo por vez. Onde está esse feiticeiro? O que nos avisou do vigia?

— Atrás de você.

Brennos voltou-se pesadamente na sela e fixou os olhos em mim. Depois, olhando de cima para o meu cavalo, que se intimidou ligeiramente como se os olhos ameaçadores desse homem fossem tão assustadores para o mundo equestre como o eram, por vezes, para os humanos. Mas mesmo os homens poderosos conseguem ser curiosos, e a curiosidade suaviza a fúria.

— Sua visão de longo alcance vê homens além destes?

Respondi com simplicidade.

— Há mais, mas não muitos mais. Eles querem que você pense que não escondem nada, fingindo que escondem uma legião, para deixá-lo em uma posição desconfortável. Parece que conseguiram.

O rosto de Brennos enrubesceu por um breve momento, depois relaxou-se e um pequeno sorriso aflorou em seus lábios. Voltou-se para Achichoros, disse-lhe algo e ambos riram. Achichoros afastou-se cavalgando, hirto, de volta para a liderança do seu próprio exército e para os lanceiros que se mantinham perfilados na frente. Brennos enviou um cavaleiro a Bolgios, para o flanco direito. Atrás de nós, as carroças agitavam-se em antecipação. Brennos olhou-me novamente.

— Gostaria que você abandonasse o campo, procurasse um ponto que seja vantajoso e observasse em segurança. Você também, Orgetorix. Gostaria de mantê-lo a salvo. Quero enviá-lo para o sul novamente, à nossa frente.

— Como quiser — disse o grego, um tanto melancólico.

Cavalgamos a meio galope ao longo da linha, uma manobra perigosa caso as falanges de macedônios estivessem de fato escondendo arqueiros e cavalaria. Mal deixamos o grupo de comandantes quando, num guincho agudo, um uivo, um grito de guerra de fúria, uma pequena carroça guiada por dois cavalos pretos de longas crinas correu de trás da linha dianteira dos cavaleiros de Brennos, voando no nível do chão em direção à subida, onde os macedônios esperavam, cantando ainda seus cânticos guturais, levantando e baixando suas lanças.

Pareciam tão surpreendidos quanto o exército celta com este repentino ataque isolado sobre eles.

Havia algo de familiar nos dois protagonistas deste pequeno mas barulhento ataque: conduzindo a carroça, inclinado para frente, chicoteando os cavalos com violência, estava um corpo delgado de mulher, coberto apenas com uma veste fina e verde, braços nus e bermudas andrajosas de pele. Negra, cabelo escuro ao vento, ela exortou os animais a andar mais rápido, à medida que a carroça subia quase à altura das pontas das próprias lanças, antes de fazer a curva fechada e correr colina abaixo, não antes de o passageiro alto, de tronco nu, que segurava um pequeno dardo, lançá-lo com uma força incrível, quase se dobrando ao meio à medida que abanava na ponta direita às linhas de macedônios, entrando no peito de um soldado tão profundamente que pareceu trespassá-lo, e provavelmente foi atingindo também o homem que estava atrás dele.

Um dardo foi atirado nele, e essa figura ágil desviou e *agarrou* a flecha quando esta lhe raspou no ombro. A condutora da carroça deu a volta nos cavalos, indo na direção dos macedônios, e a lança pesada foi devolvida com vigor.

Mas, agora, flechas e pedras lançadas por fundas começavam a silvar e a tinir em campo aberto entre nós, e o casal atacado e atingido por pedras abaixava-se e voltava para um lugar seguro; o homem, agarrado à carroça, com o braço levantado num adeus sentido, insultava e injuriava numa torrente, num tom de voz zombeteiro e cortante.

Urtha conseguia certamente reunir palavras de injúria!

Ullanna era uma condutora de carroça selvagem e talentosa!

O ataque deles precipitara a ação nas fileiras do exército de Brennos e, à medida que Ullanna rumava com os cavalos para um lugar seguro, nossas fileiras se desfaziam com nossas carroças avançando, varrendo falanges de macedônios e atirando lanças nos soldados armados, prontos para atirar em nós, numa barulhenta e exuberante carga ao inimigo. Homens a cavalo seguiam, a terra tremia, escudos batiam à medida que se dirigiam para aquelas lanças mortais. Achichoros e Bolgios também iniciaram ataques. Levantamos os escudos para nos defendermos da chuva repentina de flechas que caía sobre nós e Elkavar foi atingido numa perna, apesar de a ponta afiada apenas raspar sua pele. Estava ocupado demais para pensar em proteger suas gaitas.

Gritei chamando Urtha. O homem tinha um olhar ameaçador e era cego e surdo em relação a qualquer coisa que não fosse o ataque. Ullanna fora atingida no ombro por uma pedra de ponta afiada, que a tinha feito voar da carroça. Estava agachada no chão agora, arrancando grama e esfregando-a no corte em sua pele, que sangrava. Havia muito sangue. Urtha me viu e me reconheceu, mas então Ullanna estava de volta à carroça, guiando, com alguma dificuldade, os cavalos ofegantes para que fizessem a volta, e eles voltaram para a batalha. Pelo olhar duro em seu rosto, naquele momento ela sentia muita dor.

Atrás de mim, ouvi um homem dizer:
— Aquela maldita ave novamente! Aquele corvo!
Orgetorix observava o céu. Bem por cima de nós, um corvo mergulhava em nossa direção, mas de repente virou-se para o alto e sobrevoou a massa furiosa de homens e de massacre. Elkavar e eu nos retiramos para uma elevação do terreno. Os vales estavam vivos, homens incansáveis à espera de ordens para atacar mantinham-se quietos, controlados apenas pelos nervos de aço dos três líderes dessa horda. Cavaleiros corriam ao longo das colunas e as colinas fervilhavam de pessoas ansiosas para ver o que aconteceria à sua frente. O vento se direcionava para o norte. Eles podiam sentir o cheiro desse frenesi e ouvir o barulho que fazia, tal como o barulho agudo dos abutres ao longe e os sopros estridentes das trompas, que mantinham tudo em desordem, no limite, numa fúria sem fim.

Um rei da Macedônia morreu naquele dia, junto de mais de mil homens de suas tropas leais. O resto se dispersou, um exército destroçado. Sempre quisemos ficar "uma cabeça à frente" de nossos inimigos, sem poder imaginar que, nessa ocasião, uma cabeça nos seria trazida pelos saqueadores que ficaram para trás, para despir e enterrar os mortos. Trouxeram o troféu desse rei e sua armadura, e os anéis ainda nos dedos, incluindo um selo real. Também saquearam os generais depostos. Brennos deu-lhes a armadura dos generais, todos os anéis, menos o selo. Enviou o troféu para trás das linhas, para que óleo fosse esfregado na cabeça a fim de mantê-la conservada para uma eventual exposição.

As perdas para o exército de Brennos foram imensas. Era difícil dizer se seriam menores caso Urtha e Ullanna não desafiassem de forma selvagem os macedônios e, portanto, a ação não fosse tão forçada. O que ficou claro foi que, apesar do sofrimento pelos muitos que morreram, os celtas estavam em estado de exaltação. Estiveram envolvidos em lutas constantes desde Daan, mas este fora o primeiro confronto significativo, inesperado e ganho por absoluta força de números e determinação.

Parecia a muitos dos homens que haviam lutado que, agora, nada lhes faria frente. Qualquer pretenso silêncio havia desaparecido. Acenderam-se fogueiras à noite, assou-se gamo e sopraram-se as trompas a cada madrugada e crepúsculo, e não havia certamente falta de cantoria e de combates simulados.

Muitos feridos e mortos haviam sido enviados para o norte outra vez, sob escolta. Os celtas foram enterrados com grande cerimônia no dia seguinte à batalha, sob cinco enormes montes que foram levantados, no limite do vale. Se o vento e o tempo preservariam esses montes era outra questão. Brennos, sempre prático, reconheceu a necessidade da cerimônia entre os seguidores de luto dos que se perderam e, usando seus próprios talentos, com uma maravilhosa elegia à luz da tocha, enviou os espíritos dos homens para a Terra dos Fantasmas e apressou o exército a se dirigir rapidamente para o sul, sem mais delongas, já que agora todos na Grécia se levantariam de suas camas prontos para enfrentar o invasor.

Então, enterramos nossos mortos, festejamos, celebramos o Deus da União que enviou negras aves para acompanhar os fantasmas de volta às suas terras de fantasmas... E depois marchamos noite adentro.

Para compensar o tempo perdido.

Orgetorix havia desaparecido em silêncio, viajando à frente, sob orientação de Brennos.

Não demorou muito até Brennos enviar alguém em busca de Urtha. Ullanna sentia muitas dores em seu ombro ferido e Elkavar havia tomado as rédeas da carroça. A mulher cita, enroscada e com febre, seguia embrulhada em cobertores dentro do carro leve de madeira. Sua doença passaria em breve.

Urtha e eu encontramo-nos com Brennos e foram feitas as apresentações. Urtha explicou que, no caminho para alcançar o exército, havia encontrado uma carroça abandonada numa das passagens estreitas. Brennos lembrou-se de várias lutas e deu o veículo de presente ao homem, sem hesitar.

— Ouvi falar muito da sua terra — disse ele. — Meu pai me disse que para lá da costa há um lugar onde as sombras dos heróis cavalgam, à espera pelo seu tempo na Terra. Não os mortos, os que esperam nascer.

— Esse lugar fica perto do meu forte maravilhoso — declamou Urtha, inchando de orgulho em cima da sela. — Sim, do meu maravilhoso forte podemos ver o rio, que separa nossos mundos lá embaixo. Às vezes, vejo o brilho dos barcos que navegam por aquelas águas. Acendemos fogueiras e fazemos sacrifícios nos bosques de salgueiros. Quando a sombra de um herói atravessa a água, seu primeiro passo é na minha terra, não importa aonde vá depois, para se estabelecer.

— Gosto muito do som da sua terra — disse Brennos, pensativo.

Urtha mal conseguia conter o orgulho. Disse:

— Teria muita honra em convidá-lo para o meu forte. A minha casa está à sua inteira disposição. A caça em Alba é rápida e esperta, impossível de ultrapassar, e perto do rio há um pomar que sempre tem frutos.

— E se fosse com cem homens, você nos daria alojamento? — perguntou Brennos. — Sem pensar que invadiríamos?

— Venha com mil — disse Urtha, com arrogância. — Faremos a festa com carne de veado e perdiz durante um ciclo completo da lua e depois cavalgaremos para o sul, para desfrutar dos bois mais fortes que alguém já viu. Os sulistas não são grande coisa, mas criam bois maravilhosos.

— O seu deve ser um dos maiores fortes que já imaginei. Estou impressionado com o que ouço dele. Quando esta excursão acabar, levarei esses mil homens e desfrutarei da sua hospitalidade. Obrigado. E obrigado mais uma vez pela centelha que acendeu o fogo. Essa carga na qual você se lançou. Reconheço sempre quando uma boa ação, espontânea, surpreende-me em minha incerteza. Este foi um ataque para recordar. E seu condutor de carroça parecia um guincho de uma coruja, no entanto mais apetecível. A memória dela permanecerá. Ela era sua irmã?

Urtha nada disse, olhando fixamente em frente, à medida que cavalgava para perto do senhor da guerra. Brennos olhou para trás, para mim, com um rápido sorriso, apercebendo-se de que poderia entrar num terreno delicado. De fato, percebi imediatamente que grande parte da conversa era uma típica provocação. Brennos saberia que Urtha exagerava na hospitalidade e nas dimensões do seu forte. E mil homens atravessando o mar para cavalgar até a terra de Urtha seriam, certamente, considerados invasores.

Mas Urtha precisava de algo e, se Brennos sabia, facilitava o máximo que podia a vida do jovem *cordovidian* impetuoso.

— Ela não é minha irmã — disse Urtha, um tanto abalado. — Ela é do leste daqui, onde, de acordo com os hititas...

— Hititas?

— Intriguistas, mentirosos. Eles reivindicam as mulheres da raça dela, as citas, cortam-lhes os peitos para facilitar a utilização de um arco.

— Bem, *isso* é algo de que eu ouvi falar. Se bem que sua condutora não parecia demasiadamente forte, pelo que vi...

— Como eu disse, Lorde Brennos, essas histórias são mentira. Ullanna, é o nome dela, tem me ajudado em uma tarefa muito pessoal. Há um cavaleiro cavalgando em algum lugar de seu exército...

Brennos levantou o chicote e acenou com uma mão em sinal de aviso.

— Se você ia dizer que deseja matar alguém, a resposta é não. Pelos deuses, nós já vamos passar um mau bocado para chegar àquele buraco de cobra, Delfos, sem termos de parar de hora em hora para combater, num duelo de vingança, porque você quer um cavalo de volta ou porque lhe mataram um cão.

Os dois homens olharam um para o outro. Urtha estava vermelho e furioso. Brennos estava com sua cor normal e frio.

Cavaleiros e carroças passaram por nós e continuaram. Em algum lugar, um carro virou-se e os cães ladraram ameaçadoramente, à medida que se lançaram para a carne que havia caído. Um homem cavalgou na direção de Brennos, olhou-o, voltou-se e galopou para longe.

Depois, Urtha disse, em voz baixa:

— O nome dele é Cunomaglos. Ele está em algum lugar nesta horda.

— Haverá cem homens com um nome como esse nesta horda.

Pouco ou nada intimidado pela fria repressão do seu pedido não formulado, Urtha disse:

— Temi pelo futuro da minha terra. Dei ouvidos a falsos conselhos e abandonei meu forte. Procurei respostas no mundo quando deveria procurar pela verdade na minha própria família. Isso lhe diz alguma coisa, Lorde Brennos?

— Diz — respondeu o senhor da guerra, com um mero acenar de cabeça.

Urtha disse:

— Quando estava fora, Cunomaglos e outros juntaram-se a esta expedição. Deixaram meu forte sem vigilância. Vivo no limite da Terra dos Fantasmas. Nem tudo na Terra dos Fantasmas é amigável. Isso lhe diz alguma coisa, Lorde Brennos?

— Sim — respondeu Brennos, inclinando-se na sua sela, olhando para baixo. — Mais do que possa pensar.

Urtha disse:

— Minha mulher está morta, meu filho está morto, assassinado por uma força do mal que não compreendo até conseguir voltar para procurá-la. Mas não posso voltar até Cunomaglos responder pela sua deserção. Se fosse fiel a mim, minha família estaria agora a me ridicularizar por ser um tolo e a rir da minha desculpa sem sentido... e não na margem do rio da Terra dos Fantasmas, à espera da notícia de que suas mortes foram vingadas, para que possam rastejar de volta para o mundo das sombras.

Brennos olhou-me fixamente por um momento, um olhar desconcertante.

Depois, disse a Urtha:

— Você procurou este exército para *me* encontrar? Ou para encontrar esse Cunomaglos?

— Cunomaglos. Todas as outras considerações neste momento hibernam.

— Como vai encontrá-lo?

— Dois velhos amigos vão farejá-lo — disse Urtha, levantando o braço. Ouvi o uivo e o latir de cães de caça e, de repente, Gelard e Maglerd apareceram vindos de trás das fileiras em movimento, presos por correias, trazidos por um jovem pálido, de cabelo curto, abatido, de calças e camisa de cores brilhantes.

— Aquilo é um homem ou uma mulher? — perguntou Brennos, com uma risada, à medida que a sua figura magra e solene, em pé atrás dele, segredava palavras de calma aos cães ofegantes.

— Nem uma coisa nem outra — disse Urtha. Assim que disse essas palavras, Niiv, com olhos ameaçadores, fuzilou Urtha com raiva, mas só por um momento. Seu olhar gelado e furioso estava guardado para mim.

Brennos chamou um dos seus capitães, um homem atarracado e animado, rosto coberto de barba ruiva apesar de o bigode estar molhado e pontudo e vir até abaixo do queixo. Usava as cores dos tectósages.

— Este é Luturios — disse Brennos a Urtha. — Este é Urtha — disse a Luturios. E depois para o meu amigo outra vez: — Encontre seu Cunomaglos. Fareje-o. Acha que ele sabe que você está aqui?

— Em breve saberá.

— Bom, não tenho como ter homens olhando por eles o tempo todo. Encontre-o, e Luturios e sua patrulha vão retirá-lo do meio dos outros. Dentro de alguns dias, chegaremos ao mar. Farei uma única exceção para você, Urtha. No mar, se encontrar o assassino de sua mulher, pode lutar com ele. E eu não impedirei esse combate. Esperarei que o combate acabe. Se tentar terminar antes de chegarmos ao mar, Luturios terá uma palavra a dizer sobre esse assunto. Luturios é muito eficiente nesses "dizeres".

— Corto-lhe a garganta — disse Luturios, como esclarecendo, apesar de ter sorrido.

Urtha fez uma vênia na sela, voltou seu cavalo e cavalgou para longe de nós, seguindo Niiv, que corria com os cães de caça pelo meio da coluna, por ali abaixo.

24

O combate entre Urtha e Cunomaglos

Urtha me procurou depois, trotando atrás de mim num cavalo preto excelente enquanto tagarelávamos ao longo do leito seco de um rio.

— Quero encontrá-lo pessoalmente — disse ele. — Pode parecer estranho, mas preciso desse momento de reconhecimento. Preciso olhar nos olhos dele, quando ele me vir e perceber que vim por causa dele. Se bem conheço Cunomaglos, ele estará com medo, não com desdém, o que me agrada.

Não quis oferecer-lhe mais do que uma ajuda para cavalgar por entre as linhas, mas achei que Urtha queria me dissuadir de lhe fazer um favor com magia.

Anuí em concordância.

— Por que medo? — perguntei.

— Porque ele era um homem de honra e me amava como a um irmão. E a traição é um espectro que o persegue, desde o momento em que saiu de nossa terra.

Não havia discussão diante da certeza de Urtha.

— Peça-me qualquer coisa de que precisar — disse eu.

— Procure comigo, fique por perto, os cães irão farejá-lo.

Niiv havia se esgueirado novamente. Mantinha distância. Quando Urtha encontrou a carroça abandonada ainda com os cavalos atrelados, ele e Ullanna a usaram para avançar em relação aos outros, mas levaram Niiv consigo, que era tão leve que mal dava trabalho aos animais que a puxavam. Os cães foram atrás.

Depois de uma pausa no dia para enfrentar um exército local, os outros, que estavam fora da comitiva, nos alcançaram e Maglerd assinalou sua discreta chegada com uma sequência animada de ganidos e uivos. Rubobostes e Tairon vieram até nossa fogueira, à certa altura da noite. Os cimbros chegaram pouco depois, com a carroça e o coração de Argo. Depois, Manandoun, Cathabach e os germânicos. Parecia que Michovar voltara para trás, afinal.

— E Jasão?

— Nós o perdemos há cerca de dois dias — disse Manandoun.

— Ele levou o cavalo mais forte e partiu em direção ao ocidente. Parecia entusiasmado com alguma coisa.

— Aquele cavaleiro — acrescentou Tairon —, o jovem que o chamou parecia conhecê-lo.

Um cavaleiro que apareceu numa cordilheira rochosa, entre pinheiros de ramos largos, chamou Jasão. Jasão ficou petrificado com a visão e depois estava muito determinado em descobrir quem era o jovem. Levara muito pouco consigo, fora o cavalo, e galopado encosta acima. Havia sido a última vez que o viram.

Inocentemente, perguntei se eles avistaram algum pássaro no momento em que isso aconteceu.

Tairon franziu a testa e sacudiu a cabeça, mas Manandoun coçou o maxilar, pensou bem e respondeu:

— Alguns pardais, ou quaisquer que sejam os pássaros locais que se pareçam com pardais, e uma gralha, ou algum pássaro preto, uma ave solitária. Já o vira antes. Acho que seguia o exército, provavelmente se alimentando dos mortos.

Sorri.

Alimentando-se dos mortos? Protegendo uma vida jovem dos mortos que se levantavam, melhor dizendo.

Urtha podia ver que eu estava nervoso com essas notícias. Quando toda a gente assentou, segredou-me:

— Jasão está em dificuldade?

— Ele foi enganado — respondi. — Ele acha que viu seu filho. A questão é: quão rápido ele perceberá e para onde seguirá?

— Para Delfos — sugeriu o celta.

Sim, provavelmente para Delfos. Se Medeia não o conduziu para a destruição.

Urtha secou sua espada polida, que mantinha em mãos.

— Lembro-me de pensar que usaria isto sem hesitar naquele homem estranho, o seu amigo, o velho cadáver do rio. Estava zangado com ele. Mas, assim que o assunto com o desgraçado do cão terminar, usarei este ferro para ajudá-lo no que puder. Isso não é totalmente altruísta, espero que compreenda. Convidei Brennos e mil dos seus homens para se hospedarem no meu forte. Para festejarmos com carne de veado e perdiz, se bem me lembro de mim e da minha boca grande. Foi um pouco precipitado, acho eu. É útil ter Jasão por perto.

— Ele foi útil, certamente, há setecentos anos — disse, e Urtha concordou como se nada fosse mais óbvio.

A terra começou a tremer. O céu noturno estava negro, salpicado de estrelas, e o ar cheirava a cedro e lavanda. Acordar numa terra assim é acordar como se acabasse de nascer. Há orvalho na face, vento frio na cabeça e vigor em cada membro. Àquela hora, antes do amanhecer! Se o obscuro Hades estivesse carregado de vida como está este momento do dia, nenhum grego temeria morrer.

O sol se espalhava como fogo para leste, por cima das três colinas alinhadas, batendo nas rochas e no desfiladeiro, o velho rosto do mundo. Dei-lhe as boas-vindas; lembro-me de lhe dar as boas-vindas naquele segundo dia com Urtha, como se meu coração entrasse em uma nova estação.

Dei-lhe um pontapé por cima do cobertor. Os cimbros estavam em pé e prontos. Niiv estava em silêncio, cara pálida, irradiando na madrugada por baixo da sua cabeça sem cabelos. Olhava-me como um gato, mas virou para longe quando ameacei me zangar.

Tremores de terra!

Depois de passar a noite anterior marchando, tivemos uma noite de descanso. Agora, os dez mil homens e mulheres do exército de Brennos, vezes dez, moviam-se novamente pela terra, em direção à promessa de mar, para a certeza da morte de muitos deles no Desfiladeiro das Termópilas, para a promessa de resgate em Delfos.

E, à medida que essa enorme horda se movia preguiçosamente para o sul, Urtha, eu, Rubobostes, num cavalo mais leve do que o seu adorado Ruvio; e Manandoun e Cathabach, cavaleiros fiéis, cavalgávamos firmes na outra direção.

À procura de um cão de caça com cara de homem charmoso e coração de um desgraçado.

Se tivéssemos um jarro de leite a cada vez que ouvíssemos as jocosas palavras: "Vocês vão pelo caminho errado. Delfos é ao sul...", teríamos coberto a Grécia de queijo.

Dia após dia atravessamos a cavalo a sólida massa de homens, a cavalo e a pé, bestas atreladas, crianças fugidias e carros que se arrastavam.

Onde quer que fôssemos, presumia-se que levávamos instruções ou ordens de batalha. Os que ficavam na parte de trás das três colunas já haviam exagerado enormemente sobre a batalha feroz que havia ocorrido no *front*. Eles viram uma pilha de mortos e sentiram o cheiro das fogueiras. Prestaram atenção aos sinais sobre a quantidade de mortos. Mas passaram atrasados pelo chão sangrento e apenas podiam imaginar o que havia acontecido.

Maglerd e Gelard esgueiraram-se e espreitaram por entre as rodas que rangiam e as pernas cansadas. Eram cães populares. Plutões e homens altamente armados parariam de repente, em volta das grandes bestas, e começariam a brincar. Sentiam falta dos seus próprios animais. Maglerd e Gelard saboreavam a atenção até que a voz forte de Urtha acabasse com a brincadeira e, ligeiramente culpados, com ar preguiçoso, retornavam à caçada.

Foram os cães que nos fizeram ser aceitos e bem-vindos enquanto procurávamos pelos clãs e pedíamos abrigo para passar a noite.

Então o dia chegou, como eu sabia que viria, quando os cães de caça se tornavam ameaçadores, seus grilhões a levantar, suas mandíbulas vermelhas, manchadas de saliva. Podia sentir o cheiro deles, apesar de estarem a uns cem passos de mim, olhando para baixo, para a linha. Maglerd havia se abaixado e Gelard estava tão tenso que achei que as costelas do pobre animal se partiriam. Mais ou menos cem homens a cavalo passaram por nós e, avaliando os escudos, adivinhei que eram avernos, da Gália Ocidental, de perto do mar que os separava da terra de Urtha. Estavam desanimados e cansados, arrastavam cinco vacas e alguns cavalos exaustos. Mas, entre eles, encolhidos em seus próprios cavalos, estavam homens sem quaisquer insígnias. Haviam descolorido o cabelo até ficar branco, e suas costas eram ligeiramente curvadas. Pareciam todos doentes.

Seus mantos eram de cor escura e era estranho vê-los vestidos assim porque os dias estavam quentes e a maior parte do exército cavalgava ou caminhava com roupas muito leves.

Urtha parou um dos avernos.

— Sabe o nome dos outros homens que cavalgam nas suas fileiras?

— São de perto da Terra dos Fantasmas — disse o guerreiro, olhando para Urtha de alto a baixo, desconfiado. — Trouxeram alguns bons cavalos e vacas excelentes. Negociamos no passado. São homens bons. Por que pergunta?

— Estou à procura de um velho amigo, Cunomaglos. Dos *cornovidian*. Ele cuida dos meus cães de caça.

O averno olhou para as duas bestas e depois para Urtha, abanando a cabeça.

— Por que me faz essa pergunta quando seus cães já lhe disseram tudo o que deseja saber? E por que mente? Ele não é seu amigo.

E gritou para seus compatriotas. Quarenta homens a cavalo se voltaram para nos olhar, franzindo o cenho, e depois todos eles se afastaram da coluna, deixando exposta a tropa enlameada à sua frente.

Os cães começaram a latir, pelos do pescoço eriçados, observando um homem por entre o pequeno grupo de guerreiros.

Cunumaglos olhou por cima do ombro. Era exatamente como o imaginava: pesado, cabelo escuro, olhos de uma pessoa má e cruel. Usava uma armadura por cima do linho verde e calças rasgadas e curtas, os braços nus tatuados e as batatas das pernas cheias de cicatrizes. Parecia espantado, depois puxou as rédeas, virou-se e de repente gritou uma maldição na nossa direção. Estava despenteado, a barba escura por fazer, e o cabelo caía espesso por baixo de um capacete liso de pele.

Eu havia trilhado o Caminho por várias vidas. Já vira como o medo e a fúria se misturam nos olhos de um homem, dando-lhe o aspecto de algo tão selvagem que travaria o mais forte dos corações candidato a combate. Não consigo colocar em palavras o que vi nos olhos de Cunomaglos naquele momento: assassinato e desespero, talvez. Teria sonhado com os destroços que havia deixado para trás quando abandonou a família de Urtha? Será que os espíritos de Aylamunda e Urien zombavam dele lá na Terra dos Fantasmas? Será que seus companheiros mortos, os *uthiin*, que permaneceram fiéis, o ridicularizavam e segredavam insultos em seus ouvidos? *Espectros nas suas costas.* Acontecera algo a esse homem, que agora se confrontava com seu pior pesadelo: a vingança caía sobre ele e dizia:

— Vim matá-lo por ter assassinado minha mulher e meu filho. Roubou-me a minha vida e, como vejo pelos seus olhos, você já sabe. Venho levá-la de volta.

Cunomaglos permaneceu quieto como uma estátua. Os olhos abatidos nem piscavam quando olhavam para Urtha, que abruptamente se virou e cavalgou na minha direção.

— *Eu o apanhei*! — disse o jovem rei, com um sorriso rápido. — E você viu a cara dele? Ele sabe o que poderá ter acontecido no forte. Está assustado. A que distância estamos do mar? Mande-me para lá com um feitiço em breve, Merlin. Mal posso esperar para esfregar sal nas feridas daquele desgraçado.

À medida que o mar nos aparecia adiante, um cintilar distante salpicado de ilhas, os celtas começaram a romper as fileiras, chicoteando os cavalos em carroças à frente do exército principal, bandos de homens exuberantemente à procura das melhores praias para jogos e corridas. Enquanto cavalgávamos pelos penhascos nenhuma praia permanecia intocada, revolvida pelas rodas e cascos à medida que um clã desafiava o outro para qualquer competição possível, incluindo corridas a nado em direção às rochas escuras que se erguiam como recifes partidos longe da costa.

Jogos de arremesso abundavam, usavam-se lanças, pedras e fundas. Os icenos, que viviam ao sul da terra de Urtha, e os belgas, do outro lado do oceano, haviam se dividido em duas equipes de quarenta jogadores e reinventado o *gwdball*, um jogo de pontapés, saltos e murros usando uma bexiga inflada.

Agora Brennos dava instruções para abandonarem os trabalhos em terra e criarem postos de sentinela. Havia dois dias que outro exército nos fazia sombra. Estava espalhado pelas colinas por trás de nós e deslocava-se para o sul, paralelamente a nós. Suas intenções não eram claras. Brennos havia criado uma força de homens altamente armados na parte de trás da coluna.

Luturios e sua brigada armada até aos dentes escoltou Cunomaglos e seus homens para o interior, para a margem mais distante de um rio que serpenteava e corria por entre as rochas até a extremidade de uma das praias. Encontraram um lugar onde havia grama e bosque em ambas as margens, protegido por escarpas, onde a água ficava acima da cintura.

Urtha e Ullanna chegaram à margem mais próxima, juntamente com os outros celtas de Argo. Tairon e Rubobostes haviam ficado para trás a fim de vigiar o Espírito do Navio.

Luturios e seus homens retiraram-se em direção ao mar pela parte superficial do rio e fizeram fogo, sentando-se para observarem de longe. Se este combate fosse conduzido da maneira correta, eles não passariam de espectadores.

Urtha e Cunomaglos prepararam suas armas e se aproximaram do rio. Cunomaglos havia feito a barba e raspado a cabeça até ficar com uma única e grossa trança. De calças, tronco nu, cheio de tatuagens, parecia formidável. Todo aquele cansaço e medo de antes haviam desaparecido. Os braços eram enormes, cheios de veias. Os olhos eram tão fundos no seu crânio que era difícil dizer para onde olhava. Talvez para todo lado.

Urtha usava uma túnica e um curto manto azul em volta do corpo, preso no ombro com um broche de focinho de cão de caça. Havia pregado o *lunula* de ouro de seu pai por cima, e ficou claro que Cunomaglos conhecia o totem da família quando este brilhou. Será que se perguntava o que fazia em Urtha, e não no druida que havia desistido dele ao perder a vida?

Era hora de negociar. Os celtas adotavam a conversa de batalha sempre que encaravam um combate corpo a corpo, formais e lacônicos. E esmeravam-se em metáforas exageradas e insultos.

De braços cruzados, cada homem examinava a armadura à sua frente. Depois, Cunomaglos gritou:

— Já vi que mendigou, pediu emprestado e roubou uma bela quantidade de armas. Esses enormes escudos são impressionantes, mas não me deterão.

— Ficaria surpreendido se você viesse com essa parafernália de armas de casa. Também você andou a mendigar. É um protetor de virilha isso que vejo? Você deve estar mesmo muito assustado com a força da minha lâmina.

— Empresto-lhe o protetor com prazer, se prometer não usá-lo deslealmente.

— Só um covarde como você pensaria num golpe desleal. Fique com o protetor. Vou usá-lo como peso no seu corpo quando lhe enterrar no mar.

— De fato — retorquiu Cunomaglos —, planejei esculpi-lo em memória de um irmão e deixá-lo na terra por cima do seu cadáver frio e ensanguentado.

— Então não se deixe perturbar pela prática do martelo e do cinzel. No que diz respeito à luta, este chão não é bom para carroças.

— Concordo. Pensei em desafiá-lo nas carroças, mas seria injusto para com os cavalos.

— Proponho duas armas por vez, nós escolhemos como alterná-las.

— Fico bastante satisfeito. Precisamos decidir em que lado do rio começamos. E proponho que o quinto encontro seja no próprio rio, só para esclarecer as regras, já que você será o manjar dos corvos logo após o primeiro.

— Quatro em terra e o quinto no rio, até o fim, até a morte. E, não importa o que acontecer, até onde a luta for, quando lutarmos em terra, quando a última réstia de sol desaparecer por detrás daquela colina, a luta acaba por este dia.

— Concordo. Clewvar, que tem um olhar aguçado, observará por mim. Só se chegarmos ao rio é que lutaremos até o fim. Lexomodos vigiará minhas armas.

— Cathabach cuidará do meu lado. Ullana, da Cítia, cuidará de minhas armas.

Apesar de dois dos homens de Cunomaglos rirem com a sugestão de ser uma mulher a fornecer armas e armaduras a um homem em combate, era tabu insultar uma mulher numa altura daquelas e Cunomaglos ficou em silêncio até que o insulto desproposito fosse silenciado.

Urtha continuou:

— E só mais uma coisa: desde que o homem de Brennos, Luturios, nos trouxe para esta planície, não se pode dizer que algum de nós foi o primeiro a chegar e, portanto, tenha o direito de decidir sobre as armas. Sugiro que decidamos atirando uma lança àquela oliveira que cresce na correnteza, perto daquela rocha cinzenta ali. O vencedor é quem acertar mais perto do ponto onde o ramo mais baixo se divide.

— Concordo.

Cada um deles pegou numa lança leve. Atiraram ao mesmo tempo, as pontas quase se tocaram, mas cada uma delas chegou livremente à árvore e a de Cunomaglos havia sido a mais precisa.

— Escolho aquelas lanças de lâminas largas e os escudos redondos de carvalho e pele, com as orlas de bronze brilhantes. E escolho lutar do seu lado do rio.

— De acordo.

Quando pensamos que o combate começaria, os celtas pararam para contemplar e insultar. Cada homem escolheu cinco lanças e dois escudos, e as armas de Ullanna e Cunomaglos estavam equilibradas. Urtha comeu em silêncio. Sentou-se de pernas cruzadas, perto da fogueira, olhando seu irmão adotivo. Cunomaglos olhou de volta para ele.

Ao romper do dia ainda estavam sentados perto das fogueiras já extintas, olhando um para o outro. Era difícil dizer se haviam ou não dormido, mas levantaram-se como um só, aparentemente frescos, despiram-se e dirigiram-se para o rio para se lavar.

— Hoje vou matá-lo, por Aylamunda e pelo meu filho, Urien. Eles morreram porque você abandonou o forte.

— Espero que dê muito de você durante metade da manhã — respondeu Cunomaglos. — Você estará cansado depois disso. Eu o avisarei antes de desferir o golpe mortal.

— Prometo que o eco dessas palavras será a última coisa que você ouvirá.

Urtha ergueu até a cintura a túnica de batalha, feita de material leve, com uma barra púrpura. Atou um kilt de pele por cima, com uma argola de metal do tamanho da mão, para proteger a virilha. Escolheu as sandálias para os pés, atou uma pedra fina em volta do peito e cortou as pontas do bigode, dando-as a Ullanna. Prendeu o cabelo no alto da cabeça e rapidamente saiu da vista do seu inimigo, agachou-se e fez suas necessidades.

Aliviado, voltou e experimentou o peso e o equilíbrio de cada uma das pesadas lanças. Os enormes e redondos escudos pareciam um impedimento aos meus olhos pouco acostumados com isso, mas ele os lançou ao ar, um por vez, para mostrar como eram fáceis de usar, e depois desceu para esperar por Cunomaglos.

Cunomaglos era carregado acima das águas do rio, pois sandálias molhadas teriam sido desvantajosas. Os trajes eram semelhantes, apesar de seu kilt ser preto e de ter uma faixa de metal pendurada no meio do peito, atada em volta dos ombros, com linho. Não se dera o trabalho de proteger a virilha.

Pousaram as armas e se abraçaram, beijando-se três vezes antes de se afastarem e voltarem a apanhar suas armas.

Cathabach segredou-me:

— Os três abraços inevitáveis: por um passado partilhado, por palavras simpáticas partilhadas e por um futuro onde cavalgarão pelos mesmos vales, na Terra dos Fantasmas.

— E quando lutarão?

— Agora, acho...

Quando avançaram um no outro tive a certeza de que ambos cairiam de imediato. Já vira criaturas selvagens atacarem-se uma à outra, ou agredirem-se por causa de uma presa, mas raramente vira tamanha distorção animal no rosto de homens, que num momento eram charmosos e no outro eram pequenas criaturas do mundo da Grécia, da própria Hel. Vermelhos, espumantes, vozes estridentes como trompas de uma nota só, esmagavam, apunhalavam, saltavam e davam pontapés um no outro, rodopiando, rodando, lançando-se e rolando para longe dos golpes ferozes direcionados a cada milímetro dos seus corpos.

A lança de Urtha despedaçou-se e Cunomaglos recuou, arquejante, à medida que Ullanna lhe trazia outra e voltavam a lutar. E, quando a parte superior da lança de Cunomaglos se quebrou, Lexomodos atirou-lhe outra. Partiram e estilhaçaram lança por lança manhã afora e, quando a quinta lança de Urtha se despedaçou, arremessaram escudos e lanças para longe e dirigiram-se para o rio, lado a lado, mergulhando na água e deixando o sangue correr para longe deles.

Descansaram até o meio da tarde, cada um no seu lado do rio.

Depois, olharam um para o outro novamente, enquanto eram remendados e cosidos pelos seus ajudantes.

Urtha gritou:

— Escolho as espadas de lâminas pesadas de cabos de marfim que já vi que roubou dos *trocmii*.

— Concedido! — disse Cunomaglos, em ultraje zombeteiro.

— E os escudos leves e pequenos de cinza e pele. Precisaremos nos aproximar um do outro para fazer estragos!

— De acordo. Você dançou tão longe de mim que me perguntei se veria o seu rosto.

— Você verá o meu rosto desta vez. E prometo que lhe dou um beijo na boca quando seu espírito partir.

— Foi a primeira vez que tive medo, só de pensar num beijo seu nos meus lábios!

Ambos riram, reuniram as armas apropriadas e Urtha foi levado pelo rio.

Essa foi uma etapa muito sangrenta. No fim, meus ouvidos tilintavam. Os ferros batiam com uma força tal que criavam um som que persistia no ar, crescendo em volume: até as próprias rochas pareciam gritar e tremer com o eco. Os escudos foram estilhaçados e descartados. Urtha sofreu um profundo golpe de lado, mas cortou um dos pequenos dedos do pé esquerdo de Cunomaglos. Partiram três lâminas cada um quando decidiram parar e coser seus cortes.

Ainda faltava muito para o crepúsculo.

— Ele luta com força — disse Manandoun, à medida que Ullanna aplicava musgo numa das feridas mais superficiais de Urtha.

— Os homens que sabem que estão errados lutam sempre com mais força — comentou Urtha, cruel.

Ullanna disse:

— Você também luta com força. Não sabia que você tinha tantas mudanças de velocidade.

— Os homens que sabem que estão certos sempre lutam com força — concordou Urtha.

Foi o fim da conversa.

Urtha bebeu uma mistura de ervas e comeu uma pequena quantidade de mel. Do outro lado do rio, Cunomaglos testava o pé, assegurando-se de que conseguiria correr e saltar com as ligaduras que lhe protegiam o dedo machucado. Estava claramente desconfortável.

Veio à beira de água e chamou Urtha:

— Se concordar em não saltar ou atacar de forma alguma os pés, eu concordo em não atacar os flancos, onde vejo que tem um profundo corte.

— Aceito essas condições — gritou Urtha de volta. — E agora é a sua vez de escolher armas.

— Sem armas, apenas com o que o rio nos pode dar. Lutamos no rio. Sem intervalo, lutaremos até a morte. E pomos fim a isto, Urtha. Esta é a minha proposta.

— Já me encontro com você aí — gritou Urtha. — Aceito.
Ele voltou para perto de nós e pôs as mãos nos meus ombros. Não disse nada, voltou-se para Ullanna e segurou o rosto dela, com cuidado:
— Você enfiou musgo suficiente no meu corpo para me parar o coração. Se eu morrer, mande renas para pastarem em mim. Obrigado.
— Seu coração aguentará — disse ela. — Apanhe as pedras mais afiadas que conseguir, evite as pedras. São demasiado pesadas para aplicar o melhor golpe.
Agora Urtha descartara a pedra atada ao seu peito e pendurara a meia-lua em volta do pescoço.
Abraçou Manandoun e Cathabach, e dirigiu-se para a água. A luz acabava rapidamente. Cunomaglos encontrou-o no meio do rio e a luta começou pela terceira vez.

Vê-los atacarem-se com pedras, depois lutar, braços enlaçados, caindo e chafurdando, voltando à superfície e cuspindo água um no outro, observar esse teste desesperado de força, era como observar as façanhas de poder do princípio do Tempo. Nunca gostei de testemunhar a morte. Já vira explosões de sangue suficientes para satisfazer qualquer réstia de desejo de morte que pudesse ter.
Talvez usassem peles de mamute, ou couraças dos arcadianos que haviam lutado com tanto vigor nas costas de Ilium. Talvez fossem gatos selvagens lutando ou reis testando-se um ao outro para ganhar uma frota de navios que se espalhavam numa baía, não como as baías perto deste chão de ensaio, onde as corridas de carruagem e a pé, e os jogos de bola, haviam agora parado.
Não fazia diferença. Já vira muito disso. Já estava mal disposto. E, se não fosse minha amizade por Urtha, partiria para sempre.

Assim, voltei-me para mim, curvei-me e deixei o grunhido passar.

Elkavar cantaria que eles partiram rocha suficiente para encher uma enseada na costa enquanto se atacavam. Ullanna diria que deveriam dormir durante a noite; nada poderia vir de tamanha brutalidade.

Eu podia sentir o cheiro do interior dos crânios. Ambos haviam se espancado horrivelmente, nenhum sobreviveria.

O gemido do choro de Ullanna:

— Não é justo! — despertou-me. Era o crepúsculo. Levantei-me de um salto para ver Urtha vacilando antes do ataque de uma lança.

O rio estava cheio de lanças!

— Qualquer coisa que o rio ofereça! — cacarejou Cunomaglos, à medida que se arrastava depois do rei.

Apercebi-me imediatamente de que em algum lado, no interior, deveria haver uma escaramuça, pois armas e corpos vinham na corrente do rio. Ullanna caíra num luto agachado, com a cabeça para baixo.

— Qualquer coisa que o rio ofereça! — o homem frio e sangrento gritou outra vez, deu outra facada em Urtha, atacando a *lunula*, cortando o ouro suave, afogando-o debaixo da água.

Vi a mão do meu amigo lutando para ascender à superfície e apanhar um pedaço de madeira, uma ponta de lança partida, romba, esfarrapada, denteada.

Veio lá de baixo do rio como um homem renovado e empalou seu agressor no tronco. Sangue pulsou do peito de ambos os homens. Cunomaglos pareceu desvanecer.

Depois, Maglerd ladrou, correu para o rio, saltando para a água e arrastou o homem que outrora o trazia para o leito do rio pela corrente. O enorme cão de caça selvagem urrava, focinho à tona para respirar, sangue na mandíbula, olhos determinados e de volta para baixo da água, para terminar o que Urtha havia começado.

O Cão e o Senhor dos Cães deslizavam pelo mar, uma luta obscura se passando abaixo do pequeno fogo onde Luturios mantinha sua vigilância cerrada.

Urtha rastejou até a margem. Ullanna e Elkavar correram para ajudá-lo, puxando seu corpo espancado para o abrigo e embrulhando seus membros que tremiam no pesado manto. Ullanna puxou uma faca de lâmina estreita de sua bota e enfiou-a na ferida em carne viva do peito dele, depois enfiou uma mão cheia de musgo de infusão de ervas no corte.

— Ainda comida para as renas — segredou Urtha, com um sorriso.

Ullanna, com as lágrimas escorrendo, deitou-se e deu-lhe um beijo na boca.

— Não se atreverão a tentar — disse-lhe, com doçura.

Urtha esticou-se e segurou o braço dela, lutando para se erguer.

— Sobre o outro assunto... Preciso ter a certeza...

— Que ele morreu? Cunomaglos? Morto e devorado. Sua raiva sangrenta foi suficiente. E agora seus cães de caça desfrutam de uma boa refeição. Até Luturios os deixou ir atrás dele. Ele disse:

— Não acho muito justo, mas justo o suficiente. Urtha, Cunomaglos foi embora. Agora os outros do seu *uthiin* estão à sua espera.

— Acreditei que sim — disse Urtha, cansado. Agarrava a *lunula* na mão, passando os dedos na falha, no ouro. — Diga a Luturios que discutirei as condições de combate à alvorada, amanhã. — Estava mais pálido. Sorriu-me. — Merlin as discutirá por mim. Nada demasiado pesado, Merlin. Nada demasiado aguçado — disse ele, tentando brincar.

Ullanna pegou-lhe no rosto e abanou-o, suavemente.

— Eles esperam que você diga: *acabou*. Querem ir para casa. Estão em desgraça.

Urtha não conseguiu falar por um momento. A respiração lenta. Não tinha mais muito tempo. Reparei que me mantinha a distância. Era assim que ele queria. Lutara com honra, morreria em paz, em braços mortais, e não com um feiticeiro tentando estancar uma hemorragia no seu corpo, que só os olhos de um feiticeiro poderiam ver.

De qualquer forma, não poderia tê-lo ajudado. A morte de um homem não me diz respeito.

Adeus, Urtha.

— Eles não podem voltar à sua própria terra — segredou, zangado. — Nem para a minha fortaleza. Para qualquer lugar que os receba. Mas não para lá.

— Luturios lhes dirá — disse Ullanna.

— Quanto a mim — disse o homem com aparência de fantasma —, quero ir para casa.

E Ullanna disse:

— Você irá para lá agora. Eu vou levá-lo. Quero ver se alguém me impedirá!

Acendemos duas fogueiras perto do rio e Bolgios doou uma de suas carroças e seis excelentes cavalos, mais provisões, para a jornada longa e solitária de Ullanna. O senhor de guerra estava exuberante com a recente batalha lá nas colinas, onde um segundo exército havia sido derrotado. Nenhum de nós tivera coragem para lhe dizer que os despojos daquela escaramuça foram embora na corrente do rio e interromperam fatalmente o encontro dos dois irmãos adotivos.

Manandoun e Cathabach estavam pálidos e perturbados. Também queriam acompanhar Urtha para casa, mas sabiam que haviam feito uma promessa a Jasão de ficar com ele até ele terminar seu próprio assunto.

Garanti-lhes que Jasão entendia. Apanharam suas provisões e cada um levou um dos cães de caça de Urtha.

Ullanna aproximou-se de mim e deu-me uma flecha que havia feito, uma coisa pequena, com penas de um colar que elaborara durante suas semanas de "provisão" de Argo, mas que nunca usara.

— Sei que tem muita coisa na cabeça neste momento, mas espero que encontre um momento para se lembrar de um velho amigo.

O olhar dela era ambíguo e cheio de dúvida, mas a única coisa que consegui ver foram as lágrimas nos seus olhos.

Eu poderia deixar assim mesmo, guardado a flecha, já sentindo a falta do jovem rei dos *coraovidian*, que havia sido importante para mim por um momento e que não estava perdido. Mas nada nunca é tão simples quanto deixar ir. O tempo aprontara das suas comigo, mais uma vez, me lembrando dos seus campos de buracos e das crateras, e dos seus dez rostos observadores, que a minha vida não era minha.

O toque nervoso e frio nos meus ombros assustou-me. Niiv estava atrás de mim, pálida e apreensiva.

— Não fuja de mim, sei que estava errada antes. Não quis fazer mal nenhum com isso. Estou confusa sobre o que posso ou não posso fazer. Não me penalize pela minha ignorância. Por favor! Mas você *precisa* fazer alguma coisa por ele.

— Por Urtha?

Ela ainda estava de calças e de blusão de pele acolchoado. Onde um dia a geada havia cristalizado em volta dos seus olhos e boca, agora achei que eram lágrimas que haviam congelado ali. Mas seu jovem rosto tinha linhas duras e, apesar de o seu cabelo ser ainda grosso e forte, tinha aquele tufo que sempre mostra a idade. E não era um sinal que eu gostasse de ver.

— Por que devo fazer alguma coisa por ele?

— Você sabe por quê! — gritou ela, quase com dor. — Você precisa saber por quê. Não lhe custará muito.

Espantado por essa explosão, consciente de que apenas Elkavar a vira (e que discretamente virou a cabeça para o outro lado), conduzi Niiv ao rio. A água corria clara e brilhante, à luz das estrelas, sem mortos a flutuar. Várias pontas de lança partidas haviam obstruído a margem mais longínqua, e erva crescia longe delas, como fragmentos de luto.

Seria um trabalho de minutos empurrá-la para baixo e a segurar lá, deixando-a escorregar para o Sono da Morte pelo mar adentro.

— Pergunto novamente: por que devo fazer algo?

Ela abraçou o próprio corpo, nada dizendo. Culpada! Meu coração gelou.

Mal consegui balbuciar as palavras em tom baixo:

— Você olhou além... Você olhou além...

— Só um pouco — confessou, e pareceu encolher mais ainda. Depois se voltou para mim, suplicando. — Só um pouco! E não usei você. Não procurei por você nem por mim, nem por Urtha. São tudo sombras.

— Claro que são tudo sombras! — lembro-me de lhe ter sibilado. — O que você esperava? Dei-lhe as costas, o meu peito pulsando.

O que ela fizera? Teria retirado de mim? Disse que não. Será possível que ela tivesse assim tanto poder? Não! Não era possível. Ela não poderia estar ainda dentro de mim. Mas se não está me usando... Então quem?

Ouvi Niiv dizer:

— Estou vendo que o magoei antes. Desta vez prometo... É só porque você precisa cuidar de Urtha. Não me abandone...

Corri para longe dela.

Sem gritos desta vez, mas observando-me da escuridão, na beira de água, estava uma figura curvada, perdida no desabrochar de um poder que a tomara sem seu conhecimento.

Corri atrás da carroça, uma criança que perseguia seu pai, um cão fugindo atrás do seu dono a cavalo.

Esperem por mim, esperem por mim.

Os cães de caça e os *uthiin* seguiam pilhando à frente. Ullanna, cavalgando um dos cavalos, puxando a miserável carroça, não havia percebido minha presença até eu escalar lá para dentro e me agachar ao lado do homem que estava morrendo, segurando suas mãos nas minhas. A carroça parou. Urtha estava mortalmente frio. Observou-me através dos olhos meio abertos e depois, em desaprovação:

— Merlin, o que você faz aqui? Você parece cansado.

— É um dia cansativo. Nem todos nós podemos nos dar o luxo de arranjar encrenca pelos rios. — Ele sorriu. — Mas você parece um pouco melhor — disse-lhe, com honestidade.

— E estou certamente surpreendido. Acredito que está em boas mãos. E não são as minhas.

— Acho que sim — concordou ele. Havia fogo nos seus olhos, apesar de estar mais pálido do que uma mortalha.

— É uma coisa estranha: mais cedo, depois do rio, me senti

morto. Mas não me senti morrer. Esta é uma das jornadas de recuperação que todos os homens precisam aceitar na vida. Então, pode voltar para Jasão sabendo que eu estarei mentindo sobre você aos meus amigos antes do próximo verão.

Não havia nada que precisasse fazer. Senti-me eufórico. Seu olhar constante seguiu-me à medida que descia da carroça e fiquei em pé, no escuro, observando sua vagarosa partida para o norte, por território hostil.

Ele clamou:

— Espero vê-lo na Terra dos Fantasmas um desses anos.

— Mais cedo do que pensa! — gritei. — E esperarei carne de veado e de perdiz quando for. Não se esqueça.

— Não me esquecerei. Mas quando vier... — acrescentou com um riso engasgado. — Venha sozinho!

A última coisa que vi foi sua mão pálida levantada na minha direção.

25
Os portões de fogo

Raramente em minha vida fiquei tão melancólico quanto naquelas poucas horas que se seguiram à partida de Urtha, para sua longa jornada até em casa. Elkavar era a minha companhia silenciosa, e Gwyrion e Conan juntaram-se a nós perto do fogo, ao lado do rio. Niiv, a malandra Niiv, sentou-se nas rochas altas, uma sombra encolhida contra a lua em quarto crescente, quieta como uma coruja. Se me observava, eu não queria saber, apesar de ela me intrigar outra vez. Suas palavras apressadas no momento da partida de Urtha eram como um lembrete incômodo dos talentos cada vez maiores da mulher.

Estivera preocupado com Urtha durante os dois últimos dias. Jasão havia desaparecido para o sul em busca de, estava certo, parte de uma artimanha de Medeia: a imagem do seu filho a cavalo lhe acenando. Mas também Orgetorix havia escapulido na direção do Desfiladeiro das Termópilas, explorando a terra para Brennos.

Havia certo grau de desordem no exército. Achichorus tivera sua própria "visão", decidindo cavalgar para o norte, pela costa, e atravessar as terras do leste nos passos de Alexandre, onde acreditava haver despojos mais acessíveis do que em Delfos. Levara consigo vários milhares de homens e respectivas famílias, para fúria de Bolgios. Brennos havia filosofado sobre a ação. Estava ciente de que ainda tinha forças suficientes para conseguir se apertar e atravessar a estreita passagem e depois continuar descendo até Aetólia.

No entanto, Gebrinagoth e Gutthas foram com Achichoros. E Rubobostes, me disseram, também começava a ficar inquieto. A extensão do desfeito exército de Achichoros iria levá-lo para perto da sua própria terra, e ele estava descontente com o desenrolar dessa história, imaginando que eles não hesitariam em pilhar e saquear sua terra natal.

Ele me procurou, aparentemente desconfortável e deprimido, e aquecido por baixo do seu manto preto colocado por cima da pele, apesar de se recusar a removê-lo. Partilhamos vinho. Disse-me que precisaria levar Ruvio, mas garantia cavalos fortes para levar o coração de Argo.

— Apesar de concordar velejar com Jasão até minha terra — disse ele —, eu ficaria mais tempo. Gostaria de vê-lo feliz. Mas estes exércitos estão mais interessados em saquear do que nos mortos sagrados — olhou-me com cuidado —, como imaginei que você já soubesse.

Disse-lhe que sim e ele continuou:

— E minha terra também já foi incendiada muitas vezes nas últimas gerações. Terei de persuadir Achichorus para que continue a olhar para leste, e não para norte e leste.

— Você precisará de muitos nós górdios para segurá-los.

Rubobostes riu.

— Posso adaptá-los mais rápido do que um homem consegue esvaziar um garrafão de vinho.

Passou-me o garrafão, e eu o entornei na boca e bebi. Não consegui acabar, mas, quando deixei cair a cabeça e limpei a boca, ele segurava um pequeno e elegante nó feito de um pedaço de pele, na minha direção.

— Para você se lembrar de mim, apesar de alguma coisa me dizer que meu pequeno Caminho e seu enorme Caminho se cruzarão novamente.

— Espero que sim.

Levantou-se, acenou-me um adeus e voltou na direção das fileiras de homens, que se amontoavam em massa atrás do estandarte de Achichorus.

Os argonautas se dispersavam mais rápido do que a chuva de verão. Mas Tairon e Elkavar permaneciam intrigados com o que o oráculo em Delfos poderia revelar, apesar de nenhum deles parecer intencionar contribuir para o saque do lugar. Esses dois homens, que mal conseguiam trocar uma palavra, eram tão parecidos nos seus estranhos talentos, com caminhos obscuros e labirintos, que quase poderiam ser irmãos. As cabeças deles funcionavam da mesma forma. Aparência, gestos, olhares e a estranha frase partilhada eram mais do que suficientes para rirem da mesma piada crítica partilhada.

Os cimbros foram metralhados com lembranças dos seus ancestrais. Falando com um dos capitães de Brennos, ouviram toda a saga da invasão tribal das suas terras e do saque aos seus mortos. Fossem quais fossem os verdadeiros motivos de Brennos para este ataque à Grécia, ele havia incutido uma enorme dose de ultraje e vingança ancestral neste exército. Gwyrion lembrou-se de histórias da sua infância que ecoaram e refletiram tudo o que Brennos havia reivindicado naquele dia perto de Daan. Na verdade, a terra destes homens fora saqueada e a memória desse acontecimento, que se passara havia trezentos anos, era ainda uma fonte de raiva e dor nas casas de suas famílias. Agora poderia ser apenas história, mas era história que atingia o próprio coração. Estavam empenhados em vencer os gregos.

À certa altura, durante uma das noites seguintes, Elkavar murmurou:

— Acha que pode tê-la julgado mal?

— Quem?

— Quem? A protegida da Senhora Gelada! Quem mais? Beijo de Anu, Merlin, a criança é inexperiente e apaixonada por você. Caso não tenha reparado. Dentro daquela cabecinha, ela tem o cérebro de uma criança, nenhum pensamento adulto. Espero que o bom Deus sopre algum bom-senso em sua cabeça. Você é um homem frio, um homem vazio. Você está tão morto quanto esse cadáver que invoca no submundo, o que nos levou a Arkamon. Você não merece o calor do seu próprio sangue. Não admira que as moscas nunca o mordam. Se o seu coração tivesse pés, já estaria a meio caminho de Daan nesta altura, correndo satisfeito por lhe dar uma boa solução.

— Você quer me ofender?

— Neste caso, sim, quero.

— Então me considere ofendido. Agora vá dormir.

No entanto, Elkavar estava zangado. Podia dizê-lo pela forma como respirava, na noite estrelada.

— Você já não é capaz de se ofender — murmurou, um pouco passado —, só depois é capaz de sentir a perda. Esses gestos simples de mão humana foram levados pelo vento e pela chuva. Você é de fato um homem morto, andando por este mundo, com a máscara do sorriso, da dor e do riso. Não gosto de dormir perto de homens mortos. Eles cheiram mal. Então, não consigo responder por que escolho ficar perto de você. Talvez na esperança de ver uma única gota de água cair dos seus olhos. Nós as chamamos de lágrimas lá no lugar de onde venho. Para você são provavelmente mais um ingrediente para alguma poção ou outra...

Continuou assim por algum tempo, depois ficou quieto. Mas, passado um pouco, acrescentou:

— Você pensará no que eu lhe disse? Acerca da menina?

— Penso nisso há dias — disse-lhe.

— Pergunto-me se isso será verdade — disse Elkavar, com amargura, puxando seu manto simples para os ombros enquanto adormecia. — Se é assim, fico contente por você. Um pequeno toque humano... Pelo menos...

Dormir? Impossível. Cavalguei na noite morta até o mar, para ficar próximo da água iluminada pelas estrelas, deixando as águas inquietas me varrerem os pés. Um mar morno e parado, brilhando por dentro.

Na madrugada, um pássaro voou do oceano, o seu bater de asas lento e firme, sua direção proposital. Reconheci logo a criatura: era um cisne. Saiu da frente do brilho do sol, que nascia silencioso e sinistro, voando tão perto de mim que suas asas bateram na minha cabeça e me derrubaram. Desviou a rota, recuperou tempo e subiu acima dos baixos penhascos, em direção ao interior. O pássaro parecia doente.

Elkavar levantou-se de trás de uma rocha, puxando suas vestes para o devido lugar. Não me dera conta de que ele me seguia.

— Bom dia — disse, bem disposto, olhando depois na direção do cisne. — Sabe, acho que ela está tenta lhe dizer alguma coisa.

Perguntei-lhe, irritado, o que ele queria dizer com aquilo. E ele desconsiderou.

— Ela vai para casa, Merlin. Imagino que queira dizer adeus.

Suas palavras me bateram com mais profundidade do que esperei. O olhar aflito de Niiv de ontem à noite me parecia menos fingido, agora.

Ela ansiava por minha compreensão e eu a evitei por causa do medo do uso selvagem e jovem que ela fazia do talento que herdara.

A Mestra do Norte teria muito que explicar depois de ter dado tanto apoio a Niiv, sem controlar o uso que a criança dava à mágica que agora descobrira, alegremente, na ponta dos seus dedos.

Segui o voo do cisne por meio dia e finalmente encontrei Niiv, num campo de amendoeiras, perto de uma pequena poça, entre as ruínas de uma fazenda. O ar estava quente e silencioso. Ela cantava para si ao mesmo tempo em que arrancava penas do cisne que estava no seu colo, pescoço pendurado, morto. Pôs penas das asas no seu cabelo louro, presas em ângulos estranhos. Usava a saia brilhante que trouxera de Pohjola, os pequenos seios e ombros estavam nus e brilhantes de perspiração.

À sua volta, as cascas das amêndoas e a penugem do seu cisne.

— Ele voou durante muito tempo, vindo do norte, por minha causa — disse quando eu desmontava. Bateu no pescoço do cisne morto.

— Voou durante tanto tempo, de tão longe. Eu sei, eu sei. Não precisa me dizer. Não deveria usar minha magia antes de conhecer suas limitações.

Ela havia conjurado o cisne com a intenção de levá-lo para casa. Pobre cisne, pobre Niiv. O pássaro havia voado dias e dias. Ela deveria ter uma vontade enorme de ir para casa.

Agora que olhava para ela, conseguia ver o estrago que fizera em si mesma. Seus olhos estavam pisados de cansaço, as linhas começavam a riscar a pele. A boca estava ferida; o pescoço, estreito e vincado. Havia água em seu olhar, mas não eram lágrimas, não era o inchaço da tristeza, e sim a mistura do esforço e da idade. As mãos tremiam ligeiramente à medida que puxava as penas brancas da pele sangrenta do corajoso pássaro.

Sua aparência me deixou perturbado. Fui até a poça, parei para beber água e olhei para baixo, para o pálido reflexo de um homem que envelhecia, da mesma forma. Minha própria aparência chocou-me. Pela primeira vez, vi a mudança acontecer e ainda assim... Ainda... Estava mais preocupado com a menina.

Voltei para perto dela, puxei as penas, peguei o cadáver do cisne e atirei-o para longe. Ela me bateu com força, mas não fez um único movimento para reclamar a criatura morta.

— Niiv... Você *não pode mais* se sobrecarregar. Você estará morta em um ano se não fizer isso.

— Morta por quê? — segredou, zangada. — O que poderá me matar? Estou protegida pela Senhora do Norte. E Mielikki olha pelo meu bem-estar.

Que tonta ela era! Poderia rir, concordar e a deixar lá, morrendo em agonia, velhos ossos esfarelando-se em carne jovem. Mas não consegui fazê-lo. (Niiv não era a única tonta.)

— Mielikki está fora do mundo dela — insisti —, vigiando Argo. Argo é um espírito num navio, e sua guardiã tem as mãos ocupadas. A Senhora da Terra do Norte deu-lhe magia, feitiços, mas nenhum talento de sabedoria. Você está se matando usando tão rapidamente o que ela lhe deu. Rápido demais.

Ela bateu em meu rosto, arrependeu-se do que acabara de fazer e aproximou-se para secar a sujeira da minha barba. Mas, depois, apanhou as penas das asas do cisne descartadas e as dispôs na forma de leque, batendo-lhes: um estranho ato de rebeldia.

— Deixe-me em paz. Você não quer saber de mim. Se envelheci, foi por ajudá-lo. Ou por tentar. Você me descartou. Deixe-me em paz.

Mais uma vez, quase ri. Depois me desesperei. O que dizer a essa criança?

— Você nunca usou seu feitiço em mim — disse. — Se conseguir entender isso, pode começar a se libertar. Acredito quando diz que não quis fazer mal quando voou comigo através do tempo. Acredito em você.

— É verdade. Por que demorou tanto?

— Porque você me assustou.

— Eu *o* assustei? Seu riso era quase sinistro, e seus olhos estavam como gelo quando encontraram os meus. Você me *apavora*, Merlin. Dei-lhe uma pequena parte de mim. Cometi um erro. Agora vivo com medo do que possa pairar atrás daquele cadáver, daquela sua cara branca.

Não consegui dizer se ela era inocente e honesta ou apenas brincava. Apavorada comigo? Não fazia sentido. Apenas me zanguei e a rejeitei pelo que vi das artimanhas dela.

Uma por vez, ela pregou as penas do cisne de volta no seu cabelo, uma ação tanto deliberada quanto ridícula, uma mímica, uma má representação das suas penas, que fingia ter algum significado.

— Você me assustou — repeti, com suavidade. — Porque eu estou assustado *por* você. Você, você mesma. O estrago que faz. Niiv, quando você voou através do tempo, apenas um pedacinho de tempo, aqueles diazinhos dentro do passado para vermos o encontro perto de Daan, você desperdiçou um ano da sua curta vida. O esforço custou-me muito menos. Você não se aproxima de mim nem um *pouco*, apesar de eu não negar seus talentos. Mas você precisa nutrir esses talentos como cuidaria de uma rosa. Você pode podar uma flor, mas jamais pode colhê-la toda.

Ela se levantou e gritou:

— Rosas? Rosas? Você me fala de *rosas*? Enquanto eu falo de *Tempo* com você? Eu vi você, Merlin, por que não aceita que eu vi você? Eu vi o homem no qual você se transformará.

— E se matou nessa visão.

Passou as mãos pelo seu corpo magro.

— Pareço morta para você?

— Você está morrendo.

Ela ainda me desafiava.

— Então morrerei sabendo que você se tornará muito poderoso! Eu já vi esse poder.

— Não me diga!

Corri para ela e tapei sua boca com a mão, mas ela desviou com vigor, determinada em me falar daquele voo de fantasia, aquele pesadelo sobre aquele voo para o futuro. Uma de suas mãos permaneceu na minha, apesar de a outra lutar contra mim. Os olhos transmitiam fúria; a boca, um esgar de triunfo.

— Não quero saber — repeti desesperado, e ela se acalmou, depois ficou mais suave. A agressividade desaparecera do seu rosto para ser substituída por confusão.

Sentamos de mãos dadas e ela se deu conta, de repente, de que seus seios estavam nus. Colocou o manto em volta dos ombros.

— Sei que não deveria ter feito aquilo — disse. Brincou com uma pena de ganso na mão esquerda, apesar de a direita continuar a agarrar a minha. — Oh, Merlin, sei que fiz a coisa errada. Mas não lhe disse que sabia disso? Tentei dizer-lhe que fui precipitada. Você estava tão zangado. Tão assustado... Não notei quão alarmado você estava. E a última coisa que quis foi assustá-lo.

Ela espetou uma pena no meu cabelo, rindo, à medida que a punha no lugar, e depois a ajeitou. Sua respiração era suave, mas amarga, na minha boca. Ela segredou:

— As penas ficam bem em você, e você sabe disso. Na sua longa vida você usou mais penas do que as suficientes para cobrir um bando de gaivotas, não usou?

— Sim.

— E dançou ao som do trovão.

— Sim — concordei.

— Haverá trovões e penas no seu futuro, apesar de a floresta ser sua proteção nos tempos que aí vêm. Você não quer saber o que eu vi? Fará algum mal lhe dizer? Está feito. A visão está na minha cabeça, não consigo voltar a pôr a rosa no caule, Merlin. Não posso voltar a pôr o que sei no caldeirão do Tempo...

— Então o melhor é me dizer.

Ela estava deliciada, batendo as palmas, como se finalmente partilhasse sua visão.

— Você está tão entrelaçado com Urtha quanto as tranças deste kilt que uso. Malha apertada. Ele morrerá, você viverá. Mas um dos filhos dos filhos do filho dele será a razão da sua vida e a morte de tudo quanto você ama. O nome dele é Artur. Oh, Merlin, você atingirá todo esse poder. Sua terra é uma floresta. Você vive no centro. Quando se mexe, a floresta corre à sua volta como um manto.

Será que ela reparou que comecei a entrar em choque à medida que descrevia a cena? Será que ela conseguiria ver *mesmo* tal coisa? Aquele eco de Sciamath? Ela balbuciou, sem me dar atenção:

— Um grande homem, um grande rei senta-se entre grandes muralhas de terra e madeira, torreões que tocam as nuvens, uma fortaleza construída em desfiladeiros de rochas brilhantes. O rei tem *medo* de você. A floresta corre ao longo daquela fortaleza como um exército e Merlin, mais velho, mais sábio, mais branco no seu coração.

Encostou-se para trás, olhos incandescentes, mãos entrelaçadas sobre o peito. Acrescentou:

— E uma pequena sombra corre com o Senhor da Floresta. Essa sombra... Não serei eu, claro.

Proferiu as últimas palavras rindo, se atirando para cima de mim, me forçando para o chão, sua língua me lambia os lábios, tentando me forçar a abrir a boca. Seu hálito era envelhecido, as mãos urgentes e tateantes, levantando a saia, mostrando as coxas nuas, lutando com as minhas calças para me abrir ao seu desenfreado abraço.

Afastou-se, desapontada, daquela maneira jocosa dela.

— Senti você frio naquele navio com o espírito de Argo. Você não fez nada. Agora está mole. Você não consegue fazer nada.

— E permanecerei assim.

Ela rolou para longe de mim, sentando-se, encolhida.

— Disse-lhe o que vi. Poderá a sombra na floresta ser eu?

— Aquela sombra na floresta nunca poderia ser você — disse-lhe, à medida que me levantava. — Nem que vivesse cinco gerações. A mais velha de você pode esperar chegar até uma idade avançada, murcha, sem dentes, cega, ainda assim nunca a levaria para um tempo em que as florestas seguem os *meus* passos.

— Então ficarei aqui. Até morrer. Gosto deste lugar. Este é o meu bosque especial. Gosto das nozes. E há oliveiras ali e a água é doce, e posso chamar abelhas para ter mel e pássaros pequenos para a panela. Ficarei aqui. Este é o meu Lugar Cisne. Quando precisar de mim... E você precisará... É aqui que deve vir para me encontrar.

Ela olhou para mim zangada e em silêncio, à medida que desatrelava meu cavalo. Olhei uma última vez para ela e dei um meio sorriso. Depois, trotei pelo declive em direção ao vale que conduziria ao mar. Mas Niiv ainda não acabara. Ainda não.

— Você matou minha antepassada, Meerga? É verdade?

Estava em pé numa saliência da rocha, o cisne morto apertado na sua mão esquerda, como um brinquedo.

— Sim — gritei-lhe. — Mas por acidente. Não tive a intenção. De verdade, foi um acidente.

— Que acidente?

Por que não lhe contar? Ela já adivinhara. Só a ajudaria a se matar mais um pouco, tentando saber a verdade através de encantamento.

— Ela estava cheia da nossa criança, Niiv. Sabíamos que a criança seria perigosa. Saímos para o lago, para entregá-la e afogá-la nas águas de Enaaki. Mas sua antepassada morreu no ato de entrega e, por razões que nunca compreenderei, não consegui matar a recém-nascida. Trouxe a menina de volta comigo. Deixei-a com o seu povo.

— Então nós *somos* parentes — atirou o pássaro morto para longe dela.

— Sim, somos. Lamentavelmente. Você e sua meia criança. Você ainda a carrega?

— Oh, sim — zombou ela, apesar de a zombaria ter ficado aquém das expectativas. — Mas é muito pequena. E muito paciente. Você sentirá necessidade de mim, Merlin. Vêm aí tempos muito excitantes.

Não que tivesse algo a ver com isso, pensei à medida que cavalgava, sombrio, pelo vale abaixo, olhando para trás apenas uma vez, para ver uma árvore sombria na colina, ramos acima do topo, acenando de um lado para o outro como se fossem abanados por rajadas de vento.

Adeus, Niiv, por agora...
Mas ela ainda tinha a última palavra, e a voz dela chegava até mim pela fileira abaixo à medida que cavalgava ao encontro de Brennos, uma voz com uma mensagem que me perseguiria.
— Não lhe disse *tudo* o que vi, Merlin... Nem tudo...

A terra começou a tremer outra vez. Homens a pé e a cavalo, carros de boi e carroças a chacoalhar cobriam as colinas, atravessavam o rio de forma barulhenta. Algumas seguiam mesmo pela costa, conduzidas por guerreiros que dobravam o riso pelas ondas do mar brilhante ao amanhecer.
Em dois dias chegaríamos ao Desfiladeiro das Termópilas.

A terra havia se inclinado muito durante algum tempo. Os vales se estreitaram e se tornaram mais pesados, com cedros e altos pinheiros, uma pesada faixa de verde que entorpecia o som e tornava a passagem difícil. Um céu azul-celeste imaculado quase cegava só de olhar para ele. Riachos cobriam rochas perigosamente escorregadias e os cavalos lutavam e tropeçavam, atrasando a coluna. O exército de Brennos se dispersava por estas colinas e, se os gregos estivessem à nossa espera aqui, seriam capazes de nos cortar em fatias.
De fato, era uma terra deserta. O gamo havia fugido na nossa frente ou talvez nunca existira. Quando finalmente emergimos para encarar as cordilheiras despojadas nos encontramos no limite de uma planície estreita, onde os ossos esmagados de homens brilhavam. Esses eram os mortos que haviam tentado atravessar o Desfiladeiro das Termópilas. Foram arrastados até aqui e deixados a apodrecer, vasculhados e desmembrados, depois esmagados pela chuva do inverno e pelos cascos dos animais.

A extensão de montanhas alongava-se à esquerda e à direita, até onde a vista alcançava, tão finas que caíam com seu próprio peso. As árvores abraçavam os rochedos em desespero, inclinadas em nossa direção. O céu estava tão brilhante que percorrer seus limites era perder a visão por um momento. Nuvens fofas passavam velozes por aquela linha despojada, e os falcões pairavam.

Mas estas montanhas estavam divididas, um corte vertical tão estreito que poderia ser literalmente feito à faca. Levei algum tempo para perceber os detalhes daquela garganta. A passagem se desviava dos nossos olhos para um pequeno caminho que ia para além da entrada. Toda a luz parecia atravessar a passagem. De lá vinha um vento lúgubre. Mais significativa era a lança que se erguia do chão para guardá-la. Imensamente alta, com marcas de apenas um único pinheiro, pareceu-me uma larga lâmina de bronze esverdeada que, caso caísse, poderia atingir e esmagar cem homens. A flecha do tamanho de um tronco estava atada com milhares de farrapos esvoaçantes, kilts e mantos dos mortos.

O exército de Brennos espalhou-se pelos limites da planície de ossos. Toda a atenção se concentrava na lança. Mas, depois, um homem a cavalo veio devagar, proveniente da passagem estreita, e parou ao seu lado.

Observou-nos a distância. Seu capacete cobria metade do rosto e do crânio. Sem graça, de ferro brilhante, sem plumas. Sua armadura era etrusca, tinha calças curtas e uma couraça de ferro por cima de uma camisa preta, larga, de mangas curtas, escudo no braço esquerdo, dardo pronto a atirar abaixado. Conseguia ver uma barba cinzenta sinistra naquele rosto frio.

Soube quem era imediatamente. De fato, pouco depois dessa firme avaliação por parte do exército perfilado à sua frente,

Jasão retirou o capacete e gritou meu nome, que me chegou através da planície.

Quatro homens a cavalo foram rapidamente na sua direção. Recuou, protegeu-se com o escudo e me chamou outra vez. A sombra da imponente lança caiu sobre ele. Uma ordem ladrada de algum lugar da linha da frente do exército parou os atacantes. Viraram-se e cavalgaram de volta. Passado um tempo, ouviu-se o estardalhaço de uma carroça perto da linha, e um homem gritou:

— Merlin, Merlin! Vá ter com o cavaleiro.

Adiantei-me e parei a carroça.

— Ele está me chamando.

— Brennos disse para ir e falar com ele. Ele parece conhecê-lo.

— Diga a Brennos que esse homem é meu amigo. Que ele é amigo de Urtha e não representa perigo.

O celta na carroça riu alto, sem dúvida alguma divertido com a sugestão de que um homem pudesse ameaçar a enorme horda que tinha à sua frente.

Andei a meio galope por entre os ossos esmagados e trotei na direção de Jasão, que me prendia com o olhar frio. Atrás dele, a fissura na montanha sibilava e gemia com o maldito vento. A esta curta distância, pude ver que não mais de quatro homens, lado a lado, conseguiriam entrar a cavalo; seis a pé, talvez.

— Estou à sua espera — disse Jasão. — Persigo um fantasma.

— Eu sei, Tairon me contou.

— Ele lhe falou que fantasma era?

— Thesokorus.

— Ele me chamou, Merlin. E, quando me aproximei ele se virou e cavalgou para longe, como um homem zangado. Cavalguei o mais que pude, mas nunca consegui alcançá-lo. Deveria perceber naquele momento que ele fora enviado para me trair. A questão é: de onde veio aquele fantasma?

— De onde você acha?

O que deveria lhe dizer? Que Medeia estava viva e estava neste mundo? Pelo seu olhar, tive a certeza de que ele suspeitava que eu escondia um segredo dele e, se não fosse a descoberta da verdadeira natureza de Medeia, lhe contaria. Mas o rosto da mulher, aquele olhar de quem reconhece, aquele clarão de memória suave e afetuosa. Senti que trairia Medeia.

Jasão disse:

— Você viu um fantasma em Alba. Poderia ser o mesmo fantasma?

— Talvez, Jasão. Tenho a certeza de que, quando Medeia escondeu seus filhos de você, ela os escondeu separadamente, um na Grécia e outro em Alba. E a cada um deles foi dado o espírito do irmão, para mantê-los confortáveis, para mantê-los felizes. Quando atingissem certa idade, os fantasmas desapareciam.

Seu rosto ganhou marcas mais profundas.

— Que ideia estranha! Como você poderia saber isso?

— Porque Orgetorix me contou a história da sua infância.

— Ele contou a *você*? Você esteve com ele?

— Estava com o exército dele. Enquanto você perseguia sombras, encontrei-me com ele no Oráculo de Arkamon.

— E onde ele está agora?

— Acho que viaja à nossa frente — apontei na direção da passagem.

— Ele perguntou por mim? Sabe que o procuro? Você lhe disse?

— Ainda não...

Jasão estava alerta. Um meio sorriso aflorou nos seus lábios finos. O cavalo dele lutou, respondendo à tensão de Jasão.

— O que você esconde de mim, Merlin? O que não me conta?

Antes que pudesse responder, Elkavar cavalgava ruidosamente pela planície, assinalando seu avanço com pontuais gemidos de sua gaita.

Tairon estava logo atrás dele. A muralha do exército de Brennos estava perfilada atrás deles, nervosa, inquieta, à espera de ordens. Mantinham distância para o caso de os gregos aparecerem nas altas escarpas por cima deles.

Elkavar recuou, de sorriso aberto.

— Mensagem de Bolgios.

— Dizendo o quê?

— O que você acha? Devo dizer-lhe que a linguagem usada era muito, muito rude. Essencialmente, acho que ele precisa saber, por favor, o que se passa, por que motivo, se não for incômodo, você está aqui, sentado e conversando, e, se tiver um momento quando for conveniente, é possível você dizer-lhe, ou a Brennos, se a passagem é livre, segura, ou perigosa? Acho que ele parte do pressuposto de que você já passou os portões... — fez essa última pergunta para Jasão.

— Eu ainda não passei. Mas aquele grego sim — Jasão mostrou com a cabeça um cadáver nu, enroscado e sangrento por detrás da imponente lança. Não havia reparado nos mortos até agora. Foi ali que Jasão conseguiu sua armadura nova. — Mas só havia um. Não sei a resposta.

— Podemos descobrir — sugeriu Elkavar. Olhou para cima, para o obscuro penhasco de árvores retorcidas que se erguia, imponente. — Não me parece que haja um caminho por cima nem por baixo. — Piscou para mim e depois riu.

— Pelos peitos de Nemue! Há pouco velejamos por um riacho mais estreito do que o rio de xixi numa manhã fria após uma noite sem beber. Pensei que poderíamos cavalgar por um atalho nas colinas como este, impunemente. O que diz, Tairon?

As feições implacáveis do cretense não se alteraram. Olhou para a escarpada linha do horizonte, encolheu os ombros e murmurou:

— Vamos.

— Onde estão Gwyrion e Conan? — perguntou Jasão.

— Só Deus sabe — disse Elkavar. — Bêbados, da última vez que os vi. Eu irei chamá-los.

— Chame também Rubobostes e aquele cavalo gigante; e Urtha e o seu fiel *uthiin* — acrescentou Jasão.

Expliquei-lhe que Rubobostes fora para norte outra vez e contei-lhe de Urtha e Ullanna, do combate de Urtha que levara também o *cornovidian*.

Foi a primeira vez que vi Jasão triste. Estava contente por Urtha ganhar seu dia no campo.

— Devia ficar — disse baixinho. — Não deveria perseguir fantasmas. O encontro de Urtha com aquele desgraçado foi outra coisa, mas eu devia ficar pelos outros. Precisávamos ficar juntos. Maldição! Maldição!

— Precisamos avançar — disse Tairon, com um olhar firme na direção do velho aqueu.

— Sim, eu sei. Traga os cimbros.

Tairon e Elkavar cavalgaram de volta para fazer o relato.

Quatro dos homens de Bolgios vieram conosco, prontos a cavalgar de volta para junto do exército caso deparássemos com problemas. E, com Jasão à frente, entramos pela passagem. Estava frio no meio daquelas rochas. Parecia que fazíamos que as paredes do penhasco ecoassem cada tropeço; cada murmúrio soava alto. O caminho lá dentro era sinuoso, para a esquerda e para a direita, às vezes mais largo, outras vezes tão estreito que mal permitia a passagem de dois homens ao mesmo tempo. Por cima de nós, o céu era uma fina faixa de azul-celeste quebrada por ramos retorcidos.

— Esta é uma armadilha mortal — observou Elkavar, desnecessariamente. — É certo que há movimento por cima de nós. Somos observados.

Sabia que ele estava certo.

— Agarre as rédeas do meu cavalo — segredei-lhe — e fique de olho em mim.

Ele concordou, percebendo perfeitamente.

Invoquei o falcão.

Alcei voo para passar a passagem estreita, atento às pedras e às flechas. Conseguia ver mais à frente, ver como o vale se alargava, emergindo numa planície, onde os gregos esperavam em fileiras maciças. O sol brilhava nos capacetes e escudos deles, e homens a cavalo corriam pelas linhas. Sabiam que viríamos. Haviam criado uma floresta falsa, com pinheiros entre eles e a passagem para que a primeira horda de celtas não soubesse, por alguns momentos, o que a esperava.

Ao longo dos limites desta estreita fenda nas colinas, contudo, vi rochas soltas, arbustos e árvores ao vento. Alguns veados pastavam tomilho selvagem, calmamente. Animais velozes e lustrosos espreitavam, e muitos perceberam minha presença enquanto eu flanava.

Fiquei surpreso, para dizer o mínimo, que nenhum grego estivesse à nossa espera por cima de nós. Então, o que Elkavar vira?

Recuperei o controle das rédeas, esporeei meu cavalo e fui ter com Jasão.

— Estão à nossa espera. Estes homens jamais conseguirão passar. Um velho aqueu como você é um estranho para esses novos gregos. Deveríamos voltar e avisar Brennos.

Jasão cavalgou mais um momento, visivelmente zangado com o que ouviu. Ele queria continuar. Queria matar a saudade do filho. Não conseguia pensar noutra coisa, agora que estava tão perto. E tão perto de sua velha casa.

Mas virou-se de repente e concordou, seco.

— Você tem razão. — E os quatro guardas de Bolgios galoparam de volta pela passagem como perseguidos por Fúrias, enquanto o resto de nós voltou a meio galope.

Apenas emergimos por detrás da planície antes da primeira leva de homens aparecer e começar a pressionar. Eram *remii*, bons cavaleiros, mas com má reputação de lutadores. No entanto, estavam determinados a limpar o Desfiladeiro das Termópilas, passando por nós inexoráveis, escudos prontos a levantar por cima da cabeça caso os penhascos começassem a desmoronar com suas longas e cortantes lanças eretas.

Brennos os havia enviado para o sacrifício, homem frio e calculista que era.

Atrás dos *remii* enviara os lanceiros especialistas dos tectósages; os *gaesatae*, aquele malvado bando de homens que saqueara brutalmente Arkamon. Não gostavam do espaço confinado e empurravam com força, gritando alto aos *remii* para que deslocassem seus cavalos.

E dessa forma eram apressados para a morte.

Dei-me conta tarde demais de que Medeia havia cegado meus olhos de falcão da mesma forma que eu roubara os sentidos àquele vigia do posto. Como pude não perceber, ele gritara. Pergunto-me se terá morrido ainda lutando com o fato de não sentir nada à medida que a terra por baixo dos seus pés tremia com a aproximação do exército.

E agora não vira as linhas de gregos que ocupavam o topo dos penhascos. A queda de pedras sobre o exército esmagava-os e dividia-os, fazendo-os entrar em pânico, cavalgando uns contra os outros. A fenda na montanha estava cheia de mortos.

Mas Brennos pressionava e os homens caíam para o vale, escudos levantados, empurrando os feridos para o lado.

Quando a queda de rochas acabou, vieram os dardos, as flechas e as pedras.

Mas que força tinha esse exército! Brennos havia antecipado problemas no Desfiladeiro das Termópilas. Havia dado instruções de combate. À medida que os homens de trás corriam para frente, faziam pontes de escudos por cima dos mortos. A cada homem que caía na passagem, cinco corriam, reagrupando-se onde o vale alargava, formando falanges de guerreiros rapidamente, esquecendo as ligações de clã, importando naquele momento apenas a tarefa que tinham pela frente. Armas foram distribuídas, partilhadas e trocadas; os melhores na espada ficaram com as espadas dos que eram melhores com lanças.

Segui-os depois, mas Brennos e Bolgios atravessaram o Desfiladeiro das Termópilas separados para aumentar as chances de que pelo menos um deles sobrevivesse.

Ambos atravessaram, apesar de Bolgios perder um dedo com um dardo que fora atirado de cima, atravessando-lhe a mão e acabando espetado na sela.

À medida que esperávamos melancolicamente na planície de ossos, Elkavar lançou-me um olhar desesperado e irritado.

— Eu disse que havia homens lá em cima...

— Eu estava encantado.

Jasão ouviu essa troca de palavras.

— Quem encantou você? Quem poderia encantar um homem que consegue fazer emergir um navio morto do fundo do lago? Um homem que não envelhece? Que não morre? Às vezes, você diz coisas sem sentido. Você está brincando conosco, Merlin?

— Não, eu fui encantado.

Os argonautas haviam se reunido à minha volta num semicírculo, com sinais de dor no rosto, ou talvez apenas de confusão. Jasão disse:

— Lembre-me o que o meu filho disse a Brennos. Sobre a traição. O que foi mesmo? Você estava ouvindo.

Não respondi. Jasão empurrava a lâmina na direção de casa. Ele sabia. Tinha certeza de que ele sabia. Estava à espera de que eu concordasse que não o trairia à noite, apenas durante o dia, foram essas as palavras do seu filho ao Senhor da Guerra.

Outra vez, antes que pudesse responder o que quer que fosse, Jasão disse:

— Ela enviou meus filhos através do tempo. Setecentos anos, se é que podemos acreditar em você. E agora você me diz que ela os enviou com um fantasma como irmão? E eu vejo fantasmas no horizonte e persigo-os. E você fala com meu filho às minhas costas? — esporeou o cavalo na minha direção, aproximando-se.

— Diga-me a verdade, Merlin. Ela está viva, não está? Ela os seguiu através do tempo. Ela veio com eles. É essa vaca que está nos dificultando a vida. Diga-me a verdade, por favor...

Reparei que Elkavar me observava, com cuidado. Ele sabia, claro, mas não havia dito nada.

— Sim — eu disse a Jasão. — Sim, está viva. Ela tentou bloquear seu caminho quando você se dirigia para Alba, onde Kinos estava escondido. Aquelas estátuas gigantes, o medo que sentimos, talvez até mesmo aquela imensidão, apesar de eu não ter certeza. Ela envenenou seu pensamento enquanto atravessávamos o rio Reno, salgando suas palavras, na esperança de pôr Argo contra você.

— Ela estava em Argo? — rosnou Jasão.

— Escondida. Ela é esperta, nem Mielikki sabia que estava lá.

— Os deuses sabem tudo.

— Lamentavelmente não. Ou, talvez, felizmente não. Ela enviou espectros dos filhos dela para mantê-los vivos e felizes. Enviou um espectro para provocá-lo e enganá-lo. Ela me cegou para que eu não visse os gregos que estavam no alto daqueles penhascos. Só Deus sabe, Jasão, se ela me cegou noutras ocasiões. Não a esperava, por isso não me precavi em relação a ela.

— Ela veio através do tempo com eles — repetiu ele. Ele perguntava, não afirmava. Sentiu que este não era o momento.

Não disse nada. Nada era tudo o que eu precisava dizer. Jasão era um dos poucos homens na minha longa vida que pareciam me abrir como uma carcaça em cima da mesa, de vísceras expostas, cintilando aos seus olhos.

— Você é um mentiroso — ele ofegava. — Pelo Touro Sagrado, você mente para mim, não sei como ou de que forma. Mas você me traiu. Alguma coisa está acontecendo. — E, quase com dor, repetiu: — Algo está acontecendo. Deixe-me em paz, Antiokus, nosso tempo acabou!

Virou-nos as costas e cavalgou de volta às fileiras de homens que ainda se espremiam para passar pelo vale estreito, preparando-se para o ataque.

Gwyrion me desafiou:

— Você vai deixá-lo ir? Você não veio até aqui para isso?

Tairon gritou:

— Seja lá o que houver entre você e Jasão, sugiro veementemente que deixe de lado neste momento. Precisamos atravessar esta passagem e, além disso, não concordamos em ajudar Jasão no regresso para Argo?
— Vamos, Merlin — disse-me Elkavar, com cuidado. — Estes podem ser chamados de Portões de Fogo, mas o seu calor não é nada comparado com o que você encontrará do outro lado!

O que eu não conseguira ver lá de cima, olhando a certa distância para a fileira de gregos, era quão pobre era o seu exército. O ferro que usavam brilhava, e eles gritavam a plenos pulmões, mas eram menos do que pareciam, e não eram os melhores. A Grécia não havia se recuperado das guerras anteriores. Era a terra em que portões haviam sido fechados contra o inimigo em vez de serem abertos de forma a permitir aos poucos a passagem das forças militares hostis, para que pudessem ser combatidas. Eles brigavam, discutiam e discordavam.
Pelo boi sagrado de Jasão, eles quase soavam como os *keltoi*!
Brennos perdeu mais homens do que até mesmo um grego conseguiria contar nesse dia. Ouvi dizer que seus cadáveres foram deixados na passagem por cem anos, tão compactados pelo tempo que os homens cavalgaram por cima deles achando que era o próprio caminho. E finalmente o próprio mar, o misericordioso e piedoso mar, subiu, varreu as colinas e arrastou pedras e ossos para dentro das suas águas profundas.
Mas naquele dia, quando Jasão cavalgou para longe de mim, os gregos lutaram até a noite e depois desfizeram as fileiras e se dispersaram, deixando os homens abatidos à mercê da horda triunfante, que os estraçalhou e os exibiu, horrivelmente ultrajados, utilizando-os para invocar determinados deuses de um submundo que sempre receei e sempre evitei.

Uma beleza que não envelhece nem se desvanece
Perde-se no tempo
Não faz parte deste mundo
E é para sempre intocável.

De Uma flor, por R. Andew Heidel

26

Santuário

Se Brennos esperasse mais resistência por parte dos gregos, se surpreenderia. O exército bateu em retirada à nossa frente, assimilado por colinas e vales tal como a sombra das nuvens.

Durante os dias seguintes, seguimos com facilidade para o sul e depois em direção ao pôr do sol, acompanhando uma estrada, um prolongamento da mais vaga das memórias do anfitrião mais velho de todos: eu. Encontramos aldeias desertas e campos estéreis, mas os animais são mais difíceis de destruir do que as colheitas e as árvores estavam carregadas de frutos, nozes e azeitonas. A horda de Brennos havia encolhido consideravelmente na altura em que deparamos com o Monte Parnaso. Essa terra era tão aberta, tão perfumada, tão fácil, que clã após clã fugia, desculpando-se com a devida cerimônia, e partia para encontrar suas próprias pastagens.

Achichoros já havia partido para leste. Agora Bolgios avaliara os clãs que lhe eram fiéis e fugira de repente para cavalgar até outros santuários e à costa oeste. A decisão do homem feroz chocou Brennos, mas, novamente, ele foi diplomático. A longa marcha parou e foi preparado um banquete para todos os comandantes e para cada um dos chefes de clã. A cerimônia durou até a madrugada e, após séria discussão durante as festividades, decidiu-se que os dois exércitos iriam se juntar outra vez na terra dos *ilíria*, no ponto mais a norte do mar do oeste, onde os caminhos da montanha conduzem diretamente de volta a Daan.

Para mostrarem uns aos outros que cumpririam sua palavra, cada chefe de guerra sacrificaria um cavalo favorito. Queimaram-se as vísceras e as respectivas crinas, e duas tiras de pele foram cortadas de cada um; depois foram limpas e dadas de presente, como cinto. Esse juramento feito através do sacrifício de cavalos era poderoso. As carcaças dos cavalos foram divididas em quatro e salgadas: seriam a comida dos reis durante os dias seguintes.

O pó levantado pelo comboio de Bolgios encheu o céu de nuvens até o crepúsculo, bem depois de a terra parar de tremer. Paramos à noite para descansar, mas Brennos enviou cavaleiros para nos acordar antes do amanhecer e, então, comemos e bebemos no casco dos animais. Foi sempre assim, todos os dias, até chegarmos aos declives luzidios do Monte Parnaso que brilhavam no horizonte, um farol que orientava o invasor.

A última vez que vira Parnaso fora no ano da sua inauguração como santuário. Na Grécia, onde os números importavam, entretinha-me tentando descobrir precisamente há quantos anos isso acontecera. Oitocentos anos! Oitocentos anos em meu passado. Os gemidos das trompas de bronze e o ribombar dos tambores de pele ecoavam pelos vales; mulheres aos gritos rastejavam pelos declives da montanha abaixo; o ar pesado, com o cheiro do sangue de cabras e carneiros abatidos. Lembro-me de como o rio corria por entre as colinas, tingido de rosa e cheirando à morte.

Agora tudo estava silencioso, reservado para o rumor dos cavalos e das carroças que seguiam na direção da obscura passagem que guardava o Oráculo de Apolo. Atravessamos sem dificuldade a vasta planície conhecida por Crisa. As velhas armadilhas e proteções espalhadas pelos sopés das colinas também não representaram nenhum problema. Cavalguei à frente da coluna principal com Elkavar e Tairon, e senti a primeira lufada de brisa fria que vinha da própria montanha de Parnaso, cujo topo estava coberto de neve. Parecia pequena ao longe, mas seus íngremes declives elevavam-se agora por cima de nós, e qualquer movimento dos nossos cavalos ecoava no ar.

Cavalgamos com cautela, ladeando a montanha, entrando na garganta que nos levava a Delfos propriamente dita. As altas paredes das rochas brilhantes quase nos cegavam, e a terra à nossa frente podia ser cortada em dois por uma espada. O brilho ofuscante dos penhascos só nos permitia ver sombras e escuridão. O rio serpenteava por pés de antigas oliveiras, elas mesmas irradiando uma luz prata, como se estivessem geladas.

Pela madrugada, parte das colinas brilhava entre o rosa e o vermelho, e fora aí que Apolo havia cinzelado as cavernas que dariam origem ao seu santuário. Eu sabia para onde olhar, sabia qual era o caminho sinuoso a seguir por entre os relicários de mármore e as alamedas sagradas e, em breve, à medida que cavalgássemos à frente do corpo principal do exército, conseguiríamos ver outra faixa de metal que cintilava. No entanto, não era a antiga rocha da garganta bifurcada, mas sim os últimos defensores do oráculo, duzentos veteranos gregos preparados para morrer pelo seu deus.

Fomos informados de que todos eles usavam os cintos de pele de boi. Isso queria dizer que lutariam até a morte. Nenhum recuo era possível para eles neste mundo. Haviam feito um juramento solene.

Uma nuvem de trovoada varreu de repente os limites dos penhascos, fazendo que a garganta escurecesse. Os hoplitas, como eram chamados os soldados da infantaria grega, batiam as espadas contra seus escudos, um som cujo volume aumentava quando ecoava pelo vale. Pareciam se espalhar como gotas de água, em todas as direções, assumindo posições de defesa.

Não conseguiriam deter a poderosa horda de homens que até agora cavalgava vagarosamente rumo ao seu objetivo.

Brennos caiu sobre o oráculo de Delfos numa fúria de ferro, junto de mil cavaleiros de elite, *gaesatae* e quarenta carroças para levar de volta os "mortos em ouro e prata" aprisionados nas montanhas.

O íngreme vale cheirava a incensos acesos. Todos os caminhos, todas as estátuas, todas as entradas na colina, todas as árvores tinham seu próprio incensário, uma invocação a Apolo para que protegesse o santuário.

Brennos quebrou-os todos; cortara ramos das árvores a machadadas e os transformara em oferendas queimadas; derrubara as figuras de mármore que estavam nos respectivos nichos havia milhares de anos, vigiando o vale e as escarpas das montanhas. Instruiu seus homens para insultarem as cobras que não conseguiam ver, aos gritos, mas que lhes assegurou rastejarem logo por baixo da superfície da terra.

Gabou-se de que cortaria a cabeça da Pitonisa, como chamavam a velha horrível que se sentava coberta por um véu nas sulfurosas fendas das rochas e interpretava os oráculos de Apolo. Ao ouvi-lo falar, imaginava-se uma senhora do oráculo com forma de Górgona, com as cobras cuspideiras saindo da sua boca retorcida. De fato, a Pitonisa, mais provavelmente uma jovem e vulnerável mulher, facilmente influenciada pelo corrupto sacerdócio de Delfos, havia fugido muito antes de o exército levantar pó no norte. Desapontado mas encorajado, Brennos cortou a cabeça de um jovem hoplita, fez-lhe a barba com sua faca e entrançou-lhe o cabelo, depois lhe selou os lábios e os ouvidos com ocre. Apresentou o troféu aos seus comandantes, declarando como a "idade" a havia mudado, tal como a pele de cobra que ela era; depois, ungiu e empacotou a truculenta cabeça antes que os pelos pudessem romper a pele e denunciar sua artimanha.

Agora, Brennos descobrira a verdade sobre a história da pilhagem do Santuário pelos persas, que há chegado lá antes dele. Quase tudo o que procurava há muito já fora levado para o leste. Poderia ainda encontrá-lo nos templos e palácios de lá. Mas o mais provável era que Alexandre da Macedônia, que havia destruído os persas pouco depois de invadirem a Grécia, derretesse o tesouro como espólio e pagamento de seu exército. Tudo isso se passara uma geração antes. O sonho de Brennos de trazer de volta os mortos sagrados — se é que era mesmo um sonho — agora fora corrompido e transformado em dinheiro para os vivos.

Ele enviou cavaleiros com essas notícias a Achichoros, que, a esta altura, já quase chegara ao Helesponto, o estreito golfo entre as duas terras, no extremo sul do Mar Negro. As ruínas da Pérsia jaziam por baixo. Sua cruzada seria maior do que ele esperava.

Bolgios também não estava em Delfos. Levara consigo vários milhares de homens e rumara para o norte e para o ocidente, para o santuário de carvalho em Dodona, saqueando tudo o que encontrava pelo caminho.

Os gregos estavam desnorteados. Seus pequenos exércitos haviam se retirado diante dos problemas a caminho de Acaia, a antiga terra de Jasão, para esperar que o tremor de terra parasse.

Apolo não protegera seu oráculo nesse dia, apesar de os gregos dizerem o contrário, bem depois de Brennos virar alimento dos corvos. Mas havia apenas duas carroças cheias do que claramente fora outrora pilhado nas terras dos *keltoi*. Encheram mais quatro outras carroças com espólio, mas na verdade esse era um tesouro insignificante para recompensar um exército tão grande.

Brennos sabia disso e mandou dizer a Bolgios que levasse o que pudesse: sedas, safiras, pedras polidas, bronze e até cerâmica.

— Tudo o que brilhar!

Haveria muitos olhos cobiçosos vasculhando as carroças pelo seu quinhão.

Observei a pilhagem de Delfos do outro lado do vale, nas ruínas arejadas de um edifício pequeno, que servira de quartel aos soldados que guardavam os padres e a Pitonisa. Elkavar tocava suavemente, tentando compor uma "música assombrada que iluminasse a natureza trágica e heroica deste lugar". Não conseguia.

Conan voltou bastante rápido, avisando que não havia muito que pilhar. E Tairon aparentemente entrara nas cavidades do próprio oráculo, mais por curiosidade do que por ganância e, quando nos encontrou mais tarde, na colina, estava confuso.

A temperatura era amena, a gritaria do outro lado do vale era estridente, mas longínqua. O ambiente estava quase calmo.

Tairon puxou as rédeas do seu cavalo e agachou-se perto de mim, esfregando os braços, como se estivesse com frio.

— Há um labirinto muito complexo dentro da montanha — disse. — Câmara após câmara, passagens em espiral para o interior, mas que nos conduzem ao exterior. É um lugar maravilhoso! Senti-me completamente em casa. Liga-se a outros oráculos, tenho certeza. Ouvi ventos diferentes soprarem e o estalar de carvalhos e senti o cheiro da resina. E liga-se a um lugar na minha própria terra. Conheço a fragrância da minha terra. Há armadilhas e becos escuros. E muito ouro de má qualidade e boa obsidiana, belas esculturas, todas dentro de nichos profundos. Aqueles desgraçados irão trocá-las de lugar, imagino, mas nunca encontrarão todas.

Elkavar perguntou-lhe se vira algum sinal de Jasão e o cretense concordou, tirando seu capacete de penas verdes e apontando na direção do caminho perto do qual estávamos agachados, para onde ele levava até as profundezas do vale.

— Acho que o vi. Ele está novamente usando uma armadura *keltoi*. Lutava com dois gregos.

Dois hoplitas, rastejando para um abrigo, sugeriam para onde Jasão iria. Corremos para uma fila de colunas brancas que marcavam a entrada na montanha e encontramos o homem. Estava em pé, espada na mão, olhar distante, fixo no outro lado do vale. Estava melancólico, talvez triste. Usava de fato as roupas coloridas de um dos exércitos de Brennos que havia falhado na busca. Um terceiro grego jazia enroscado nos próprios pés, tremendo ligeiramente, à medida que o espírito era arrancado de dentro dele. O próprio Jasão sangrava de um corte no braço e Elkavar usou um pequeno pedaço de pele para fazer um garrote na ferida. Mantive-me a uma distância discreta.

— Não sei como é o meu filho — sussurrou, ausente. Depois, olhou para Elkavar, de olhos semicerrados e ferozes. — Ele é parecido comigo, eu me pergunto. Mas, então, como eu sou? Não faço ideia de como sou. Reservo esse prazer para os que não podem evitá-lo. Você precisa me ajudar a procurá-lo, Elkavar. Ele está em algum lugar naquela colina. Sinto, com muita força. — Ele riu, apesar de mal-humorado. — Estou ansioso. Você consegue imaginar? Depois de todo esse tempo, estar tão perto do meu filho... E estou ansioso. E se ele não me reconhecer? E se herdou a fúria de sua mãe? Você precisa ficar por perto. Você estava lá quando aquela feiticeira traidora falou com ele. Você o reconhecerá. Ele falará com você. E você poderá voltar a nos apresentar. Deve demorar um pouco até ele acreditar quem eu sou.

— Merlin está aqui — disse Elkavar, em voz baixa.

Jasão praguejou, olhou para mim furioso, com a espada apontada para minha cabeça.

— Nunca hei de entender! Qual é o seu jogo? Afaste-se de mim. Fique longe de mim! Já não sei quem você é.

O vale ficara silencioso, a longa manhã de fúria terminara. O som do galope dos cavalos de volta ao corpo principal do exército ainda retumbava no terreno. A luz batia na armadura dos invasores à medida que corriam de volta, carregando tudo quanto haviam encontrado. As túnicas brancas e as plumas de pelo de cavalo brilhantes ponteavam as colinas. Seus gritos, se saudando, se cumprimentando e dando conta de novos troféus, ressoavam livremente; as respostas pareciam música ao longe.

Delfos estava quase silenciosa.

E foi com essa calma repentina que vi Orgetorix.

Estava com outro homem, também ele de armadura de pele de remendos dos celtas hiperbóreos. Os dois homens escaparam do abrigo escondido nas rochas, do outro lado do vale, e correram ligeiros pela estrada ventosa até o complexo de edifícios de mármore que continham e disfarçavam o próprio Oráculo.

— Ali! — gritei. — Orgetorix e um outro!

Por um momento, Jasão ficou tão quieto quanto as estátuas desfeitas, olhando de longe para as figuras remotas, assimilando cada detalhe, como se esse fosse o único relance do jovem que havia atravessado o Tempo e ainda estava, novamente, quase ao seu alcance. Depois, ladrou uma ordem a Elkavar e Tairon e correu pela acidentada e íngreme ladeira abaixo. Caso tenha notado que o seguia, não fez qualquer comentário nesse momento. Ele me bloqueara de seu pensamento.

— Sabia que ele estaria aqui! — gritou Jasão, enquanto atravessava o rio e, com Tairon na liderança (ele era o mais rápido de todos nós), subiu a alameda cheia de pedras até os portões e pátios que, por sua vez, abriam caminho para a cavidade seca na encosta da montanha. Aqui, o odor do gás sulfuroso era forte, vinha em rajadas da fresta da caverna como o hálito de uma górgona. De fato, talvez se lembrando de Perseu e Medusa, Jasão pegou num escudo arredondado e descartado, beijou-o e o levantou para cobrir a parte inferior do seu rosto.

Jasão liderou o caminho em direção à caverna. Ao lado de Tairon, tentei ouvir outro som que não o do nosso movimento, mas apenas se ouvia o beijo do hálito acre da colina. Tairon parecia tão confuso quanto eu, mas ele já havia explorado levemente esse sistema de passagens pouco iluminadas e conduziu-nos para o lugar onde a estátua em espiral da Pitonisa protegia o caminho para as profundezas.

Descemos mais e mais e, por um momento, o som mais alto que ouvimos foi o da respiração ofegante e agitada de Jasão.

Um movimento repentino no túnel pouco iluminado e sombrio à nossa esquerda surpreendeu a todos. Era uma tocha cujas chamas brilhavam, e Jasão grunhia à medida que uma mulher avançava em sua direção, de seios e barriga nus, com olhos que brilhavam através de um véu negro, de cabelos longos e cachos brilhantes.

Algo na forma como se movia ou o brilho dos seus olhos ecoava na memória e, de repente, se fez claro e horrendo na mente de Jasão.

Naquele momento, ele um pouco sabia, um pouco intuía quem vinha em sua direção e, abanando a cabeça, eu o ouvi murmurar:

— Não, oh, não... Não aqui...

E depois urrou como um animal ferido, um lamento de dor e fúria, quando Medeia levantou o véu e mostrou-lhe o rosto pálido, envelhecido, o sorriso cruel e impiedoso.

Sem me olhar, Jasão empunhou a espada em minha direção, gritando:

— Você sabia! Você precisava saber!

Mais uma vez, eu não tinha resposta para ele. Acho que minha língua estava atada novamente, como estivera durante todo aquele tempo em Iolkos, tal como os meus olhos se confundiram no Desfiladeiro das Termópilas.

Medeia estava no seu elemento, saboreando os tremores e o espanto do homem que estava à sua frente.

— Recue, Jasão — gritou, com uma voz cavernosa, que ressoou pelas passagens da caverna. — Não há nada para você aqui. Tudo o que vê é meu, é para eu amar. Você *nunca* conseguirá reaver seus filhos.

— Tente me impedir — rosnou Jasão. Mas, nesse momento, os dois jovens deram um passo à frente, por trás dela. Jasão engasgou, hesitou e ergueu o punho na direção deles. A chama da tocha, bruxuleante e assustadora, iluminou os rostos solenes. Só o que consegui pensar foi: Kinos? Onde? Isso não estava certo. Senti meu coração apertado, antevendo o que aconteceria. Chamei imediatamente Orgetorix. Ele me reconheceria, mas estava em silêncio, lívido.

Então, Medeia virou-se e correu, fazendo a luz se extinguir e os dois guerreiros correrem sem esforço atrás dela pela escuridão.

Elkavar pegou numa das tochas de fraca chama que ardiam por perto. E, como recordando aquela perseguição horrenda no palácio de Iolkos, corri novamente com Jasão para salvar seus filhos de Medeia.

Ela nos conduziu para dentro da montanha correndo pelas ramificações das passagens, como se fossem sua própria casa. Seu riso ecoava e ribombava. E sua voz era um insulto agonizante:

— Você deveria ficar no lago por todo o bem que esta perseguição lhe fará. Eu fiz uma promessa, Jasão, de que você não voltaria a tocar nos seus filhos. — Houve um momento de silêncio. — Mas você pode ficar com os fantasmas deles — disse ela, assustadora.

De repente, ela estava ali, encurralada pela escuridão do corredor, a tocha novamente acesa, que ela segurava alto, perto da fenda estreita que ficava por cima de sua cabeça. Orgetorix e seu irmão deram um passo, adiantando-se a ela, ambos hostis.

— Vão com o papai — disse Medeia, e desta vez seu riso foi furtivo, quase triste. A chama serpenteou atrás dela à medida que corria para o labirinto, deixando para trás os dois jovens.

Jasão disse:

— Há algo de errado. O que é, Merlin? Use um pouco de sua mágica para me dizer...

— Não consigo — segredei, quase desesperado. Meus pensamentos se embaralharam e se tornaram nebulosos quando tentei invocar um pouco de encantamento. Mas Medeia soube me enredar de forma que bloqueasse meu feitiço.

— Claro que você consegue — murmurou Jasão, num esgar. Suas palavras me magoaram. As palavras seguintes me golpearam como um martelo. Mas por que você o faria? Você e ela foram cortados do mesmo coração. Há muito tempo, no lago. Os deuses me cegaram para sua falsidade.

— Não! — segredei. — Não houve falsidade. Juro.

Minhas palavras ressoaram na câmara. Não havia contado o que sabia. Mas por quê? Por que me mantive calado em relação a Medeia? *É melhor assim. Melhor assim*, me lembro de dizer a mim mesmo.

Um segundo depois, os filhos de Jasão deram mais dois passos na nossa direção, e Jasão, apesar de confuso, involuntariamente se aproximou para cumprimentá-los. Depois, como a pele de cobra, o resquício da ilusão caiu para revelar a artimanha de Medeia. Os rostos dos dois gregos mortos, lívidos e boquiabertos, ficaram ali por mais um momento, desvanecendo-se depois no próprio sangue, seus últimos suspiros chiando nos pulmões esmagados.

Jasão caiu de joelhos, punhos cerrados, olhos fechados, contendo à força o grito de desapontamento que estava pronto para dar. Com o lábio a sangrar, proferiu as seguintes palavras, em voz baixa:

— Oh, deuses, amaldiçoem-na. Amaldiçoem-na para sempre. Pai Zeus, queime-lhe os ossos por dentro; Senhor Hades, enforque-a com seus próprios intestinos!

Caiu para frente e depois voltou a si. Ouvi-o murmurar:

— Apolo! Mielikki! Argo! Deixem-me vê-lo. Só por alguns minutos. Depois prometo que o lago pode me tomar de volta. Mielikki. Mielikki... Se ainda exerce influência nos céus, fale por mim agora, o lago pode me tomar de volta...

Começara a se encolher, a se curvar, como um homem morrendo.

Dei um passo na direção dele, tentando me aproximar para lhe dar algum conforto, mas depois dei um passo atrás, com medo de tocá-lo.

Ainda "cego", não consegui ver de onde veio o que aconteceu depois.

Aparentemente, Jasão ouviu uma voz. Levantou-se, agarrou a espada e o escudo com força, inclinou-se para frente na direção da escuridão e começou a respirar de forma pesada, antecipando o que viria. Uma batida de coração depois, o túnel nas rochas fechou-se em volta dele, como uma boca que abocanha um pedaço de carne. Uma lufada de ar acre me fez virar a cabeça para o lado. Elkavar e Tairon tinham os braços em volta da boca, embasbacados, olhando para o lugar onde Jasão havia desaparecido.

O túnel havia voltado ao normal, apesar de conseguirmos ouvir o eco dos passos de um homem que corria.

Elkavar virou-se para mim.

— Será que devemos segui-lo?

Não valeria a pena. O espírito de Apolo em Delfos havia ajudado Jasão. Não teria motivos para nos ajudar também.

Mas Tairon era um conhecedor de labirintos. Os olhos dele cruzaram os meus, talvez pensando o mesmo que eu, que conseguiria perseguir Jasão por tempo suficiente até descobrir por onde, entre as muitas saídas deste oráculo, o ressuscitado grego emergiria.

— Espere por mim lá fora — disse o cretense com energia, pegando na sua espada. Virou-nos as costas e correu silenciosamente para a escuridão.

Não se passou muito tempo antes de Tairon vir cambaleando da montanha, arquejante pela fumaça acre e pela corrida. Suas feições magras e seus negros cabelos pingavam suor.
Esperei pacientemente que se recuperasse e fiquei desapontado quando ele abanou a cabeça.
— Falhei. Esperava emergir com ele na outra extremidade, mas o perdi, pensei que conseguiria ouvi-lo correr. A única coisa que reparei foi no cheiro de mel e na brisa que sopra numa floresta de carvalhos. Há um cheiro especial lá. Mas poderia vir de qualquer lado, não é?
Olhou para mim e sorriu quando viu a expressão do meu rosto.
As palavras de Tairon foram uma revelação. Um cego que de repente viu a luz.
Orgetorix não estava aqui, em Delfos. Ele estava no Templo de Carvalho, Dodona! O santuário sagrado de Zeus, para onde o jovem Jasão viajara e implorara por um ramo da árvore sagrada para colocar na quilha de Argo. Depois do seu desejo concedido, aquele relicário se tornara a casa espiritual de Jasão. Estaria ligado a ela como qualquer criança à sua mãe. Duvido que soubesse, mas eu sabia quando velejei com ele muitos anos atrás. O carvalho que tinha servido à nau com tanto cuidado reivindicou como filho o seu capitão. Havia milhares de espíritos vagueando dentro de Argo, e Jasão era um deles.
O que Medeia sabia perfeitamente. Ela o conduzia para lá, não para *longe* do filho deles, mas *para* o confuso e perdido jovem.

Ela havia me confundido e obliterado minha visão, havia envenenado a cabeça do filho em relação ao pai e conseguido fazer feitiços que lhe roubavam anos mais rápido do que um caçador conseguiria arrancar as vísceras de um veado.

Ela havia tentado manter o filho afastado do pai e agora, certamente, tentava aproximá-los. Era tão claro para mim quanto os sinais de incompreensão, de brilho, de prontidão no rosto de Elkavar. Que forma melhor de se livrar de Jasão do que fazer que o próprio filho o matassse?

— Ele está em Dondona — disse a Elkavar, e o irlandês respondeu:

— Para mim isso significaria o mesmo se você me dissesse que ele estava na lua. Mas o que quer que seja que isso signifique, diga-me só quando devo e não devo cantar.

— Cante quando seu coração lhe mandar — falei. — Eu preciso ir sozinho agora. Jasão está em perigo. Não posso correr o risco de me perder novamente indo pelo submundo, apesar de você e Tairon poderem se guiar por lá melhor que eu. Mas, pelo menos por enquanto, isto é um adeus.

— Não por muito tempo, espero — disse o irlandês, franzindo a sobrancelha.

— Estava me acostumando com você. E com você tenho as maiores chances de voltar para o meu país.

— Sou capaz de me perder tanto quanto você, lhe garanto.

— E para onde exatamente você vai agora? — perguntou Tairon, curioso.

— Encontrar Argo e pedir para velejar com ele novamente.

Gwyrion acampava sozinho, uma pequena fogueira acesa, as armas à sua volta. Parecia nervoso, pouca vigilância para tão precioso fardo. Os restos danificados de Argo estavam na carroça, por baixo das peles. A carranca de proa jazia exposta de frente para o céu, como descansando. O cimbro olhou-me, cansado, à medida que me aproximava.

— Ela, a nau, não está feliz — disse-me num tom sombrio.
— É tudo o que posso fazer para acalmá-la. Jasão precisa levá-la para o norte em breve. Isto não está dando certo.

Concordei com ele, depois subi para a carroça, tirei a coberta sobre o coração de madeira antigo e agachei-me à sua frente.

— Mielikki. Argo. Espírito da nau! Preciso ir para Dondona, onde parte de você vive...

Durante um momento, o silêncio era gelado; depois, o espírito de Argo saiu e me envolveu. Estava agachado entre rochas quentes e cinzentas, tojo amarelo e caroços de azeitona. Mielikki estava lá, jovem e de rosto iluminado, sentada com seu disfarce de verão, um pouco afastada de mim. Estava sem véu, o cabelo liso preso num coque, e vestia não mais do que uma leve túnica. Estava sentada de pernas cruzadas sob um largo e frondoso carvalho. Atrás dela, as colinas nubladas com o calor, verdes dos arbustos e dos bosques e perfumadas de ervas.

— Este lugar me assusta — disse ela. — Não estou acostumada a esta temperatura. Reconhece, Merlin? Foi daqui que parte da nau veio, há muitas, muitas vidas. Esta árvore não é linda? Tão velha, tão velha... Consegue-se ver a cicatriz do ramo que Jasão cortou para construir sua nau.

Consegui ver, depois, o largo carvalho, de copa tão cheia, tão marcada das centenas de vezes, dos cem Jasões que tiraram esta madeira tão especial do seu interior, quando suas orações foram ouvidas.

Então, quase sem perguntar, já fora autorizado a entrar na nau para Dondona. Ela havia me tratado de forma doce.

Como percebendo meu pensamento, a Senhora da Floresta disse, com avidez:

— Sim. Você está lá. E o exército ainda não chegou. Está livre, mas quase deserto. Pode procurar Jasão em segurança, mas me prometa, Merlin, que, quando encontrar o que procura, você me leva para casa. Eu preciso ir para casa. Quem me levará para casa?

Ela implorava, o rosto franzido de ansiedade.

— Eu a *levarei* para casa — eu disse a ela. — Jasão e eu, ambos. Juro pela minha idade avançada.

— E pela falta de confiança que caracteriza a juventude? Eu preciso ir para casa — a Senhora da Floresta sibilou novamente.

— Este lugar é muito estranho. Estou fora do meu mundo. Onde está a moça? Onde está aquela moça impetuosa?

— Deixei-a perto do mar. Ela espera que eu volte para ela. Não prevejo cumprir seu desejo, apesar de achar que ela não me vai seguir, agora. Mas, como você, estou assustado com algo.

Mielikki tremeu e olHihou em volta.

— Sim. Olhos Ferozes — sussurrou ela. — Sim. Ela está por perto. Sinto seu cheiro. Tem assassinato em mente. Volte para mim quando terminar, Merlin. E, se você *vir* essa garota, diga-lhe que venha ter comigo. Lembre-a de que me pertence.

Assassinato em mente?

Medeia passara pelo mundo e por cima do mundo impunemente. Quão chocante deveria sentir o vento numa manhã de inverno e sentir o cheiro de Jasão novamente: o homem destruído pelo lago, arrastado das profundezas, atado à sua nau podre com erva e trapos! Será que ela viu seus olhos mortos abertos? Será que ela ouviu o borbulhar da água em seus pulmões? A urgência de ar e de vida de volta ao cadáver gelado?

Que sonhos febris e assustadores ela deve ter tido nessa noite! Rosto frio, branco, massa de cabelo grisalho em volta do crânio, olhos a abrirem para ela, naquele sonho.

Você matou meus filhos. O lago os devolveu. A perseguição voltou, Medeia, a perseguição voltou!

Os sonhos dela apenas imagino. Mas, depois de todo esse tempo vivendo num mundo sem nada do que ela amava, perseguindo os anos, observando cada inverno dar passagem à primavera, verões contínuos, correndo e se escondendo nas sombras, aguardando este momento, este maravilhoso e extasiante momento...

Quando um dos seus filhos saiu piscando da caverna em Arkamon, com o irmãozinho fantasma ao lado...

Quando o outro acordou num vale úmido no coração de Alba...

A quem ela se dirigiu primeiro, eu me pergunto (como procurei por ela em Dondona, correndo pelo vale, cheirando o ar, usando o que estava incrustado em meus ossos para evitar que ela me cegasse novamente). O cabelo de quem ela acarinhou primeiro, invisível, em segredo, uma assombração nas suas vidas, um sonho nas suas vidas, sugando a vida deles, o prazer deles, a inocência deles, uma mãe mais antiga do que as cavernas onde eles viviam, uma mãe bebendo gananciosamente a nova experiência deles?

Será que lhes deu colo nos sonhos dela? Será que dançou como se eles a conhecessem? Segurando seus fantasmas contra o seio, cantando seu triunfo?

Meus meninos, meus rapazes. E o papai longe, longe, sua cabeça comida por um Lúcio, vestido de gelo, dissolvido no lago.

Será que alguma vez ouviu Jasão gritar do lago?
Meus filhos! Devolva-me meus filhos!
Será que era surda quanto ao fato de Jasão nunca ter morrido? Argo, corajoso Argo, fiel Argo nunca deixou o fantasma partir do seu corpo mortal. Será que ela ouviu esses gritos? Talvez nunca lhe ocorresse ouvir.
Preguiçosa!
Ela era como eu. Claro que era. Crescemos juntos, aprendemos juntos, nós éramos os preguiçosos, ela à maneira dela e eu à minha. Amei-a noutro tempo, foi o que consegui fazer para manter a memória daquele amor a distância.

Mas permanecia ali, na minha cabeça assombrada, como a mais assustadora das memórias, à espera de voltar quando as nuvens dispersassem e o sol aparecesse.

Eu me opus a esse sentimento com uma única ideia: em toda sua vida, independentemente da vida esquecida que tivesse tido comigo, ela tinha amado mais Jasão, e amado seus filhos mais do que amou Jasão. Ela tinha abandonado o Caminho por amor; tinha estado afastada do Caminho por ódio.

E isso era certo. Qualquer coisa que tivesse feito, ela havia encontrado um momento de verdadeira felicidade. Seja no que for que tenha se tornado, ela só vivia as consequências desse momento de felicidade.

Um momento de felicidade. Em dez mil anos de vida.

— Entendeu agora? — ouvi-a dizer, sua voz como um choque no meio da quietude da alameda. — Compreende, finalmente? Nunca sentiu uma coisa assim antes? Você deve ter sentido!
Estava de pé atrás de mim. Quando me virei, foi para agarrá-la, uma atitude conduzida por lembranças que ainda esta-

vam escondidas de mim. Mas o corpo dela estava duro como uma pedra. Não restava amor entre nós. Ou, se havia, não estava disposta a se deixar sentir. Olhei para ela, tão linda apesar da ganância do Tempo, o cabelo ainda era como cobre polido; olhei para dentro dos olhos dela, tão amorosos, tão inteligentes, seu hálito como fruta de verão, e nossos dedos se entrelaçaram por uns momentos. Uma beleza que não desvanecera... Perdida no tempo... Quase intocável.

— Você nunca se desviou? — perguntou-me Medeia, esfregando meus lábios nos seus.

— Não deixei o Caminho. Encontrei novas amizades. Vi o mundo de longe. Nunca me desviei da forma como você se desviou.

— E você se lembra como era entre nós? Há muito tempo, nas clareiras do bosque selvagem?

Ela era forte. Sabia certamente que eu me lembraria de parte disso. Ambos acordávamos de um longo sono de anos, descobrindo que não estávamos sozinhos, que havia outros como nós no mundo e que havíamos partilhado vida. Mas disse, quase insensível:

— Não.

Ela pareceu quase entristecida com isso, mas continuou:

— Eu me permiti lembrar... só um pouco. Está lá, se você olhar. Que vida tão longa ambos tivemos! Estivemos juntos tão pouco tempo, Merlin. Ah, sim, sei que é você, agora. Não quis acreditar. Mas não posso acreditar que você nunca tenha se desviado do Caminho. — Olhou para mim, com curiosidade.

— Como você deve se sentir solitário. Você viveu tão pouco. Alguns poderiam chamar isso de desperdício. Sinto-me triste por você.

Senti que, como Niiv, Medeia testava minhas defesas, de uma forma mais experiente do que a abandonada Pohjolan. Mas ela sabia o que eu sabia, que nenhum de nós poderia se revelar quando o contato era tão próximo quanto agora.

Para conseguir livrar-me do feitiço poderoso e fragrante dela, pensei em Jasão.

— Você envenenou a mente de um filho contra o pai dele.

— Claro, dos dois! — ela riu, olhando para mim como se eu já soubesse de antemão.

— Thesokorus odeia Jasão pela mesma razão que *você* o odeia. É assim que usa seu feitiço? A magia que sente em seus ossos? Tirando a *vida* das suas preciosas crianças?

O luto passou-lhe pelo rosto, juro; um olhar de dor, de angústia. E depois foi fria novamente, de olhar amargurado, olhando para mim com a mesma intensidade zangada.

— Preciosas, Merlin? Sim, são preciosas. E *por que* são preciosas? Alguma vez se fez essa pergunta? Quantas crianças preciosas você acha que eu tive? Acha que foram apenas essas duas?

O mundo parou quieto à minha volta quando pensei em Niiv e na sua meia criança, talvez meio imaginada; e Meerga, a sua ancestral, e a meia criança toda estropiada que fora concebida e vivera até envelhecer, mas sempre sob influência do espírito guardião que coloquei sobre os seus sentidos. E em como sempre soube que não podia voltar a arriscar ter qualquer filho que continuasse a viver no mundo comum.

Medeia estivera ligada por esse mesmo conhecimento e percebeu rapidamente que eu entendera. Eram lágrimas nos seus olhos? Ela sussurrou:

— Perdi a conta das crianças que tive de deslocar do meu corpo. Você pode imaginar? Mas dei um nome a cada uma, antes de deixá-las ir. Sou assombrada por elas, Merlin!

Pela primeira vez havia ternura na forma como pronunciou meu nome.

— Mas não consegui dar-lhes vida, não seria justo para elas. Você *sabe* o que eu quero dizer. Você precisava saber. Mas aí, novamente, você não sabe, perdido no seu mundo egoísta. De todas as minhas crianças, apenas duas pareciam ser de Jasão e *apenas* de Jasão quando olhei para elas, quando estavam dentro de mim. Dei-lhes vida. Tive sorte com elas. Elas são filhas de Jasão. Apenas têm uma sombra de mim dentro delas. Não há perigo nas sombras. E eu as amava. Sacrifiquei-me tanto para me assegurar de que poderíamos viver uma vida normal desde que ele e os meus filhos pudessem *viver* uma vida normal em Iolkos! Esperei vê-los morrer, sempre soube que os veria morrer. Mas isso não aconteceu durante anos. Amei-o como amei você um dia... Há esse tempo todo. Esquecemo-nos de tanta coisa, Merlin. Mas foi tão raro, não foi? É tão raro encontrar um amor assim...

Sim, disse, cedendo. Ou apenas pensei? Não me lembro. Lembrava-me muito de Medeia antes de ela ter desaparecido do meu mundo, perdido no tempo.

— E ele me traiu — gritou ela, apesar de ser mais um grito de dor do que de raiva. — Ele me abandonou por outra mulher. Ele me deixou. E ele levaria os rapazes, meus filhos. Diga-me, Merlin, o que queria que eu fizesse?

Ela puxava ligeiramente o tecido do vestido que lhe tapava os seios, uma imitação da forma como rasgara seu vestido nos corredores vibrantes do seu palácio, louca ao ponto do suicídio, quando descobriu que Jasão a deixara. Passados todos aqueles anos, a forma como perdera Jasão ainda a atormentava.

Eu não tinha resposta para a pergunta dela. Imaginei que não queria uma resposta para aquela pergunta.

Disse, simplesmente:

— Mas você levou a vida dos filhos para longe dele. Que vida tiveram eles? Você os escondeu de si mesma bem como do pai deles. E, depois disso tudo, eles ainda não a veem. Um animal doméstico recebe mais afeto por parte do seu dono do que Thesokorus recebe de você.

— Palavras cruéis — disse ela, fria, magoada.

— Palavras verdadeiras.

Ela abanou a cabeça.

— Não é de todo verdade. Vivi sem eles por muito tempo. Leva tempo até voltar a me acostumar com eles novamente. Mas dei-lhes o conforto de uma mãe durante o sono. Quando eles eram mais novos, dei-lhes o conforto da sombra do irmão deles. Por companhia. Quando chegar o momento certo, aparecerei nas suas vidas acordadas e os reunirei novamente. Esse tempo quase chegou quando *você* trouxe o *pai* deles de volta.

— E então você envenenou a cabeça deles. Para servir a seu próprio objetivo.

Ela franziu a sobrancelha e cruzou os braços sobre o peito. Depois, olhou para baixo, como contemplando uma nova realidade.

— O que está feito está feito — sussurrou.

— E você me envenenou. Podia dizer facilmente a Jasão que você estava aqui. Mas me pareceu imperativo que não o fizesse. Essa não era a minha cabeça a funcionar.

— Nem a minha — disse olhando para mim, intencionalmente, com um meio sorriso. — Você não disse a Jasão porque você se sentiu mais fiel a mim do que a ele. Você ainda se sente, Merlin. Você só não se permite ter consciência disso.

Não consegui me mexer e nem falar. Medeia olhou para mim com tristeza, depois deu um passo em frente e me abraçou por um momento. Os lábios dela permaneceram nos meus, antes de se afastar.

Seus olhos brilharam.

— Você tem um longo caminho pela frente para me apanhar, Merlin. Mas você tentará? Quando Jasão partir, tudo será permitido para nós. Ele e o filho se perseguem até agora no vale por baixo de nós. Quando acabar, por favor, tente me encontrar. Não deverei estar longe de você.

A dor e nostalgia dela, a sensação de amor esquivo que voltava, me confundiram e perdi o poder que ela exercia sobre mim ao mesmo tempo em que ela me rejeitava e parecia também se perder no nevoeiro de calor que pairava sobre as montanhas cinzentas.

Literalmente caí dela, perdendo o chão e mergulhando na ladeira, escorregando e dando encontrões pelos arbustos até chegar ao sopé da colina, vendo os corvos que se alimentavam de carne humana de dois gregos nus, rostos cobertos por capacetes, barrigas sangrando.

A água corria por cima das rochas e eu rastejei, me machuquei e me embrulhei para mergulhar a cara na fria água corrente. Por causa dos homens mortos no riacho, não a bebi, mas recuperei os sentidos rapidamente. Virei-me e olhei o brilho do céu. Passado certo tempo, duas figuras escuras me espreitaram, uma de cada lado do rio borbulhante.

O interesse delas em mim não durou muito. Talvez pensassem que estava morto. Decidi não me mexer. Além disso, tinham outra coisa em mente e espreitei uma delas.

Emergindo da montanha para a luz do dia, ele reconhecera o santuário imediatamente pela forma das colinas e pelas altas paredes brancas perto do rio, que rodeavam o falso carvalho onde corações falsos foram afogados. Olhou para cima, para a colina, para o amontoado de rochas cinzentas e escarpadas e para a árvore enorme que crescia ali. Em algum lugar entre os ramos retorcidos, o sinal dele. O sinal do jovem Jasão agora se perdera para o nevoeiro à medida que o tronco se expandira com as gerações.

Ele correra pelas passagens sinuosas por uma era. Estava exausto, e o suor corria livremente por baixo do forro de couro de seu capacete de ferro. Mas nunca duvidara que Dondona estava à sua frente. Ele podia sentir o cheiro de mel no ar, podia ouvir o ranger do carvalho de verão.

Medeia havia desaparecido. Não conseguia ouvi-la ou vê-la. Ela fugira para a sua própria Terra dos Fantasmas, apesar de Jasão saber que ela estaria provavelmente observando.

Em pé, à sombra do penhasco, ele conseguia ver movimentos furtivos a distância. E três cavalos brancos pequenos, rédeas soltas, pastavam inquietos ali perto. De resto, para surpresa dele, todo o espaço do templo parecia deserto.

Aproximou-se de um dos pôneis, apanhou as rédeas, conduzindo-o por entre as árvores em direção à água e aos edifícios silenciosos do relicário. Novamente, sentiu movimento acima dele, um homem que conduzia um cavalo por entre as rochas, atravessando e voltando a atravessar o pequeno rio, como à procura de algo, pensou Jasão. Era difícil distinguir-lhe as feições, mas, tal como Jasão, ele estava vestido como o invasor, de calças curtas, kilt de pele e couraça. Seu cabelo escuro estava muito curto e cheio de pontas.

Por um momento, Jasão perdeu o outro homem de vista. Então, lá do fundo da água, veio o som de um grito e de pedras rolando. Deixou o cavalo e retornou cautelosamente ao rio, à curva por baixo da sombra do carvalho de Dondona. Logo notou que sua presa também retornava, mas na direção da margem oposta, mantendo-se na sombra, igualmente circunspecta.

Jasão ouviu-o segredar, perguntando:

— Kinos? *Kinos?* — E soube de imediato que sua busca terminara.

Passado pouco tempo, ambos chegaram perto do meu corpo ensopado, voltado para cima no riacho, indefeso. Por um momento Jasão se assustou quando olhou para baixo e me viu. Depois, levantou os olhos para o jovem que estava do outro lado. Vi o ligeiro desapontamento no seu rosto e, depois, a desconfiança. Eles se entreolharam em silêncio.

— Pensei que você pudesse ser o meu irmão — disse Thesokorus, como se fosse preciso uma explicação. — Disseram-me que meu irmão estava aqui. Você está com Brennos e com o exército?

Jasão continuou olhando fixamente mais um pouco e depois suspirou, aliviado e deliciado. Abanou a cabeça num meio sorriso, por baixo da sua barba desalinhada. Tirou o tosco capacete que envergava e o atirou para o lado.

— Achei que não o reconheceria — disse, baixinho. — Só de olhar para você. Vi seu fantasma em Delfos, mas o rosto não me disse nada. Mas agora reconheço cada lampejo no rosto que vejo. Eu o reconheceria imediatamente. Este homem, Merlin, este pobre machucado aos nossos pés, descreveu você para mim um dia.

— Quem é você? — interrompeu Thesokorus, num sussurro zangado, com a mão no cabo de marfim da sua espada. Mal conseguia tirar os olhos do velho, do outro lado do estreito riacho.

Jasão manteve as mãos longe do corpo. A espada a tiracolo.

— Ele o descreveu da forma mais lisonjeira. Ele disse: seu filho é jovem, determinado, encantador! Acrescentou que havia alguma coisa em você que "não interessava". Ele disse que você não era nada parecido comigo. Mas eu não sei. Eu gosto da sua aparência. Acho que este desgraçado mentia. Nunca quis saber de espelhos. O que você acha, Pequeno Toureiro? Não posso chamá-lo de "Orgetorix". Você envelhecerá para se parecer comigo?

— Pequeno Toureiro?

Jasão sorriu, cauteloso. O silêncio do vale enredava a cena. O mundo estava longe.

— Você só fez isso uma vez. Você tinha quatro anos. Mas era maravilhoso. Na arena de Iolkos, você se lembra? Era um boi pequeno, você era um rapazinho, mas agarrou aqueles chifres enfaixados e atirou-se por cima da cabeça da besta, dançando nas suas costas, rindo, triunfante, antes de começar a correr para um lugar seguro. Fiquei tão orgulhoso de você.

— Não! — gritou Thesokorus. Tirou o colete de pele e atirou-o para o chão, desprendeu o cinto da sua espada, segurando-o, pronto para brandir a lâmina e descartar a bainha. — Não o conheço. Não o reconheço. Este desgraçado contou-lhe essa história. Ele é um embusteiro. Deveria saber quando o vi pela primeira vez. Meu pai morreu há muito tempo. Morreu há muito tempo e ri do túmulo de um covarde.

A voz de Jasão revelava desconforto. Começava a implorar. Este encontro não ocorria como ele esperava. Previra que a persuasão fosse a natureza do confronto, não a hostilidade. Não o apoiei.

— Mas não estou morto — disse ele, cauteloso. — Olhe para mim. Vivíssimo. Eu o procurei através do tempo e por meio mundo, Thesokorus.

— Não!

As palavras de Jasão enfureciam o jovem. A confusão fervilhava por detrás daqueles olhos escuros e ferozes. *Através do tempo? Através do tempo?* Quase conseguia ouvi-lo pensar como se parte dele soubesse instintivamente a verdade. Mas a barreira do ódio e da defesa emocional era forte demais.

— Thesokorus... — implorou Jasão, agora quase zangado com a relutância do seu filho. — Foi dada a nós uma segunda oportunidade. Eu *sou* o homem que o apanhou quando você saltou daquele boi. Eu sei o que a sua mãe fez com você. Eu sei o que fiz com sua mãe. Eu estava errado, fui um tolo. Você faz uma pequena ideia de quanto tempo eu sofri por você e Kinos? Eu cavalguei e velejei pelo mundo para trazer vocês para a pira! Ano após ano. Procurei de Ítaca a Epidamno; velejei para cada ilha. Atravessei de Ílios a Efes. Procurei por seus corpos como se procurasse vocês *vivos!* Pensava que morreram, Thesokorus. Vi a mãe de vocês matá-los. Não se lembra do truque?

— *Este* é o truque — cuspiu o jovem. — Minha mãe me escondeu do meu pai porque *ele* me assassinaria.

— Não é verdade. Não é verdade! — gritou Jasão, e sua voz era um grito de dor. Em algum lugar por cima de nós quase ouvi Medeia rir. Mas deve ter sido o chamado de um carneiro, balindo nos bosques.

— Por que perguntou por mim no Oráculo, em Arkamor? — perguntou Jasão num tom mais suave, em uma tentativa desesperada de fazer o filho baixar a guarda.

A pergunta voltou a sobressaltar Thesokorus.

— Você sabe muito a meu respeito!

— Claro que sei...

— Mas, claro, Merlin deve ter lhe dito.

A resposta era enfurecida, angustiada.

— Eu sou Jasão! Eu sou seu pai. Esperei uma vida inteira para encontrá-lo. E, agora que o encontrei, você não vê? Podemos partilhar o resto da minha pobre e curta vida juntos.

Podemos procurar Kinos. Tenho ideia de onde ele está. Pelo meu escudo, essa é a verdade.

— Onde imagina que ele está? — perguntou Thesokorus, com frieza.

— Entre as muralhas açoitadas pelo mar — respondeu seu pai. — Foi o que o Oráculo lhe falou, não foi?

Thesokorus riu com amargura.

— Oráculos? Há alguns dias, a caminho de Delfos, outro Oráculo sussurrou-me que ele estava aqui. Mas só encontrei estes homens. Até os guardas haviam desertado, apesar de lutarem bem. Parece que não se pode confiar em nada.

Jasão levantou as mãos, num gesto de paz.

— Sua mãe desfez o meu mundo com dois golpes certeiros. Roubou minha vida. Não nego que deixei de amá-la, mas estava inquieto por você e Kinos. Não consegui pensar em como tê-los na minha própria vida deixando-os também na vida dela. Thesokorus, juro, novamente, pelo meu escudo, que, quando fui para o palácio naquele dia, com aquele pequeno bando de homens, era para discutir com Medeia sobre as condições que lhes dariam o melhor dos dois mundos. Mas ela pensou de forma diferente e fugiu de mim.

— Você nos perseguiu de espada em riste! — disse Thesokorus, indignado. — Pensava em nos matar. Você queria nos matar!

— Ela mandou os guardas atrás de nós. Ela ateou fogo em nosso caminho! Ela silenciou nossas vozes. Entrei em pânico. Como poderia saber que ela havia planejado fugir? Estava tudo pronto: faca, sangue, carroça, navio. Ela estivera à minha espera. Ela precisava saber que eu vinha em paz.

— Não! Mentiras! Mais mentiras! Perguntei por você em Arkamon porque nunca consegui pronunciar seu nome. Mas agora consigo, e meu ódio por você é maior ainda. Sim, vejo nos seus olhos que você *é* Ossos Podres! Você é *Jasão*! Achei que você morrera há muito tempo. Mas você me assombrou, dia e noite. Agora é a minha chance de vingar minha mãe.

— Não!

O grito desesperado de Jasão estava sendo desconsiderado. Ouvi o raspar do ferro na pedra molhada, uma espada retirada rapidamente da bainha.

— Não! Não faça isso! — implorou Jasão, novamente.

— Eu estava no submundo, nem morto, nem vivo. Com um fantasma, ainda vivo no cadáver. Mas Merlin o viu em Arkamon. Ele me trouxe de volta ao mundo para encontrá-lo. Eu o amava. Eu me desesperei quando pensei que havia morrido. Vinte anos apodrecendo em Argo, setecentos anos no inferno. Nada disso importa. Agora, nada importa além de estar no *seu* mundo novamente. Esse tempo foi perdido. Não podemos reclamá-lo de volta. O tempo é *agora*. E nós precisamos *usar* nossas vidas. Para encontrar Kinos. Para caçar, para plantar, para enfrentar o desconhecido. Para construir!

Ele caiu em silêncio, respirando com dificuldade, abanando a cabeça de leve, repentinamente exausto.

Mas seu filho não estava no controle de seus sentidos e de suas ações.

Apesar de ouvir o pai, não respondeu sob forma nenhuma. Agora sussurrava:

— Esta é a única vida que eu tenho. Este é o único mundo que conheço. Encontrar Kinos é a única coisa que importa. Pais mortos não servem para nada.

Depois, seu rosto só transparecia raiva de sangue e vingança macabra. Os músculos do braço que empunhava a espada, contraídos. A pulsação no seu pescoço era forte, ofegava.

Jasão viu os sinais de aviso e disse, rápido:

— Thesokorus... não faça isso!

— Sim — disse Thesokorus em voz baixa e objetivo. — Farei exatamente isso.

Passou por cima do meu corpo esparramado. Nenhuma mágica de Medeia me paralisou ou me calou. Foi opção minha. Havia me tornado vulnerável por Jasão. Agindo assim, neguei-me a oportunidade de ajudá-lo.

Num movimento de ferro brilhante, Thesokorus atingiu seu pai com um golpe cruel e maldoso. Jasão bloqueou o ataque com sua própria espada, desequilibrando-se para trás com o impacto e, por uns breves momentos, o ar tiniu com o barulho do ferro no ferro à medida que Thesokorus tentava chegar ao pulso do pai e decepar-lhe a mão.

Thesokorus tropeçou e o pai golpeou-o, num meio ataque, facilmente evitável. Aproximaram-se, agacharam-se, no estilo grego, lutaram em silêncio por alguns momentos e afastaram-se. A respiração de Jasão era pesada. Thesokorus estava em pé, calmamente olhando para o pai, espada meio levantada.

Jasão baixou sua espada, sem defesa. Ele não conseguia falar, mas seus olhos, semicerrados, inquisitivos, tristes, diziam tudo. *Acabemos com isto.*

Naquele momento em que a guarda baixou, o Rei dos Assassinos deu dois passos rápidos e encostou sua lâmina no estômago de seu pai.

Vi o homem velho, o meu velho amigo cair de joelhos e depois para o lado, agarrado à sua carne. O jovem grego levantou-se por cima dele, a lâmina sangrenta tremendo na mão. Esperei que acabasse com o outro homem, mas ele simplesmente se manteve em pé, olhando.

Quão rápido e brutal fora, comparado com o longo combate entre Urtha e Cunomaglos, com o triunfo do primeiro!

Os olhos de Jasão encontraram os meus.

— Você me traiu, Merlin. Você me deixou pensar que ela estava morta. Você sabia que ela estava mo mundo. Você poderia me dizer. Você poderia evitar isto.

Reuni forças nos meus membros e me sentei, apoiando-me na minha mão esquerda.

— Eu a amei muito antes de você, Jasão. Só tenho pena de não me lembrar. Apenas sinto. Nós fomos separados. Nós fomos feitos para nos esquecermos de nós mesmos.

— Você agrava sua traição — disse Jasão, rude. — Essa mentira agrava tudo, seu cínico.

Agora Thesokorus olhava para mim, franzindo a testa. Veio na minha direção e usou a ponta da sua espada para levantar meu queixo. Seu suor escorria do seu dorso, na minha cara.

— *Quem* está neste mundo? — perguntou em voz baixa. O tom era estranho. Ele suspeitava.

— Sua mãe — disse-lhe. Ele procurou meus olhos sem expressão, ouvindo. Eu disse: — Ela está no cume da colina, ali, perto do carvalho. Ela observa você até agora. Jasão está certo, ele disse a verdade. Ela envenenou sua cabeça contra ele. Seu ódio pelo seu pai é o ódio dela, não o seu. Ainda temos tempo de fazer a coisa certa.

Apesar da palidez de Jasão e o sangue que se espalhava em seu estômago, minhas palavras eram provavelmente otimistas.

Thesokorus ainda em pé, ameaçador por cima de mim, com a espada firmemente contra o meu maxilar, olhou para a colina por um longo momento. Esperava vê-la? Ou tentava decidir se deveria acreditar em mim?

Novamente, o seu olhar inquisitivo.

— Ela *está* lá?

— Tenho certeza.

Ele franziu o cenho.

— Isso não pode estar certo. O Oráculo em Arkamon disse-me que a minha mãe estava morta.

— O Oráculo de Arkamon *era* a sua mãe. Foi onde ela se escondeu depois de fugir de Iolkos. Foi aí que ela esperou que vocês dois fossem ter com ela, você e Kinos.

A ponta da lâmina picou-me a pele. Conseguia cheirar o suor e o cheiro acre do medo de Thesokorus, apesar de olhando para ele não conseguir ver qualquer sinal a não ser uma calma controlada.

— Como você sabe? Como pode ter certeza? — perguntou, passado um momento.

— Senti uma ligeira comichão nos meus ossos — respondi.

Ele abanou a cabeça, não entendendo a referência, e, por um momento, achei que empurraria a espada contra minha garganta. Mas ele a deixou cair.

Ocorreu-me que Medeia, certamente observando, tirara o veneno da cabeça do jovem. Devolvera a liberdade a Thesokorus. Talvez num gesto de remorso. Mas, ao fazê-lo, despachara seu filho para o abismo.

— Vim a este lugar para encontrar um irmão que acreditei estar vivo — disse, cansado. — Em vez disso, encontro um pai e uma mãe que julgava mortos. Matei o pai. E a mãe morta observa-me das árvores como uma ave de rapina. Um anônimo me diz que tudo o que pensei que sabia é falso. Até as minhas ações. — Estudou-me por um momento. — É sobre esse tipo de coisa que nós, os gregos, escrevemos nas peças. Mas o tempo do teatro acabou. Isso é demais.

Afastou-se de seu pai, olhou para baixo, atirou a espada para longe, olhando suas mãos como se estivessem sujas.

— Demais, demais.

— Thesokorus — gritou Jasão, com voz fraca, à medida que seu filho apanhava o seu manto e casaco e caminhava vigorosamente por entre as árvores, para onde seu cavalo estava atrelado.

Apenas uma rajada de vento frio e acre respondeu ao seu chamado.

— Podia ser diferente — murmurou Jasão, em agonia. O sangue coagulava no seu corpo, mas ele se levantou, em desequilíbrio, parecendo encontrar novas forças.

A forma como me olhou era diabólica. Sua boca estava torcida num esgar de dor e nojo.

— Não o perdoarei, Merlin. Mate-me agora com sua mágica ou esconda-se de mim. Meu filho quase me assassinou, ainda não sei. Mas certamente ele tirou o sopro da vida de mim.

Tentei invocar as palavras certas para que ele voltasse a pensar. Mas ele gemeu, engasgou-se e sentou-se direito.

— Olhe para mim o quanto você quiser — disse, com veneno na voz. — Lembre-se do sangue. Um dia recairá sobre as suas próprias entranhas!

Levantou-se a custo, tremendo e em desequilíbrio.

— Não há Ullanna nenhuma para me levar para casa de carroça, amando-me. Não tenho guardas a cavalo para me proteger. Cães? Meus cães esperam para roer meus ossos.

Ele cambaleava longe de mim. Encontrou uma lança partida e usou-a para se apoiar, voltando-me as costas ao mesmo tempo em que me amaldiçoava, num último sopro:

— Depois de encontrar o Pequeno Sonhador, vou encontrá-lo novamente, Merlin. Tema a madrugada em que acordar e me vir sorrindo para você! Tema essa madrugada. Velho!

De repente caiu ao chão, gemendo com o esforço, e apanhou a espada de lâmina larga do seu filho onde este a largara. Olhou para ela por um momento, para o seu próprio sangue no ferro, e depois, com um rugido, atirou-a na minha direção. Desviei-me a tempo, e o cabo de osso bateu-me no ombro.

Abanando a cabeça, Jasão coxeou para longe, na direção da alameda onde o seu cavalo branco estava atrelado, perto do riacho. Mas não fora muito longe quando caiu sobre os joelhos, cabeça pendurada. Recorrendo às forças que lhe restavam, segurava o cabo, numa tentativa de impedir que seu corpo desmaiasse.

Eu corria, corria como uma criança culpada colina acima, até o cume, até o carvalho de Dondona que se elevava, intocável, ainda à espera de ser abalado pelo exército celta que se aproximava.

Não havia sinal de Medeia, mas Mielikki, tão jovem, me esperava com lágrimas nos olhos. Estendeu-me a mão. Comecei a chorar com a memória da infância e da jovem mulher que Medeia se tornara, não antes de termos partilhado o amor, um amor do qual agora me lembrava. E chorei por Jasão, pela perda de um amigo, aquele homem que morria perto do riacho, curvado sobre si, agarrado à ferida, enquanto esperava para ver se sua sombra subiria e entrava no silencioso reino de Perséfone.

A Senhora da Floresta me abraçou gentilmente. Encostei-me a ela, indefeso e desesperado. Se Niiv saísse da sombra da árvore e tentasse me roubar naquele momento, faria isso com facilidade.

— Nada deu certo — sussurrei, sem vergonha, com pena de mim mesmo. — Não sei para onde ir agora: eu perdi o Caminho.

— Olhos Ferozes foi doce com você. Isso era inesperado.
— Sim, mas o que perdi? Perdi tanto.
— Você não pode saber sobre isso. Ainda não. Não até tudo acabar.

Por um momento suas palavras me confundiram. Mas pensei em Urtha, retornando vagarosamente à sua terra, um país deserto e assombrado por um exército sedento de morte. E em Kinos, escondido em algum lugar nessa mesma terra, talvez à procura de Thesokorus tal como o Rei dos Assassinos o procurou. E Medeia bateria em retirada para proteger a prole de Jasão, caso o homem se recuperasse do seu ferimento e viajasse novamente para o reino entre o paredão?

A Senhora da Florcsta estava certa. Ainda não terminara.

Ela me tranquilizou. O vento soprava por entre as folhas do carvalho e o perfume do mel que vinha das colmeias era doce no ar. Em algum lugar, não muito longe, a terra tremia à medida que os cavaleiros galopavam irrefletidamente na nossa direção.

— É hora de você ir para casa, por um momento — segredou-me a senhora que me segurava.

— Sim — disse-lhe, agarrado a essa esperança, a esse sonho, de coração. — Leve-me para casa. — Pensei na Terra dos Fantasmas e a recordação era aconchegante. — Leve-me para Alba.

Ela pareceu surpreendida.

— Para a terra de Urtha? Para a terra devastada?

— *Esta* é a terra devastada. — Lembro-me de dizer, com amargura. — Alba é tão boa casa como outra qualquer.

— Então é para lá que Argo irá levá-lo — disse Mielikki, em surdina. — Nós vamos com você. Eu posso esperar pelo norte. Não me importo de esperar. Argo irá levá-lo para casa.

Ela me pegou pela mão e me conduziu de volta ao rio. Não havia sinal de Jasão. Sentamo-nos nas rochas e esperamos pelo anoitecer. E, com a passagem da luz, o rio começou a ficar mais e mais profundo. As colinas pareciam crescer para nos envolver até que conseguíssemos ver apenas uma estreita banda de estrelas.

Nós nos levantamos e entramos dentro da água. A pequena e linda nau emergiu da escuridão à nossa frente, um espírito de Argo, pálido à luz das estrelas. Ela me deu uma leve sacudidela quando passou e eu me arrastei para dentro da nau, acomodando-me por entre as peles e cobertores, desapertando as botas.

Livre por um momento, para respirar e sonhar.

Posfácio

Com esta melancólica nota, termina a primeira parte do Livro de Merlin.

A continuação da história trata do regresso de Merlin a Alba, escondendo-se nos limites da Terra dos Fantasmas, assombrado pela visão do futuro roubada por Niiv, bem como pela certeza de que, caso Jasão sobrevivesse ao ferimento, retornaria à ilha para procurar seu segundo filho, Kinos, o Pequeno Sonhador. À medida que tenta compreender a natureza tanto da devastação da terra, que contaminou o mundo de Urtha, quanto do motivo do ataque selvagem a partir da Terra das Sombras dos Heróis, Merlin percebe rapidamente não ter dúvidas de que o Pequeno Sonhador tem muito a ver com a história obscura que se desdobra nos paredões de Alba.

Ele espera Medeia emergir do submundo novamente e o retorno de Argo, a nau dos heróis, consciente em ambos os casos de que as circunstâncias mudaram demais.

R. H.
Londres, abril de 2000.

Este livro foi impresso pela Prol Editora Gráfica
para a Editora Prumo Ltda.